Cloruro de sodio

Los casos del
DEPARTAMENTO
Q

Jussi Adler-Olsen (Copenhague, 1950). Los estudios políticos, una educación cinematográfica y crecer como hijo de un psiquiatra le han proporcionado la perspicacia para escribir sobre temas tan diversos como la salud mental, los problemas de la sociedad actual o las conspiraciones internacionales.

Desde 1995 se dedica por completo a la escritura y en la actualidad es uno de los autores europeos de novela negra de mayor éxito. Acaba de publicar *Siete metros cuadrados*, el décimo volumen de su exitosa serie *Los casos del Departamento Q*, que se ha publicado en más de cuarenta y dos países, donde ha atrapado a más de veintisiete millones de lectores y que ha sido merecedora de premios tan prestigiosos como el Plume d´Or, The Glass Key, el De Gyldne Laurbaer o el Premio Barry de Estados Unidos.

En la actualidad, hay una serie en preparación de Netflix basada en *Los casos del Departamento Q*.

JUSSI ADLER-OLSEN

Cloruro de sodio

Traducción:
Marta Armengol y Marta Aulet

EM BOLSILLO

Título original:
Natrium Chlorid

© Jussi Adler-Olsen y JP/Politikens Hus A/S, 2021
    Por acuerdo con Politiken Literary Agency
© de la traducción: Marta Armengol y Marta Aulet, 2023

© de esta edición EMBOLSILLO, 2025
    Benito Castro, 6
    28028 MADRID
    www.maeva.es

ISBN: 978-84-18185-76-2
Depósito legal: M-38-2025

Diseño de cubierta: Opalworks BCN sobre imagen de Shutterstock
Fotografía del autor: © Tine Harden
Impresión y encuadernación: CPI Black Print (Barcelona)
Impreso en España / *Printed in Spain*

Para Ellie, nuestra preciosa y listísima nieta

PRÓLOGO
1982

Tan solo cinco minutos después de la llamada de emergencia, la ambulancia se detuvo en el césped frente a una imagen caótica, de las que se quedan grabadas en la retina. En torno a un hoyo humeante yacían seis cuerpos sin vida, y un penetrante olor a carne quemada se mezclaba con el hedor a ozono que flotaba en el aire después de la caída de un rayo.

—¡No se acerquen! —gritó uno de los sanitarios a un grupo de estudiantes en la acera de enfrente. Habían acudido corriendo desde la universidad y observaban la escena, petrificados.

—No podemos hacer nada por ellos, Martin —dijo su compañero agarrándolo del brazo—. Pero mira. —Y señaló a un hombre mayor cuya rodilla se hundía lentamente en el césped mojado.

—¿Qué hacían apiñados? ¿Y por qué el rayo no ha alcanzado los árboles? —sollozaba el hombre mientras los sanitarios se aproximaban a él. Aunque llovía a mares y tenía el abrigo empapado, solo parecía importarle lo que acababa de ocurrir.

Martin se giró hacia los edificios de la universidad, donde las sirenas advertían de la llegada de más ambulancias y coches patrulla.

—Vamos a darle algo para que se tranquilice antes de que le dé un ataque —dijo su compañero. Martin asintió y entornó los ojos. Entre la cortina de lluvia distinguió a dos mujeres en

7

cuclillas junto a un charco que se había formado al lado de la valla.

—¡Ven, deprisa! —gritaron.

Martin agarró su bolsa y echó a correr hacia ellas.

—Creo que respira —exclamó una de las mujeres con la mano posada sobre el cuello de la séptima víctima. Excepto por la ropa ennegrecida, las quemaduras de la joven inconsciente no parecían tan graves como las del resto de los heridos—. El rayo ha hecho que salga disparada —dijo con voz temblorosa—. ¿Puedes salvarla?

Martin alejó el delgado cuerpo del charco y los gritos a su espalda se intensificaron. Sus compañeros confirmaron que no había nada que hacer: el rayo había matado a las otras seis personas expuestas a la lluvia.

Martin colocó a la joven en posición lateral de seguridad y le encontró el pulso, lento y débil, pero estable. En cuanto se levantó y le hizo una señal a su compañero para que llevara una camilla, el cuerpo de la chica se estremeció. El tórax se le expandió con dos breves bocanadas de aire; se incorporó de golpe apoyada en los codos y miró a su alrededor.

—¿Dónde estoy? —preguntó con los ojos inyectados en sangre.

—En Fælledparken, en Copenhague —respondió Martin—. Le ha alcanzado un rayo.

—¿Un rayo?

Martin asintió.

—¿Y los demás? —dijo, girándose hacia la escena.

—¿Los conocía? —le preguntó.

La joven asintió.

—Sí, íbamos juntos. ¿Están muertos?

Él dudó un instante antes de confirmarlo.

—¿Todos?

Martin asintió de nuevo y la observó. Esperaba que mostrara sorpresa y pena, pero su inquietante expresión apuntaba a otra emoción.

—Vaya —dijo la joven con absoluta tranquilidad. A pesar del dolor que debían de causarle las heridas, una sonrisa diabólica se le extendió por el rostro—. ¿Sabe qué? —continuó antes de que Martin pudiera reaccionar—. Si puedo sobrevivir a esto, entonces, con la ayuda de Dios, puedo sobrevivir a cualquier cosa.

1

Maja

Martes, 26 de enero de 1988

DIEZ DÍAS DESPUÉS de Año Nuevo, el invierno sorprendió al país con vientos cortantes y temperaturas insólitamente frías. Maja vio la capa de hielo que se abría camino en el patio trasero de su bloque y suspiró. Era el tercer año consecutivo que tendría que poner los neumáticos de invierno, pero, con todos los gastos de la Navidad, no podía permitirse el lujo de que se los cambiara su mecánico de confianza. Por suerte, el periódico local tenía un llamativo anuncio de un taller que ofrecía un servicio rápido, eficaz y económico cerca de la guardería de su hijo en el barrio de Sydhavn, así que, adjudicado.

A veces, ser madre soltera tenía esas cosas: tocaba apretarse el cinturón.

Maja suspiró aliviada al ver que el dueño del taller de reparación y chapa y pintura Ove Wilders tenía pinta de ser el típico cachas que se había criado con los brazos metidos hasta el fondo en el motor de un coche. Parecía de fiar.

—Vamos a comprobar que esté todo a punto —dijo, señalando con la cabeza a unos mecánicos que en ese momento iluminaban los bajos de un coche elevado.

—Lo tendrá en un par de horas. Como ve, tenemos bastante lío.

TRES CUARTOS DE hora más tarde, ya en el trabajo, recibió una llamada. «Qué velocidad», pensó al oír la voz del mecánico. Pero la alegría le duró poco.

—No vamos a poder tenerlo listo hoy —dijo—. La rueda trasera estaba torcida. Pensábamos que el coche tenía un problema de suspensión, pero nos equivocamos: es el eje de transmisión, que está a punto de partirse, y eso ya es harina de otro costal.

—¿El eje de transmisión? —preguntó Maja mientras apretaba el teléfono—. Pero se puede soldar, ¿no?

La voz del mecánico sonaba seria.

—Lo miraremos, pero está tan desgastado que yo lo descartaría. Habrá que cambiarlo.

Maja suspiró. No quería ni pensar en lo que iba a costar aquello.

—Me pasaré cuando vaya a recoger a mi hijo de la guardería.

Le empezó a temblar la mano sobre la mesa. ¿Cómo iba a pagarlo? ¿Y cómo iba a arreglárselas sin coche si…?

—Muy bien. Cerramos a las cinco —fue la brusca respuesta del mecánico.

Los niños te hacen invertir aún más tiempo si encima van vestidos con un mono de invierno. Cuando Maja se dirigió hacia el taller a toda velocidad, con Max en el carrito y el corazón en la garganta, ya había pasado la hora de cierre. Así que suspiró aliviada al comprobar que la puerta del garaje al final de la calle estaba abierta y que su coche, con el morro cubierto de nieve, asomaba por la puerta del taller.

—¡Mi *brrum*! —exclamó Max cuando por fin llegaron hasta él. Le tenía mucho cariño a esa vieja chatarra.

Detrás de la valla, atisbó la pierna de un hombre que asomaba por detrás del vehículo. «Madre mía, ¿qué hace tirado en el asfalto sobre la nieve con el frío que hace?», fue lo único que le dio tiempo a pensar antes de que las ventanas del edificio estallaran en un torrente de cristal. La fuerza de una segunda explosión le arrancó el cochecito de Max de las manos y lo empujó varios metros hacia atrás. El mundo estaba envuelto en fuego y humo cuando consiguió levantarse. El taller había estallado y su coche se encontraba volcado a pocos metros.

Miró desesperada a su alrededor, con el corazón a punto de salírsele del pecho.

—¡Maaaax! —chilló, pero no oía ni su propia voz.

Y todo volvió a explotar.

2

Marcus

Lunes, 30 de noviembre de 2020

«VAYA PANORAMA», PENSÓ Marcus Jacobsen, jefe de Homicidios, cuando encontró al inspector, que ya no tenía edad para echarse a dormir con los pies sobre la mesa, con los ojos cerrados y la boca abierta.

Lo zarandeó un poco por los pies.

—Espero no interrumpir nada importante, Carl —dijo con una media sonrisa.

Su compañero estaba tan adormilado que ni siquiera captó el sarcasmo.

—Pues según cómo lo mires, Marcus —dijo en pleno bostezo—. Estaba comprobando que mis pies están a la distancia perfecta de la mesa.

Marcus asintió. La renovación del sótano de la Jefatura de Policía le estaba pasando factura al equipo del Departamento Q y, a decir verdad, no le hacía ninguna gracia que la división más anárquica del cuerpo se hubiera mudado tan cerca de las oficinas de Teglholm, en el barrio de Sydhavn, a las nuevas dependencias de la Policía de Copenhague. Entre la cara de gruñón de Carl Mørck y la verborrea de Rose Knudsen, cualquiera se subiría por las paredes. A más de uno le gustaría que Carl y compañía volvieran al subsuelo del que habían salido, pero Marcus sabía que no caería esa breva. En esos tiempos del coronavirus, habría sido preferible que el Departamento Q se hubiera quedado en el sótano de la vieja Jefatura.

—Mira, Carl. —Abrió una carpeta y señaló el recorte de periódico de una esquela—. ¿Qué te dice esto?

Carl se frotó los ojos:

Maja Petersen, 11 de noviembre de 1960 – 11 de noviembre de 2020.
Te echamos de menos.
La familia

Alzó la mirada.

—Vaya, la pobre mujer murió el día de su sesenta cumpleaños. Aparte de eso, no veo nada extraño. ¿Por qué lo preguntas?

Marcus lo miró serio.

—Te lo voy a decir. A mí me trae recuerdos de la primera vez que tú y yo nos vimos.

—Madre mía, ¿a eso te recuerda una esquela? Qué asociación de ideas más desagradable. ¿Cómo que la primera vez? ¿Cuándo fue?

—En enero de 1988. Llevabas ya un tiempo trabajando en la comisaría de Store Kongensgade. Yo era el subinspector del Departamento de Homicidios.

Carl bajó las piernas de la mesa y se incorporó.

—Pero ¿qué tiene eso que ver? En ese año aún no nos conocíamos.

—Lo recuerdo porque tu compañero y tú fuisteis los primeros en llegar al incendio del taller, y recuerdo también que cuidaste de una mujer semiinconsciente que acababa de perder a su hijo en la explosión.

El mejor agente de Marcus se quedó mirando al vacío un momento. Cogió el periódico y miró fijamente la esquela. ¿Se le estaba nublando la mirada? Le costaba creerlo.

—Maja Petersen —dijo despacio—. ¿Esa Maja Petersen?

Marcus asintió.

—La misma. Hace dos semanas nos mandaron a Terje Ploug y a mí a su apartamento, y ya llevaba un par de días ahorcada en la entrada. No hubo que investigar mucho para llegar a la conclusión de que se había suicidado. Había una foto de su hijo en el suelo que seguramente tuvo en la mano hasta el momento de su muerte. —Marcus sacudió la cabeza—. Encontramos una tarta mohosa en el comedor, intacta, donde se leían con claridad dos nombres trazados con un glaseado azul claro y delicado: «Maja, 60. Max, 3». Estaba decorada con dos cruces en vez de velas, una junto a cada nombre.

—Vaya. —Carl soltó el periódico y se reclinó—. Qué trágico. ¿Estás seguro de que fue un suicidio?

—Sí, el entierro fue anteayer y aparte del sacerdote, una señora mayor y un servidor, la capilla estaba vacía. Muy triste, la verdad. La señora era la prima de la difunta y fue quien firmó la esquela del periódico como «La familia».

Carl lo observó, pensativo.

—¿Y dices que tú también estuviste en el lugar de la explosión? Justo de eso no me recuerdo… Sí de la nieve y del frío polar, entre otras cosas, pero no de ti.

Marcus se encogió de hombros. Hacía más de treinta años, no era de extrañar.

—El incendio estaba descontrolado y el perito no pudo afirmar con seguridad qué lo había causado —dijo Marcus—, pero, por lo visto, el taller era totalmente ilegal, así que en el edificio había materiales inflamables más que suficientes para que aquello acabara mal. Y sí, yo también acudí a la escena poco después del accidente, aunque por pura casualidad: estaba investigando un caso a un par de calles.

Carl asintió para sí mismo.

—Recuerdo que me percaté de inmediato de que el niño había fallecido. Su cuerpo estaba en la acera, hundido en la nieve. Esas cosas no se olvidan. Tuve que sujetar a su madre con todas mis fuerzas para que no fuera corriendo hacia él y viera en qué condiciones estaba.

Levantó la mirada hacia Marcus.

—¿Por qué asististe al funeral de Maja Petersen, Marcus?

—¿Que por qué? —suspiró—. Nunca llegué a quitarme ese caso de la cabeza. Por entonces también había algo que no me cuadraba. —Le dio unos golpecitos a la carpeta que había dejado sobre la mesa—. He tenido unos días para repasarlo y darle vueltas.

—¿Y a qué conclusión has llegado? ¿A que la explosión no fue un accidente?

—Siempre tuve mis dudas al respecto, pero, aquí, en la página dos del informe, me he topado con una frase que no me llamó la atención entonces, y durante treinta años tampoco ha habido motivos para que destacara.

Sacó la hoja de la carpeta y la deslizó sobre la mesa hacia su compañero.

—La he subrayado.

Carl Mørck se apoyó en los reposabrazos y se inclinó hacia delante. Leyó la frase subrayada en amarillo un par de veces antes de alzar la vista hacia Marcus con una expresión que le ensombrecía la mirada.

—¿Sal? —repitió varias veces.

Marcus asintió.

—Veo que tú tienes el mismo presentimiento.

—Algo me suena, sí, pero ¿de qué? Refréscame la memoria.

—No recuerdo con exactitud qué caso fue, pero tuviste uno relacionado con la sal, ¿puede ser?

—Sí, algo así.

Se concentró tanto que parecía que su cabeza iba a echar humo, pero fue en vano.

—Puede que Rose o Assad se acuerden —dijo al final Carl.

Marcus sacudió la cabeza.

—Lo dudo. Aún no trabajaban aquí, pero quizá Hardy sí lo recuerde.

—Hardy está otra vez en Suiza para un tratamiento, Marcus.

—Lo sé, pero a lo mejor te suena un invento de lo más apañado, Carl: el teléfono.

—Vale, sí, lo llamaré —resopló con el ceño fruncido—. Marcus, tú que llevas un tiempo dándole vueltas, ¿podrías decirme cómo viviste lo de Sydhavn?

El otro asintió; puede que incluso le quitara un peso de encima.

Le contó que la segunda explosión reventó con tal fuerza las ventanas del apartamento ubicado cerca del taller que en ese momento estaban registrando que los fragmentos de cristal se incrustaron en el parqué y en el mobiliario. Por suerte, Marcus se encontraba con sus compañeros en el dormitorio que daba al patio y salió ileso, pero uno de los vecinos, un yonqui que almacenaba armas para algunos de los peores elementos del barrio, se vino abajo y empezó a hablar de la explosión de Valby de cuando era pequeño. Marcus se dirigió a la cocina de puntillas, expuesto al frío polar que entraba por la ventana rota, y enseguida vio los nubarrones de humo negro y las llamas que se alzaban al menos veinticinco metros por encima de los tejados, a un par de calles de distancia. Dos minutos después, Marcus y su ayudante entraron en la calle del taller, donde ya había otro coche patrulla parado con las luces encendidas. A pocos metros, un agente joven estaba sentado con una mujer inconsciente en el regazo. Reinaba el caos, y el asfalto y los escombros desprendían más humo negro. Marcus vio a su izquierda el cuerpo de un niño que mostraba indicios de haber fallecido en el acto; yacía inmóvil, tumbado bocabajo en la nieve.

Para entonces, las llamas se elevaban por encima de los cuarenta metros desde el centro del edificio; el calor había estado a punto de tumbarlos. Los restos de un Citröen Dyane estaban con las ruedas hacia arriba, rodeados de escombros y piezas de automóvil que flotaban en la nieve derretida por las llamas. Un par de coches que estaban aparcados junto al muro izquierdo del patio y de los que colgaba un cartel que rezaba «EN VENTA» habían quedado estrujados como si estuvieran en un desguace.

Delante de todo, bajo una montaña de cascotes, se advertía una furgoneta de la que asomaban dos piernas desnudas y calcinadas, la única señal de que en algún momento había habido vida en el edificio.

Los bomberos habían tardado varias horas en controlar el incendio, pero Marcus no se movió de allí y siguió con atención las observaciones de sus compañeros y de los peritos.

A medianoche habían encontrado cuatro cadáveres más en el interior del edificio, tan carbonizados que apenas podía distinguirse el sexo. Y, aunque los cráneos de los cuatro mostraban lesiones parecidas, era imposible determinar sobre el terreno si las heridas habían sido causadas por la lluvia de toneladas de piezas metálicas del taller que había provocado la explosión.

A pesar de que todo parecía indicar que se trataba de un accidente, a lo largo de los días siguientes Marcus se había dedicado a elaborar de forma rutinaria una serie de posibles motivos por los que el incendio pudiera haber sido provocado. Había que descartar cualquier tipo de intento de fraude al seguro, puesto que el taller, a pesar de la normativa, no estaba asegurado. Además, el propietario había fallecido en el siniestro, así que era imposible que se pudiera beneficiar de un incendio provocado. También quedaba descartada cualquier relación con bandas criminales, ya que ninguna de las víctimas mortales, que habían sido identificadas como mecánicos del taller, tenía antecedentes.

Marcus repasó la historia sin incidentes del local con ayuda de la conmocionada viuda.

—¿Tenía su marido o su familia alguna cuenta pendiente? —le había preguntado—. ¿Algún préstamo sin pagar? ¿Una mala relación con alguien? ¿Amenazas de la competencia?

Pero la viuda había respondido a todas sus preguntas negando con la cabeza. No se lo explicaba. Su marido era muy trabajador y hábil. Lo de los papeles y las cuentas no se le daba muy bien, pero ¿no era eso algo propio de quienes trabajan con las manos?

Marcus tuvo que admitir que, al menos, parecía característico de aquel negocio, que no contaba con los servicios de ningún contable o gestor. Y cualquier documentación, agenda o facturas, suponiendo que el taller se molestara en gestionar ese tipo de cosas, había desaparecido en el incendio.

La mujer sabía que cuando tuviera que hacer la declaración de la renta habría mucho trabajo por delante, pero, como el taller llevaba pocos meses abierto, tenía la esperanza de que todo se resolviera por sí solo.

El desescombro del solar, que se había llevado a cabo varias semanas después, no aportó ninguna información nueva. Solo llamaba la atención aquel pequeño detalle que un técnico forense muy espabilado había anotado en su informe, aunque Marcus solo reparó en él años después, en el último repaso que hizo del documento.

«A un par de metros de la verja de la entrada, junto a la cancela, había un montoncito de sal de unos nueve centímetros de altura.»

Y seguía una pequeña observación que debería haber despertado su interés desde el principio:

«Era sal de mesa, no sal para la nieve.»

3

Carl

Jueves, 1 de diciembre de 2020

—HABÍA UNA COPIA del informe del caso en el archivo, Carl —dijo Rose, que se lo arrojó delante de las narices—. Gordon y yo lo hemos leído esta mañana. Dice que fuiste el primero en llegar al lugar de los hechos.

—Sí, eso parece —asintió él, y señaló el ejemplar de Marcus—. Este informe lleva treinta años criando polvo en todos los despachos que ha ocupado Marcus. ¿Tenéis claro lo que significa?

—Sí, que fue incapaz de soltarlo —respondió Gordon con una lógica aplastante—. Y ahora quiere que se lo quitemos de encima.

Carl levantó el pulgar.

—Exacto. Y por eso vamos a aceptar el caso y a olvidarnos de todo lo demás hasta que lo resolvamos.

—¿Que nos olvidemos de todo lo demás? ¿No estás siendo un poco drástico, Carl? —murmuró Rose—. ¿No crees que tenemos ya bastantes casos?

Carl se encogió levemente de hombros. Era posible, pero, a pesar de todo, era el jefe del Departamento de Homicidios quien mandaba. Y, además, el caso le había dado donde más dolía: después de todos esos años, aún sentía una punzada cada vez que pensaba en aquel niño fallecido y en la madre que había perdido lo que más amaba en el mundo. Si cerraba los ojos y recordaba el terrible accidente, no tardaba en acudirle a la mente el temblor de la madre, tan nítido como si acabara de verlo. ¿Era porque él también se había convertido en padre?

—Habréis leído lo que Marcus anotó al final del informe, así que no hace falta que os explique lo prioritario de este caso. Y no solo para él, sino también para nosotros, el Departamento Q.

—¿Te refieres a lo de la sal? —preguntó Gordon.

Carl asintió.

—Rose, tú llevas con nosotros desde 2008, ¿te suena haber visto algo parecido?

—¿Algo que tenga que ver con sal de mesa? —preguntó mientras negaba con la cabeza.

—Bueno, trata de recordar. Porque yo tengo clarísimo que hace algunos años se descartó un caso en el que había algo relacionado con la sal. Quizá Marcus también lo recuerde, hace ya tiempo de eso… Soy incapaz de recordar la fecha concreta. Para empezar, saca los casos antiguos, por ejemplo, de entre los años 2000 y 2005, a ver si encuentras algo.

—¿Algo que tenga que ver con sal? —Rose no parecía entusiasmada, precisamente.

—Sí. Como ya he dicho, me suena que tuvimos entre manos un caso en el que se encontró un montoncito de sal junto a la escena del crimen.

—Qué bien, me has puesto unos deberes estupendos. Mil gracias, Carl Mørck de Vendyssel. Y, ahora que lo pienso, en el patio de casa de mi primo hay una buena pila de sal. ¿Lo arrestamos?

Carl enarcó las cejas. Cuando Rose estaba de mala gaita, más valía frenarla en seco.

—Gracias por esa lengua tan afilada, Salomé. Piensa en todo lo que Marcus ha hecho por ti: te trajo de nuevo al trabajo, al mismo puesto que tenías hace cinco años, y te consiguió uno mejor, con todo lo que eso conlleva. ¿No crees que se ha ganado que hagas todo cuanto esté en tu mano para alejar este caso de su vida?

Rose suspiró.

—Eras más gracioso cuando eras un gilipollas viejo y amargado que ahora, que eres un gilipollas santurrón, viejo y amargado. Pero, bueno, si vas a endosarme la búsqueda de sal en casos antiguos mientras Assad se dedica a resolver los que tenemos sobre la mesa, eso haré.

Giró sobre sus talones antes de que Carl pudiera replicar. ¡Qué cruz!

Este se dirigió a Gordon, que sospechaba que el marrón iba a caerle a él.

—Y tú, Gordon, vas a ayudarme —dijo, con un énfasis que hizo que el otro se estremeciera y lo mirara cabizbajo—. Vas a encontrar a la viuda del propietario del taller. Y a la vieja que asistió al entierro el otro día, la prima de Maja Petersen. Y, cuando las encuentres a las dos, me las traes. ¡Y rapidito!

EL NUEVO DESPACHO de Carl en el primer piso era de lo más normal, con mobiliario estándar y fácil de limpiar. Abrió la ventana, apoyó el informe de Marcus en el alféizar y repasó hasta la última coma. Tardó unos siete cigarrillos en leerlo entero, y resultó tan meticuloso como todos los informes que Marcus Jacobsen había redactado durante su época de subinspector. Sin embargo, era indudable que aquel caso lo había absorbido de forma inusual, tal vez debido a que había sido testigo de primera mano del suceso y a que nunca se había borrado de la memoria el dolor de aquella joven madre.

Marcus expresaba desde la primera página su descontento con el hecho de que el jefe de Homicidios de entonces hubiera dado carpetazo al caso al clasificarlo como accidente. En las múltiples páginas que seguían había extractos de los interrogatorios que Marcus había realizado a los testigos, que, a decir verdad, no eran muchos.

Marcus preguntaba «¿Qué vio?» y «¿Qué sabe?» a todos los interrogados. Y también «¿Le consta que alguien pueda haber causado esta terrible explosión?». Pero nadie le había dado ninguna pista que seguir. La mujer que había perdido a su hijo le explicó por qué había ido al taller, algo relacionado con el eje de transmisión de un Citroën Dyane que había que cambiar porque estaba gastado. Y, cada vez que llegaba el momento de describir el instante de la explosión, que le había arrancado de las manos el carrito donde iba su hijo de tres años, prorrumpía en llanto.

Seguían algunas declaraciones de las viudas de los mecánicos fallecidos, sin nada que diera a entender que aquel negocio había sido otra cosa que un taller lleno de trabajadores jóvenes muy competentes donde a menudo había que echar horas extra, pero en el que las nóminas, por lo que había dicho una de las mujeres, nunca llegaban tarde y no eran precisamente bajas, sino todo lo contrario.

Carl subrayó la información con una raya gruesa.

—No ha sido difícil encontrar a las mujeres de los fallecidos, Carl, aunque la del propietario del taller volvió a casarse y se cambió el apellido. Por suerte, sigue viviendo en la misma dirección.

—¿Cuándo vendrá, Gordon?

—Ya ha llegado. Está esperando con Rose.

Carl asintió, no sin cierta admiración. Tenía que admitir que el fichaje más joven del departamento ya no estaba tan verde como antes.

—Y la prima, la que puso la esquela en el periódico, llegará dentro de una hora. Estaba un poco nerviosa y preocupada porque quisieras hablar con ella, pero le he dicho que tú casi nunca muerdes.

—¡¿Que casi nunca muerdo?! —Esbozó una media sonrisa. «De verde, nada.»

Carl cerró la carpeta del informe para ahorrarle a la viuda las imágenes atroces de los cadáveres en el lugar de los hechos. No tenía ni idea de la cara que tenía aquella mujer treinta años antes, pero ofrecía un aspecto muy juvenil para haber cumplido ya los sesenta. «Pero esa cara no es obra de la naturaleza», pensó cuando ella se quitó la mascarilla, de uso obligatorio por el protocolo covid-19. La mujer trató de esbozar una sonrisa, pero su rostro parecía acartonado.

Los primeros minutos, Carl se mostró cauteloso con las preguntas, pero entonces se dijo que quien nada arriesga, nada tiene, así que le planteó una cuestión que, a juzgar por el informe, no le habían hecho antes. A bocajarro.

—En esa época, por las manos de su marido pasaba mucho dinero. ¿Se dio usted cuenta?

Ella se colocó el pelo detrás de una oreja mientras una arruga solitaria en su ceño daba a entender que estaba pensando.

—Bueno, pagábamos todas las facturas a tiempo. ¿Es a eso a lo que se refiere?

—No, lo que me llama la atención son todos los extras: el coche, la lavadora, la ropa nueva, ese tipo de cosas.

Ella se mostró aliviada ante aquellas opciones concretas.

—Ah, sí, y Ove compró también la casita de verano. Aún la tengo, está en Tisvilde.

Carl silbó con admiración.

—Fue el mejor momento para comprar una casa de verano allí, hoy en día están por las nubes.

Ella respondió con una risita no exenta de cierto orgullo.

—¿Cuánto le pidieron por ella, se acuerda? La pagaron al contado, ¿verdad? —insistió Carl.

La viuda miró a su alrededor con aire pensativo. Dios, qué ganas tenía de hablar.

—Algo más de cien mil, si mal no recuerdo —respondió mientras asentía, confirmando así sus palabras.

—Entonces, ¿el taller iba bien?

—Ove trabajaba muchísimo —aseveró la mujer—. Igual que los demás.

El resto de la conversación no duró más de veinte minutos. Quedó claro que sería la última.

—Creo que en ese negocio pasaban más cosas que en la mayoría de talleres mecánicos —le dijo Carl a Rose cuando la mujer se hubo marchado.

—¿Tienes idea de lo que me has pedido, Carl? —le preguntó Rose, sin hacerle ni caso. Tenía un amplio abanico de expresiones faciales, y la que lucía en ese momento a Carl no le gustaba nada. ¿Y era ella quien lo había llamado gilipollas amargado?—. Los casos de los años comprendidos entre 2000 y 2005 no están digitalizados, así que llevo horas hojeando un informe tras otro. No creas que vas a librarte de pagarme horas extra si quieres que siga.

Quejas, quejas y más quejas. Qué maravilla.

—Dime cuántas horas vas a necesitar y sigue trabajando tan bien como tú sabes.

¿En serio le había sacado la lengua?

4

Carl

Jueves, 1 de diciembre de 2020

CARL ABRIÓ EL informe para examinar a fondo las numerosas fotos de los cadáveres del taller, aunque ni el análisis forense del lugar de los hechos ni el que se llevó a cabo sobre la mesa de autopsias le aportaron mucha información. Sin embargo, el forense que había realizado la autopsia a los fallecidos escribió sobre uno de los cadáveres:

> Dado que el fallecido fue hallado bajo una plancha de acero y que, por consiguiente, no tenía heridas graves a excepción de la situada en la nuca, se puede concluir que el objeto que le provocó esa herida fue el causante de la muerte. Lo más probable es que, después del golpe, el objeto cayera intacto al suelo; no se han hallado fragmentos del mismo en el cráneo, un detalle que coincide en algunos de los otros cadáveres. Lo curioso es que tres de los fallecidos presentan heridas prácticamente idénticas en la nuca, que se podrían atribuir al hecho de que la explosión se produjo a una cierta altura mientras los tres estaban juntos y de espaldas al origen del estallido.

Carl leyó varias veces aquella explicación tan prolija mientras examinaba las fotografías. Los otros dos cadáveres también presentaban lesiones craneales, aunque más próximas a las sienes, además de numerosas heridas por todo el cuerpo. A una de las víctimas se le habían clavado tantas piezas metálicas en el torso que parecía un acerico.

Siguió hojeando el informe hasta dar con las fotografías de las tareas de desescombro que se habían llevado a cabo para extraer los cuerpos de las víctimas, que no debieron ser un trabajo agradable para nadie. Al llegar a las instantáneas del estado del patio del taller, oyó pasos en el pasillo. Cerró la carpeta y esperó.

La prima de Maja, la mujer fallecida, apareció por la puerta. Aún parecía muy afectada por toda la situación.

—Ay, es terrible que Maja se quitara la vida el día de su cumpleaños. Me había invitado a su casa, pero por desgracia tuve que excusarme en el último momento. ¿Cómo iba a saber…? Soy enfermera, y por culpa de la pandemia casi siempre faltan manos en mi planta, así que tuve que… —Apretó los labios un instante para recomponerse—. Pero si hubiera ido, tal vez habría…

Miró con aire suplicante a Carl, como si esperara que le permitiera marcharse.

Carl iba a estrecharle la mano, pero se lo pensó mejor al darse cuenta de que llevaba la mascarilla por debajo de la nariz.

—No tiene nada que reprocharse, lo que sucedió no es culpa suya. En mi opinión, y debido a la experiencia, la gente que planea quitarse la vida se preocupa de que no tarden mucho en encontrar su cuerpo para evitar que el hallazgo resulte demasiado grotesco y desagradable. Estoy seguro de que Maja planeaba hacerlo antes de que usted llegara; la diferencia hubiera sido que la habría encontrado un poco antes.

—Sí, yo también lo pensé —asintió ella—, pero gracias de todas formas. Maja era una persona difícil de entender, impredecible. Cuando murió su hijo ya no volvió a ser la misma. Se las apañaba, era buena en su trabajo, pero yo me daba cuenta de lo mucho que le dolía la vida.

—Se nota que tenían una relación estrecha. Fue usted quien puso la esquela en el periódico.

—Sí, creo que soy la única persona que quedaba que la conocía de verdad. Casi no se relacionaba con los compañeros de trabajo, y con su exmarido, el padre de Max, apenas tenía contacto desde el accidente. Él nunca la apoyó, y creo que eso a Maja le dolió muchísimo.

—Pero usted y Maja sí se veían, ¿verdad?

—Sí, pero en todos estos años prácticamente no hablamos del accidente. Al principio sí, claro, no se podía hablar de otra cosa, pero llegó un momento en el que ya nunca volvimos a sacar en serio el tema —dijo mientras se secaba los mocos. Incluso en esas circunstancias desprendía un aura muy potente—. Ay, ¡había tantas cosas que la atormentaban! Se reprochaba sobre todo haber elegido aquel taller para ahorrarse unas pocas coronas. También se maldecía por haber comprado un coche de mierda y por conducirlo en invierno, y por no poder esperar para averiguar cuánto le costaría cambiar el eje. No se hace usted a la idea de lo mucho que esos reproches gobernaban su vida. Era incapaz de hablar de monos de invierno infantiles, cochecitos o coches viejos sin echarse a llorar. No dudo que en su trabajo tuvieron mucha paciencia con ella, tal como estaba.

—El informe forense dice que el niño llevaba una pierna inmovilizada. ¿Sabe usted lo que le pasaba?

—Sí, Max nació con un defecto congénito en la articulación de la rodilla derecha. Tuvieron que operarlo muchas veces durante su primer año de vida.

—Pero ¿podía andar?

—Aprendió, más o menos, y todo gracias a Maja. Fue uno de los motivos por los que su marido la abandonó pocos meses después de que Max naciera. Era incapaz de vivir con un niño discapacitado y una mujer que no pensaba en otra cosa. Es uno de esos cerdos pasotas que dejan a su mujer cuando las cosas se ponen difíciles para empezar de nuevo con otra.

AUNQUE CARL APUNTÓ el número de teléfono de su trabajo para poder llamarla si le surgía alguna otra pregunta, tenía bastante claro que no le sacaría nada más.

Tenía que ponerse a pensar al margen de todas las teorías existentes. En primer lugar, estaba la versión de la joven Maja de que, antes de la primera explosión, había visto un par de piernas estiradas sobre el suelo, asomando por detrás de su coche a la entrada del taller. Y, aunque podía haberse equivocado y que las piernas asomaran, en realidad, de debajo del vehículo y no junto a la parte trasera, Carl se inclinaba a creerla. Le había llamado suficiente la atención como para mencionarlo, ¿por qué no iba a ser cierto?

Y, si lo era, ¿qué pintaban ahí unas piernas? ¿Era posible que el hombre al que pertenecían ya estuviera muerto antes del estallido?

Carl reprodujo de nuevo la escena en su cabeza. Si aquel hombre ya hubiera fallecido, entonces lo más probable era que se hubiera producido un crimen, cosa que no hacía más que plantear nuevas preguntas para añadir al montón.

¿Cómo se habían producido las lesiones en el cráneo y la nuca de los cadáveres? ¿Y si el hombre de la entrada del taller había intentado escapar? ¿Cómo era posible que no hubiera sobrevivido ninguno? ¿Quizá porque ya estaban todos muertos antes de la explosión? Según los planos del siniestro, los cuatro se encontraban bastante cerca los unos de los otros en el vestuario, en el centro del edificio. Pero ¿cómo habría conseguido alguien matarlos a todos sin que ninguno opusiera resistencia? ¿O sí lo hicieron? ¿Y qué fue lo que causó la explosión? Había una teoría que aseveraba que la primera detonación se había producido en los tanques de tolueno, un disolvente muy potente, pero no lo habían podido confirmar. ¿Y qué pintaba el montoncito de sal a la entrada del edificio? ¿Lo pusieron allí a propósito o simplemente lo dejó alguien que llevaba un paquete de sal roto? ¿Y quién iba a pasar con un paquete de sal por aquel rincón dejado de la mano de Dios? Sabía que muchas de aquellas preguntas nunca encontrarían respuesta, pero entendía por qué Marcus había sido incapaz de abandonar la investigación y por qué no había logrado quitarse el caso de la cabeza.

Para Carl y cualquier otro investigador, había una pregunta fundamental que reclamaba una respuesta cuando se cometía un crimen: ¿Cuál era el motivo?

Por lo que parecía, el taller de Ove Wilder generaba unos ingresos por encima de lo normal. Pero ¿cómo? ¿Drogas, blanqueo, algún tipo de estafa?

Carl meneó la cabeza mientras estudiaba una vez más las fotografías del informe. Habían pasado más de treinta años, ¿cómo iba a sacar nada en claro?

—¿QUÉ TAL CON las señoras que te he traído? —preguntó Gordon, movido por la curiosidad—. ¿Te han dado algo de chicha?

Carl meneó la cabeza.

—Qué va. Lo único que he conseguido es averiguar algo más de la mujer que perdió a su hijo en la… explosión —dijo con un titubeo en la última palabra. En realidad, había querido decir «accidente», pero no le salió.

—¡Ya ves! Es terrible imaginarse algo así, cómo se puede destrozar una vida en un instante. Quizá fue solo una chispa, y… ¡buuuum! —dijo Gordon mientras sacudía la cabeza. Pero entonces frunció el ceño de repente al ver la primera fotografía de la carpeta. Agarró una silla apoyada en la pared para sentarse como a cámara lenta, con la mirada clavada en la nítida imagen que había sobre la mesa y dijo—: El coche que está con las ruedas hacia arriba es el Citroën Dyane de Maja, ¿no?

Carl asintió. Estaba escrito al pie de la imagen.

—¡Pues esa foto no estaba en la copia del informe que encontramos nosotros! —dijo Gordon con voz sombría.

—Vaya. ¿Crees que tiene algo de especial?

—¿Tienes alguna lupa por ahí?

Carl la sacó del cajón y se la dio. Gordon recorrió la instantánea un par de veces con la lupa hasta encontrar lo que buscaba.

Entonces leyó el texto que acompañaba la imagen un par de veces como si quisiera cerciorarse de algo, sacudió la cabeza en un gesto de incredulidad y le pasó las hojas a Carl.

—Mira, Carl. Esto de aquí es del interrogatorio que Marcus le hizo a Maja un mes después del accidente —explicó mientras señalaba el texto.

—Sí, ya lo he leído. El propietario del taller, Ove Wilders, acababa de explicarle que había que cambiar el eje de transmisión porque estaba hecho polvo.

—Exacto. Ahora, fíjate en el chasis del coche en esta foto. ¿Qué ves?

Le tocó entonces a Carl peinar la imagen con la lupa.

—Veo que han cambiado el eje tal y como dijeron que harían. Nuevo no parece, pero tampoco está hecho polvo. Debieron de ponerle algún repuesto que tenían por ahí,

—Vale, pero déjame que te recuerde los hechos: llaman a Maja del taller unos veinticinco minutos antes de la explosión para decirle que hay que cambiar el eje sí o sí.

—Eso es.

—Perdona que te lo diga, pero no sabes mucho de coches si crees que un eje de transmisión puede cambiarse tan rápido.

—Bueno, pues lo cambiarían antes de llamarla, ¿dónde está el problema?

—Este eje no es nuevo, fíjate bien, parece el original. A mí me parece que no había ninguna necesidad de cambiarlo.

—Ya entiendo —dijo Carl mientras lanzaba una mirada de anhelo a sus cigarrillos. ¿Por qué puñetas no se le podía permitir un pitillo a un hombre para ayudarlo a pensar? Miró a Gordon con un suspiro—. Le mintieron y pretendían convencerla para hacer una reparación innecesaria, ¿es eso lo que quieres decir?

—Eso, o no pensaban hacer ningún tipo de reparación, sino solo cobrarle por ello. En cualquier caso, le hubieran pegado un buen sablazo a esa pobre mujer.

Carl asintió mientras contemplaba la fotografía de nuevo.

—Entonces, ¿crees que el taller estafaba a sus clientes?

—¡Claro que sí! ¿No te das cuenta de la cantidad de dinero que se puede conseguir de esa manera? Basta con tener clientela suficiente, y creo que la tenían, atraída por los precios bajos. Seguro que siempre encontraban algún problema en los coches que les llegaban, aunque en realidad no les pasara nada. ¿Y qué cliente sabe lo suficiente de mecánica como para entender exactamente qué le han hecho al vehículo? ¿No te das cuenta?

Carl frunció el ceño. Quizá deberían plantearse una inspección a fondo de las cuentas del mecánico fallecido.

¿Acaso no había tenido siempre dinero en efectivo, suficiente para comprar una casita de verano y esas cosas?

5

SOBRE LA MESA, donde ardía la vela de Adviento decorada con los días que faltaban para Navidad, estaban los documentos pertenecientes a los dos últimos candidatos seleccionados para su neutralización. Ambos rostros sonreían desde el papel con sonrisas de satisfacción y miradas duras como el acero, y ambos currículums apestaban a decisiones laborales asquerosamente egoístas. Dos hombres cínicos y poderosos que no se detendrían ante nada con tal de ver cumplidos sus objetivos; ¿a cuál de los dos dar prioridad?

Era una elección difícil. Uno de ellos llevaba varios años en la lista de espera, mientras que el otro hacía pocos meses que se había incorporado al listado. ¿No era mejor elegir al que hubiera causado más daño? ¿O a aquel cuya vida fuera más fácil de eliminar y conllevara un menor riesgo de ser descubierto? Cada vez se presentaba el mismo dilema, que había que resolver con la mayor seriedad.

El primer candidato vivía solo, y aquello acabó inclinando la balanza. La gente extrovertida como él a menudo hacía cosas impredecibles. Se juntaban con gente nueva constantemente, de modo que su círculo de amistades cambiaba cada dos por tres y era difícil hacerse una imagen clara de su entorno social. Si lo investigaban, era posible que se desplegaran muchas posibilidades simultáneas, y eso a su vez entorpecería y confundiría el trabajo policial, cosa que nunca venía mal. En cambio, el segundo candidato vivía con su segunda esposa y

33

una familia heterogénea algo disfuncional. ¿Cómo predecir dónde se encontraría cada miembro de la familia y qué harían llegado el momento del secuestro? El primer candidato, además, había llegado a una edad en la que su eliminación bien podría pasar por una muerte natural, algo que no era deseable, aunque tenía pinta de aguantar varios años más en un estado óptimo de salud. Sin embargo, el segundo candidato tenía en su contra una entrevista muy actual y polémica en el periódico, que tenía sobre la mesa. ¿A cuál elegir? Aún quedaba una semana para el secuestro, pero los preparativos llevaban su tiempo.

Una luz muy potente se coló por la ventana y se posó sobre las dos fotografías. Alguien recorría el caminito embaldosado hacia la puerta principal de su casa.

Llamaron al timbre. Faltaban veinte minutos para medianoche. ¿Quién sería?

Escondió las fotocopias bajo una carpeta verde y sacó un abrecartas de doble filo del cajón. Tales medidas eran necesarias desde hacía muchos años, y más a esas horas de la noche.

Contempló con inquietud la silueta del recién llegado en la pantalla. La bombilla que tenía en la puerta parpadeaba y no podía verlo con claridad, pero era solo una persona. Estaba muy quieta, no hacía movimientos bruscos ni se mecía de lado a lado. Entreabrió la puerta, con el abrecartas escondido tras la espalda.

La silueta que encontró bajo la luz de la entrada era una cara conocida.

—Ah, eres tú, Debora. ¿Por qué no me has llamado?

—Ya sabes que nunca lo hago cuando se trata de alguien que está excluido.

—Bueno, sí, pero hace ya mucho tiempo que Eva fue excluida. Dos meses, ¿no?

—Sí, y llevaba mucho tiempo deseándolo.

—¿Va a causarnos problemas?

—No pondría la mano en el fuego por ella, nada más. He oído cosas.

—Eva es muy consciente de las consecuencias de romper el silencio.

—Eso espero, pero ya veremos —dijo ella mientras entraba con una expresión serena, como para subrayar sus palabras.

—Muy bien, Debora, muy bien. ¿Y qué tal va con su sucesora?

—Es una joya. La he llamado Ruth, que me parece un nombre bíblico estupendo, aunque en realidad se llama Ragnhild. Ragnhild Bengtsen.

6

Ragnhild

1993

RAGNHILD CONTEMPLÓ EL edredón gastado que cubría unas cajas de cartón llenas de mierdas viejas, como decía siempre su padre, un tipo duro; una expresión que Ragnhild conocía porque la había oído en televisión. Ser un tipo duro no era nada bueno, porque cuando alguien tenía endurecido el corazón, era mejor andarse con cuidado.

Ragnhild estaba casi siempre sentada en el salón, sobre las cajas cubiertas con el edredón, porque, a decir verdad, era el único sitio donde podía sentarse, puesto que las butacas y el sofá estaban llenos de cosas viejas y desagradables, y en el suelo tampoco quería colocarse, lleno como estaba de bichos de todos los tipos posibles que le provocaban picor.

Si se atrevía a decir que las casas de sus compañeros de clase no eran así, su madre se ponía fuera de sí y la sacudía, y eso podía hacer que le dolieran mucho la cabeza y el cuello, así que Ragnhild se andaba con cuidado y procuraba estar sola siempre que podía.

Sus padres se peleaban todos los días. Su padre le gritaba a su madre que era una cerda y su madre respondía con gritos aún más fuertes que él también lo era, aunque de otra manera.

Ragnhild no lo entendía, pero se ponía triste.

Su padre nunca estaba en casa por las noches, y su madre se metía en el cuarto para los trastos que había detrás del dormitorio y se dedicaba a mover cosas de sitio. Esas noches,

Ragnhild se quedaba contenta viendo algún programa en el pequeño televisor en blanco y negro sin que ningún adulto la echara.

Y en la televisión había muchas cosas que le encantaban, daba igual que no fuera en color, como las de sus compañeros de clase, puesto que ningún otro niño veía lo que a ella le gustaba: programas de animales salvajes. Y, mientras que la mayoría de niños y niñas debían irse a dormir, ella podía quedarse despierta hasta las tantas si daban una película buena.

Las películas buenas eran aquellas en las que aparecía un hombre de la misma edad de su padre que se dedicaba a tratar bien a los buenos y aporrear a los malos. Su preferido era John Wayne, con esa sonrisa torcida y esos andares tan chulos, y esas manos tan grandes y los revólveres que los demás tanto temían. Y, si no lo temían, más les valía andarse con cuidado, porque al final se llevarían una buena tunda y John Wayne esbozaría su sonrisa torcida. John Wayne, Arnold Schwarzenegger y Sylvester Stallone eran los mejores; había deletreado sus nombres muchísimas veces y algunos días hablaba tanto de ellos en el colegio que los demás se cansaban de escucharla. Una compañera le había dicho que no creía que tuvieran nada de especial y que casi seguro no existían, cosa que puso a Ragnhild muy triste y furiosa.

A veces, cuando hacía calor, un olor repugnante se extendía por toda la casa y su padre ya no regresaba en todo el día. Cuando estaba especialmente enfadado y fuera de sus cabales, no paraba de decir palabras que a los profesores de la escuela no les gustaban nada; la reñían si ella se atrevía a pronunciarlas. El padre de Ragnhild también le dedicaba a ella aquellas palabras sucias, hasta el punto de darle mucho miedo. El verano anterior, cuando cumplió seis años e hizo mucho sol, le habían salido un montón de pecas que hacían que otros se rieran de ella, aunque su padre no: le dijo que las pecas les salían a las malas personas como su madre, que era el mal que intentaba salir a través de la piel. Después de aquello, intentó limpiárselas con un paño y luego la agarró de los muslos y por la entrepierna y le dijo que salía todo de ahí, pero las pecas no desaparecieron.

Y el año que no le salieron tantas pecas hizo lo mismo, y a Ragnhild no le gustó, aunque, si se lo decía, era todo mucho peor.

A Ragnhild le hubiera gustado tener un gato para tener a alguien a quien acariciar y con quien hablar, pero su madre se puso fuera de sí cuando se lo propuso y le dijo a gritos que un gato llenaría la casa de peste a pis y a pescado y que no lo soportaría, y que no se le ocurriera meter a ningún bicho en casa.

A Ragnhild le dio igual porque en casa ya apestaba de todas formas, así que cuando la gata de los vecinos tuvo gatitos, le regalaron uno con rayas pardas.

Al oír los maullidos, su padre se puso rojo como una remolacha y le dio una patada con sus zapatones, y Ragnhild se echó a llorar abrazada al gatito, cosa que no consiguió aplacar a su padre, que empezó a pegarle a ella.

Entonces apareció su madre y empezó a gritarle que le estaba bien empleado por no hacer caso, y entonces Ragnhild se asustó de verdad, porque era la primera vez en sus siete años de vida que su padre y su madre estaban de acuerdo en algo. Y fue también la primera vez que a Ragnhild le dio por pensar que estaría mejor sin ellos.

7

Marcus

Miércoles, 2 de diciembre de 2020

EN UN DÍA tan intenso como el que lo esperaba, aquella llamada era algo que Marcus no necesitaba, y el inspector del Departamento de Narcóticos Leif Lassen, alias Perro de presa, también parecía lamentar tener que comunicarle lo que acababa de averiguar.

—Ahora mismo no disponemos de muchos detalles, Marcus, pero quería que estuvieras al tanto de que la policía holandesa, la policía de Slagelse y nuestro departamento aquí, en Copenhague, están preparando una denuncia contra Carl Mørck, posiblemente también contra Hardy Henningsen y, a título póstumo, contra Anker Høyer, por haber participado en el tráfico de cocaína a gran escala hasta la muerte de Anker en 2007. Me refiero a lo que hace años que llamamos «el caso de la pistola de clavos», un suceso gravísimo. Lo siento mucho, Marcus, sabemos lo mucho que Carl significa para ti y tu departamento.

Marcus abrió la boca e inspiró profundamente.

—¿Sigues ahí, Marcus?

—Sí, joder —dijo Marcus, que tragó saliva para deshacer el nudo que tenía en la garganta y expulsó el aire—. Desde luego que no es una noticia agradable. ¿Cocaína, dices? Que Hardy y Carl hayan estado implicados en algo así me resulta difícil de creer. A ver, ¿qué dice la denuncia? Quiero decir, ¿cómo iban Carl y Hardy a tener algo que ver con eso? Espero que tengáis pruebas fehacientes, porque te recuerdo que estás hablando de dos compañeros muy apreciados y bien valorados.

—Lo sé. Es algo muy serio y parece suficiente para que sentencien a Carl a un mínimo de seis años de prisión. El papel de Hardy en todo esto aún no está claro, pero tenemos pruebas irrefutables sobre la responsabilidad de Anker Høyer hasta el punto de que, si aún viviera, le caerían doce años como mínimo.

—Dices que «parece suficiente», pero con eso en mi departamento no se llega muy lejos, Leif. De todas formas, te agradezco la llamada, que, por ahora, no voy a compartir con nadie. Ha sido un gesto muy noble. Cuento con que me tengas al corriente.

Marcus estaba totalmente conmocionado. No le sorprendía que Anker Høyer, el compañero de Hardy y Carl, hubiera podido estar implicado en algo así. El mero hecho de que hallaran cocaína cuando le realizaron la autopsia ya era lo bastante significativo. Pero ¿Carl? Ni podía ni quería creerlo, aunque conocía bien a Perro de presa: en cuanto encontraba un rastro, lo seguía hasta el final.

Se levantó y salió al largo pasillo, incapaz de quedarse solo en su despacho con aquellos pensamientos.

—Oye, Lis —le dijo a la omnipresente y eficientísima secretaria del departamento—, ¿me haces un favor? Necesito que encuentres todo lo que tenga que ver con el caso de la pistola de clavos y me hagas una copia. Cuando puedas, no corre prisa.

Al pronunciar las palabras «pistola de clavos», no pudo evitar echar un vistazo a los dos despachos separados que albergaban el Departamento Q. Tenía que andarse con cuidado: en esa planta, todo el mundo era experto en leer el lenguaje corporal.

Como de costumbre, la puerta del despacho de Carl Mørck estaba entornada, mientras que la que daba al despacho que compartían Gordon, Assad y Rose estaba, también como de costumbre, abierta de par en par. Hasta donde podía ver, Gordon era el único que estaba en su mesa, con los cascos puestos y pegado a un bloc de notas.

¿Estaba sonriendo?

Se oyeron pasos vigorosos procedentes del fondo del pasillo. En todo el departamento había una única persona capaz de derrochar tanta energía, y Marcus decidió esperar a que llegara.

—Buenos días, Assad. ¿Te importaría acompañarme a mi despacho? —le preguntó cuando pasó por su lado.

Se fijó en que el pelo rizado de Assad se había cubierto de mechones plateados, cosa que no era de extrañar después de los dos años tan duros que habían pasado. De ahí también su interés en hacerlo pasar a su despacho antes de que se encerrara en el Departamento Q y dejara el mundo atrás.

—¿Estabas trabajando?

Assad asintió mientras bostezaba y se sentaba frente a Marcus.

—Sí, perdona. Llevo tocando timbres desde las siete de la mañana.

—El viejo caso de Hedehusene, imagino.

—Sí —dijo Assad con otro bostezo—. Me temo que, por ahora, no vamos a avanzar más. Es un caso demasiado antiguo.

Marcus frunció el ceño. Si Assad decía aquello, había pocas esperanzas de resolverlo, aunque eso fuera contra la profunda convicción que Marcus tenía desde niño de que ningún asesinato debía caer en el olvido.

—¿Cómo va todo en casa? ¿Vas tirando, más o menos? —dijo con una mirada comprensiva.

—Como los camellos del zoo —respondió con un amago de sonrisa—, que cuando van a sacrificarlos se disfrazan con una piel moteada y van a esconderse entre las jirafas.

Marcus esbozó una sonrisa torcida ante la metáfora. ¿De verdad que Assad se sentía así?

—Pero ¿tu mujer está bien?

—Sí, Marwa es quien mejor se las apaña, y no es de extrañar. Se siente danesa y está muy agradecida por haber podido volver. Nella también está más o menos bien, al fin y al cabo, pudo apoyarse en su madre durante todos los años que pasaron en Irak, y ha hablado siempre danés con Marwa. Pero las violaciones y el asesinato de su hijo recién nacido y el de Ronia, además de todos los años que vivieron amenazadas de muerte, no lo superarán nunca. —Llegado a este punto, tuvo que hacer una pausa para contener las lágrimas que amenazaban con derramarse de sus ojos castaños—. Yo hago lo que puedo, pero tendrá que pasar mucho, mucho tiempo antes de que puedan dormir tranquilas por las noches. Para Ronia es aún más difícil, porque el tiempo que pasó en Irak y Siria la dejó rota y la cambió por completo. A pesar del trato atroz que recibió, habla casi exclusivamente en árabe y parece que, por desgracia, cuanto más tiempo llevamos aquí, más se radicaliza. No quiere saber nada de Dinamarca.

—Lo siento, Assad. Se me ocurre que puede tratarse de síndrome de Estocolmo. Ronia estableció un vínculo con sus maltratadores; es incomprensible, pero muy frecuente. Imagino que recibe apoyo y ayuda psicológica.

—Sí, todos vamos al psicólogo desde hace más de un año. En ese sentido, Dinamarca es un lugar maravilloso. Mi familia tiene más suerte que la mayoría.

—¿Y tu hijo? —preguntó entonces Marcus.

—Gracias por preguntar. Con él es diferente. El mayor problema fue que Alfi nació en Irak y no es ciudadano danés. Tenemos suerte de poder tenerlo con nosotros mientras se resuelve su solicitud de asilo, pero ¿qué haremos si le dicen que tiene que volver a Irak? ¿Irnos todos con él?

Marcus era consciente de que las reglas eran inflexibles, pero negó con la cabeza.

—Te necesitamos aquí, Assad, y voy a encargarme de que se sepa para paralizar el proceso.

Assad le dedicó una sonrisa tímida. Una sonrisa que parecía querer decir: «Nadie tiene el poder de hacer eso». Y no le faltaba razón.

—Si deciden que no puede quedarse, nuestra familia quedará destrozada. Además, Alfi es incapaz de superar todas las pruebas y exámenes. Aún no habla bien, y no creo que llegue a hablar nunca danés. No sabemos por qué todo le cuesta tanto, porque Marwa dice que el parto fue normal. Le están haciendo pruebas y un seguimiento, pero, aunque está a punto de cumplir nueve años, parece mucho más pequeño.

—Bueno, Assad, pero eso tampoco me parece tan raro. Se crio en condiciones muy duras, sin referentes reales.

—Para serte sincero, no sé cómo se crio. —Assad clavó por un momento la mirada en la mesa con los ojos empañados antes de volver a ponerse derecho—. Su relación con su secuestrador, Ghalid, que ojalá arda en el infierno, era más que nada como la de un perro con su amo. Es indudable que Alfi pasó varios años aislado y sin estímulos suficientes, y Marwa y yo hemos llegado a un punto en el que ya no creemos que pueda llegar a desarrollarse con normalidad, aunque tratamos de estimularlo de todas las formas posibles. Antes de llegar a Dinamarca, nunca había usado un teléfono móvil, ni un iPad, ni un ordenador, ni la televisión a demanda ni ningún aparato electrónico. Hemos tenido que enseñarle a pulsar los botones y mirar la pantalla. La primera vez que vio un partido de fútbol en televisión se puso a chillar como si estuviera en la grada. La cosa ha mejorado y ahora le encanta pasarse el día jugando al ordenador y viendo la televisión. Últimamente intenta pronunciar algunas palabras, algo está aprendiendo. Pero con Marwa y mis hijos aislados por el coronavirus, encerrados todo el día en el piso durante tanto tiempo, pues… —suspiró. No hacía falta que dijera nada más. Entonces miró a Marcus—: Ya te lo he dicho, Marcus, pero nunca te agradeceré lo suficiente que nos tendieras, a mí y a mi familia, una cuerda tan larga. Creo que los seis meses que pude pasar con ellos después de lo sucedido en Berlín nos salvaron la vida. Quiero que me digas si puedo hacer algo a cambio, lo que sea. No tienes más que chasquear los dedos y ahí me tendrás. Si quieres que te cortemos el césped, lo haremos. Lo que sea —chasqueó los dedos para enfatizar sus palabras, pero no produjo ningún sonido.

Marcus se echó a reír con un gesto de modestia.

—Basta, basta, Assad. Para empezar, ni siquiera tengo césped.

—Bueno, pero si te notas la barriga atascada, dímelo y te prepararé una taza de auténtico café iraquí, ya verás qué bien —replicó con una sonrisa. Marcus no pudo evitar pensar que eran afortunados de tenerlo con ellos.

—Gracias, te tomo la palabra. Pero, si tantas ganas tienes de hacerme un favor, ve a ver a Carl y dile que a partir de ahora vas a ayudarlo a resolver el caso que tiene entre manos. Hace poco me di cuenta de que significa más para mí de lo que creía.

Assad hizo un gesto de asentimiento y se fue.

Marcus permaneció unos instantes sumido en sus pensamientos. Si la advertencia de Perro de presa se materializaba, Marcus iba a oponer toda la resistencia que pudiera. Era cierto que Carl Mørck era un tipo inescrutable, y estaba claro que algo le había pasado en el tiroteo de Amager, en el que asesinaron a Anker. Pero Marcus no estaba dispuesto a tolerar que convirtieran en narcotraficante a su mejor investigador, que había fundado un departamento entero y resuelto incontables casos con ayuda de su equipo de una forma inimitable. No lo permitiría.

8

Carl

—MÁS TE VALE abrir la ventana para ventilar un poco, o Rose caerá redonda —dijo Assad.

Carl le dedicó una mirada de cansancio y abanicó el aire con las manos. Con eso bastaría.

—Le he pedido a Gordon que llame a la viuda del mecánico para preguntarle si su marido tuvo gastos inesperados antes de fallecer. Le he dicho que le deje claro que puede explicarnos con total tranquilidad si hizo algo ilegal, porque ya ha prescrito y lo único que queremos es descubrir el posible motivo por el que el taller saltó por los aires y su marido murió.

—Pero ¿no conocemos el motivo, Carl? —preguntó Assad mientras meneaba la cabeza.

—No. En su momento, la investigación se centró en buscar un móvil para el asesinato, suponiendo que lo fuera. Se buscó una posible conexión con bandas criminales o con el narcotráfico, además de estafas de números de serie o de venta de coches robados a Europa del Este, pero quedó en agua de borrajas. La empresa llevaba funcionando apenas seis o siete meses y, aparte de las dos primeras declaraciones del IVA, que mostraban un déficit significativo, no se sacó nada en claro de las cuentas del taller, porque no llegaron a presentar facturas a Hacienda. Todo ardió: los ordenadores, la agenda de clientes, los recibos y todos los libros de contabilidad, las hojas de pedido de piezas de repuesto… No quedó nada que investigar. Algunos agentes aventuraron que, si no fue un accidente, el objetivo del atentado tal vez fuera otro lugar y, en ese caso, la explosión fue un terrible error, pero no llegaron más lejos.

Assad se rascó la barba incipiente.

—Me has dicho que esta mañana Gordon ha descubierto que estafaban a los clientes con las reparaciones; entonces está claro que grano limpio no eran.

—Trigo, Assad, se dice trigo limpio.

—Vale, pero dependería un poco de cuánto estafaban, ¿no?

—Claro —dijo Carl con una sonrisa. Si la lengua danesa andaba corta de expresiones, se podía contar con que Assad aportara otras nuevas—. Pero, si el taller engañaba a los clientes para que pagaran por reparaciones que no se habían efectuado o que era innecesarias, también podrían haber hecho cosas peores. ¿Se te ocurre algo?

—¿Le hemos preguntado a la viuda si también se dedicaba a la compraventa de coches?

—Sabemos que sí por varios anuncios publicados en revistas de segunda mano y en la prensa local.

—Coches robados a los que se cambia el número de bastidor y se da una mano de pintura para venderlos, una receta para el desastre. A la gente de Europa del Este no le hace ninguna gracia que le tomen el pelo con cuentakilómetros rebajados, libros de mantenimiento falsos y esas cosas. ¿Se emplearon explosivos?

—No.

—Carl, ¿por qué le importa tanto ese caso a Marcus? ¿Lo sabes?

El inspector apartó la mirada. Lo sabía perfectamente, pero no hacía falta que los demás se enteraran.

—Supongo que por muchas cosas. El niño fallecido, la madre que se suicidó y todas las preguntas que quedaron sin respuesta.

—A mí me parece que Marcus le prometió a la madre que encontraría a los responsables de la explosión.

Carl asintió. ¡Bien podría ser! No sería la primera vez que un policía no podía cumplir con su palabra. En un caso como ese, uno diría cualquier cosa para ofrecer consuelo, pero era imposible olvidarse de una promesa rota.

—Tenías razón, Carl —se oyó desde el pasillo una voz muy alta. ¿No podía esperar a entrar en el despacho para que no se enteraran todas las orejas indiscretas de la planta?

Gordon entró con manchas encarnadas relucientes en sus suaves mejillas de bebé, blancas como la leche. Funcionaba a pleno rendimiento.

—Sí, sí, ya me has oído. Todos los mecánicos estuvieron gastando a lo grande antes del accidente. Pasaba mucho dinero por esa modesta empresa.

—Vale, muy bien, Gordon. Ponme un ejemplo.

—Coches, electrónica, viajes… Y lo mejor es que la viuda me ha dicho que siempre pagaban al contado.

—Dinero negro —murmuró Assad.

—Exacto. Todos los mecánicos se conocían de la escuela de formación profesional, y se ve que eran buenos piezas. «Una panda de mangantes», dijo de ellos una de las viudas, que, por lo que parece, se había separado poco antes de la explosión. Tiene la lengua muy larga y dice que siempre que surgía la oportunidad de estafar a los clientes, la aprovechaban. Los coches que vendían eran unas cafeteras viejas con una manita de pintura. Se ve que frecuentaban subastas de vehículos y compraban los que nadie quería a precio de risa. La mujer calculó que debían de vender cuatro o cinco coches así a la semana.

—Madre mía, eso son más de cien vehículos en el tiempo que el taller estuvo abierto. ¿Sabe esa mujer a quién se los vendían?

—A todo el que estuviera dispuesto a comprar un coche de mierda. Muchos inmigrantes, por lo que parece.

Assad y Carl se miraron. Pensaban exactamente lo mismo.

—¿Y te dijo si le constaba que hubiera reclamaciones o amenazas?

—Dijo que los mecánicos nunca soltaban prenda y, si se atrevía a preguntarle a su marido, él le decía que se callara la boca y no se metiera.

—¿Y no le contó nada a la policía?

—Ya se había separado y llevaba tres meses viviendo en la Costa del Sol con un restaurador sueco. Se enteró del accidente al volver a Dinamarca, así que no llegó a hablar con nadie.

—¿Y mencionó alguna otra estafa en el taller?

Las mejillas de Gordon se tiñeron de un rojo aún más intenso. Había llegado el momento de sacar la guinda que se había guardado para el final.

—Me dijo que se enteró por una de las viudas de que también estafaban descaradamente a sus clientes con las reparaciones. Yo tenía razón, Carl, cobraban por cada servicio al menos mil coronas de más por supuestas averías graves —explicó, tan henchido de orgullo que no podía estarse quieto.

—Muy bien, Gordon. Empieza a perfilarse, pues, la hipótesis de una posible venganza. Vamos a ver si Rose encuentra algún otro caso en el que apareciera un montón de sal junto al lugar del crimen.

—¿Un montón de sal? —preguntó Assad.

Carl le ofreció la carpeta del caso.

—Bienvenido al club, Assad. Ya puedes ponerte a leer, que hoy me toca a mí recoger a Lucia en la guardería —dijo, mientras sentía una calidez que se extendía en su interior.

A PESAR DE la pandemia, Carl se encontraba en la mejor época de su vida. Todo iba sobre ruedas: Mona y él tenían la niña más bonita del mundo, vivían juntos y hablaban de casarse. Durante los últimos meses, el nieto de Mona, Ludwig, se había quedado con frecuencia en casa de un amigo, de donde no regresaría hasta Nochebuena. Y, desde que Mona había vuelto a trabajar, cuando ellos no llegaban a recoger a Lucia, se encargaba la hija de los vecinos para ganarse algún dinero. El único nubarrón era que la hija mayor de Mona no quería saber nada de ellos desde el nacimiento de Lucia. Por otra parte, veía a Assad muy afectado por su dinámica familiar, hasta el punto de que Carl lo había visto con lágrimas en los ojos cuando creía que estaba solo.

—He metido a Assad en el caso —le dijo a Mona mientras se tomaban un café después de cenar—. Ha estado viéndose contigo estas semanas, ¿cómo está?

Ella meneó la cabeza, concentrada en ayudar a su hija a meterse una cucharada de papilla en la boca.

—Ya, ya lo sé —siguió Carl—. Debes mantener la confidencialidad como psicóloga, déjame que te lo pregunte de otra manera. ¿Me equivoco al pensar que puede encargarse de una investigación normal? Cuento con que la cosa se complique, porque tanto Marcus como yo sospechamos que puede haber coincidencias con otros casos sin resolver y voy a tener que delegar. En un caso como este, Assad tendrá que hacer algo más que llamar a puertas y encargarse de tareas rutinarias.

Ella le dedicó una sonrisa ausente, como si llevara tapones en los oídos y no pudiera pensar en otra cosa que en la siguiente cucharada de papilla de plátano.

—Mona, necesito saber si voy a hacerle daño si le exijo demasiado —dijo Carl con un suspiro.

Ella lo miró.

—Eso ya lo verás, Carl, ¿no crees?

9

Rose

Miércoles, 2 de diciembre, y jueves, 3 de diciembre de 2020

ESA NOCHE HABÍA un único flexo encendido en toda la unidad de investigación; el de Rose, que repasaba informe tras informe mientras mordisqueaba unos deliciosos ganchitos de una bolsa que había encontrado escondida en un cajón. Después de cinco horas de trabajo extra, empezaba a ver borroso y el olor a papel viejo le daba arcadas, pero entonces encontró algo.

Un escueto informe de 2002, que hubiera sido muy fácil pasar por alto en los gruesos archivadores porque solo consistía en un sobre, algunas fotografías y dos hojas de papel, concluía que el caso en cuestión se había resuelto como suicidio, pero terminaba con la frase habitual de Hardy Henningsen cuando algo no le encajaba: «Archivado con reservas».

Se trataba de un hombre al que habían hallado muerto por intoxicación de monóxido de carbono en su garaje dos días después de Pentecostés, cuando la mujer de la limpieza entró en el garaje en busca de productos de limpieza. Se concluyó con absoluta certeza que llevaba allí tres días y que el Volvo llevaba el mismo tiempo encendido y con el depósito lleno. Más allá del hecho de que se trataba de un diputado del Parlamento conocido por propuestas incendiarias, como la esterilización forzosa de todas las mujeres que percibieran prestaciones sociales y tuvieran más de dos hijos, la muerte no suscitó grandes titulares. La opinión general parecía ser que abandonar este mundo era lo mejor que podía hacer ese diputado por su bien y por el de los demás.

El motivo que llevó a archivar un supuesto suicidio de 2002 en el montón de posibles crímenes era que el forense había reparado en dos leves marcas en las muñecas del fallecido que la señora de la limpieza, ruborizada de la vergüenza, conectó con ciertas preferencias sexuales de su empleador, cosas que ella y su marido, desde luego, no practicaban en casa. El subjefe del departamento, Marcus Jacobsen, encargó a los subinspectores Carl Mørck y Hardy Henningsen que encontraran a alguna de las parejas sexuales del fallecido y, como no lo consiguieron, el caso se archivó con el consiguiente comentario de Hardy Henningsen.

A mitad del informe, aparecía una descripción de lo que había en el garaje: estanterías de lo más ordinario llenas de rollos de papel de cocina, latas de tomate y papel higiénico, además de brochas y latas de pintura reseca, manchas de aceite, sal, una bicicleta que llevaba años sin usarse, si es que se había usado alguna vez, y, por último, una baca que colgaba del techo junto a una escoba y un cubo.

Cuando Rose empezó a leer el informe, su barriga llevaba una hora protestando con impaciencia a pesar de los ganchitos y, si se hubiera plegado a sus deseos y leído en diagonal para poder irse antes a casa, probablemente no habría prestado atención a la sal en el suelo.

Repasó las fotografías todo lo deprisa que pudo.

El muerto estaba inclinado sobre el volante con las manos en el regazo y pulcramente ataviado con un traje de *tweed*, su atuendo habitual, sin nada fuera de lo normal. Sobre la mesa de autopsias descubrieron enseguida las manchas de color rosa pálido de la lividez cadavérica típica de una intoxicación por monóxido de carbono, algo, por otro lado, nada agradable de ver. Rose se acordaba a la perfección de aquel político gordo e imbécil, una persona horrible.

Para ser un adosado en el barrio residencial de Rødøvre, tenía un garaje enorme y, de haber estado casado y con hijos adolescentes, aquel lugar hubiera sido la sede de innumerables

51

fiestas. Era un anexo en un estado impecable con una puerta que conectaba con el resto de la casa y otra automática que, por cierto, no estaba cerrada.

El montoncito de sal apareció en las fotos que tomaron después de que se hubieran llevado el coche. Un montoncito blanco de unos seis o siete centímetros de alto que no desentonaba en un lugar en el que se cambiaban cosas de sitio a diario.

Rose se olvidó de que tenía hambre.

—TENDRÍAS QUE HABERME llamado, Rose —le dijo Carl a la mañana siguiente.

—No quería despertar a Lucia y, además, quería irme a casa. No llegué hasta las diez y media, Carl.

Su jefe le mostró que apreciaba sus esfuerzos con un gesto de la cabeza.

—Ven —le dijo a continuación mientras tiraba de ella tras de sí con el informe en la mano. A Rose le pareció verlo sonreír mientras se dirigía al despacho del jefe del Departamento de Homicidios. ¿Sería de alegría ante el mal ajeno?

Marcus Jacobsen detectó enseguida el brillo triunfal en sus miradas y cortó la llamada que estaba haciendo.

—¿Qué me traéis? —preguntó, y Carl le puso delante el informe.

—Este es el caso del que me hablaste, y es gracias al esfuerzo de Rose que lo hemos sacado del olvido —respondió Carl mientras la miraba con orgullo—. Recuerdo el caso perfectamente. Tenías razón, hubiera tenido que llamar a Hardy porque, con su ayuda, me habría acordado de inmediato —explicó mientras señalaba la última frase que este había escrito en el informe—. Él seguro que se hubiera acordado de sus conclusiones y puede que de esto también —añadió mientras le mostraba a su jefe la fotografía del garaje vacío y señalaba el montoncito de sal.

Marcus los miró por encima del borde de las gafas.

—¡Sí, era este, joder! —Entonces miró a Rose—. ¿Eres consciente de lo que puedes haber provocado?

—Creo que sí, porque ese montón de sal es igualito al que estaba en la entrada del taller que saltó por los aires en 1988. Puede que haya relación entre estos dos casos y alguno más —dijo con el ceño fruncido—. Pero ahora mismo lo que me preocupa es que, de ser así, se nos viene encima un montón de trabajo si tenemos que repasar todos los casos desde 1988 hasta hoy. Espero que lo tenga usted claro, señor comisario. Y puede incluso que no demos con más casos con montones de sal y tengamos que remontarnos a antes de 1988, aunque espero que no, la verdad.

—Sé que es un trabajazo, pero ¿por qué crees que lo hacemos, Rose?

—Porque tenemos dos crímenes cuyo autor procuró que parecieran otra cosa.

—¿Crees que se trata del mismo asesinato? —le preguntó Marcus con una mirada atenta.

—Lo creemos los dos, y tú también, Marcus —intervino Carl—. ¿Por qué si no el caso del taller te sigue obsesionando?

—Sí, claro, pero seamos sinceros: una cosa es la intuición, y otra, una serie de casualidades que podrían mandarnos con facilidad tras una pista falsa. Hasta que no encontréis uno o dos casos más en los que se hallara un montón de sal junto a la víctima, mejor tomar todo esto como una casualidad. Pero, si encontráis uno más, lo hablamos.

—Muy bien —dijo Rose—, pero si resulta que en ellos sí se produjo un asesinato, podemos contar con que la causa de la muerte se camufló de una forma tan hábil que tal vez el caso nunca llegara al Departamento de Homicidios y, por lo tanto, no se encuentre en nuestros archivos. Casos que, por poner un ejemplo, se cerraran como «accidente mortal», «suicidio» o «muerte natural», en cuyo caso estaríamos hablando de miles de posibilidades. Además, tampoco perdamos de vista el aspecto geográfico: podría haber ejemplos en toda Dinamarca.

Marcus puso las manos sobre la mesa y se inclinó hacia ella.

—Sí, Rose, yo también pienso que hay que tenerlo en cuenta. Una pregunta: ¿cuándo falleció ese diputado? No lo recuerdo exactamente. ¿Hace diez años?

—Casi el doble. La fecha de la muerte se estableció en el 19 de mayo de 2002, domingo de Pentecostés, y la víctima se llamaba Palle Rasmussen —dijo Rose.

—Madre mía, ¡eso es una barbaridad de tiempo! —dijo Marcus con un silbido mientras se reclinaba en la silla como si estuviera hojeando un calendario imaginario hasta esa fecha.

—Si te soy sincero, me parece que el Departamento Q es algo pequeño para encargarse de este caso por su cuenta —intervino Carl.

Marcus levantó el índice. Aún no había acabado de pensar.

Rose contempló la fotografía que tenía sobre la mesa e interrumpió sus pensamientos:

—Creo que tendríamos que hacer copias de la foto de este montón de sal y del de 1988, mandarlas a todos los departamentos policiales del país y cruzar los dedos por que algún investigador o perito tenga un caso parecido almacenado en la memoria.

Marcus les dirigió una mirada muy seria.

—¿Nos atrevemos a decir en voz alta que creemos que hay más casos con montones de sal?

—¿Que se trata de un asesino en serie, quieres decir? —preguntó Carl.

—Si hay más de dos casos en los que se hallara un montoncito de sal junto al lugar del crimen, sí.

—Lo que significa que vamos a tener que ir a por todas: análisis de perfiles, de los motivos, centenares de entrevistas e interrogatorios, evaluaciones técnicas y comparación de informes de todo tipo entre muchas, muchísimas cosas más. Tardaremos meses —dijo Carl con un ánimo agorero imposible de pasar por alto.

—No te falta razón, pero piensa en lo que pasará si hay más casos que apunten en la misma dirección. ¿No tienes ganas de resolver unos cuantos de un plumazo para sacarlos de la pila? Podríamos esclarecer la explosión en el taller de Ove Wilders y otros muchos que vendrán detrás.

Carl sonrió, y las arrugas que le surcaban el rostro mostraban emociones contradictorias, como si lo hubiera dibujado un arquitecto hasta arriba de LSD.

10

Carl

Jueves, 3 de diciembre de 2020

—Mientras nuestros despachos queden a cinco metros del Departamento de Homicidios, prometedme que seréis discretos con lo que nos traemos entre manos. Sé que no podéis evitar charlar con otros investigadores, pero evitad contarles lo que estáis haciendo. Si la cosa va bien, dos tercios del departamento nos van a odiar y, si va mal, vamos a ser el hazmerreír de la comisaría, y no me apetece verme en ninguna de esas situaciones. Tenemos que guardar silencio mientras estemos pegados a los demás, ¿de acuerdo? —dijo Carl, y señaló la hilera de pizarras blancas que colgaban de las paredes del despacho que compartían Assad, Rose y Gordon—. A partir de ahora, este será nuestro centro de mando, amigos míos. He dibujado cinco columnas que espero que rellenemos pronto. La primera columna habla por sí misma: «Cuándo y dónde». La segunda, donde pone «Quién», es un poco más complicada. Si han pasado muchos años del supuesto asesinato, será más difícil elaborar un perfil de la víctima y hacernos una idea de sus hábitos y estilo de vida.

»La tercera columna, «Cómo», también puede ser algo difícil de rellenar. La cuarta no creo que lleguemos a llenarla hasta que no localicemos al posible asesino. La he titulado «Por qué».

—¿Se podría suponer que los dos casos que ya tenemos comparten la característica de que dejaron inconsciente a la víctima antes de asesinarla? —preguntó Rose.

—¿Por qué lo dices? —replicó Carl.

—Bueno, es evidente que los mecánicos estaban fuera de combate antes de que el taller saltara por los aires, y al diputado Palle Rasmussen debieron de atarlo y dejarlo inconsciente detrás del volante para que el monóxido de carbono rematara la faena.

—¿Cuántos años tenía su Volvo, lo sabes?

—Los suficientes como para tener catalizador.

Carl asintió. Para desgracia de Palle Rasmussen, el catalizador era el responsable de que el coche hubiera emitido tanto monóxido. Entonces miró a Assad.

—Veo que pones tu cara de pensar. ¿Tienes algo que decirnos?

—Ay, Carl, tengo algo un poco raro que me da vueltas por la cabeza. No dejo de pensar en cómo se consigue que cinco mecánicos queden inconscientes. ¿Qué pasó, fue alguien a partirles el cráneo a todos sin que ninguno se resistiera?

Gordon levantó la mano, muy modosito. Había que quitarle esa costumbre como fuera.

—Yo he pensado lo mismo, creo que los mataron de un golpe en la cabeza y la explosión sirvió para disimularlo, de modo que no se encontraran rastros de ADN, o cámaras de vigilancia o… —no dijo nada más; no hacía falta.

—Yo también lo creo —añadió Rose.

—Tuvieron que sedarlos de alguna forma antes de golpearlos —continuó Assad—. Quizá el hombre que estaba en la entrada del taller intentó salir a respirar aire fresco, pero no lo consiguió. En eso pensaba.

—Vale, pongamos que sí. ¿Cómo los sedaron? ¿Alguien tiene una idea?

—¿Con gas o algo por el estilo? —sugirió Gordon.

—Ya, pero en el taller pintaban coches, imposible que no tuvieran un buen extractor. ¿No creéis que tiene que ser otra cosa?

—Y ¿un extractor no podría usarse al revés, como las aspiradoras antiguas, para bombear aire en el interior del local? —preguntó Rose.

—Ni idea —dijo Carl con un encogimiento de hombros—. Puede ser, pero me suena un poco enrevesado, ¿no? —Parecían estar todos de acuerdo—. ¿Y el diputado? ¿Qué creéis que pasó?

—Pienso que lo mismo —dijo Assad—. Primero lo durmieron para que no pudiera salir del coche mientras el monóxido de carbono lo envenenaba.

—Eso podrían haberlo hecho con éter o cloroformo, ¿verdad? —preguntó Gordon.

—Sí, es una posibilidad —admitió Carl, que ya había pensado en eso—. Son sustancias difíciles de detectar en un cadáver, y, al encontrarlo tres días después de su muerte, el olor sería imperceptible, más aun teniendo en cuenta el del monóxido. ¿Lo apuntamos como posibilidad?

Hubo un asentimiento unánime, y Carl lo anotó en la pizarra antes de preguntar:

—¿Creéis que fue el mismo método que se empleó en el taller?

—Es posible —asintió Gordon.

—¿Y qué nos dice eso del asesino?

—Que debía de conocer al detalle las escenas del crimen y la gente a la que mató. A qué hora llegaría el diputado a su casa, la distribución del taller… Todo eso —prosiguió Gordon.

—Sí, y que tenía conocimientos sobre sedantes de una u otra índole, y que los asesinatos fueron minuciosamente planificados, cosa que podemos deducir por la complejidad del crimen del taller, aunque ¿cómo confirmamos que el otro asesinato sucedió de la misma manera?

Apuntó con el dedo a los tres, y Assad fue el primero en hablar:

—La sal estaba debajo del coche del diputado. La pusieron antes de que la víctima lo aparcara.

Carl le mostró un pulgar levantado antes de volver a apuntarlos con el índice.

—Rose, quiero que redactes una circular solicitando información de casos en los que se encontrara sal junto a personas muertas y que la mandes a todos los distritos policiales, además de hacerlo correr por el nuestro; ya sabes cómo se hace. Tú vas a ser la persona de contacto. Y, si no recibes ninguna respuesta, llama para presionar un poco —dijo con una sonrisa que no fue bien recibida. Rose detestaba ese tipo de tareas.

—¿En serio nadie se acuerda de un solo asesinato en el que apareciera un montón de sal cerca de la víctima? —Todos negaron con la cabeza—. Es un rollo, pero a mí tampoco me suena de nada. Bueno, estudiaremos los casos entre 1988 y 2010 para continuar el trabajo que Rose ya ha empezado y que a partir de ahora y hasta nueva orden pasa a ser responsabilidad tuya, Gordon. Aprovecha la experiencia de Rose y dedícate primero a repasar el material fotográfico de los archivos para ahorrar tiempo. Si encuentras sal en alguna imagen, lee el informe correspondiente y háznoslo llegar. Estate atento para que no se te pase nada por alto.

—¿Y no puedo pedir a los comisarios generales que, si ningún investigador de ningún departamento se acuerda de haber encontrado un montón de sal en un caso, empiece por repasar el material fotográfico? —preguntó Rose.

—Por supuesto —asintió Carl—. En lo que a ti respecta, Assad, tú vas a encargarte de los posibles motivos en los dos casos que ya tenemos en la pizarra, tengo el pálpito de que tienen algo en común. Tanto la estafa del taller con la venta de coches como la visión cerril y rabiosa del diputado Palle Rasmussen hacia prácticamente todo, me hacen pensar en la posibilidad de que haya inmigrantes implicados. Sé que es una teoría muy cogida por los pelos, pero la mujer del mecánico que se separó dejó caer que los coches baratos que el taller ponía a la venta atraían a muchos de ellos. Si consultas el Registro de Vehículos de la época de la explosión, podrás obtener los nombres de los compradores y, si uno de ellos pertenece a un colectivo que fuera blanco de la ira de Palle Rasmussen, tal vez sea un motivo común para ambos casos, aunque soy consciente de que sería una casualidad tremenda.

—Me da que no será tan fácil, Carl —respondió Assad con un tono seco.

—Ah, ¿y eso por qué?

—Porque apostaría a que la compraventa de vehículos se realizaba fuera del taller y el nombre de la empresa no debe constar en los recibos.

—Pero alguien tenía que constar como vendedor, ¿no? —dijo Carl con el ceño fruncido—. Bueno, entonces lo que tienes que hacer es buscar el nombre de los mecánicos en el Registro, porque en ese caso debían de ser ellos quienes constaban en el recibo de la venta. Y así, de paso, puedes elaborar un perfil de cada uno.

Assad encogió los hombros como si no estuviera muy convencido. Para Carl era un fastidio, pero mientras hiciera lo que le pedía, daba lo mismo.

—¿Y tú qué harás, Carl? —le preguntó Rose con una mirada avinagrada. «¿Y ahora qué le pasa?», se preguntó él—. ¿Esperar a que te traigamos algo fumando esos cigarros apestosos?

El inspector esbozó una sonrisa.

—Mmm, sí, eso mismo haré. Pero lo primero de todo será conseguir una inmensa partida extra para pagaros todas las horas de más que vais a hacer, porque imagino que no os apetece compensarlas con diez años de vacaciones.

—Muy bien, Carl, pues haz eso —replicó Gordon, que parecía muy animado; le encantaba hacer horas extra si se las pagaban. No había que olvidar que no llevaba mucho tiempo en la comisaría.

—Y también trataré de elaborar un resumen de ambos casos para la posterior elaboración del perfil psicológico del asesino —añadió.

—Menudo tramposo, si ese marrón se lo vas a pasar a Mona para dedicarte a jugar con tu hija mientras los demás nos partimos el lomo —respondió Rose, que estaba de un humor realmente belicoso.

—Es una idea genial, muchas gracias —decidió responder él con una sonrisa.

—Una preguntita de nada, Carl —continuó ella—. Si la sal la dejaron adrede, nos encontramos con un asesino al que le gusta flirtear con el riesgo de ser descubierto o que, en cualquier caso, quiere dejar su firma. Y, de ser así, es un asesino en serie muy metódico al que nos morimos de ganas de echar el guante. Pero ¿y si, a pesar de todo, lo de la sal es casualidad?

—Es por eso, entre otras cosas, que debéis mantener la boca cerrada en el departamento y no soltar prenda de vuestros avances… o retrocesos. Pero, aunque sea casualidad, lo único que pretendemos es resolver dos asesinatos de hace mucho tiempo. ¿No es a eso a lo que nos dedicamos?

Un rato después, Carl estaba en su despacho y se fumaba un cigarrillo con la cabeza medio asomada a la ventana. Lo ayudaba mucho a pensar ver el humo de un blanco azulado que flotaba hacia el cielo.

¿Qué debía hacer?

Marcus lucharía con uñas y dientes por la partida para las horas extra, de eso no tenía que preocuparse. En lo que respectaba al perfil psicológico de las víctimas, quizá valiera más empezar por el diputado, que era un personaje público, además de estudiar cualquier caso de difamación o intervención policial relacionada con él. Carl recordaba a aquel hombre de un caso que había compartido con Hardy, y tenía una cosa muy clara: Hardy se acordaría mucho mejor que él.

11

Carl

Jueves, 3 de diciembre de 2020

—ESTOY EN LA sala de espera del ambulatorio y hay mucho jaleo, Carl, o sea que habla más alto.

Él escuchó con atención, pero no le pareció oír ningún jaleo.

—Morten dice que lo de Suiza sigue adelante. ¿Te sientes optimista, Hardy?

—¿Optimista? ¿Me preguntas si creo que voy a volver a andar?

—¿Lo crees?

—Si las próximas operaciones que van a hacerme en la columna salen bien, y si consiguen construirme un exoesqueleto con un montón de ruedines de apoyo para un hombre de mi estatura a la vez que logran tonificar mis músculos por ahora inexistentes, no dudo que conseguiré ponerme de pie, pero no esperes que bata el récord de los cien metros lisos.

—Hardy, no es eso lo que espero, ya lo sabes. ¿Qué me dices de la sensación en los brazos? ¿Hay alguna posibilidad de que puedas volver a usarlos?

El silencio que siguió hablaba por sí solo. Hardy llevaba más de diez años paralizado del cuello para abajo, ¿qué iba a pensar de una pregunta tan estúpida?

—Creo que sí —respondió de todos modos.

Carl soltó un soplido de asombro. Que Hardy recuperara aunque fuera un poco de movilidad lo cambiaría todo. Era casi demasiado bueno para ser verdad.

Aparte de eso, Hardy no quiso hablar más de su tratamiento. Ya tenía a Morten y a Mika para darle discursitos de ánimo todos los días, no necesitaba más perogrulladas sobre el tema. Todo aquello no era más que un experimento cuyo resultado nadie podía anticipar, y él era un hombre cauto.

—Hablando de Morten… Me ha comentado que estáis trabajando en el suicidio del diputado Palle Rasmussen y que esa es la razón de tu llamada.

—No, si yo…

—Ese caso apestaba. ¿Por qué iba a doblar la servilleta un personaje público que andaba loco por ser el centro de atención? Sin dar explicaciones, sin carta de despedida, sin nada que indicara que estaba deprimido… Me acuerdo perfectamente del caso. Era uno de los políticos más detestados del país y parecía vivir del odio, ya fuera del que él dispensaba o del que recibía. ¿Crees que, de repente, le entraron remordimientos de conciencia por ser una persona horrible?

—No, es verdad que fue muy extraño. Pero dime, Hardy, ¿recuerdas si apareció un montón de sal en el garaje?

—¿Un montón de sal, dices?

—Sí. Encontramos uno parecido en un caso de varios años antes.

—Pues no, no me acuerdo. ¿Por qué es importante? —preguntó, y Carl le explicó la coincidencia entre ambos casos—. Hay que verlo, pero podría ser casualidad, ¿no?

—No lo sé. Estamos volviendo a investigar a Palle Rasmussen. Esta vez nos interesa averiguar si se había acostado con alguien que tal vez lo ató. ¿No te acuerdas de que el forense le encontró unos surcos en las muñecas?

—Sí, y como dije entonces, y confirmó el forense, tenía unas marcas en la piel que en una persona viva no tardan en desaparecer. Así que, o bien practicó sexo sadomaso mientras volvía a casa del Parlamento, algo que, según averiguamos en su día, hubiera tenido tiempo de hacer, o alguien lo ató. ¿No te acuerdas de que la mujer de la limpieza dijo que tenía una especie de funda mullida en el volante que no estaba cuando lo encontraron?

—Lo siento, Hardy, pero no me acuerdo. ¿Lo dices porque, si no hubieran quitado la funda, los técnicos habrían encontrado rastros de las cuerdas?

—Solo lo digo porque me pareció raro que la funda hubiera desaparecido.

—¿Por qué se archivó el caso? Es que no me acuerdo. Puedo hablarlo con Marcus, pero si tú te...

—Creo que vendrán a buscarme en cualquier momento, o sea que voy a resumir un poco —dijo Hardy, y reflexionó—: El caso se archivó cuando varios familiares de Palle Rasmussen hablaron de un almuerzo de Pentecostés al que él asistió un par de días antes de su muerte.

—Vaya, eso lo pasé por alto.

—Es que los últimos días tú ya no estabas en el caso, te asignaron otro con Anker.

—Ah, ¿sí? Bueno, ¿y qué pasó en el almuerzo?

—Los familiares afirmaban que Rasmussen, con su sentido del humor habitual, hizo un chiste sobre una presentadora de televisión que se pegó un tiro en directo, diciendo que era el suicidio más descabellado que uno se podía imaginar. «Si alguien planea suicidarse, en mi opinión debería preocuparse por dejar un bonito cadáver. Es lo que yo haría», se ve que dijo. «Lo que *yo* haría», fueron sus palabras, y a sus parientes en ese momento les pareció una expresión típica de él. Ese mes tuvimos un aluvión de casos, e imagino que Marcus lo sacó de la lista de prioridades por ese motivo, cosa que a mí me fastidió bastante, la verdad.

Se oyó bullicio de fondo, y Hardy respondió en inglés a algunas preguntas que le hicieron en francés.

—¿Y lo de la funda del volante y el almuerzo familiar no tendría que estar en el informe, Hardy?

—Pues claro, ¿no lo está? —Más jaleo de fondo—. Huy, me tengo que ir, Carl. Espero haberte ayudado un poco.

Un poco era quedarse corto, aunque también le había planteado un montón de nuevos interrogantes.

—Seguimos en contacto, ¿no, Hardy?

—Chao, chao —fue lo último que oyó antes de que se cortara la llamada.

—HOLA, ROSE, PERDONA por molestarte mientras trabajas.

Ella le dirigió una mirada hosca con el teléfono en la mano.

—¿Crees que es posible que haya más anexos o páginas relativas al informe del suicidio del diputado?

Ella colgó con un gesto contrariado.

—¿A qué te refieres? —preguntó, y, cuando Carl le dijo que había hablado con Hardy, cambió de expresión—. Ay, Dios, ¿cómo se encuentra?

—Bueno, va tirando. Aún no sabe gran cosa, pero me ha parecido optimista. Dime, ¿crees que es posible que falten páginas en el informe?

—Ni idea. Podría ser que Gordon las encuentre mientras repasa el archivador entero. ¿Y si se lo preguntas a él? —le dijo mientras señalaba a su espalda, donde Gordon, pálido y flaco como un poste, estaba rodeado de decoración navideña, con una pila de informes de un metro de alto a un lado y otro de unos cinco centímetros al otro.

—¿Cómo va eso, Gordon, alguna novedad?

Gordon le lanzó una mirada de perplejidad. Acababa de sacarlo de un estado de concentración profunda.

—Veo que ya no te queda nada —bromeó Carl mientras señalaba la pila ingente de informes que le quedaban por revisar.

—Qué va, esto no es nada. ¿Sabes la de casos sin resolver de violencia contra las personas con resultados letales que quedan en el archivo?

Carl le dio unas palmaditas de consuelo en el hombro y señaló a un elfo navideño paliducho que tenía pegado en un lado del monitor del ordenador.

—Has puesto algo de decoración navideña, queda muy mono —mintió con descaro antes de trasladarle el encargo de buscar las páginas perdidas y desaparecer de nuevo en el pasillo para que su joven ayudante no tuviera tiempo de protestar.

DECIDIR A QUÉ pariente de Palle Rasmussen elegir no fue muy difícil, porque, en su momento, encontraron apenas a cinco personas a quien llamar para que identificaran el cadáver en calidad de familiares cercanos. Un hombre con camisa de cuadros, una americana de terciopelo marrón que le quedaba como un saco, zapatos de puntera ancha y vaqueros con el culo caído le abrió la puerta. En el pasado debía de haber tenido una hirsuta barba pelirroja, pero de ella no quedaba más que cuatro pelos ralos de color gris. Aquel vivo ejemplo de hípster de vieja escuela, con su aspecto de profesor pesado de colegio de primaria de los setenta, no era, igual que los hípsters actuales, una alegría para la vista, precisamente.

En cuanto le abrió la puerta, Carl le mostró la identificación y se bajó la mascarilla para que pudiera verle la cara.

—Tengo entendido que es usted familia del diputado fallecido Palle Rasmussen, ¿es correcto?

—Ojalá pudiera negarlo, pero sí —respondió él sin hacer el menor ademán de invitarlo a pasar—. No era alguien que despertara emociones muy afectuosas, dejémoslo así.

—¿Recuerda si acudió usted a un almuerzo familiar pocos días antes de la muerte de Palle en el que él también estuvo presente?

—¿Puedo saber por qué le interesa? Pasó hace más de quince años.

—Tiene relación con otro caso que estamos investigando y que tiene algunos elementos en común con su muerte, eso es todo lo que puedo contarle.

—¡Vaya! —Era evidente que aquella respuesta no había satisfecho al profesor jubilado.

—Yo fui uno de los policías a cargo de la investigación de su muerte, por eso he venido a hacerle unas preguntas.

—Pero si el muy imbécil se suicidó, no hay más que hablar.

—¿Por qué está tan seguro?

—Ahí me ha pillado —dijo con una carcajada que mostró una dentadura manchada con una pátina generosa de vino tinto y tabaco de pipa—. Pero sí, estuve en la comida familiar, era una tradición de Pentecostés, como le contamos a su compañero, un tipo altísimo, y Palle soltó algunos comentarios sobre el suicidio en el peor momento.

—Ajá, ¿y en qué momento fue?

—Justo cuando nuestro primo Laurits acababa de enterarse de que tenía cáncer. Estaba hecho polvo.

—Muy poco perceptivo, por lo que parece.

El profesor lo miró en silencio, como si Carl no hubiera hecho los deberes.

—Eso lo dirá usted. Vaya si Palle era perceptivo. Nunca he dudado de que lo hizo de forma deliberada para conmocionar y azuzar a nuestro primo, metiendo el dedo en la llaga de su angustia y su miedo. Palle era así, mezquino y sin la menor empatía por los demás. Un cerdo idiota de cabo a rabo.

—¿Y usted cree que Palle se suicidó?

—¡¿Yo?! Para ser francos, en su momento me dio absolutamente igual y ahora también.

—¿Y cree que ese sentimiento lo comparte el resto de la familia?

El hombre dio un paso adelante y salió al umbral de la puerta.

—Si quiere hablar con alguien que no opine lo mismo, vaya a ver a la sobrina de Palle. Bebía los vientos por él y sus ideas absurdas y enfermizas.

—¿Sobrina?

—Sí, aunque tenían casi la misma edad, es la hija del hermano mayor de Palle; él era el pequeño de la familia.

—¿Y sabe dónde vive?

—No hace falta que se lo diga, usted también lo sabe, conocerá de sobra a Pauline Rasmussen.

—Ah, entiendo que estamos hablando de esa Pauline Rasmussen. Pero ella no es, que digamos…

—¿Fascista? Qué va. Se volvió tan roja que no llamaría la atención en una olla de bogavantes hervidos.

12

Pauline

1993

PAULINE NO ERA una adolescente como las demás. Mientras sus amigas fantaseaban con convertirse en enfermeras o casarse con médicos y cosas por el estilo, ella soñaba con cosas muy diferentes.

Solo deseaba que la vieran, estar en el centro de una habitación o sobre un escenario y que la contemplaran, alargar los brazos bajo los focos y ver cómo cientos de ojos la seguían. No quería que la ignoraran, no quería que la despreciaran, no quería sentirse marginada. Y su sueño hacía que le sudaran las manos y se le ruborizara el cuello.

Hasta que, un cálido verano, cuando Pauline tenía dieciséis años, su familia recibió una invitación para pasar las vacaciones en una casa de veraneo junto con un par de hermanos de su padre y sus respectivas familias.

Pasó casi una semana aburrida como una ostra hasta que un hombre de mirada traviesa acudió allí a quedarse unos días. Desde el primer momento, la manera en que posó los ojos en ella y la miró, provocó que Pauline sintiera un cosquilleo en la piel.

Ninguno de los otros hermanos hablaba bien de Palle Rasmussen. Lo encontraban un hombre excesivo y poco considerado, siempre dispuesto a alzar la voz y ponerse a discutir. Era habitual que, en una tarde apacible, de repente se pusiera al rojo vivo.

Pauline sabía por su padre que Palle estaba metido en política, algo que le pareció mucho más interesante que ser tendero, contable y el resto de profesiones de los otros miembros de la familia Rasmussen.

La primera vez que el hermano de su padre estuvo a solas con Pauline, se le acercó mucho, le puso una raqueta de pimpón en la mano y le pidió que le atizara en la cara con ella.

Pauline titubeó, pero cuando él la agarró de la entrepierna y le dijo que, si no lo hacía de inmediato, le daría un puñetazo en el abdomen, estampó la raqueta con tanta fuerza contra la cara de su tío que la madera se astilló.

Él trastabilló y la miró como si lo hubiera traicionado. Pauline estaba asustada por lo que había hecho, pero entonces él le tendió la otra raqueta y le pidió que volviera a hacerlo.

Tal vez alguien reparara en las mejillas encarnadas de la joven cuando se sentó a cenar, pero Palle no le prestó la menor atención y, para entonces, Pauline ya estaba enamorada de él.

Poco después, tenía las llaves del piso de Palle, y las cosas que ellos se hacían nadie podría haberlas hecho mejor. Por primera vez, Pauline descubrió el poder que ostentaba gracias a su sexo y su voluntad, y por primera vez se dio cuenta de que aquellas eran las herramientas que le permitirían progresar en la vida.

Palle la cubría de alabanzas y la escuchaba como nadie, y eso la excitaba casi tanto como ella lo excitaba a él. Cuando se acostaban juntos, todo lo que pasaba entre ellos era de una intimidad y una intensidad totalmente distintas a cualquier cosa que ella hubiera podido imaginar jamás, y eso la hacía volar. La hacía volar saber que tenía el poder de usar su fuerza contra otro cuerpo, oír y sentir el placer de otra persona en los aullidos de dolor, y ver cómo ese dolor se manifestaba en una infinidad de marcas rojas y arañazos.

13

Carl

Viernes, 4 de diciembre de 2020

ERA CIERTO QUE a la cabaretera y actriz de revista Pauline Rasmussen no le hacía ninguna gracia que le recordaran el afecto que había sentido por su tío, y cuando Carl apareció a la mañana siguiente en el ensayo de su próximo espectáculo y anunció sus intenciones, lo arrastró hasta bambalinas y le pidió que bajara la voz.

—Creo que lo mejor será que diga a los demás que va a tomarse un descanso —dijo Carl con un asentimiento—. Así podremos sentarnos en un banco al otro lado del canal y hablar con tranquilidad.

Cuando lo hicieron, ella se estremeció y se arrebujó en su abrigo, y no era de extrañar; según el último termómetro que Carl había visto esa mañana, la temperatura apenas superaba los cero grados.

—Iré al grano, Pauline. Sé que mantuvo usted una relación con su tío, y también sé que ahora se encuentra en otro punto de su vida, así que no tiene de qué preocuparse —empezó, y se cerró los labios con una cremallera imaginaria—. Me consta que era usted la única que tenía una relación cercana con él y que se negó a creer que se hubiera suicidado. ¿Recuerda por qué pensó eso?

—¿Me asegura al cien por cien que esto nunca saldrá de aquí? —preguntó ella con nerviosismo.

—Se lo prometo. Secreto profesional, ya sabe.

Carl la conocía de la televisión. Era una actriz muy voluntariosa con gran vis cómica y una voz preciosa, pero la mujer

71

sentada en el banco no tenía nada de cómico ni de voluntarioso. La voz le temblaba un poco y lo miró con preocupación.

—Yo estaba loca por él, aunque hoy en día me parezca incomprensible. Pero esa temeridad suya le daba un aire muy carismático, y creo que fue el motivo por el que consiguió tantos votos en las elecciones parlamentarias. Me enamoré de él y mantuvimos una relación durante casi nueve años y medio. Me dejó un par de meses antes de morir con el pretexto de que se había enamorado de otra. Y lo que más me dolió fue que se le veía en los ojos lo enamorado que estaba. ¿Por qué iba a suicidarse? Era una persona muy fuerte capaz de superar cualquier cosa.

—¿Incluso que la mujer a la que amaba no lo quisiera?

—Incluso eso —asintió ella.

CARL CERRÓ LA puerta de su despacho. Su siguiente conversación debía suceder a puerta cerrada.

Cuando logró que Kurt Hansen, expolítico y antiguo subinspector de la Policía que en más de una ocasión le había dado buenos consejos, le cogiera el teléfono, se oyó un chirrido estridente al otro lado de la línea. Hacía bastantes años que Kurt había dejado el palacio de Christiansborg, sede del Parlamento, pero coincidió con Palle Rasmussen, y Carl confiaba en su buena memoria.

Pareció contentísimo de tener noticias de Carl, casi honrado por su llamada. Tal vez la jubilación lo estuviera matando de aburrimiento, por no hablar de la ausencia letal de contacto humano como consecuencia de la pandemia.

—¿Palle Rasmussen, dices? Un hijo de puta de mucho cuidado. Me horrorizaba tener que estar con él en la misma habitación para debatir y negociar. Además, no había forma de pasarle por encima, casi vivía en Christiansborg, trabajaba hasta en las fiestas de guardar, el muy ateo de los cojones, ¿te lo puedes creer?

—Kurt, ¡no te pases! Estoy investigando su suicidio y tengo una gran necesidad de saber quiénes eran sus enemigos.

—¡Ja, ja! Tienes claro que no fue un suicidio, ¿verdad? Aunque espero que sí lo fuera, porque, si lo asesinaron, el que lo mató se merece una medalla, y no la cárcel. Oye, todo esto es *off the record*, ¿eh? —dijo con una carcajada—. Bueno, pues claro que ese tío tenía enemigos. ¿Estás seguro de que tienes tiempo para llegar hasta el fondo de todo esto?

—He leído muchas cartas llenas de odio dirigidas a él, además de muchos de sus discursos y entrevistas, así que el contexto lo tengo claro. También supongo que recibía amenazas dentro del Parlamento.

—Hasta yo recibí algunas a lo largo de los años, es de suponer que a él le llegarían multiplicadas por cien.

—¿Se ocultan ese tipo de cosas entre los diputados?

—¿Ocultarlo? No, lo dudo mucho —dijo, y carraspeó varias veces mientras reflexionaba—. ¿Sabes qué? Prueba a hablar con Vera Petersen, la pobre fue la secretaria de su grupo, consciente de que era un trabajo de mierda, pero hoy es la secretaria del Departamento de Industria. Llámala y habla un poco con ella, te garantizo que gran parte de esa mierda pasaría por sus manos.

RESULTÓ UN CONSEJO excelente, puesto que Vera Petersen demostró ser una fuente inagotable de conocimiento, soluciones y memoria, el tipo de secretaria que prácticamente convierte en superfluo el trabajo de su jefe.

Confirmó haber trabajado para el partido de Palle Rasmussen como secretaria y coordinadora, dando a entender que no fue, precisamente, un camino de rosas.

—Lo que le puedo decir es que todas las amenazas eran anónimas, y que todas venían a decir lo mismo: que ojalá se muriera, que tenía un cerebro de mosquito, que deseaban que se tirara del puente de Langebro, que era feo y asqueroso y que de su boca solo salía mierda. Ay, ¡un momento! —dijo por enésima vez durante la conversación para transmitir un mensaje a alguien en su despacho antes de volver al teléfono. Estaba ocupadísima.

—¿Cree que es posible que algunas de esas cartas aún existan?

—En el palacio de Christiansborg no, hasta donde sé, pero me consta que algunas se las llevaba a casa. Creo que, cuanto más feroces eran los correos que recibía, más lo divertían. Eran casi como trofeos para él. Tal vez planeara denunciar a los remitentes en algún momento, quizá cuando se acercaran las elecciones. Le encantaba que los medios entraran al trapo, daba mucho que hablar. A decir verdad, era un estratega fantástico en lo que a la autopromoción se refiere. Ninguna publicidad es mala, ¿no es eso lo que se suele decir? Es una tontería, claro, pero en su caso tal vez no lo fuera. Ay, ¡un momento!

Desapareció una vez más, pero Carl ya tenía lo que necesitaba. Se despidió con un agradecimiento y pasó al siguiente punto en su lista de tareas.

PAULINE RASMUSSEN SE mostró preocupada al volver a oír la voz de Carl al otro lado de la línea.

—Solo tengo una pregunta muy rápida, Pauline. ¿Quiénes fueron los herederos de Palle Rasmussen?

—Ah, pues yo. Pero ¿no estará insinuando...?

—Solo quiero saber qué fue de su casa y sus efectos personales.

—Me lo quedé todo yo, pero no había nada de valor. Poca cosa más que el ordenador y algunos muebles, aunque ninguno de diseño danés en plan Hans Wegner o Poul Kjærholm ni nada por el estilo. Además, yo ya tenía lo que quería.

—¿Su ordenador? ¿Lo tiene todavía?

—Puede que sí, no estoy segura. Pero, si lo tengo, debe de estar en la buhardilla. No pude casi ni encenderlo porque es un Mac y no me aclaro con él —dijo ella con un inicio de carcajada que se apagó enseguida.

—¿Puedo pedirle que lo busque?

—Ay, es que ahora estoy muy estresada.

—Pero no creo que vaya a llevarle mucho tiempo, ¿no? Podemos ir a echarle una mano.

La propuesta debió de sorprenderla a juzgar por el tono dubitativo de su respuesta.

—Esto… No, no hace falta, gracias, lo haré yo misma en cuanto pase el estreno.

—Me parece razonable, ¿cuándo es?

—Mañana.

Carl asintió para sí. ¡Un ordenador! Parecía poco probable que la policía hubiera comprobado su contenido, tratándose de un aparente suicidio, así que le tocaría hacerlo a él.

—Tengo entendido que también había una caja con documentos y papeles —añadió Carl.

—¡Una caja! —rio ella con sarcasmo—. Había al menos cincuenta cajas llenas hasta arriba de todo lo que pueda imaginar que fueron directas a la incineradora. Palle guardaba un montón de basura en casa que yo no necesitaba para nada, ¿qué otra cosa iba a hacer sino tirarla?

A Carl le pareció que su risotada había sonado un poco forzada.

—Gracias, Pauline, pero le agradecería que comprobara si queda aún alguna caja. Cuento con que me llamará de nuevo pasado mañana, en cuanto haya podido revisar la buhardilla. Y mucha mierda para mañana. Se dice así, ¿verdad?

Y con eso terminó la conversación.

Todo aquello era muy extraño. En el informe del supuesto suicidio de Palle Rasmussen, Carl no había visto ni una palabra relativa a su ordenador, aunque era evidente que, en vista de que la hipótesis del suicidio empezaba a ser dudosa, había que analizarlo.

—¿Puedo entrar? —preguntó Marcus Jacobsen después de llamar a la puerta y quedarse en el quicio con pinta de necesitar con urgencia a alguien con quien hablar.

Carl echó su silla hacia atrás y señaló el asiento ubicado en el otro extremo del escritorio.

—Mira —dijo Marcus, y le enseñó el móvil—. ¿Qué ves?

—Un ataúd en una iglesia. ¿Es el de Maja?

—Sí. ¿Y encima del ataúd?

—¿Ramos de flores?

—Sí, tres en total. Uno es de la prima de Maja y otro es mío.

—¿Y el tercero?

—Eso me pregunté yo también, así que, en cuanto acabó la misa, me acerqué a comprobarlo. No llevaba tarjeta ni cinta.

—Tampoco me parece tan raro.

—Ya, pero teniendo en cuenta que a la iglesia fuimos solo dos personas...

—¿Un ramo anónimo?

—Pregunté al rector, que me dijo que el ramo ya estaba sobre el ataúd cuando llegó el sepulturero.

—Quizá lo dejó el sepulturero, entonces.

—Exacto —asintió Marcus—. Le hice una llamada y me contó que encontró el ramo en la puerta de la iglesia cuando fue a abrir. Llevaba una nota prendida con un alfiler en la que ponía «Para el ataúd de Maja». Le extrañó mucho, pues es algo muy poco habitual, pero lo dejó sobre el ataúd.

—¿Le preguntaste si aún tenía la nota?

—Sí, la sacó de la papelera.

—Suéltalo ya, Marcus, ¿qué pasa con la nota?

—Mandé analizarla, y no tiene ni huellas ni rastros de ADN. Se imprimió en cuerpo de letra Times New Roman sobre una hoja de papel de impresora de ochenta gramos normal y corriente, de la que se recortó la nota.

—¿Y el ramo también te lo llevaste?

—Sí, y comprobé floristerías, supermercados, gasolineras y quioscos en un radio generoso alrededor de la iglesia. El ramo no iba envuelto en papel ni plástico y, aunque los ramos de tulipanes se suelen vender así, nadie pudo decirme nada que fuera de utilidad, excepto que en esta época del año los tulipanes no crecen en jardines domésticos. Lo que más me extraña es no haber encontrado ningún rastro en la nota.

—Te entiendo, Marcus, es todo muy curioso. Parece que la persona que dejó el ramo no quería que la identificaran.

—¿Verdad que no? Llevo todo el día partiéndome los cuernos para averiguar todo lo que hizo Maja las semanas antes de su muerte, creyendo que quizá aparecería alguien, pero no he tenido suerte.

—¿Crees que a Maja la asesinaron?

—La verdad es que no. Pero, como sabes, en cierto modo me siento conectado a ella. El caso es que revisé todas sus cosas pensando que así daría con esa persona misteriosa y ¿sabes lo que encontré?

—Cuéntamelo.

—Las cuentas privadas de Maja, ordenadas cronológicamente por año en una carpeta a partir de 1980, cuando consiguió su primer trabajo. Una visión completa de su economía a lo largo de los años.

—Vaya, has estado ocupado, Marcus.

—La verdad es que no, porque desde el 1 de marzo de 1988 una parte de los ingresos mensuales que no procedían de su salario estaba marcada con un subrayador.

—Marzo de 1988, un mes después de la explosión.

—Sí, y no eran cantidades pequeñas, precisamente. Entre 1988 y 1998 recibió cinco mil coronas al mes. De 1999 a 2009, diez mil, y de 2009 hasta su muerte, veinte mil al mes.

Carl echó cuentas. Las matemáticas no eran su fuerte, pero es que su profesor de Aritmética de primaria tampoco fue precisamente una lumbrera.

—Unas quinientas mil coronas, eso es un dineral, Marcus. ¿Crees que fue el exmarido, que tenía remordimientos de conciencia? Debía de ganarse bien la vida, si podía hacer frente a ese gasto.

—Está claro que quien pueda permitirse esas cantidades sin deducirlas de sus impuestos debe de ganarse bien la vida, pero el exmarido no fue, porque falleció de cáncer en 2008.

Carl contempló de nuevo la foto de la caja de documentos en el móvil de Marcus.

—¿Se lo has preguntado a la prima?

—Sí, y le constaba que Maja recibía dinero de vez en cuando, pero no tenía ni idea ni de las cantidades ni de la frecuencia.

—Imagino que habrás hablado con el banco de esas transferencias. —Marcus miró a Carl como si fuera tonto y este añadió—: Deduzco, pues, que no se trataba de transferencias.

—La prima cree que el dinero le llegaba de forma anónima —suspiró Marcus—. Que tal vez se lo metieran en el buzón dentro de un sobre, pero eso no son más que suposiciones. Según el banco, Maja se presentaba todos los meses con un sobre lleno de efectivo para ingresarlo. Sospecho que sabía perfectamente cómo gestionarlo, porque nunca lo tocó. Lo guardó en la cuenta con sus ahorros normales, y el total ascendía a unos tres cuartos de millón cuando murió.

—No se gastó ni un céntimo, como si estuviera maldito. Para ella el origen del dinero no debía de ser un misterio como para nosotros.

—Eso seguro, como seguro que también sabía que tenía algo que ver con la explosión. Ella debía de considerarlo dinero manchado de sangre, igual que yo, porque creo que no querían que muriera nadie más aparte de los del taller, y mucho menos un niño pequeño.

Carl asintió. «Daños colaterales» era una expresión que se oía con mucha frecuencia en los últimos años en el contexto de los ataques con drones del ejército estadounidense, para referirse a la muerte accidental de personas inocentes en ataques con objetivos muy concretos. Si la teoría del dinero manchado de sangre era cierta, el hijo de Maja había sido un «daño colateral».

—¿Y quién pagaría ese dinero, Marcus?

—Alguien con muchos remordimientos de conciencia, o alguien en cuya cultura fuera habitual hacer algo así.

—Esa cantidad de dinero podría indicar que los responsables de la explosión eran un grupo. Eso tal vez explicaría por qué los mecánicos estuvieron tan indefensos.

Marcus inspiró profundamente.

—No lo sé, Carl. ¿Acaso un grupo criminal de inmigrantes o de moteros dejaría un ramito de tulipanes en la puerta de una iglesia? Algo falla en esa hipótesis.

Carl le dio la razón.

—En cualquier caso, ¿crees que lo que nos traemos entre manos es el asesinato deliberado de cinco personas en una explosión que fue planificada?

—Sí, creo que se trata exactamente de eso, un asesinato múltiple puro y duro.

14

Carl/Assad

Lunes, 7 de diciembre de 2020

AL PASAR JUNTO a la mesa de Lis, Carl se encontró con la imagen nada habitual de una pila de documentos acumulados para fotocopiar. Lis parecía cansada, a pesar de los adornos navideños que deseaban «Felices Fiestas» en cinco idiomas distintos y llenaban la mesa de alegres colores. Sørensen, apodada «Ilse, la loba de las SS», se había jubilado y aún no había llegado nadie para sustituirla. Incluso allí se notaban los recortes.

«Tonta del bote», le dio tiempo a pensar cuando Rose salió de su oficina con la delicadeza de un ternero que pisa por primera vez un prado. Estuvo a punto de derribar a un investigador novato de la oficina de enfrente que nunca les sonreía, aunque, a decir verdad, sus compañeros tampoco lo hacían.

—Ven corriendo a nuestro despacho, Carl —le ordenó a un volumen tan elevado que debieron oírla hasta en la otra punta del pasillo.

—¿Por qué no bajas la voz un poco, Rose? —le advirtió Carl una vez entró en la estancia—. Ya no estamos aislados en el sótano, y no quiero ni…

—Cállate la boca, Carl. Assad y yo ya llevamos aquí dos horas, por si no te habías dado cuenta, y estamos funcionando a pleno rendimiento.

Assad aún parecía agotado, pero daba la impresión de que su sonrisa empezaba a recuperar el lugar de siempre.

—Mira, Carl, hemos encontrado el clavo en la paja.

—Hay que ver, Assad, se dice la aguja en el… —empezó Carl antes de que Assad lo interrumpiera, apuntando con el dedo a la pizarra.

«28.4.1998», «Vordingborg», habían escrito bajo las columnas de «Cuándo» y «Dónde».

—¿Qué es eso? —preguntó mientras se acercaba.

—Como ves, fue hace más de veinte años —dijo Rose—, que no es tiempo suficiente para que se pierda en el pozo del olvido.

—En la columna de abajo no pone nada. ¿Se trata de un asesinato?

Ambos se encogieron de hombros.

Assad giró en la silla de oficina para encender el monitor de su ordenador y mostrar una imagen repulsiva e infernal. A decir verdad, hacía muchos años que Carl no veía tanta sangre. Un hombre de mediana edad estaba sentado en el suelo con las piernas cruzadas y la cara apoyada en una máquina. Estaba pálido y muerto, no había duda, sin una sola gota de sangre en el cuerpo. Tras él se veía una nave industrial iluminada por fluorescentes y ocupada por maquinaria pesada.

—¿De dónde sale la sangre? —preguntó.

Assad hizo clic con el ratón para pasar a la siguiente imagen, un primer plano de los brazos, torso y piernas cruzadas del hombre.

—Le cayeron los brazos sobre el regazo —dijo Rose—. Imaginamos que por la conmoción cuando la máquina le cortó las manos.

—¿Que qué?

—Sí, mira, está sentado delante de una perforadora capaz de agujerear planchas de hierro de cinco milímetros, así que no debió de costarle mucho.

—¿Quién es?

—El propietario de la empresa Maquinaria Oleg Dudek.

—Oleg Dudek. ¿Ruso?

—No, polaco —lo corrigió Assad—. Llegó a Dinamarca con la caída del Muro y al principio se estableció en Herning, pero acabó por trasladar la fábrica a Vordingborg, donde no hizo otra cosa que crecer.

—Prácticamente empleaba solo a trabajadores extranjeros, sin sindicatos y con sueldos precarios, claro, así que era un personaje muy polémico —añadió Rose—. Creo que le cayeron unas multas tremendas por las condiciones laborales que ofrecía, además de porque en su fábrica sucedían accidentes casi a diario por la falta absoluta de medidas de seguridad. Estuvieron a punto de cerrarle el negocio.

—Hola —dijo alguien desde la puerta. Era Gordon, que sonreía de oreja a oreja, aunque el gesto se le congeló en cuanto vio la pantalla de Assad—. ¡Dios mío!

Por un segundo dio la impresión de que estaba a punto de vomitar encima de la mesa. Tuvo que tragar saliva un par de veces.

—Respira, Gordon —le dijo Carl. Ya iba siendo hora de apuntar al chaval a algún cursillo de medicina forense para curtirlo un poco.

—¿Qué es eso? —murmuró con los labios pálidos como la cera.

—La perforadora le cortó las manos. ¡Zas, zas! —respondió Assad con parsimonia, cosa que no contribuyó en nada a mejorar el ánimo de Gordon.

—Pero ¿por qué se acercó a la máquina? —preguntó Carl a Rose—. En vista de cómo funcionaba la empresa, no puede ser otra cosa que un accidente laboral, si fue tan imbécil de no preocuparse por la prevención de riesgos. —Se paró a pensar un momento—. O, si realmente se encontraba bajo mucha presión porque los de Empleo iban a cerrarle el negocio, también podría tratarse de un suicidio, ¿no?

—*Oh, my God*, así no se mataría nadie. ¡Es terrorífico! —siseó Gordon mientras se dejaba caer en la silla.

—Se archivó como accidente laboral y cerraron la fábrica. Pero, pero, pero… —dijo Rose mientras le hacía un gesto a Assad, que pasó a la siguiente imagen: un detalle de las manos cercenadas en el suelo cubierto de serrín detrás de la máquina.

Se oyó un estrépito a su espalda procedente de Gordon, cuya cabeza había caído sobre la mesa tras perder el conocimiento, aunque respiraba con normalidad. Bueno, así no tendrían que preocuparse por él durante un rato.

—Dices «pero», ¿por qué? ¿Qué hacen las manos en un rincón? ¿Creéis que alguien las puso ahí?

—No, Carl, los peritos comprobaron que no fue así. Por el ángulo y la fuerza del corte, las manos tenían que caer justo en ese punto del suelo. Lo que pasa es que eso que a primera vista parece serrín en realidad es sal de mesa.

¡Sal! Carl sintió un escalofrío.

—Ve a buscar a Marcus inmediatamente —le dijo a Assad, y a Rose—: Ya puedes ir llenando el resto de columnas.

Se frotó la barbilla. 1988, 1998, 2002. Si aquello no era obra de un asesino en serie, él era la reina de Dinamarca.

ASSAD COMPROBÓ EL número de la vivienda y aparcó el coche patrulla en el caminito de acceso de una casa pequeña y sencilla de hormigón celular, de las que se construían en un par de semanas en los sesenta, cuando hasta el trabajador más humilde podía permitirse irse a vivir a los barrios residenciales de las afueras. Le sacó una foto porque esperaba poder construir él mismo una así algún día. Se estaba preguntando cuánto costaría cuando un hombre pelirrojo le abrió la puerta.

Jurek Jasinski, el excapataz de la empresa de Oleg Dudek, lo esperaba con unos pasteles tan dulces que a Assad se le derritió el corazón por la nostalgia.

—Advertí a Dudek muchas veces que me volvería a Polonia si no hacía las cosas como Dios manda —le dijo en un danés impecable, pero con un acento polaco que hacía que el danés de Assad pareciera el más refinado del país—, pero no me hizo ni caso. ¿Sabe lo que significa «Dudek»?

Assad negó con la cabeza. ¿Acaso su interlocutor creía que todos los inmigrantes hablaban polaco?

—Por irónico que parezca, «Dudek» significa «protector del pueblo», cosa que no podría estar más alejada de la realidad —explicó con una risotada tan explosiva que Assad, sobresaltado, estuvo a punto de atragantarse con el pastel.

—Tengo algunas preguntas muy sencillas que hacerle, ¿le parece bien?

—Dispare —le respondió Jasinski mientras desenfundaba una pistola imaginaria y fingía apretar el gatillo para después soplarse el índice y sonreírle de oreja a oreja. Assad no tenía ánimo para ese tipo de chistes.

—¿Qué tipo de hombre era Dudek? —fue su primera pregunta.

—¿Tipo? —reflexionó Jasinski—. Era más bien como un bloque de granito: sólido y fuerte, pero sin sentido del humor ni empatía. ¿Es eso lo que quería saber?

—Bueno, pienso sobre todo en lo que pasó y por qué. ¿Sería posible que alguien lo hubiera obligado a hacer lo que hizo?

—Menudo elemento sería quien consiguiera eso —respondió con una carcajada.

—Podrían haberlo amenazado con cualquier cosa, un disparo en la cabeza, por ejemplo.

—¿Qué quiere que le diga? Yo no fui, si es lo que insinúa.

—No —Assad negó con la cabeza—. Pero ¿era Oleg Dudek del tipo de persona que se suicidaría? —Las preguntas capciosas no se toleraban en los tribunales, pero en la vida real funcionaban la mar de bien.

Jasinski se encogió de hombros.

—¿No fue eso lo que pasó? Era imposible saber lo que se le pasaba por la cabeza a Dudek. Si no se salía con la suya, podía ponerse muy drástico.

—Vale, pero el modo en que lo hizo, lo de cortarse las manos… ¿Lo cree capaz de algo así?

Para su sorpresa, Jasinski volvió a echarse a reír.

—Dudek era un tipo duro y violento. Exmilitar y boxeador, cosa que, por desgracia, se notaba a veces en la cara de su mujer.

—¿Eso quiere decir que sí?

Otro encogimiento de hombros.

—¿Y cómo pasó? —insistió Assad—. ¿Desmontó alguna pieza que podría haber impedido el accidente?

Jasinski se inclinó hacia Assad.

—Tiene que entender una cosa, señor policía. La maquinaria era toda una mierda viejísima traída de los países bálticos. Si algo se rompía, ya no había nada que hacer. Y la perforadora era un peligro mortal. A un chico de Pakistán le cortó todos los dedos de la mano —dijo mientras ilustraba sus palabras poniendo el canto de una mano sobre los nudillos de la otra—. El accidente le costó un pastón a Dudek, pero, por suerte, mi encargado tuvo los reflejos de guardarse los dedos en la boca hasta que llegaron al hospital con el pobre chaval.

—Entonces, ¿la máquina era defectuosa?

—Sí, yo les tenía prohibido a mis hombres usarla, y eso casi me cuesta el despido.

—¿Cuánto tiempo antes de la muerte de Dudek pasó eso?

—Un año, creo.

—Y, si no fue un accidente, ¿por qué iba a hacer algo así?

—Ya no aguantaba más toda la mierda de las autoridades y los sindicatos, nada más. Iban a cerrarle la fábrica de todas formas.

—Lo que no entiendo es que después de su muerte descubrieran que disponía de mucho dinero, tanto en efectivo como en cuentas bancarias polacas. Podría haber aflojado la pasta para hacer lo que le exigían las autoridades.

—Bueno, es que Dudek no era un hombre fácil de entender.

—¿Qué hacía solo en la fábrica?

—Llegaba siempre media hora antes que los demás.

Assad suspiró. ¿Cómo iba a sacarle a aquel tipo lo que quería oír si no se molestaba en reflexionar un poco?

—Y, si lo piensa, ¿no le parece que es todo un poco extraño?

—Mire, señor policía: los que currábamos en la fábrica nos quedamos de patitas en la calle ese mismo día, bastante teníamos que pensar. A mí me importó una mierda que Dudek muriera. Tengo dos hijos que mantener y mi mujer no puede ocuparse de todo, ¿me entiende? «Jurek, Jurek, ¿de qué vamos a vivir?», empezó a lloriquear desde el minuto uno. Al igual que el resto de mis compañeros, al día siguiente ya estaba buscando otro empleo por la zona, aunque en Selandia del Sur no hay trabajo para gente como nosotros. Por eso me vine a vivir más cerca de Copenhague.

—¿Y nunca se le ocurrió que podrían haberlo asesinado, que alguien quería verlo muerto? ¿Tenía muchos enemigos?

Jasinski soltó una carcajada que hizo temblar el sofá.

—Mejor pregúnteme si tenía algún amigo. Sería más fácil de responder, porque no tenía. Toda la gente que se relacionaba con él lo tenía por un gilipollas, hasta sus clientes. Pero sus precios eran bajos, y eso vale más que la simpatía.

—Pero ¿había alguien que lo odiara especialmente? —Recibió otro encogimiento de hombros como respuesta, y añadió—: Una cosa más. Había sal en el suelo detrás de la perforadora y me parece un poco raro. ¿Sabe algo al respecto?

Jasinski frunció el ceño.

—¿Sal? No tengo ni idea de qué pintaría ahí. Solíamos echar arena, aunque Dudek no siempre compraba y, cuando no tenía, echaba lo que hubiera. Imagino que sería sal de carretera que le había sobrado del invierno y de la que se quería deshacer.

—No era sal de carretera, era sal de mesa normal, como la que se usa para cocinar.

—Pues se la robaría a su mujer —respondió con otra risotada que a Assad esa vez le pareció algo menos irritante. Al parecer, uno acababa por acostumbrarse.

—¿Y para qué se echaba arena o sal?

—Detrás de la perforadora había un torno que escupía limaduras de hierro y aceite. La arena era para absorberlo.

Cuando Assad volvió al despacho, encontró al jefe de Homicidios sentado con los demás, que tenían la mirada puesta en algunas nuevas preguntas anotadas en el margen de la pizarra.

Assad las leyó de un vistazo.

—Puedo responder ahora mismo a una de esas preguntas —dijo—. La sal estaba donde normalmente había arena. El capataz, Jurek Jasinski, imagina que echaron una cosa sustituyendo a la otra. Pero la duda que me surge es si los técnicos no comprobaron si había arena debajo de la sal o, en cualquier caso, si en esa arena había suficientes limaduras y aceite como para justificar que tuvieran que echar otra capa encima para absorber lo que salía del torno.

—¿Le has sacado algo más al capataz? ¿Tenía alguna hipótesis sobre la muerte del propietario? —preguntó Carl.

Assad negó con la cabeza.

—Pero me confirmó que no era nada apreciado ni dentro ni fuera de la fábrica.

—Para que lo sepas, he hablado con el encargado de la investigación —dijo Marcus mientras se inclinaba hacia Assad—, y estaba bastante seguro de que uno de los cordones de zapato de la víctima estaba enredado en el eje del pedal que activaba la máquina, y que eso fue motivo suficiente para que la muerte se considerara un accidente. Recordaba también otras cosas que no contradicen esa versión, y tal vez sea comprensible que no se investigara más.

—¿Sale eso en el informe? No lo recuerdo —replicó Carl.

—¡Aquí! —respondió Marcus mientras lo hojeaba y señalaba una línea—. «La víctima estaba sentada en el suelo con las piernas cruzadas y un pie encajado entre el pedal interruptor y la máquina.»

—Dice «encajado». No es lo mismo que tenerlo atascado en el pedal interruptor —gruñó Carl—. Esa descripción tan torticera merece una reprimenda severa.

Marcus Jacobsen les lanzó una mirada sombría.

—Bueno, el caso es que ahora tenemos esta muerte en la pizarra, y me sorprendería que llegáramos a una conclusión que no sea que todo indica que hay un asesino suelto con motivos poco claros que consigue matar a la gente de forma que parezcan de accidentes o suicidios, ¿estamos de acuerdo?

—No del todo —dijo Rose con los labios fruncidos—. Los motivos no están claros, pero ninguno de los fallecidos era, precisamente, un angelito. El denominador común es que nadie lamentó la muerte de las víctimas. Pero, aparte de eso, tienes razón.

Assad se sentó. «Un angelito», pensó. ¿Quién podía afirmar que lo fuera? ¿Lo era él? Lo dudaba, la verdad.

—Y ahora ¿qué? —preguntó.

—Sí, ahora ¿qué? —dijo Carl, y miró a la pizarra—. Pues tendremos que ver si encontramos algún caso más con la esperanza de que el asesino cometiera algún error.

—¿Y si no hay más? —intervino Gordon.

Marcus Jacobsen colocó la mano encima de la suya y le dio unas palmaditas.

—Créeme, Gordon —le dijo mientras se daba toquecitos en la punta de la nariz—. ¡Hay más!

15

Carl

Lunes, 7 de diciembre de 2020

—FELICIDADES, PAULINE —FUE lo primero que dijo en cuanto Pauline Rasmussen le cogió el teléfono—. Leí las críticas en el periódico de ayer, son buenísimas. Y el espectáculo seguirá hasta Navidad, pinta fenomenal. Espero que la pandemia y la primera ministra no os pusieran muchos obstáculos —continuó, y miró el periódico que tenía delante—. En el *Politiken* dicen que «el cabaré es una sátira sublime interpretada con pasión por la voz única de la cantante Pauline Rasmussen y un ritmo cómico maravilloso», entre otras alabanzas. Cinco estrellas y una reseña magnífica, imagino que estará muy contenta y aliviada.

Carl esperaba que ella le diera las gracias y expresara su satisfacción, pero su respuesta no pudo ser más inesperada:

—He cambiado de opinión. No voy a subir a la buhardilla a rebuscar, ahí ya no queda nada que le pueda interesar y, si lo había, sus compañeros se lo llevaron en su momento.

—Bueno, pero, aunque crea que no me interesa, no tiene ningún motivo para no traérmelo, ¿no?

—Tal vez no, pero tengo otras cosas que hacer, así que olvídelo. Además, ahora que lo pienso, puede que tirara el ordenador y todo lo demás. Que tenga un buen día. —Y colgó.

Carl frunció el ceño y se levantó. Que adultos hechos y derechos fueran capaces de mentir de una forma tan descarada era algo que se le escapaba.

—Assad, salimos con el coche, ¡ven! —le dijo, y él lo siguió hasta el aparcamiento.

—¿Qué pasa? —preguntó Assad mientras apoyaba los pies en el salpicadero, sobre la guantera.

—¡¿Que qué pasa?! Que mi sexto sentido me dice que Pauline estaba mucho más cerca del difunto Palle Rasmussen de lo que quiere dar a entender.

LLEGARON A SU casita adosada de Herlev en el preciso instante en que ella salía por la puerta con una gran caja de cartón en los brazos. Tenía el pelo desaliñado, igual que el chándal que llevaba puesto.

—Menudas prisas —dijo Carl mientras maniobraba el coche patrulla para subirse a la acera y cerrarle el paso hacia su coche, que tenía el maletero abierto.

Al ver a Carl y Assad dentro del coche patrulla, ella se detuvo.

—Buenos días, Pauline —dijo Carl con una sonrisa, y le dirigió un gesto de la cabeza a Assad, que, con una calma absoluta, le quitó la caja de cartón de las manos. Ella podría haberse puesto a exigir sus derechos a gritos e increpar a Carl, pero no hizo otra cosa que quedarse paralizada, incapaz de responder al saludo del inspector.

—¿La ayudamos también con todo esto de aquí? —preguntó Carl, y señaló el asiento trasero, atestado de cajas—, así le quitamos trabajo para que pueda dedicarse a su espectáculo.

Ella asintió en silencio.

—No he hecho nada malo —dijo, con la voz temblorosa—. Puede que encuentren algo de lo que no me enorgullezco, pero es que estaba celosa, nada más.

LO TENEMOS, CARL. Aquí hay un ordenador —dijo Gordon al abrir la tercera caja, la más grande, sobre su escritorio—. Es un viejo Apple iMac G4, encima valdrá dinero y todo.

—Sube al cuarto piso a buscar a alguien que nos ayude a acceder a él, Gordon. Recuérdales que favor con favor se paga.

—¿No quieres que lo haga yo? —preguntó él, altivo.

—No me importa si lo intentas, pero no te olvides de lo otro —le dijo Carl mientras señalaba las carpetas de los otros casos.

—Oye, Assad, ¿a qué huele? ¿Vas a abrir un puesto de kebabs? —dijo con una risotada que se interrumpió cuando él le señaló una cazuela colocada sobre un fogón portátil instalado en una esquina, tras la colección de elfos navideños de Gordon.

—En pandemia no podemos ir a la cafetería, ¿recuerdas? Hoy Rose me ha pedido *risotto* casero con cordero.

A Carl se le revolvió el estómago. Hacer *risotto* con cordero era como echar pescado a las natillas. ¡Qué asco!

—Hazme el favor de ponerle la tapa, Assad, o vendrán corriendo de las otras oficinas.

—Ah, la próxima vez tendré que hacer más, ¿no?

Carl enterró la cara entre las manos. Tantos años en el sótano de la comisaría los habían dejado sin el menor sentido del decoro.

—La tapa, Assad. Y haz el favor de echar un vistazo a las cajas de documentos. Habrá unos miles de correos electrónicos, entre muchas otras cosas. Todo lo que tenga pinta de oficial, a la papelera. Lo que nos interesa son los correos personales. Tal vez encontremos amenazas en alguno. —Entonces se giró hacia Rose—. Y tú ¿qué dices? ¿Hay algún compañero en todo el país que recuerde haber encontrado sal en la escena de un crimen?

—Aún no, pero sigo pendiente de respuesta de la mayoría. Ahora mismo estoy investigando la historia cultural y el valor simbólico de la sal. Leí un libro de Mark Kurlansky[1] que cuenta que esta se utilizó como moneda durante muchos cientos de años, ¿lo sabías? El oro blanco, lo llamaban. La palabra «salario» viene de ahí.

---

1 *Sal: Historia de la única piedra comestible*, de Mark Kurlansky, traducción de Ana Duque de Vega, Península, Barcelona, 2003. *(Nota de las traductoras.)*

—Yo sé que antiguamente la sacaban de la turba y las algas —intervino Gordon. ¿Ya se había olvidado de que se suponía que tenía que estar tratando de averiguar la contraseña del ordenador?

Rose le lanzó una mirada que hizo que se ruborizara y continuó:

—Cuanto más profundizo en el tema, más me sorprende la importancia que ha tenido la sal en la historia de la humanidad y la crueldad con la que quienes ostentaban el poder a lo largo de los siglos explotaron la sal que la gente necesitaba para vivir. Traficar con ella se castigaba con la muerte, ¿os lo podéis creer? A finales del siglo XVIII, el monopolio de la sal en Francia fue uno de los factores del estallido de la Revolución Francesa, y en Estados Unidos pasó lo mismo cuando se alzaron contra los ingleses. En India, Gandhi se enfrentó al monopolio de la sal del Imperio británico con su larga marcha pacífica en 1930, porque él y sus seguidores quebrantaron las leyes inglesas al tomar sal obtenida a partir de agua de mar evaporada. Cuando arrestaron a Gandhi por ese motivo, estallaron los tumultos en la India e Inglaterra perdió su poder. ¡Por la sal! Y en la Biblia también tiene un significado importante.

—Perdona, Rose. Repite esto último, estaba pensando en otra cosa —dijo Carl, sin entender por qué la cara de su compañera pasaba de la tonalidad de las gachas de avena al púrpura.

Entonces contempló la pizarra con los casos de 1988, 1998 y 2002. Habían pasado muchos años, de modo que el autor o autores de los asesinatos ya no serían, precisamente, jóvenes, suponiendo que siguieran con vida. El caso más antiguo —si es que era realmente el más antiguo— se había cometido treinta y dos años atrás, así que era posible que el asesino rondara la sesentena, o fuera incluso mucho más mayor. ¿Qué edad había que tener para poder ejecutar un crimen tan complejo como el del taller mecánico? ¿Veinte, treinta, cuarenta?

Llamaron al marco de la puerta y los cuatro levantaron la mirada.

—Hola —dijo la mujer con cautela mientras se quitaba la mascarilla verde. El pelo negro que se le escapaba del pañuelo brillaba, tenía el cutis perfecto y una sonrisa sincera y cálida. Era Marwa, la mujer de Assad, que ofrecía un aspecto totalmente distinto al de la vez que la vieron en una silla de ruedas junto a la iglesia memorial del káiser Guillermo, con suficientes explosivos bajo la ropa como para hacer saltar por los aires todo lo que la rodeaba a varios cientos de metros a la redonda.

—Marwa, ¿qué haces aquí? —preguntó Assad mientras iba a abrazarla.

—Oh, qué bien huele —dijo ella con un guiño a su marido. A ella el *risotto* no le parecía fuera de lugar—. Acabo de salir del despacho de Marcus. Decidí ir a verlo cuando contaste que habías dado gracias a él por ayudarnos con encontrarnos.

Carl no pudo evitar sonreír. Hablaba igual que Assad diez años atrás, con unos errores entrañables.

Marwa se dirigió a Carl:

—A ti también, Carl. Hace mucho tiempo, pero tú no sabes… —Por un momento, se vio embargada por las imágenes que tenía en la mente—. Cuando estuvimos en Berlín. Gracias, Carl. Gracias, gracias, gracias —le dijo, como hacía en cada ocasión que se le presentaba, antes de acercársele para darle un fuerte abrazo—. Gracias a vosotros todos. ¡Sois muy buenos!

Les dio la mano a todos mientras Assad la contemplaba con una ternura tan palpable que casi podía cortarse con un cuchillo. Entonces ella se puso a observar el despacho.

—Entiendo por qué te gusta, Assad. Es grande y bonito.

Se puso a leer lo que ponía en las pizarras. Era una irregularidad permitírselo, pero Carl se dijo que hablar del trabajo debía de ser tan normal en casa de Assad como en la suya propia.

Ella dejó de leer de repente y se puso muy seria.

—¿Qué has visto, Marwa? —le preguntó Assad.

Ella señaló la pizarra con expresión de asco.

—No sé quién es ese tal Oleg Dudek, pero esa fecha la conozco muy bien.

—No te entiendo. ¿Qué pasó el 28 de abril, Marwa? —inquirió Assad.

Ella lo miró extrañada.

—Tú también lo sabes, ¿no? ¡Es el día que nació ese demonio de Saddam Hussein!

—Assad, ¿te ha sorprendido lo afectada que estaba Marwa?

—A Marwa la afectan muchas cosas, Carl. Cuando nos llega una carta de las autoridades, se hace un ovillo en la cama. Cuando llego a casa muy tarde, llora. Cuando Ronia grita o Nella llora, se aparta de todos.

—¿Y qué dice el psicólogo?

—Dice que mejorará, pero que llevará su tiempo. En cierto modo, lo entiendo perfectamente: todos odiábamos a Saddam Hussein, aunque yo no sabía que esa fecha tuviera nada que ver con él.

Carl asintió.

—¿Y las cajas, Assad? ¿Has encontrado algo?

—Si alguno de esos correos electrónicos contiene amenazas, aún no las he encontrado. Lo que sí he conseguido han sido muchos ejemplos de esto —dijo mientras le ofrecía una hoja a Carl para que la leyera.

Te vi en la tele ayer y me pusiste cachonda en un segundo. Mañana estaré en casa a las cuatro, ¿vendrás? Besos.

—Bueno, era un hombre popular, digámoslo así. Dices que hay muchos mensajes como este. ¿De quién es?

—De Pauline Rasmussen, lo pone ahí arriba. Supongo que por eso no quería que hurgáramos en estas cajas.

—Oye, Assad, dame un puñado, necesito un descanso, ya he tenido bastante sal por hoy —intervino Rose.

Assad le puso una caja delante con una sonrisa.

—¿Sabemos cómo se llamaba la nueva novia de Palle Rasmussen? ¿Hay algún correo suyo? —preguntó Carl.

Era evidente que no tenían ni idea.

Carl contó las cajas: seis en total. Algo encontrarían.

16

Ragnhild

Lunes, 7 de diciembre de 2020

RAGNHILD NOTABA UN hormigueo en la barriga cada vez que pisaba los primeros escalones de la escalera de mármol veteada de verde. En las estancias sombrías de aquella mansión había descubierto por primera vez que la vida podía ser algo más que rutina e indiferencia. Cuando ella y el resto de mujeres informaban de lo que habían hecho en las semanas anteriores, la sangre le corría por las venas más rápido que si hubiera estado enamorada hasta las trancas.

En esa ocasión, Ragnhild tenía más experiencias que quería compartir con las demás, y esos episodios eran su motor. Había ido a la universidad, había tenido algunos trabajos decentes, alguna relación, pero todo palidecía en comparación con aquel grupito y su propósito.

—Bienvenidas, Sara, Martha y Ruth —dijo Debora mientras apartaba las sillas y les indicaba en cuál tenían que sentarse.

Ragnhild adoraba los nombres que Debora les había puesto, sobre todo el suyo, Ruth. Se habían convertido en hermanas, se habían encontrado de forma milagrosa para emprender una causa común que les permitiera convertirse en las mujeres que eran en realidad, libres de etiquetas, información personal y expectativas.

Y tenían la misión de acabar con la decadencia de la sociedad.

—¿Empezamos por ti, Ruth? —preguntó Debora.

Ragnhild inspiró profundamente al oír su nuevo nombre. ¿En serio le tocaba a ella empezar? ¡Qué bien! Dio un par de sorbos a su taza de té para prepararse.

—Tres cosas desde la última vez —comenzó dirigiendo una mirada a las demás. A su lado, Martha suspiró un poco, dando a entender que ella no había conseguido tanto, mientras que Sara, por el contrario, ni se inmutó, como de costumbre.

Ragnhild recitó el mantra que daba comienzo a todas sus reuniones:

—Habrá quien lo llame tomarse la justicia por su mano, pero en realidad solo cumplimos con nuestro deber, puesto que cada vez dejamos el mundo un poco mejor.

Las otras tres respondieron con gestos de asentimiento y Ruth continuó:

—Cuando pienso en lo resolutiva que he aprendido a ser, todo mi cuerpo se estremece, porque estoy segura de que nada de esto caerá en el olvido.

Nadie la interrumpió a lo largo de los diez minutos que siguieron y, cuando terminó, Debora se levantó a abrazarla.

—No sé qué decir, Ruth —dijo Martha—. Es difícil superar eso.

A continuación, le llegó el turno a ella, de quien podía esperarse cualquier cosa. Martha era la más abierta de las tres y, si estaba descontenta consigo misma, no se molestaba en ocultarlo.

—Han sido unas semanas tranquilas. Quizá yo no estaba de humor para hacer grandes esfuerzos, o quizá es que no se ha presentado la oportunidad. Debo decir que tú tienes un talento increíble para encontrarte en el momento adecuado con el castigo adecuado, Ruth, pero yo no tengo tanta suerte o habilidad.

Ragnhild protestó con cautela, pero su *alter ego*, Ruth, aceptó el cumplido con ansia.

—El truco de usar el paraguas como arma nunca me sale bien —empezó Martha—, y ese día decidí que dedicaría un día entero a hacer caer a todos los ciclistas que no respetaran a los peatones o las normas de circulación. Siempre empezaba igual: me bajaba del autobús en una de las paradas del centro que dan al carril bici.

A Ragnhild le costó trabajo ocultar su entusiasmo, pero una mirada de Debora bastó para dejar hablar a Martha sin interrumpirla.

—Evidentemente, la mayoría de ciclistas cedían el paso a los que se apeaban del autobús, aunque había varios que no. Mientras el autobús se acercaba a la parada vi a un par de imbéciles que se acercaban a demasiada velocidad, sin la menor intención de detenerse, así que di un paso adelante y clavé el paraguas entre los radios de la rueda. Y, cuando el primero cayó, los demás fueron detrás, y aunque se hacían daño, se les abollaban las ruedas y se les torcía el manillar, yo nunca pedí perdón. —Y, mirando a Ragnhild de frente, siguió—: Todo lo contrario: les eché la bronca gracias a todo lo que he aprendido, les dije que la próxima vez lo pensaran mejor y obedecieran las normas.

Llegados a ese punto, Ragnhild no pudo evitar aplaudir con suavidad.

—A lo largo del día, rompí seis paraguas y conseguí hacer caer a por lo menos veinte de esos ciclistas idiotas e irresponsables que ponen en riesgo la vida de los peatones —esbozó una sonrisa temblona—. Creedme, a partir de ahora se guardarán mucho de cruzar una parada de autobús sin asegurarse de que todos los pasajeros se han apeado. —Entonces su cara se torció en una mueca de fastidio—. Solo hay un pero.

—Cuéntalo, Martha —dijo Debora.

—No salí del centro en todo el día, dispuesta a seguir tanto rato como pudiera, pero alguien debió de denunciar uno de los incidentes, porque en la última parada de bus vi que un coche de policía se acercaba a toda velocidad.

Se hizo el silencio en la sala y Debora dejó su taza.

—¿Hablaron con testigos, Martha?

—Sí, aunque no conmigo; yo ya estaba a varios cientos de metros de allí. Pero fue la última vez que empleé esa táctica.

—¡Muy bien! —dijo Debora, y se inclinó hacia Ragnhild y Sara—: Escuchadme bien: si alguna de vosotras tiene un encuentro con la policía, si os detienen, os graban, se dicta una orden de búsqueda contra vosotras o, Dios no lo quiera, os reconocen, ya no habrá sitio para vosotras en esta mesa.

Martha agachó la cabeza.

—Incluso si alguien grabó lo sucedido, es imposible que me reconozcan. Compré la ropa en una tienda de segunda mano y luego la tiré al contenedor de reciclaje. Llevaba bufanda y mascarilla y una peluca que solo me pongo una de cada diez veces.

—Muy bien, pero, si sucede, tendréis que asumir el castigo y olvidaros de este foro para siempre, ¿entendido? Actuáis por iniciativa propia, y las demás no existimos, ¡no lo olvidéis!

Todas asintieron. Aquella era la condición. Ragnhild había sido la última en llegar, consciente de que sustituía a Eva, que había sido expulsada porque la habían denunciado, aunque no estaba al corriente de las circunstancias exactas.

—Ah, y una cosa más: no olvidéis jamás que vuestros actos tienen el objetivo de cambiar el mundo a mejor, y, por lo tanto, no debéis causar un daño irreparable a nadie, ¿entendéis? Estuviste muy cerca de pasarte de la raya, Martha. En adelante, sé más crítica con tus impulsos.

Cuando a Debora se le ponía esa mirada glacial, Ragnhild la esquivaba tanto como podía.

—Te toca a ti, Sara —dijo, algo más cálida.

—Por desgracia, no tengo nada importante que contar. He estado enferma con gripe la mayor parte del mes, o sea que no he salido mucho.

—Son cosas que pasan, lo entendemos. Mientras no sea coronavirus…

Ella negó con la cabeza.

—Pero anoche fui al teatro, a un espectáculo a puerta cerrada. Había poca gente, lo normal en los tiempos que corren —dijo con una risotada seca—. Sé que esto no es nada, pero les puse la zancadilla a un par de espectadores que pasaron por delante de mí porque no se habían molestado en llegar a la hora y ni siquiera me miraron cuando me obligaron a apretujarme en mi asiento para que pasaran. Evidentemente, ni se enteraron de lo sucedido, porque me daban la espalda. Tal vez creyeron que se habían tropezado, sin más. Pero os aseguro que los de la fila de delante les cantaron las cuarenta.

—Es un gesto pequeño —dijo Debora con una sonrisa—, pero todas sabemos lo que se siente cuando los demás no se muestran considerados. Creo que a nadie le amarga hacer la zancadilla a idiotas como esos.

Ragnhild no pudo contenerse:

—Sí, y darles un buen empujón, sobre todo si están en la primera fila del gallinero.

17

Carl

Jueves, 8 de diciembre de 2020

—CARL, YA TENGO los documentos del Registro de Vehículos de los coches que se vendieron en el taller los dos últimos meses antes de la explosión —dijo Gordon mientras le ofrecía la lista—. No son tantos como creía. De hecho, en enero de 1988 vendieron la mitad que en diciembre de 1987, por lo que en enero se vendieron cuatro vehículos en total, y ninguno de los compradores era inmigrante.

—¿Has llamado a los compradores para averiguar qué coche adquirieron y si tuvieron algún problema?

Gordon lo miró confundido.

—¿Quieres que lo haga? Iba a encender el ordenador de Palle Rasmussen.

—¿Estás dentro? ¿Has conseguido acceder?

—Ah, no, qué va. Intenté cientos de combinaciones para la contraseña, pero entonces se bloqueó.

—Pues llévalo al Departamento de Informática, Gordon. A pesar de lo que pueda parecer, en esta casa tenemos a los mejores especialistas en estas cosas. Ahora dedícate a averiguar los números de teléfono de los compradores de coches y llámalos. Y luego sigue con los vehículos que se vendieron en diciembre de 1987, y en cuanto termines eso sigue con lo de los casos antiguos. Por lo que veo, la pila no ha disminuido nada desde ayer.

El pobre Gordon parecía a punto de echarse a llorar.

Carl se dirigió entonces a Rose, que los miraba de pie de brazos cruzados y parecía cansada.

—Y tú, Rose, ¿le echas una mano a Gordon con los casos? Parece que no tienes nada más que hacer que esperar a que las comisarías de todo el país respondan a tu petición.

Ella respondió con un suspiro que podría haber cortado el acero.

—Escúchame bien, señor Carl Mørck. Si tuvieras ojos en la cara, verías que ya tengo las manos llenas con los correos electrónicos de Palle Rasmussen. No hago otra cosa que leer y leer, aunque por ahora no he encontrado nada interesante. Ni se te ocurra venir con estos comentarios de mierda de que estamos aquí sentados tocándonos las narices, ¿eh, Gordon? —Este le lanzó una mirada de agradecimiento antes de ponerse los auriculares, pero Rose no había terminado—: ¿Y tú, ilustrísima alteza? ¿Qué estás haciendo? ¿No puedes encargarte tú de los archivos polvorientos de Gordon?

CARL LLEVABA UN cuarto de hora sentado con la mirada clavada en el paquete de cigarrillos. Fuera soplaba un viento intenso y no le apetecía nada abrir la ventana.

«A la mierda —se dijo—. Me fumaré solo uno, luego abriré la ventana antes de ir al baño para que se ventile y nadie se enterará.»

Con un profundo suspiro, repasó todos los hechos.

La lección magistral de Rose sobre el significado de la sal a lo largo de la historia había dejado su poso: desde el punto de vista político, religioso y cultural, aquella sencilla sustancia, NaCl, cloruro de sodio, había sido capaz de influenciar o subyugar a continentes enteros, y ahora lo estaba haciendo con él.

¿Por qué la dejaban cerca de las víctimas? ¿Era algo simbólico, o un mensaje del asesino para que siguieran la pista? Pero ¿cómo seguir la pista de algo tan banal como la sal de mesa, que costaba menos y nada y que podía comprarse en cualquier lado?

«¿Cuántas veces a lo largo de los años habrá matado ese enfermo? —se preguntaba—. Y ¿en qué fechas?»

En 1988, 1998 y 2002, eso seguro. Y, si había un intervalo regular entre los crímenes de, pongamos, un par de años, tal vez encontraran casos parecidos en 1990, 2000 y 2004. Y, si ese era el caso, podrían acotar un poco la búsqueda. Si no encontraban algo en esos años, tal vez habría que buscar en los años inmediatamente anteriores y posteriores.

Había, además, otra cosa que le rondaba por la cabeza. ¿Qué significado tenían los surcos en las muñecas de Palle Rasmussen? Lo más probable era que lo hubiesen atado al volante del coche y que por eso hubieran quitado la funda. Otra posibilidad era que ni Hardy ni él hubieran sido lo bastante exhaustivos en su búsqueda de las posibles parejas sexuales de Palle Rasmussen. ¿Qué era lo que había dicho la mujer de la limpieza? Que aquel hombre tenía algunas inclinaciones sexuales que ella y su marido desde luego no practicaban en casa.

Alguien tendría que haberle preguntado a la mujer cómo lo sabía, por Dios, ¿por qué no constaba en el informe? ¿Era verdad que faltaban páginas? No era el primer indicio que le hacía sospecharlo.

Marcó el número de Hardy.

Le respondió una voz muy apagada, la de Morten.

—Hola, Morten, ¿qué hay? ¿Cómo es que coges tú el teléfono?

—Hola, Carl. Hardy acaba de tener un ataque. Los suizos le han hecho algo en la espalda que le ha causado muchísimo dolor incluso en partes del cuerpo que hacía años que no sentía.

—Ah, vale. Pero ¿eso no es bueno?

—No lo sabemos. Podrían ser dolores fantasma de las partes del cuerpo que el cerebro recuerda, y no sensaciones reales. Se encuentra fatal.

—¿Puedo hablar con él para hacerle dos preguntitas de nada?

—¿Por qué crees que tengo esta voz? Estamos todos muertos. He tenido que estar en vela varias horas para atenderlo. Si consigues sacarle media palabra, te... —Desapareció un momento—. ¿Qué dices, Hardy? ¿Que no pasa nada? —se oyó de fondo. Morten volvió a ponerse al aparato con un profundo suspiro—. Ahora te lo paso, Carl, pero un segundo nada más, ¿eh?

—Hola —murmuró una voz muy débil.

—Hola, Hardy. Siento mucho que estés así. Espero que esos suizos sepan lo que se hacen.

—Lo saben, lo saben —dijo con voz entrecortada.

—Será solo un segundo. Caso Palle Rasmussen: ¿recuerdas por qué la mujer de la limpieza insinuó que le iba el sadomaso?

—Por las revistas porno —respondió el otro al instante. El bueno de Hardy, tan de fiar como un diccionario—. Y porque algunas veces encontró sangre en las sábanas. —Se recompuso un momento—. Y también manchas de sangre en forma de latigazos en la espalda de las camisetas que encontró en la colada.

—Ya... Pero tú y yo buscamos a las posibles parejas sexuales, ¿no?

—Sí, pero... no encontramos a nadie. Miramos en el móvil y en el ordenador —Hardy suspiró audiblemente—, pero no... no tenía contactos.

—¿Miramos en el ordenador? ¿Por casualidad recuerdas qué ordenador era?

—Un iMac, y no encontramos nada al respecto, solo temas políticos.

—¿Y todo eso estaba en el informe?

—¡Sí! Ay, joder, qué daño... Sí, claro que estaba.

—Gracias, Hardy. Pásame a Morten otra vez.

—Cómo te pasas, Carl —Morten parecía enfadado—. He dicho un segundo y te has tirado casi un minuto. Ojalá pudieras ver a Hardy, está pálido como un muerto. Digo las cosas como son, Hardy —dijo alejándose del teléfono—. Carl no tiene ni idea de lo que estás pasando.

—Tienes razón, Morten —añadió Carl—. Pero tú tampoco tienes ni idea de lo que está pasando aquí, ¿verdad? Tenemos varios asesinatos sobre la mesa. Espero que Hardy se recupere y se ponga mejor. ¿Cuánto tiempo os quedaréis por allí, lo sabes?

—El que sea necesario. De todos modos, ahora no podemos volver a casa, te habrás enterado de lo del covid-19, ¿verdad? Venga, ¡adiós!

Colgar el teléfono era una forma igual de válida de despedirse.

Carl arrojó la colilla del cigarrillo por la ventana y echó el humo hacia fuera haciendo aspavientos con los brazos.

Sus compañeros poco habían podido averiguar sobre las parejas sexuales de Palle Rasmussen, pero ¿por qué no? ¿Habían pensado que podría tratarse de prostitutas? No se acordaba.

Carl sacó otro cigarrillo. Si iba a fumar, más le valía hacerlo un buen rato antes de irse a casa para que Mona no se diera cuenta de que había vuelto a las andadas.

Asomó medio cuerpo por la ventana para mirar hacia la calle. Comprobó con fastidio que la colilla que acababa de arrojar aún humeaba en el asfalto. La próxima tendría que apagarla antes.

Bueno, si tampoco habían encontrado prostitutas, ¿dónde más habían buscado? ¿Habían hablado con su nueva novia para preguntarle si sabía algo de las marcas que Palle Rasmussen tenía en las muñecas? Imposible acordarse. ¿Y cómo se llamaba, por cierto?

—Me vas a perdonar, pero ¿qué haces, Carl?

Del sobresalto, Carl abrió la boca y vio cómo el cigarrillo que acababa de encender caía al vacío para reunirse con la colilla humeante, antes de girarse hacia Rose, que estaba muy indignada.

—No puedes fumar delante de Mona. No puedes fumar aquí en comisaría, y aquí dentro mucho menos, ni delante de mí, pero tú pasas de todo. ¿Quieres que me chive a Mona? ¿Quieres que te diga que, si sigues así, Lucia crecerá sin padre? ¿Es eso lo que quieres? No eres lo que se dice un padre joven, si no te importa que te lo diga. Eres viejo, Carl, y no llegarás a ser mucho más viejo si sigues así —le dijo con la velocidad y el ímpetu de una ametralladora.

—No, gracias, prefiero que no lo hagas.

—¡¿El qué?!

—¡Chivarte!

—Pues deja ya esa cerdada. ¿No estarás echando las colillas a la calle?

Carl prefirió no responder y preguntó:

—¿Me traes algo? ¿Qué es eso que tienes en la mano?

—Hemos encontrado dos correos que me parecen muy interesantes, sobre todo este. Mucho ojo a la fecha.

Carl agarró la hoja de papel para leerla.

Fechado el 17 de mayo de 2002, dos días antes del supuesto suicidio de Palle Rasmussen y enviado desde una dirección de correo de Hotmail con el nombre de «bala perdida». Sería difícil, por no decir imposible, averiguar quién estaba detrás del teclado.

Decía:

Palle. Tu comparecencia en el ayuntamiento de Nørrebro me causó una honda impresión. No sé cómo expresarlo, pero, como ya sabes, me gustaría mucho volver a verte. Debiste de darte cuenta de que me senté en la tercera fila, justo delante de ti, y que le pedí a una persona que se cambiara de sitio para poder mirarte a los ojos. Me pondré en contacto contigo lo antes posible.

—¿Eso es todo?

Rose asintió.

—Para mí está todo dicho. El remitente lo halaga, e imagino que eso a Palle Rasmussen le gustaba más que nada. No se identifica en el correo, pero a veces yo hago lo mismo y utilizo un alias. Es una persona que se muestra cauta en internet, cosa que todos deberíamos hacer, la verdad. No da su nombre ni propone detalles para el encuentro.

—Sí, es curioso, en eso tienes razón. ¿Tú ves una insinuación erótica en este mensaje?

Rose se encogió de hombros y respondió:

—Tal vez, pero, en cualquier caso, no es nada explícita. Podría tratarse de un fan fascinado por su carisma y sus opiniones.

—«Mirarte a los ojos», pone ahí.

—Sí, es que nunca se sabe.

—¿Y el otro correo, Rose?

—Lo tengo aquí, es de Sisle Park, la última novia de Palle, o lo que fuera.

Cierto, se llamaba Sisle, por fin le acudió a la cabeza el maldito nombre.

—Fíjate en la fecha también —insistió Rose —es igual de interesante.

En ese correo, la fecha era anterior al primero. Dieciséis de mayo de 2002:

Querido Palle, no quiero molestar, pero pienso que no hablamos lo bastante la última vez. Podemos vernos en el café Sommersko pasado mañana, sábado, sobre las cuatro. Yo estaré en Copenhague. ¿Qué me dices? ¿Tienes tiempo? Sisle.

—Vaya, le propone verse el día antes del suicidio. Eso me lleva a preguntarme si él le respondió y si esa respuesta la tono moo impresa.

—Hemos revisado a fondo las primeras cajas, Carl, y no hay nada que indique que imprimía sus respuestas, solo los correos entrantes. Los que mandaba él estarán en su ordenador.

Carl suspiró.

—¿Ha enviado Gordon el Mac a los frikis informáticos de la cuarta planta?

—Sí, y ahora está sudando la gota gorda con la siguiente tarea que le has encargado, que no es nada fácil, te lo aseguro. De las cuatro personas que compraron un coche usado en el taller, dos de ellas están muertas, y se las está viendo y deseando para localizar a las otras dos. Carl, Gordon es un hombre sensible, ten cuidado con él. Está un poco vulnerable.

—¿Vulnerable? ¿Por qué?

—Ha empezado a usar aplicaciones de citas y no está teniendo mucha suerte. Ninguna suerte, hablando en plata. Y claro, no sabe si es esa cara paliducha que tiene o el coronavirus lo que las asusta.

CARL SE SUBIÓ la cintura de los pantalones mientras paseaba la mirada sobre los cientos de ventanas impolutas de aquel barrio residencial de Copenhague. La empresa propiedad de Sisle Park no invitaba especialmente a ir con el calzoncillo asomando. Leyó el letrero de latón, tan grande y reluciente que podría haber sido el de una gran embajada.

El directorio que había al lado rezaba, simplemente, «Park Optimizing», y debajo estaban listados los distintos departamentos repartidos en cuatro pisos. Era una empresa muy amplia con sectores de todo tipo especializados en ámbitos diferentes: importación-exportación, comercio justo, desarrollo, consultoría, impresión, comportamiento químico y, al menos, veinte cosas más que aparecían en la lista del directorio, del que Carl necesitaba que le tradujeran al menos la mitad.

Sisle Park en persona lo acompañó al segundo piso. A pesar de la altura nada desdeñable de Carl, ella le sacaba varios dedos. «Le pusieron mucho forraje en el biberón», hubiera dicho su padre. No era algo que le pasara muy a menudo, la verdad.

Carl contempló los tacones altos que llevaba y se consoló pensando que, sin ellos, estarían más o menos a la misma altura.

—Adelante —dijo ella al verlo asomarse a su despacho, tras lo cual pidió a su secretaria que saliera. Su sobrio vestido gris y su mirada directa insinuaban que aquella sería una conversación corta cuyo contenido ella determinaría.

Con un vistazo a los impecables pliegues planchados de su

ropa, Carl se dijo que Palle Rasmussen había sido un hombre de gustos muy versátiles.

—Entiendo que esto tiene que ver con Palle —dijo ella con un tono frío.

—Sí, con Palle. Y con usted.

—Lo conocía poco. Sabe usted que pronto hará veinte años, ¿no?

Qué pregunta más tonta.

—No hace falta que me trate de usted —le dijo Carl con una sonrisa—, espero que no te importe que yo también te tutee. Se trata de esto —continuó, y le acercó el correo electrónico—. A mí esto no me parece poco.

Tras leer el correo, ella lo miró con la misma frialdad que antes.

—Sí, ¿qué pasa? Era un hombre muy insistente, ¿no queda claro que quería quedar con él para dejarlo?

—¡Dejarlo! Muy bien, entonces admites que teníais una relación.

—Tenía treinta y pocos años por aquel entonces —dijo ella mientras saboreaba su respuesta—, en esa época tonteaba mucho sin que llevara a nada serio.

—Tenemos la sospecha de que Palle Rasmussen no se suicidó, así que, como entenderás, lo que hizo los días antes de morir nos interesa mucho. ¿Os visteis ese día?

Los nervios empezaban a vibrar tras su impecable fachada.

—No tengo por qué decir nada —dijo, mientras alargaba un dedo con una uña lacada de rojo hacia el botón del intercomunicador.

—No, claro, no tienes que decir nada si no quieres. ¿Prefieres acompañarme en coche a comisaría?

Ella frunció el ceño.

—Todo esto es absurdo. Creo que ahora tiene que irse.

—A mí también me gustaría, pero primero quiero hacerte un par de preguntas. Y luego te dejaré en paz, creo.

Ella pulsó el botón.

—¿Puedes venir un momento? Creo que el inspector Carl Mørck ya se va.

Carl saludó con un gesto de la cabeza a la secretaria cuando esta abrió la puerta antes de dirigirse de nuevo a la jefa:

—Sisle Park, me gustaría saber si tenías una relación de carácter sexual con Palle Rasmussen. ¿Sí o no? —preguntó, mientras se regocijaba ante la mirada que ella lanzó a la secretaria, una mirada que decía «Lárgate de nuevo»—. Repetiré la pregunta —dijo Carl cuando la puerta se cerró detrás de la secretaria.

—¿Qué crees que estás haciendo? ¡Y delante de mi secretaria!

—Ah, ya volvemos a tutearnos, qué bien. Mejor responder aquí que en un juzgado abierto al público, ¿no crees?

—La respuesta es no. No tuve una relación con él, de ningún tipo. ¿De dónde sacas esa idea?

—Me lo insinuó su sobrina, Pauline Rasmussen.

Ella se echó hacia atrás como si le hubieran escupido en la cara.

—¿Y ella qué sabe? Qué mujer tan vulgar.

—Vulgar ¿por qué? ¿Porque hace tiempo tuvo una relación con su tío o porque es actriz de revista?

—No tienes ni idea. Porque seguía viéndose con Palle mientras él lo intentaba conmigo.

—¿Intentaba el qué?

—¿No ves lo que dice el correo?

—En el correo dices que no quieres molestar. Esto es lo que yo veo: una relación desigual en la que él tomaba las decisiones, y tal vez no tenía ganas de verte.

—Sí, él tomaba las decisiones. Demasiado. Yo nunca tuve relaciones sexuales con él porque él seguía viéndose con Pauline mientras intentaba ligar conmigo. Además, tenía ciertas inclinaciones que yo ni podía ni quería satisfacer.

—¿Por ejemplo?

Ella se estrechó las manos y sus labios rojos se convirtieron en una fina línea. Era evidente que no se lo iba a sacar.

110

Carl estaba muy atento. Sabía que en ese momento tenía que actuar con mucha delicadeza.

—Me debo al secreto profesional, y nada de lo que digas saldrá de aquí. Tengo que pedirte que me cuentes qué te pasa por la cabeza, podría ser muy importante.

—Quería que yo hiciera algo que me causaba rechazo.

—¿En plan sexual?

—Sí. Quería practicar juegos sadomasoquistas conmigo. Me lo soltó así, a bocajarro, quería ser mi sumiso.

—Ya veo. Que lo ataras, azotaras y esas cosas, ¿no?

—Algo por el estilo, sí.

Carl le sostuvo la mirada un instante. Funcionó. Entonces se puso en pie y le tendió la mano.

—Gracias, Sisle. Me has sido de gran ayuda.

Ella miraba al suelo como un miembro de la realeza que hubiera olvidado por un momento lo que dicta el protocolo.

Al salir, Carl echó un vistazo al eficiente paisaje de mesas de oficina que gestionaban las muchas empresas de Sisle Park.

Mirara donde mirara, solo veía mujeres vestidas con trajes y vestidos de sastre. Uno solo costaba más que todo el vestuario de Carl.

¿Qué diablos pintaba una mujer como Sisle Park, de tanto éxito en los negocios y que, por cierto, parecía emplear solo a mujeres, con un miserable tan poco atractivo como Palle Rasmussen?

Carl no pudo evitar esbozar una sonrisa al pensar en Vigga, su extravagante exmujer. Sabía por experiencia propia que hasta las parejas más variopintas podían funcionar.

18

Assad/Carl

Jueves, 8 de diciembre de 2020

CUANDO ROSE Y Assad llegaron a la cuarta caja de cartón de las seis que tenían, se encontraron con tres cartas que, sin duda, eran de amenaza, diez de un cariz más cómico en cuyos márgenes Palle Rasmussen había dejado comentarios y, por lo menos, treinta correos de Pauline.

—A mí nunca se me ocurriría escribir las cosas que escribía Pauline Rasmussen a un político conocido del Parlamento. Debía ser consciente de que su secretaria podía llegar a tener un conocimiento muy detallado de su relación —dijo Assad.

—Y algunos de los mensajes son tan explícitos que yo me moriría de vergüenza —añadió Rose.

Gordon levantó la mirada de sus carpetas.

—Tú no tienes nada de qué avergonzarte, Rose.

Assad sonrió. Los daneses hablaban de sexo muy a la ligera. Muy a la ligera y con mucha libertad. Pero al hablar de cualquier otro tema, la ligereza y la libertad brillaban por su ausencia.

Sobre todo cuando hablaban de casos como el suyo.

Esa misma mañana habían tenido una crisis en casa, una muy grande. Desde noviembre del año anterior, la Policía de Dinamarca había aumentado las medidas de seguridad y había ordenado a los Servicios de Inteligencia Policial, llamados PET por sus siglas danesas, que investigaran a todos los cónyuges e hijos convivientes mayores de edad de los policías, con el pretexto de aumentar la seguridad en el cuerpo. Para garantizarla,

112

los familiares cercanos de los dieciséis mil novecientos empleados de la Policía tenían que alcanzar el nivel llamado «confidencial», como mínimo. Pero ¿por qué lo hacían? ¿De qué tenían miedo?

Al enterarse, Assad fue de inmediato a quejarse a Marcus Jacobsen, que le aseguró que su familia quedaría exenta de la investigación. Assad era un héroe y, por lo tanto, un miembro de confianza de la Policía, por no hablar de que su historia familiar era de sobra conocida por cualquiera que estuviera un poco atento a la actualidad. Le dijo que si su familia recibía algún cuestionario o cualquier cosa por el estilo, no tenía más que acudir a él para que la cosa no llegara a más y los dejaran tranquilos.

Pero esa misma mañana, Marwa había recibido una carta del PET que la citaba a una entrevista junto con sus dos hijas mayores y su hijo. Al leer que después de la entrevista tendrían que rellenar y firmar unos documentos, cundió el pánico. Primero, Marwa se puso a gritarle a Assad que él les había prometido que aquello no sucedería. A continuación, Nella se había echado a llorar y luego Ronia había empezado a soltar unos improperios que más valía que no llegaran a oídos del PET. Alfi fue el único que no dijo nada.

Assad tuvo que pedir ayuda para detener ese circo. Que a él pudieran echarlo era una cosa, pero la amenaza que pendía sobre ellos era algo mucho más serio. Podían deportar a Alfi a Irak, y corrían el riesgo de que Ronia, al tener que dar cuenta de su estrecha relación con un terrorista conocido, se lanzara a atacar con rabia todo lo que representaba la sociedad danesa.

—TENEMOS UNAS CUANTAS cosas que hablar contigo, Carl —dijo Rose en cuanto él volvió de visitar a Sisle Park—. Hemos encontrado algunos correos de Pauline Rasmussen de los cuatro meses anteriores a la muerte de Palle en los que queda clarísimo que tenían una relación sexual muy particular.

—Lo sé. Sisle Park me lo acaba de contar.

—El último correo que hemos encontrado mientras estabas fuera se envió el día antes de la muerte de Palle Rasmussen. Creo que el remitente anónimo es Pauline Rasmussen, y le pide que se pase por su casa el día siguiente al volver del trabajo porque tiene una sorpresa para él. Una sorpresa que le va a doler de una forma deliciosa.

—Vaya —respondió Carl con una sonrisa—. Tal vez sea esa la explicación de las marcas en las muñecas. Quizá el juego se les fuera de las manos.

—Murió de intoxicación por monóxido de carbono, Carl, y no por sus juegos sexuales.

—Directamente no, eso ya lo sé. Pero quizá el muy imbécil le dijo a Pauline que iba a darle su merecido.

—¿Y entonces ella lo dejó inconsciente y lo llevó a rastras? Pesaba más de cien kilos, ¿cuánto crees que pesa Pauline? —preguntó Rose.

Tenía que darle la razón. La cabaretera más famosa de Dinamarca era una canija comparada con la mayoría de mujeres.

—Y luego tenemos las amenazas —continuó Rose—. Estas tres son muy serias y todas se mandaron durante las Navidades de 2001. Una es de un oponente político que exige que Palle Rasmussen desaparezca de la política danesa y le advierte que, si no lo hace por voluntad propia, será por la fuerza.

Carl frunció el ceño.

—¿Tenemos un nombre o una cuenta de correo?

—Una cuenta de correo, sí.

—Pues haced que venga el titular. ¿Y la siguiente?

—No se puede saber, pero sospechamos que viene de la misma persona. Las amenazas de muerte, las palabras y la sintaxis son casi idénticas.

—Veremos si es el mismo en cuanto lo encontremos. ¿Y la tercera?

—Describe con todo lujo de detalles lo que le van a hacer. No hay una sola parte de su cuerpo que escape de ser cortada muy lentamente con un cuchillo romo. Dice que arderá en el fuego eterno, que lo arrojarán de la torre del ayuntamiento, que lo castrarán, que le cortarán la cabeza, etcétera, etcétera.

—De entrada, yo propongo archivar estos mensajes. El remitente debe ser una persona fantasiosa, incoherente y desorientada, y no creo que alguien así matara a Palle Rasmussen. A pesar de todo, hacedlo venir, si no os importa, aunque no vayamos a sacar nada porque las amenazas ya han prescrito. Pero no le irá mal tener que dar explicaciones de sus correos de mierda, no dudo que habrá seguido mandando ese tipo de mensajes y algo encontraremos para pillarlo.

—Luego tenemos amenazas graciosas como, por ejemplo, esta: «Me guardaré toda la mierda que cague durante un mes para echártela a la cabeza, a juego con toda la mierda que sale de tu boca». La mierda es un tema recurrente en estos mensajes.

—La más graciosa de todas la tengo aquí —intervino Assad—. Escuchad: «Pallecito queridito, resulta que nos falta un poco de grasa de imbécil para la barbacoa. ¿Me das un poco o prefieres que te asemos entero? Un filete de Palle bien jugoso con cebolla caramelizada fortalecería sin duda nuestro sistema inmunológico contra toda la materia fecal que escupes. No sabíamos qué hacer con tu cerebro y al final nos dimos por vencidos. Con esa mierda no se puede hacer otra cosa que tirarla, ¿no crees?».

Carl meneó la cabeza. ¿Por qué no había protestado Dios todopoderoso cuando los humanos inventaron la comunicación digital?

—Palle Rasmussen comentó este correo con rotulador: «Un filete de Palle bien jugoso con cebolla caramelizada, materia fecal, ¡ja, ja! Unas expresiones estupendas para utilizar contra mis oponentes políticos y que mis votantes se echen unas risas».

Carl meneó de nuevo la cabeza. Palle Rasmussen no solo era imbécil, sino también grosero y pueril.

—Escuchadme bien, quiero que lleguéis hasta el final, ¿vale? Separad los correos de Pauline para dármelos. Enseñárselos otra vez es lo mínimo que podemos hacer. Y decidme: ¿a qué huele hoy aquí?

Señalaron la cazuela humeante detrás de la colección de cachivaches navideños de Gordon, que crecía día tras día. Había figuritas de barro, carámbanos de plástico, espumillón en la lámpara del techo, adornos en forma de corazón colgados del flexo y hasta un arbolito navideño en miniatura inclinado sobre su teclado.

—Es ragú a la Marwa, Carl, sobras de anoche.

—No huele a cordero —dijo él aliviado.

—No, es de liebre. Un amigo suyo la sacrificó anteayer.

Carl se encogió. Con amigos como ese, ¿quién quería enemigos?

—Tengo aquí al primer comprador de coches —le dijo Gordon por el intercomunicador—. Pero creo que te vas a llevar una decepción.

Carl meneó la cabeza cuando un hombre de unos ochenta años entró en su despacho y se puso a mirar con curiosidad a su alrededor. Hacía treinta y dos años que el taller había saltado por los aires. ¿Qué demonios esperaba?

—Qué emocionante —murmuró el anciano con la voz ahogada por la mascarilla, que llevaba torcida, mientras trataba de hacerse a la idea de lo que era un departamento de Homicidios. No llegaron mucho más lejos. Le dijo que había quedado satisfecho con la compra de su modesto Peugeot, pero que luego se lo dio a su hija, que lo intercambió por un viaje organizado a Portugal. «Decepcionante» era quedarse corto.

—¿Y qué pasa con el otro comprador? —preguntó por el intercomunicador.

—Vino esta mañana. Es aún más viejo.

—Gracias, Gordon. Déjalo correr y vuelve a los archivos, ¿vale?

—En eso estoy —replicó el otro con un profundo suspiro.

—Primero intenta ordenar los casos cronológicamente.

—Ya lo he hecho.

—Entonces, empieza por 2000 y 2004. De entrada, fíjate solo en las fotos, ¿vale?

—¿Por qué esos dos años?

—Intuición masculina.

A través del intercomunicador y de la puerta cerrada se oyó una carcajada que solo podía ser de Rose.

Carl se sentó junto a la ventana y consideró la posibilidad de fumarse otro cigarrillo mientras intentaba imaginar el último día de vida de Palle Rasmussen. Primero trabajó en el Parlamento, que debía de estar muy tranquilo al ser domingo de Pentecostés, y luego se fue a mantener relaciones sexuales de carácter bastante intenso con Pauline Rasmussen, con ataduras incluidas. Pero ¿cómo de intenso había sido el sexo en realidad? Y, para finalizar, el suicidio.

Desenterró el informe de la autopsia de una pila de documentos con un objetivo claro: heridas o lesiones recientes en el cuerpo de Rasmussen. Tenía arañazos antiguos en la espalda e indicios de una fisura anal cicatrizada, pero, tras varios días en el garaje envuelto en monóxido de carbono, el informe se concentraba en la causa de la muerte más que en cualquier otra cosa. Tendría que preguntarle a Pauline Rasmussen en qué habían consistido exactamente sus juegos sexuales el último día de vida de Palle.

Después de su supuesto rato de asueto en casa de Pauline, un interrogante pendía sobre las últimas horas de vida de Palle Rasmussen. ¿Había vuelto de casa de Pauline en su propio coche? ¿Acaso había puesto fin a la relación de forma definitiva ese mismo día? ¿Tenía motivos para hacerlo? ¿Era habitual que aprovechara el trayecto de vuelta a casa para darse un buen revolcón?

Se oían gritos procedentes de la oficina de al lado. No dudaba que le llegarían quejas desde el otro lado del pasillo sobre las molestias que la presencia del Departamento Q ocasionaba en Teglholm. Lo sentía mucho por Marcus, que tendría que comerse las quejas con patatas.

—Carl, ¡ven! —gritó Rose. ¿Acaso aquella pesada no entendía el arte de la discreción?

—Más vale que estés chillando como una alarma de incendios por un buen motivo, Rose. ¿No os tengo dicho...? —empezó, y calló de golpe al ver sus caras—. Parece que habéis visto un fantasma. ¿Qué demonios pasa?

De la excitación, Assad había enarcado las cejas hasta casi dibujar un ángulo recto con los ojos.

—¡Hemos matado un pájaro de dos tiros, Carl! Mira la pizarra.

Cuándo: 17 de mayo de 2000
Dónde: Søllerød
Quién: Carl-Henrik Skov Jespersen
Cómo: Tiro en la sien
¿Por qué?: Desconocido

—Dejadme ver el informe. ¿Lo has encontrado tú, Gordon? ¿Y la sal? Enseñádmela —ordenó, y siguió el índice de Gordon hasta una fotografía muy borrosa que hubiera merecido que la descartaran. ¿Acaso el fotógrafo fue demasiado perezoso como para volver a la escena del crimen a repetirla?

—¿Qué estoy mirando? —preguntó mientras se inclinaba para verla mejor.

—¿Y si le das la vuelta a la foto, Carl? Está del revés. ¿Te estás quedando ciego, ancianito?

Con una mirada asesina dirigida a Rose, Carl giró la foto.

—¿Qué es lo que tengo que ver?

Assad le alargó una lupa con la que Carl recorrió la imagen y el escritorio sobre el cual el fallecido estaba tumbado.

Un índice oscuro se coló en su campo de visión para señalar un cuenco.

Carl entornó los ojos.

—¿Es asiático? Esos caracteres lo parecen, ¿no?

—Fíjate en la estantería —ofreció Assad—. Hay un plato en la otra repisa con un tenedor y un cuchillo que asoman del borde, junto a unos molinillos de pimienta y sal. Suponemos que el hombre estaba almorzando. Pero fíjate en el cuenco, Carl. No está vacío.

—Y suponéis que lo que asoma por el borde es sal, aunque a mí no me parece que se pueda afirmar con seguridad con esta foto tan mala.

—Sí, tienes razón, pero fíjate en esta —dijo Assad mientras le ponía delante otra imagen—. Gordon ha estado muy atento.

La nueva instantánea mostraba a la víctima desde otro ángulo. Tenía la cara contra la mesa, y una mancha enorme de materia gris y sangre se extendía sobre la superficie de madera desde el orificio de salida.

—Veo que se pegó un tiro desde el lado derecho —dijo Carl mientras negaba con la cabeza—. Está en una posición extraña. A juzgar por el orificio de salida, debió de usar un arma de gran calibre, pero la cabeza debería reposar en la mesa sobre el lado izquierdo, y en un determinado ángulo respecto a la trayectoria de la bala.

Los demás asintieron.

—Ahora verás, Carl. Fíjate en la parte de suelo que se ve entre él y la estantería.

Carl echó mano de nuevo de la lupa para escudriñar la foto. Tenían razón, ahí se veía algo.

—Muy bien visto, Gordon. ¿Cómo lo describieron los peritos?

—No le dieron ningún significado especial: sal gruesa normal y corriente que cayó del plato.

Carl asintió.

—¿Y la posición de la cabeza? Ese boquete debió matarlo al instante. ¿Y cuál es el arma del crimen?

Le enseñaron la siguiente foto.

—Madre mía, una bestia así no se ve todos los días —dijo, y señaló unas palabras grabadas en el lateral del arma: «Desert Eagle, Israel Military Industries»—. ¿Qué calibre tiene, Assad? ¿Magnum 44?

—357.

—Huy, muerto en el acto, ¡bum! Si casi tendría que haber salido disparado de la silla, ¿no?

—Te lo vuelvo a preguntar: ¿necesitas gafas, Carl? —lo pinchó Rose de nuevo—. Aquí se ve clarísimo.

—¿El qué?

—Pues el motivo por el que el caso está en los archivos de homicidios. Es un asesinato, no un suicidio.

—Fíjate en la mancha que hay en la pata de la mesa. El muerto cayó al suelo de cabeza y alguien puso el cuerpo de nuevo en la silla. De modo que, o bien el asesino era un imbécil ignorante, cosa que dudamos, o pretendía poner deberes a la policía.

—Perdón —dijo Carl, y agachó la mirada. Si pensaba en todos los casos de asesinato en los que había trabajado y los comparaba con el historial de sus compañeros, no era de extrañar que sus recuerdos estuvieran algo borrosos. Pero ese caso en cuestión era imposible de olvidar y, en su momento, las neuronas debieron de funcionarle a marchas forzadas: la víctima era un personaje polémico, la investigación no sacó nada en claro y el caso suscitó grandes titulares. ¿Se estaba haciendo mayor para ese juego? ¿Tenía razón Rose y debería ir al oculista? Menudo panorama—. Ah, sí, ya recuerdo el caso. La víctima era un traficante de armas, ¿no? —dijo al final.

Rose lo apuntó con el índice, como si fuera un colegial que por fin había dado con la respuesta correcta.

—Exacto. Y el asesinato se calificó como una especie de ejecución, puesto que todo parecía apuntar a la profesión nada respetable de la víctima. Poco después se arrestó a un bielorruso residente en Dinamarca a raíz del cuaderno de pedidos de la víctima, que lo nombraba varias veces porque le debía un dineral. Se declaró inocente del asesinato, pero, tras un acuerdo extrajudicial con el fiscal, confesó que comerciaba con armas a una escala significativa con países que sufrían embargo.

—¿Y los antecedentes del muerto?

—No tenía —dijo Gordon encogiéndose de hombros, como si no tuviera importancia.

—Un traficante de armas en Dinamarca sin antecedentes, pues sí que debía de ser listo —murmuró Carl.

19

Tabitha

Martes, 8 de diciembre de 2020

Para Tabitha, que la excluyeran del grupo de mujeres vengativas de Debora supuso un nuevo comienzo. Todas aquellas reglas la limitaban, y tanto secretismo con sus nombres reales e identidades le resultaba infantil. Eva se le antojaba un nombre ridículo, y más si tenía en cuenta que el suyo, Tabitha, también era bíblico.

Era una mujer adulta e inteligente, ¿por qué iba a dejarse intimidar por lo que predicaban?

«Sí, claro, no hay que hacer daño a nadie, Debora», pensó al salir de la casa. ¿Quién había dado autoridad a Debora para decidirlo?

Le llevó algunos días decidir dónde quería poner sus propios límites. Resultaba evidente que no quería que la policía volviera a pillarla y, llegado el caso, diría que Debora le había lavado el cerebro. No le importaría pasarse un par de meses de «desprogramación de la cárcel». Tabitha se alegraría cuando fueran a buscarla a su preciosa casa llena de tacitas de porcelana fina, tenedores de postre y todas esas mierdas para meterla en *chirona*. Aquella palabra le hacía mucha gracia.

Entonces se puso en marcha.

Todo había comenzado de una forma muy inocente. Sentada en un rincón en una cafetería, Debora tomaba apuntes rodeada de cruasanes, tartas y tazas de café que llenaban toda la mesa. Desde la mesa vecina, Tabitha había sonreído ante aquella abundancia mientras se quejaba de la lentitud de la camarera. Poco después, compartían mesa y hablaban del mundo, de Dinamarca y de la gente que las rodeaba, y de cómo el país estaba en decadencia.

No fue hasta más tarde que Tabitha se dio cuenta de que aquella era una escena muy ensayada que Debora ejecutaba para reclutar a nuevos miembros para su club. Había halagado a Tabitha diciéndole que era elegante e inteligente, la había escuchado como nadie lo había hecho nunca y la había puesto en un pedestal a las puertas del paraíso, algo que la hizo sentir no solo especial, sino una elegida.

Comprendió que la habían elegido para emprender una cruzada contra el declive de la sociedad el día que se sorprendió a sí misma sonriendo después de golpear con fuerza en la cabeza a un turista chino por escupir en el suelo en un McDonald's.

Tabitha adoraba su nuevo rol, y nadie que contraviniera su visión ética del mundo escapaba de su mano justiciera. Veía infracciones por todas partes y arremetía contra los culpables con palabras, ataques, golpes y cosas peores. Sus enemigos eran carteristas, funcionarios arrogantes que atendían al público, dependientes que hacían esperar a la clientela, conductores de autobús maleducados, gente que iba por la calle gritando o que empujaba a otros al pasar, los que se colaban en las colas y los que ponían verdes a los demás. Más tarde, pasó a incluir también a los profesores universitarios que cancelaban clases y a los sabelotodos que decían «pues claro» en cada frase y manipulaban a la gente. Si miraba a su alrededor, veía gente así en todas partes. Aprendió a despreciar lo que ella llamaba «la decadencia de las costumbres».

Cuando presentaba su informe en las reuniones mensuales del club y Debora respondía con entusiasmo, Tabitha se sentía como una guerrera que luchaba por enderezar el país. Entonces la detuvieron en plena calle por atizar en la cabeza con una botella vacía de champán a un hombre que había dado una patada al perro de un sintecho. Su arresto en mitad de la céntrica calle

Strøget se convirtió en un pequeño espectáculo y la gente, que resbalaba en la sangre del maltratador de perros, que se había quedado inconsciente, no paraba de gritar que el muy cerdo se lo merecía y que la policía debería largarse y llevarse al pobre chucho. Los gritos fueron música para los oídos de Tabitha, pero no le sirvieron de nada.

El juez aún no había dictado sentencia firme por la agresión y, a juzgar por las largas demoras en los tribunales, era posible que nunca llegara. Sin embargo, Tabitha no pudo escapar del juicio de Debora. En su primer encuentro tras el suceso, la informó sin más preámbulos de que ya podía levantarse e irse por donde había venido. Y, como regalo de despedida, se llevó la amenaza de que, si soltaba prenda sobre las actividades del club, se iba a enterar.

A Tabitha no la afectó en absoluto. Dejó una nota en el buzón de Debora que decía que el club había quedado sentenciado a muerte con su expulsión y que, en cuanto la citaran en el juzgado, no dejaría títere con cabeza.

«No irán a matarme por esto», pensó.

Al día siguiente, Tabitha continuó su cruzada personal para atacar allí donde lo creyera necesario.

Llevaba un rato dando vueltas en coche por los barrios de Nørrebro, Vesterbro y Osterbro, que rodeaban el centro, cuando tres tipos de negro con la visera de la gorra hacia atrás le cortaron el paso con su BMW, por lo que Tabitha tuvo que frenar en seco. Farfulló improperios al ver que le hacían la peineta por el retrovisor, pero cuando bajaron la ventanilla y arrojaron un aluvión de ceniza, colillas y vasos de cartón, decidió que iban a pagar por aquella provocación.

Los siguió a cierta distancia y pudo comprobar de primera mano que aún tenían más basura que lanzar a la calzada. Finalmente, enfilaron Sønder Boulevard y aparcaron el coche de cualquier manera en una plaza para discapacitados.

Tabitha aparcó con toda la calma del mundo en el lado opuesto de la calle, sacó la navaja de la guantera y en menos de veinte segundos pinchó los cuatro neumáticos del BMW. A continuación, se dirigió tranquilamente al césped que separaba los dos sentidos de la circulación y llenó una bolsita con basura y excrementos de perro, tras lo cual esperó con paciencia a que aquellos tipos volvieran con los ánimos por las nubes, con un cigarrillo en la boca y los andares relajados.

En cuanto ocuparon sus asientos en el coche, ella se acercó con parsimonia y dio unos golpecitos en la ventanilla del conductor.

El tipo que iba al volante le dio a entender con una mirada de desprecio que no dudaría en lanzarle amenazas de manual y cosas peores.

—Se os ha caído esto, putos cerdos. La próxima vez, lo tiráis en vuestra casa, ¿entendido? —dijo ella con serenidad mientras le arrojaba el contenido de la bolsa sobre la cabeza.

El conductor, cubierto de mierda, se echó a un lado hacia el copiloto mientras profería un torrente de insultos, y Tabitha volvía a su coche corriendo y lo ponía en marcha con un chirrido de los neumáticos.

—¡Ahí os pudráis, imbéciles! —les gritó por la ventanilla mientras le devolvía la peineta. Ni el gilipollas más arrogante llegaría muy lejos con las cuatro ruedas pinchadas.

Y así, Tabitha iba todas las mañanas a trabajar como el doctor Jekyll y se convertía en Mr. Hyde en sus ratos libres. A la gente que se portaba mal con los niños o los animales la golpeaba tan fuerte con un bastón que casi no podían levantarse, y le daba absolutamente igual si eran indigentes o solo idiotas, porque a los niños y a los animales había que tratarlos bien.

Por desgracia, todo se torció para ella un par de meses después de su expulsión.

Tomó el tren hasta la estación de Østerport, como había hecho tantas veces, porque era un buen punto de partida para su ronda de reconocimiento de camino hacia la plaza Kongens Nytorv. Delante de la fachada recién reformada y mojada por la lluvia de la estación localizó a una pareja que enfocaba la avenida Dag Hammerskjölds con una cámara para captar un mural de paraguas, vías de tren y la galería de arte Den Frie Udstilling. «Bah, estadounidenses», se dijo al oír su entusiasmo estridente a cien metros de distancia. Imaginó que seguirían su ruta hacia el Museo de la Paz y su amada embajada.

Tabitha meneó la cabeza. Esperaba que no fueran amigos de la actual embajadora estadounidense, porque habría que esforzarse mucho para encontrar a alguien más idiota que ella.

Al mirar a izquierda y derecha para cruzar la calle, descubrió, al otro lado de la transitada calzada, una anciana que se encogía un poco al ver todos los asientos ocupados en la marquesina del autobús. La pesada bolsa de nailon que le colgaba del hombro indicaba que acababa de hacer la compra y que le dolía la espalda por el peso de los años y las embestidas de la vida.

Tabitha clavó la mirada en un joven fuerte sentado bajo la marquesina cuya empatía parecía tan adormilada que era incapaz de ofrecer su asiento a la mujer mayor, y lo eligió a él. Cruzó por el paso de peatones y, justo cuando iba a increparle, el chico se levantó para ofrecerle su asiento a la anciana y preguntarle si quería que le sostuviera la bolsa hasta que llegara el autobús, ya que en el banco no quedaba sitio. Aquella anciana casi traslúcida le sonrió como si fuera la primera persona que le ofrecía ayuda en muchísimo tiempo.

Tabitha esbozó una sonrisa, pero la extrañó constatar que el chico miraba en todas direcciones menos en la de la calle por donde debía venir el autobús.

«¿Qué se propone?», se preguntó mientras se colocaba cerca de él, al otro lado de la mampara de la marquesina, para poder detenerlo si intentaba poner pies en polvorosa.

—No es este el autobús que tengo que tomar —dijo la anciana cuando llegó uno a la parada y empezaron a subir los pasajeros.

—Vale, yo también estoy esperando el otro —dijo el chico, que comprobó con una mirada fugaz que el banco se había vaciado.

—Déjame la bolsa aquí al lado, muchas gracias por ayudarme —dijo la mujer mientras se apartaba un poco y daba unas palmaditas en el asiento vacío a su lado.

—Se la subiré al autobús cuando llegue —dijo el chico con una firmeza que no admitía réplica. Y, justo cuando el autobús se alejó de la parada, dio un paso hacia un lado, dispuesto a echar a correr.

Consiguió dar una larga zancada antes de que Tabitha agarrara una de las asas de la bolsa y diera un tirón. El ladrón no se detuvo, cosa que daba a entender que no era la primera vez que hacía algo así, sino que se aferró a la bolsa con fuerza, aunque ella no cedió y él trató de apartarla de una patada que no sirvió de nada, porque Tabitha no aflojó hasta que él la arrastró por la parada de autobús hasta el borde de la calzada.

Y, entonces, ella soltó la bolsa.

Él puso cara de asombro por un segundo cuando la desaparición repentina de la tensión lo hizo tambalearse y caer a la calzada, justo en el momento en que un camión de una envergadura que debería estar prohibida en una ciudad tan congestionada como Copenhague le pasó por encima con un sonido de lo más desagradable.

La gente se puso a gritar mientras Tabitha contemplaba la escena con una calma total. Fue entonces cuando se dio cuenta de que la pareja estadounidense la apuntaba con su cámara desde la fachada de la estación.

—It was an accident! —exclamó mientras trataba de adoptar una expresión horrorizada y el conductor del camión bajaba de un salto de la cabina para vomitar junto al montón de carne que solo un momento antes era un ratero.

En cuestión de un segundo la rodeó una multitud que gritaba que había soltado la bolsa a propósito y que era culpa suya que el chico se hubiera caído en la calzada.

Alguien se puso a hacer llamadas, así que Tabitha decidió que había llegado el momento de largarse. Pero resultó que no era la única de los presentes capaz de interpretar el lenguaje corporal: una mano firme salió de la nada y la agarró del brazo.

Al poco, además de los sanitarios de la ambulancia y los psicólogos de emergencia, apareció también un enjambre de agentes de policía que le leyeron sus derechos. Y así terminó la carrera de Tabitha como vengadora callejera.

20

Ragnhild

Martes, 8 de diciembre de 2020

DEBORA SE SENTÓ con una cara muy seria. En realidad, siempre lo hacía, pero esa vez a las arrugas de la frente se le habían añadido dos profundos surcos perpendiculares en el ceño que agravaban su expresión perpetua de preocupación de una forma inusitada.

—Os he hecho venir para hablar de lo que ha pasado hace unas horas —empezó.

Todas asintieron.

—¿Por el confinamiento? —preguntó Martha.

Debora negó con la cabeza.

—El confinamiento no nos facilita en nada la misión, pero ha pasado algo mucho más grave: han detenido a Eva, y puede ser peligroso para nosotras.

—¿Detenido? —dijo Ragnhild mientras negaba con la cabeza. No había llegado a conocer a Eva, cuyo sitio ella ocupaba ahora—. ¿Por qué?

—No conocemos los detalles, Ruth, pero hasta donde yo sé, la detuvieron esta mañana por causar la muerte de un joven.

Ragnhild miró a sus compañeras. Era evidente que todas pensaban lo mismo: aquello no pintaba bien.

—Eso significa —continuó Debora— que, a partir de ahora, nuestras actividades quedan suspendidas y no vamos a vernos hasta que yo os convoque. Debemos asegurarnos de que, si a Eva se le ocurre hablar de nosotras, la policía no encontrará nada ni aquí ni en vuestras casas.

—No dirá nada —protestó Sara.

—No, yo tampoco lo creo, pero es imprescindible que os deshagáis de inmediato de cualquier cosa que tengáis en casa que tenga que ver lo más mínimo con lo que habéis hecho o tenéis intención de hacer. Yo voy a revisar cada rincón de esta vivienda, destruiré las posibles pruebas y eliminaré cualquier huella que os relacione a vosotras o a Eva con este lugar. Y lo más importante —añadió, levantando el dedo índice—: A partir de ahora, vuestros labios están sellados. Y, si os da por empezar a actuar por vuestra cuenta, os aguantáis, porque no puede ser. ¿Entendido?

Todas asintieron, aunque Ragnhild se sentía muy desgraciada. Acababan de prohibirle lo que más la apasionaba, lo que definía su vida: por culpa del covid-19, sus relaciones sociales y sus actividades de ocio, y ahora sus pequeños actos heroicos.

—Tenéis que entender que es probable que Eva haga que las autoridades duden de su estado mental. Quizá declare que le robaron la voluntad y que yo y vosotras dos, Martha y Sara, la manipulamos. A ti no podrán acusarte de nada, Ruth, porque no os conocéis.

Debora se sentó un momento y asintió para sí mientras intentaba poner en orden sus pensamientos. Entonces les clavó a las tres una mirada torva.

—Es evidente que Eva no es la más inteligente de nosotras, pero está claro que es la más astuta, así que tenemos que andarnos con cuidado, ¿de acuerdo?

—Deberíamos saber su verdadero nombre para poder leer lo que se diga de ella en la prensa —dijo Martha—. No se llama Eva, ¿verdad?

Debora negó con la cabeza.

—No, se llama Tabitha Engstrøm.

—Dijiste que pobre de la que hablara —dijo Sara—. Pero ¿qué le harás a Tabitha si dice algo?

—Llegados a ese punto, habrá que neutralizarla, ¿qué otra cosa se puede hacer?

Ragnhild estaba pegada al televisor, pero no dijeron nada de Tabitha Engstrøm; las restricciones y el aumento significativo del número de contagios por covid-19 tenían a los medios demasiado ocupados. En pleno ciclo interminable de noticias y debates, se le ocurrió que las extrañas circunstancias en las que el mundo entero estaba sumido suponían una protección que Tabitha no hubiera podido imaginar ni en sueños. Mientras reinara el miedo a una nueva ola de contagios que les impidiera acceder a ella en la cárcel, no les quedaría más remedio que aceptar el riesgo de que Tabitha decidiera hablar para arremeter contra el club y sus actividades.

«Eso no se puede permitir», pensó Ragnhild mientras seguía con sus cábalas. Nunca había matado a nadie, pero ¿acaso no era capaz? Al fin y al cabo, había visto a muchos cerdos sacrificados en la granja de su abuelo. La yugular humana estaba justo debajo de la piel, y tenía muchos objetos lo bastante afilados para seccionarla, era muy fácil. Lo difícil sería acercarse lo suficiente a Tabitha Engstrøm mientras estuviera en la cárcel y huir después de matarla. ¿No consistía en eso un crimen perfecto?

Si lo conseguía, ¿acaso no brillaría mucho más que las demás a ojos de Debora, a pesar de sus advertencias sobre lo que podían o no hacer? Y, si había algo que Ragnhild ansiaba más que cualquier otra cosa, era el respeto y la aprobación de Debora. En varias ocasiones, al terminar la reunión, se había quedado en la puerta de su casa a esperar que se apagara la luz detrás de todas las ventanas. No porque estuviera enamorada de ella, sino porque Debora era su líder. Era Debora quien las reclutaba, la que recopilaba la información sobre sus actividades y la que las azuzaba para refinar y hacer crecer sus pequeños actos de venganza moral.

La que había elevado la vida deprimente de Ragnhild hasta la euforia.

Ragnhild contemplaba la pantalla del televisor con la vista fija en la elegante americana que la primera ministra se había

131

puesto para la rueda de prensa en la que anunció la suspensión de la actividad en todo el país.

Y, con un confinamiento tan extremo, ¿cómo demonios iba a detener a Tabitha?

Esa noche, Ragnhild durmió muy mal.

21

Ragnhild

LAS MEDIDAS SANITARIAS aplicadas a nivel nacional afectaron también al caso de Tabitha Engstrøm, que requería interrogatorios, pruebas, declaraciones de testigos y citaciones, trámites que conllevaban un riesgo de contagio. Las circunstancias imposibilitaban un proceso judicial normal que pudiera concluir en una pena de privación de libertad, así que soltaron a Tabitha tras la vista preliminar, como ordenaba la ley actual. Le ordenaron permanecer en el país e informar de sus movimientos si diferían de lo habitual de manera significativa. Retomarían su caso en cuanto pudieran, cuando la situación se normalizara un poco.

Ragnhild ya había pensado en esa posibilidad, de modo que, por si acaso, se apostó a una cincuentena de metros de la entrada de los juzgados, desde donde vio salir a Tabitha con un abrigo holgado y una gran sonrisa en sus labios color rojo sangre.

«Así que ese es el aspecto que tiene —se dijo. Despreocupada y cosmopolita. Y también pensó—: Esos labios no deberían reír, deberían estar bien cerrados para no dejar salir ni una palabra sobre lo que ocurre en nuestro club. Ahora mismo, Tabitha Engstrøm está feliz y contenta, pero en cuanto vuelvan a citarla, hablará. Se lo veo en la cara.»

En su recorrido por las calles más transitadas de Copenhague, Ragnhild no soltó el afilado cuchillo de pescadero que llevaba en el bolsillo del abrigo. Su objetivo era detener a

Tabitha, pero no tenía prisa. Cuando se presentara la oportunidad, estaría preparada.

«¿Adónde vas, Tabitha?», pensó. La siguió a una distancia prudencial hasta las calles mucho menos bulliciosas del barrio de Amager sin obtener respuesta a su pregunta.

«Si deja la calle principal y se mete por alguno de los callejones, puedo alcanzarla en cuestión de segundos», se dijo. Pero ¿con cuánta fuerza debía clavarle el cuchillo, y dónde? ¿No sería mejor degollarla como había planeado? Sin embargo, ese método la haría sangrar una barbaridad, y Ragnhild no quería arriesgarse a mancharse. Podía agarrarla, empujarla y apuñalarla en ese preciso instante, pero entonces tendría que clavarle el cuchillo hasta el fondo y en el lugar correcto, y no resultaría nada fácil. ¿Y si, por ejemplo, Tabitha la oía llegar justo antes de atacarla, o si Ragnhild hacía algún ruido que le hiciera girar la cabeza? La situación podía torcerse con una facilidad pasmosa.

Sintió que los nervios se apoderaban de ella, pero no era el momento de titubear. Tabitha había quebrantado el código estricto del club, y la misma Debora había dicho que aquello podía costarle muy caro. Y aunque esta les había ordenado que no actuaran por su cuenta, Ragnhild no tenía intención de obedecerla. Debora acabaría por agradecérselo, estaba segura. ¿Acaso no había dicho que, si Tabitha hablaba, habría que borrarla de la faz de la Tierra?

La solución al problema de Ragnhild se presentó varios cientos de metros más allá, donde el impacto de un coche había doblado una señal de aparcamiento, que colgaba sobre la acera del poste medio roto a un metro del suelo.

«Venga, Tabitha, que no se te ocurra ahora meterte por una callejuela —pensó Ragnhild—. No cruces la calzada. No te acerques a los escaparates. Sigue pegada al carril bici como hasta ahora.»

Apretó el paso y se situó a unos cincuenta metros de la señal rota, ya estaba muy cerca. Se sacó las manos de los bolsillos mientras ensayaba mentalmente el empujón que haría caer a Tabitha sobre el borde afilado del poste metálico roto de la señal.

Veinte metros, solo las separaban unos pocos pasos. Entonces, cuando Tabitha estaba a punto de llegar al poste letal, Ragnhild dio un salto hacia adelante y le hizo la zancadilla con la pierna izquierda mientras empujaba a Tabitha por la espalda con todas sus fuerzas. Cayó sin resistirse y el borde afilado del poste se le clavó justo a la altura del corazón a través del abrigo abierto.

Lanzó un grito breve, pero entonces Ragnhild la golpeó con los dos puños en la espalda para que la estaca improvisada se le clavara aún más.

Un instante después, se perdió por una calle lateral mientras Tabitha aún respiraba.

A Ragnhild el corazón le latía tan rápido que sentía que iba a desmayarse y, aunque se sentía orgullosa, vomitó varias veces en la acera hasta que recuperó la calma.

Ni en su mejor época, cuando fumaba porros en plena adolescencia, se había sentido Ragnhild tan a punto de echar a volar como en ese momento. Plantada sobre los peldaños de mármol verde en la entrada de la casa de Debora, llamó al timbre con la cadencia habitual.

Pasaron un par de minutos antes de que le abrieran la puerta, y la euforia desapareció tan rápido como había venido.

—Y tú ¿quién eres? —le preguntó al hombre que había abierto. Era enorme y de aspecto violento, nada que ver con Debora, tan delicada y hermosa. Ragnhild y aquel hombre se miraron a los ojos un instante, y para ella no fue nada agradable contemplar su aspecto extraño y desagradable, como si hubieran atornillado una cabeza al cuerpo equivocado.

—¿Que quién soy? Soy yo quien tendría que preguntártelo, ¿no crees? —respondió él—. ¿Por qué llamas a mi puerta?

¿Su puerta? ¿Debora tenía marido? ¿Un marido así de repulsivo? Aquello no podía ser verdad.

—¡Tengo que hablar con Debora! ¡Dile que ha venido Ruth!

Él la miró perplejo.

—¿Debora? ¿Y esa quién es?

Ragnhild dio un paso atrás para escudriñar la fachada de la casa. No, no se había equivocado.

—No sé quién eres. Pero Debora es la propietaria de esta casa —dijo Ragnhild, que empezaba a estar muy alarmada.

El tipo frunció el ceño y dio un paso hacia ella.

—No sé de qué me hablas. Será mejor que te vayas.

Ella retrocedió otro paso.

—¿Le has hecho algo? ¿Te has metido en su casa?

Dio otro paso atrás y miró a su alrededor, preparada para saltar por encima del seto del vecino si él hacía el menor gesto de acercársele.

—¡Deeeeeebora! —gritó con todas sus fuerzas con la vista clavada en los visillos del primer piso.

—Te confundes, chica. ¿Qué pasa con esa tal Debora para que estés tan preocupada?

—Tengo algo importante que contarle sobre alguien a quien ya no debe temer.

¿Había visto un movimiento tras los visillos?

Ragnhild esbozó una sonrisa fugaz que desapareció en cuanto aquel hombre le asestó un golpe en la coronilla que dejó fuera de combate todos los mecanismos que regían su cuerpo: el equilibrio, los músculos, el sistema nervioso y la voluntad.

22

Carl

Jueves, 10 de diciembre de 2020

LA ÚLTIMA RUEDA de prensa de la primera ministra no fue más animada que las anteriores. Y, aunque la vacuna llegaría en cualquier momento, estaba claro que el riesgo de contagio durante los festejos de Navidad y Año Nuevo podía agravar la situación en un abrir y cerrar de ojos.

En la pantalla, los protagonistas de la rueda de prensa se enfrentaban al país como un pelotón de fusilamiento para comunicar que tenía que paralizarse todo. Primero intervino el ministro de Sanidad, y luego los demás. Novecientos dieciocho muertos, dijeron, al explicar que la segunda ola de coronavirus se avecinaba y que las restricciones se aplicarían a partir de las cuatro de la tarde del día siguiente. Dinamarca ya sabía cómo funcionaba aquello: confinamientos, PCRs, desinfección de manos, mascarillas, toser en la parte interna del codo, privaciones, recesión económica...

La situación empezaba a hacerse agotadora e irritante.

—Bueno —dijo Carl—. ¿Qué me decís? Yo, desde luego, no pienso parar. Si tenemos que ir a hacernos test rápidos constantemente, podemos colarnos con solo enseñar la identificación.

Era evidente que los demás no lo veían tan claro. Assad pensaba en su familia, por supuesto: ¿qué harían si él enfermaba? Rose, por su parte, pensaba que no le apetecía en absoluto aislarse en su apartamento otra vez. Y Gordon estaba bastante harto de toda aquella situación. Por fin había decidido probar suerte con las citas por internet, pero ¿quién iba a salir con él con ese panorama?

—Antes de que el país se ponga patas arriba, voy a ir a ver a Pauline Rasmussen para enseñarle los correos que encontramos —dijo Carl—. Vosotros seguid con lo que tenemos. Rose y Assad, concentraos en el traficante de armas; Gordon, tú en los casos antiguos, y entre los tres terminad de repasar los correos de Palle Rasmussen hasta que no quede ni uno.

Si sus compañeros resoplaron, Carl no se dio cuenta.

APENAS HABÍA SALIDO del aparcamiento cuando recibió una llamada de Gordon.

—Carl, el departamento acaba de recibir indicaciones de la Policía Nacional. Quieren que nos reunamos en la sala de personal dentro de veinte minutos.

—Estupendo, que lo paséis muy bien —dijo el inspector con una media sonrisa. ¡Ni de broma iba a permitir que las ocurrencias de la Policía Nacional influyeran en su investigación!

Al alejarse un par de kilómetros del centro, el tráfico empezó a descongestionarse, y varios vehículos se detuvieron en el arcén mientras la radio escupía sin cesar órdenes y advertencias.

La acera sembrada de mascarillas usadas ofrecía una imagen desoladora.

Carl negó con la cabeza. ¡¿Coronavirus?! A la gente parecía darle todo igual mientras viera sus necesidades satisfechas, algo que Carl había podido comprobar una y otra vez a lo largo de los años.

Suspiró.

¿Cuánto iba a durar esa mierda?

En el camino de acceso del adosado de Pauline Rasmussen había una bicicleta de mujer. La puerta principal estaba abierta de par en par, y del interior de la vivienda salía una voz femenina muy alterada que exclamaba cada dos por tres: «No puede ser» y «¡Otra vez no!».

Carl se hizo a la idea de lo que pasaba.

En cuanto Pauline Rasmussen vio aparecer su cabeza por la puerta, se guardó el móvil en el bolsillo y prorrumpió en sollozos.

—Han cancelado todas nuestras funciones por tiempo indefinido —tartamudeó—. ¡Cancelado, cancelado, cancelado! ¿No saben decir otra cosa?

Carl expresó su simpatía con palabras como «una faena» y «de locos», pero no se anduvo por las ramas a la hora de informarla de lo que había encontrado entre las cosas de Palle Rasmussen. Ella palideció, aunque era imposible saber si se debía a la noticia de que la representación de esa noche sería la última en mucho tiempo o a la perspectiva de hurgar en un pasado espinoso. En todo caso, a Carl le era totalmente indiferente. Cuando la gente estaba tan desequilibrada como Pauline, sus interrogatorios eran mucho más efectivos. Como su primo el borrachín solía decir, «A caballo regalado...».

—Vio a Palle el día que murió y ahora sabemos con seguridad que pasó por aquí de camino a casa y que mantuvieron relaciones sexuales en las que hubo sumisión y dolor. Se lo preguntaré solo una vez, Pauline: ¿se pasaron de la raya y acabó matándolo? ¿Le pidió él que lo acompañara a casa y que lo atara al volante para que no pudiera apagar el motor?

La mujer era incapaz de hablar.

—Le diré lo que pienso yo —siguió Carl—. Palle vino a verla esa tarde, ¿correcto? —Ella suspiró—. Y usted le ató las muñecas y le golpeó por todo el cuerpo, ¿es así?

Ella negó con la cabeza.

—No lo até, nunca era necesario hacerlo.

—¿Podía hacerle daño sin necesidad de inmovilizarlo? Me parece raro. Le encontramos una fisura anal, aquello debió de doler horrores.

Ella le dirigió una mirada altiva.

—Palle podía con todo, era un hombre de verdad.

—De acuerdo, pero eso no explica que el cadáver tuviera unas marcas profundas en las muñecas, como si lo hubieran atado con bridas de plástico.

—Eso no tiene nada que ver conmigo, yo no lo até.

—Pero luego lo llevó a casa en su coche, ¿no?

—Ya he respondido a esa pregunta —dijo Pauline, cuya mirada se volvía cada vez más fría. Carl era consciente de que estaba a punto de perder el control que tenía sobre ella—. Pero no, no lo llevé. En cuanto se corrió decidió volver a casa. Solo pensaba en sí mismo.

—Y, a pesar de eso, estuvo nueve años y medio con él. Me cuesta creerlo, la verdad.

—Crea lo que quiera. Las marcas de las muñecas no se las hice yo. No me enorgullezco de la relación que tuve con él, pero ahora ya no puedo hacer nada para cambiarlo.

—¿Estaba deprimido ese día?

—Con el orgasmo siempre le entraba el bajón, después de que yo lo humillara, pero no noté nada fuera de lo normal.

—¿Por qué intentó impedir que accediera a los documentos y al ordenador de Palle? Si cree que mis compañeros y yo hemos pasado algo por alto, dígamelo. No la ayudará nada que tengamos que sonsacarle la información.

—¡¿Que no me ayudará en qué?! —Pauline se había vuelto fría como el hielo—. Ahora mismo, lo único que puede ayudarme es saber cómo me las voy a arreglar si el Gobierno me niega el sustento. ¿Cree que el ministro de Cultura nos pagará todas las funciones canceladas?

Carl ese encogió de hombros. En el fondo, le daba igual.

—¿Qué encontraremos en el ordenador, Pauline? ¿Quiere contármelo ahora que aún está a tiempo?

Ella negó con la cabeza.

—Será mejor que se vaya.

ENCONTRÓ A ROSE donde la había dejado, delante de una pila de fotos y un gran archivador.

—¿Dónde están Assad y Gordon? —le preguntó.

Ella contestó con un bufido.

—Los comisarios han mandado a un montón de gente a casa. A partir de ahora, todos, incluido nuestro departamento, tenemos que mantener dos metros de distancia entre nosotros. Es de locos. Igual que en primavera. Dicen que no podemos hacer interrogatorios presenciales, que los hagamos por teléfono.

Carl se quedó patidifuso.

—A ver, ¿no aprendieron nada de lo que pasó la primera vez? ¡Quedó clarísimo que no se pueden hacer interrogatorios por teléfono! La gente miente más que habla, sobre todo si nadie la ve. ¡Se ríen en nuestra cara!

Carl giró sobre sus talones y recorrió el pasillo con decisión. Por suerte, Marcus seguía en su despacho, aunque no parecía muy contento.

—¿Es cierto que vais a pedirnos otra vez que hagamos los interrogatorios por teléfono?

—Es una recomendación del comisario general, sí —respondió Marcus con una mirada cansada.

—¿Y eso incluye a los sospechosos? —añadió Carl en tono jocoso. Marcus asintió—. ¿Y qué me harán si paso olímpicamente de hacerlo?

—No lo sé. Si lo haces y pillas el virus, te vas a quedar con el culo al aire.

—¿Y tú?

—Bueno, yo no puedo salir de mi despacho, así que es muy difícil que esté al corriente de dónde se mete la gente las veinticuatro horas del día.

Carl asintió. Aquello era exactamente lo que quería oír.

—Marcus, han mandado a Gordon y a Assad a casa hasta nueva orden, y eso no ayuda en nada a nuestra investigación. ¿No quieres que resolvamos el caso de Maja Petersen?

—Sí, pero habrá que esperar a que baje la ola de contagios.

—Entendido. Pues nada, a cuidarse.

—ASSAD, ¿TIENES LA dirección del remitente de los correos electrónicos que amenazaban de muerte a Palle Rasmussen si no abandonaba la política?

Al otro lado del teléfono, su colega carraspeó un par de veces, algo alejado del móvil. ¿Acaso se había resfriado?

—Ya he hablado con él, Carl —dijo, y cambió al árabe para hacer algún comentario a la gente que estaba en la misma habitación que él. Se oía un llanto de fondo.

—¿Qué pasa, Assad?

—¿Que qué pasa? Pues pasa que no es nada fácil trabajar en un piso de tres habitaciones con todo este jaleo.

Carl frunció el ceño.

—¿No puedes trabajar fuera de casa?

Assad exclamó de nuevo algo en árabe, como si no hubiera oído la pregunta.

—¿Y qué te dijo el del correo, Assad?

—Que a todos los políticos que mienten o interpretan la Constitución de forma partidista hay que detenerlos con violencia y que es bueno para ellos enterarse de lo mucho que los odia.

—¿Es consciente de que en este país las amenazas son un delito?

—Me dijo que se lo pasaba por el forro, creo. Qué expresión más rara.

—¿Por el forro? —Carl sonrió—. Imagino que no debe de ser un jovencito, precisamente.

—No vamos a sacarle nada. Reside en Nakskov desde siempre. Tiene atrofia muscular y va en silla de ruedas.

—Vale.

—Los casos que hemos encontrado hasta ahora son demasiado antiguos, Carl, todas las pistas se han desvanecido, pero

Rose y yo creemos que tiene que haber más. Si encontramos un caso más reciente con sal, tal vez tengamos indicios más claros del asesino.

—Eso mismo pienso yo. Ahora mismo contamos con cuatro escenas del crimen donde se dejó sal de forma ritual, y no dudo que tiene que haber más, pero sin un motivo no hacemos más que dar palos de ciego.

—Ya, pero ahora sabemos que mató en 1988, 1998, 2000 y 2002. Si esos intervalos de dos años tienen algún significado, creo que deberíamos centrarnos en los más recientes.

—¿Los más recientes? ¿Y cuáles son esos? El asesino pudo haber dejado de matar hace años, puede que incluso esté muerto —dijo Carl.

—Tenemos asesinatos en años pares, ¿por qué no empezamos buscando muertes en circunstancias extrañas, por ejemplo, en 2010?

—¿2010? ¿Y por qué no más tarde? 2012, 2014, 2016…

—Tú mismo lo has dicho, Carl. El asesino mató por primera vez en 1988, puede que incluso antes, así que tenemos que buscar en años en los que sea probable que aún estuviera activo. Y yo creo que en 2010 era factible.

—Por tu voz, se diría que ya has empezado.

—Sí, me he metido en el archivo digital de la Policía.

—Sabes que en el archivo digital no está todo guardado, ¿verdad?

—Lo sé, pero si tengo que trabajar desde casa, por algún sitio tendré que empezar, ¿no?

23

Carl

Jueves, 10 de diciembre de 2020

—VEO QUE GORDON ya ha vuelto, por lo que, según la policía pandémica y el comisario general Hans Hellige Højhed, somos demasiada gente en este departamento. ¿Qué haces aquí, Gordon? ¿Echabas de menos tus elfos navideños?

—En casa no puedo trabajar, con una sola pantalla y una conexión lamentable, voy demasiado lento. Me estaba volviendo loco.

Carl asintió y miró a Rose.

—A ver si me prestas atención, Rose. Necesito que hagas una agenda de turnos para el Departamento Q. Marcus nos da luz verde para hacer lo que queramos mientas él no se entere, porque, si no, lo meteremos en un aprieto. A partir de ahora, los interrogatorios los haremos fuera de aquí y oficialmente habrá solo dos personas en el departamento en todo momento mientras los políticos pretendan seguir inmiscuyéndose en el trabajo policial, ¿de acuerdo? Assad no está bien en casa, así que intentad echarle una mano.

Rose asintió.

—La cosa se complica. No solo por el coronavirus, sino porque con la de trabajo que tenemos, nos harían falta cinco personas más. ¡Por lo menos!

Carl miró a Gordon, que asentía igual que el perrito de goma que su exmujer Vigga llevaba en la parte trasera de la cafetera que tenía por coche.

El inspector se levantó y se acercó a la ventana, tras lo cual agarró un rotulador rojo y escribió directamente en el cristal:

EL CASO DE LOS AÑOS PARES

—Aquí cada uno anotará sus avances. Así, cada vez que os sentéis a mirar por la ventana, os recordará que tenéis cosas más importantes que hacer, ¿de acuerdo? —dijo, y le tendió el rotulador a Gordon—. ¿Qué crees que hay que poner?

—Creo que deberíamos apuntar todas las preguntas e incógnitas que se nos han planteado con los distintos casos.

Ante el gesto de asentimiento de Carl, Gordon escribió:

G1. ¿Dónde están las páginas que faltan en el informe del caso de Palle Rasmussen?

G2. Buscar sal en informes antiguos. ¿Hay más casos?

G3. ¿El ordenador de Palle Rasmussen contiene alguna pista sobre su muerte?

—Muy bien, ¿y dónde está ahora el ordenador, Gordon?

—Está arriba, con los de informática, que dicen que por la falta de personal les va a llevar un tiempo, pero que irán tan rápido como puedan.

Muy bien, pero tienes que estar encima, no podemos esperar indefinidamente. Y tú, Rose, ¿qué dices? —Esta suspiró cuando Gordon le ofreció el rotulador—. ¿Crees que falta alguna pregunta?

Ella titubeó un instante antes de continuar la lista.

R4. ¿Quién mató al traficante de armas Carl-Henrik Jespersen?

R5. ¿Quién mató al industrial Oleg Dudek?

R6. ¿Quién mató al propietario del taller Ove Wilders y a los cuatro mecánicos?

R7. ¿Qué pinta la sal en las escenas del crimen?

Carl levantó la mano.

—Assad tiene una pregunta, yo me encargo de escribirla.

A8. Asesinatos y muertes extrañas en 2010. ¿Cuáles?

—Y os adelanto que Assad propone repasar a fondo el año 2010. ¿Estamos de acuerdo en que hay algo que une todos estos casos y que, por ahora, nos estamos fijando solo en años pares? —Rose y Gordon asintieron—. Muy bien, entonces el tiempo dirá si tenemos razón y si hay más muertes. —Gordon levantó un dedo—. ¿Qué dice el colegial de la última fila?

—Me he dado cuenta de que, a medida que pasan los años, los asesinatos se llevan a cabo cada vez más entrado el año.

—Yo también me he fijado —añadió Rose—. El de 1988 fue el 26 de enero. El de 1998, el 28 de abril; el de 2000, el 17 de mayo, y el de 2002 dos días después, el 19. Quizá no sea casualidad, sino que siguen un patrón.

Carl se detuvo un instante y contempló el aparcamiento cubierto de nieve sucia al otro lado de las letras rojas escritas en el cristal. Entonces se giró hacia los otros dos con un cosquilleo cálido en la espalda, como el que sentía cuando Mona le ponía una pierna en la barriga, o como el que siempre experimentaba cuando tenía la sensación de que tenía ante las narices la clave para resolver un caso.

Con una mirada de reconocimiento a sus compañeros, enarboló el rotulador.

C9: ¿Significado de las fechas?

—Muy bien visto —les dijo a los dos—. Yo me encargo de seguir ese hilo.

Le dio la impresión de que parecían algo irritados, pero tenía que decidir qué hacer con las dos posibilidades que acababan de abrirse ante él. Por un lado, la progresión de las fechas de los asesinatos significaba que entre los años 1988 y 2000 bastaría con concentrarse en casos de 1990, 1992, 1994 y 1996 que hubieran sucedido entre el 26 de enero y el 28 de abril. Seguía siendo un trabajo inmenso, pero podía pedirles a Rose y a Gordon que se encargaran.

También podía concentrarse exclusivamente en las fechas que ya conocían. Si la sal en la escena del crimen tenía un significado concreto, tal vez las fechas también lo tuvieran.

—¿Sabes qué, Gordon? —le dijo—. ¿Por qué no acotas un poco la búsqueda entre la muerte de Palle Rasmussen y la de Oleg Dudek a los años pares entre 1990 y 1996?

—¿Es una sugerencia o una orden? —dijo Gordon, algo perplejo. Ya empezaba a entenderlo.

—Y cuando lo hayas hecho, me lo cuentas, ¿vale?

Gordon agachó un poco la cabeza.

—¿Y tú qué harás, Carl? —preguntó Rose con una cara que parecía agriar el aire de todo el despacho.

—Te lo diré cuando haya avanzado un poco más.

«CUALQUIER BOCANADA DE aire fresco sabe mejor a través de un cigarrillo sin filtro», se dijo Carl mientras contemplaba un grupo de edificios apiñados al otro lado del aparcamiento que seguramente habían diseñado para que la nueva Jefatura resaltara como una de las nuevas maravillas de la ciudad. ¿Qué demonios se les había pasado por la cabeza a los de Urbanismo? ¿Habían atiborrado de pastillas a los arquitectos?

Tras dar una última calada extralarga, Carl apagó la colilla en el asfalto.

Allí solo, en el aparcamiento, no añoraba tanto su despacho en el sótano de la antigua central. No tenía que oír los pasos de los compañeros por las escaleras, ni responder a sus saludos de cortesía, ni estrechar manos; podía estar a su aire e intentar poner en orden sus desordenados pensamientos.

Se pasó una mano por el pelo cada vez más ralo, uno de los pocos gestos que había heredado de su padre, pero no le ayudó nada.

Habían escrito nueve preguntas en el cristal, aunque habrían podido añadir por lo menos cien más, y aquella idea lo aterraba. En ese momento, sin embargo, la única en la que podía pensar era en la número nueve, y se cuestionaba si estaba mal planteada. «¿Significado de las fechas?», había escrito, pero quizá hubiera sido mejor poner «¿Por qué precisamente esas fechas?» o «¿Qué cojones pasa con esas fechas?», como Rose lo hubiera expresado.

Recordó el rostro de Marwa al hablarle a Assad del 28 de abril, extrañada porque él no había recordado que era el cumpleaños de Saddam Hussein.

Y, si esa fecha tenía alguna relevancia, tal vez todo tuviera que ver con Oriente Medio y, en ese caso, había que investigarlo. Tenía tres fechas más, ya podía ponerse con Google.

LAS BÚSQUEDAS EN internet raras veces obraban milagros en lo que a resolver casos se refiere, puesto que en la mayoría de ocasiones arrojaban demasiada información incorrecta o inexacta que llevaba a muchas pistas falsas. Carl sonrió al constatar esa verdad universal cuando vio los resultados de la búsqueda del 26 de enero de 1988, fecha en la que el taller de Ove Wilders saltó por los aires, y descubrió que en Australia esa fecha recibía el nombre de «Invasion Day» en conmemoración de la llegada de barcos británicos a Sydney Cove como símbolo de la destrucción de la cultura aborigen por parte de los ingleses. ¿De qué le servía conocer ese dato?

También descubrió que en esa fecha se formalizaron las relaciones entre Egipto e Israel, en lo que suponía una efeméride de las que marcan época.

Carl suspiró.

«Tal vez sí haya algún otro caso relacionado con Oriente Medio. A Assad no le va a hacer ninguna gracia», se dijo.

A continuación, buscó el 17 de mayo de 2000, el día en el que hallaron al traficante de armas Carl-Henrik Skov Jespersen con un tiro en la sien, y no encontró nada relacionado con Oriente Medio. Si bien la guerra entre Irán e Irak se acercaba a su fin alrededor de esa fecha, igual que las negociaciones acerca de la retirada de Israel del Líbano, el 27 de mayo no sucedió nada reseñable.

Carl suspiró de nuevo. En ese tipo de casos, las palabras clave deberían tener elementos en común. ¿Cómo si no iban a dar con el motivo de los asesinatos?

Entonces tecleó el 19 de mayo, la fecha de la muerte de Palle Rasmussen. Al parecer, también fue un 19 de mayo cuando Egipto bloqueó el paso de barcos israelíes en el canal de Suez, lo que llevó a la guerra del Sinaí en 1956, y empezó a sentir que algo lo reconcomía.

«Es una pista falsa, esto no tiene nada que ver con Oriente Medio», pensó.

Sacó otro cigarrillo del paquete, pero volvió a guardarlo de inmediato. Ni siquiera le apetecía fumar.

Miró el reloj, que parecía avanzar a cámara lenta.

¿Acaso se estaba cansando del trabajo de investigador?

24

Carl

Viernes, 11 de diciembre de 2020

A PESAR DE las novedades acerca de los nuevos cierres parciales en todo el país, al que todos los medios dedicaban casi toda su atención, el brutal asesinato de Tabitha Engstrøm en mitad de una arteria principal de Copenhague mereció al menos el mismo número de titulares que la pandemia.

El cadáver había quedado empalado en una señal de aparcamiento que se había roto dos días antes, los mismos que la Dirección General de Tráfico y el Ayuntamiento llevaban discutiendo sobre quién era el responsable de retirar aquel elemento letal del mobiliario urbano. Horas después de la tragedia, una inspectora de policía llamada Bente Hansen había comparecido sin dejar de toser ante un enjambre de periodistas para tratar de explicar cómo progresaba la investigación.

Algunos vecinos del barrio de Amager, desde grupos de amas de casa y miembros del conjunto de baile *country* del centro cívico hasta clubes de ajedrez y *backgammon*, asociaciones de comerciantes y un puñado de individuos expresaron su temor a que la capital se estuviera convirtiendo en una ciudad sin ley, y exigieron la dimisión del alcalde.

El aspecto de la autora del crimen pronto se hizo público gracias a dos atentos enamorados que se estaban filmando con sus respectivos teléfonos e inmortalizaron su huida por la calle lateral más cercana. Nadie parecía especialmente alarmado porque ninguno de los testigos hubiera intentado detener a aquella mujer de aspecto frágil, y la explicación que se había dado fue que la gente se había quedado en estado de *shock*. Un filósofo especializado en Filosofía Contemporánea salió por televisión en *prime time* para explicar que era algo muy significativo de los tiempos que corrían, que, incluso en un estado de conmoción, la mayoría de gente parecía perfectamente capaz de sacar el móvil y ponerse a grabar.

Bente Hansen aclaró que la policía se dedicaba a estudiar las grabaciones de las cámaras de seguridad más o menos legales en las inmediaciones del suceso para tratar de descubrir qué había hecho la mujer después del asesinato, y que en una de ellas se la veía vomitando en la acera justo después de cometer el crimen.

—Vamos a analizar el vómito para averiguar qué había comido y elaborar un perfil de su ADN.

Los periodistas empezaron a interrumpirse a gritos. ¿Cómo se analizaban los alimentos en el vómito y de qué servía hacerlo? Si la asesina había vomitado, ¿podía concluirse que ella también estaba muy afectada? ¿Y si ese era el caso, significaba que actuó de forma impulsiva o que nunca había hecho nada parecido?

—Espero que sea esto último —dijo Bente Hansen entre toses.

Era el cuento de nunca acabar.

—BENTE HANSEN HA dado positivo, Carl, o sea que muchos de nosotros vamos a tener que ponernos en cuarentena —le dijo Marcus Jacobsen con un profundo surco de preocupación en la frente—. A la mayoría de los que estáis en esta planta os voy a tener que mandar a casa a confinaros.

—¡Pues muy bien! Pero ni mi equipo ni yo nos hemos acercado a Bente ni a su gente hace una eternidad. A decir verdad, yo no me he acercado a nadie de este departamento, ¿por qué iba a hacerlo?

Carl trató de reprimir su satisfacción ante aquella afirmación. Por nada del mundo quería tener que encerrarse en casa.

—¿Seguro que no tienes fiebre?

Carl se puso una mano en la frente. La notó llena de arrugas y algo grasa, pero no caliente.

—¿Y el resto de tu equipo? No fue mala idea mandaros a la mitad a casa.

Carl se encogió de hombros. ¿Por qué iba a contarle que Gordon había regresado? ¿Quién se fijaba en esas cosas?

—Estás al tanto del caso de Bente Hansen, ¿verdad? —preguntó Marcus.

—¿Lo de la mujer empalada en un poste metálico?

Marcus asintió y explicó:

—Es muy curioso, pero la víctima, Tabitha Engstrøm, fue puesta en libertad una hora antes de morir tras una vista preliminar. Gracias a las cámaras de vigilancia con las que se cruzó, hemos comprobado que su asesina la siguió muy de cerca desde los juzgados.

—¿Han identificado a la asesina?

—Sí, esta misma mañana. La reconoció la propietaria de una tienda de ropa en el vídeo grabado por una joven vecina de Amager que se mostró en televisión. Se compró el abrigo en su tienda. Y una panadería cercana a la vivienda de la asesina afirmó que poco antes había comprado una berlina con tarjeta de crédito, cosa que su vómito confirmó, ya que la engulló casi sin masticar y apenas la había digerido.

Carl, que simpatizaba con ese tipo de gula, asintió.

—Nuestros compañeros llevan todo el día buscándola. Se llama Ragnhild Bengtsen y se la ha tragado la tierra. Es posible que la hayan visto de camino al barrio residencial cerca de la fábrica Carlsberg, pero no está confirmado. La mujer que llamó para contárnoslo no parecía muy segura y no pudo ni describir su ropa ni precisar a qué hora la había visto, y tampoco por qué calle se fue. Y no tenemos personal suficiente para ir a investigar.

—¡Dime que no es verdad! —exclamó Rose, y dio un giro dramático en su silla de oficina—. ¿Marcus pretende que abandonemos lo que nos traemos entre manos? ¡Si el caso es prácticamente suyo!

—Sí, pero por ahora hay que aparcarlo. Bente Hansen está enferma, han enviado a todo su equipo a casa y a Marcus no le queda nadie más para el caso de Ragnhild Bengtsen. La prensa y los vecinos de Amager exigen respuestas, todo el mundo está de los nervios, a Marcus no le queda más remedio que poner a alguien al mando, y nos ha tocado a nosotros.

—¡Es de locos! No es un caso para el Departamento Q.

—En eso estamos de acuerdo. He intentado hacérselo ver, pero él ha insistido —repuso Carl, y se volvió hacia Gordon—: ¿Qué has averiguado?

—Que Ragnhild Bengtsen tiene treinta y tres años, es administrativa en la empresa nacional de ferrocarril, divorciada, sin hijos, tuvo una relación sentimental con un compañero de trabajo y se esfumó después del asesinato. Es todo lo que sé por ahora.

En ese momento se oyó un chirrido en la puerta y todos levantaron la mirada para encontrarse con Assad, que llegaba con la ropa arrugada, el pelo revuelto y expresión compungida.

—No aguantaba más en casa —explicó.

Le resumieron las últimas órdenes del jefe del departamento y las averiguaciones de Gordon antes de que Carl continuara:

—Muy bien, Gordon, ¿y el registro de la vivienda?

—El equipo de Bente Hansen no llegó a ir, pero tengo aquí la orden de registro.

—Pues para allá que nos vamos. Rose, tú quédate aquí mientras los hombres del Departamento Q se arriesgan a salir ahí afuera —dijo Carl con una carcajada que Rose no correspondió, así que la llevaron con ellos.

—¿Qué dicen los de telecomunicaciones sobre sus movimientos, Gordon? —preguntó Rose.

—No llevaba el móvil encima. Quizá ni siquiera tenía, eso no lo sé.

Carl suspiró.

—Hay que remover cielo y tierra para encontrarla. Eso y descubrir el motivo es lo más importante para que podamos seguir con lo nuestro.

Rose miró a Gordon. Era evidente que hacía un par de días que no abría el periódico.

—Gordon, ¿quién era la víctima de Ragnhild Bengtsen?

—Una mujer de treinta y cinco años llamada Tabitha Engstrøm a la que acababan de soltar del juzgado de guardia. El día anterior, varios testigos presenciaron cómo provocaba de forma intencionada que un carterista con el que estaba forcejeando cayera a la carretera frente a la estación de Østerport, donde un camión lo atropelló. Aquí tengo el informe.

Le mostró una imagen de Tabitha Engstrøm y otra del joven atropellado, aunque no quedaba mucho que ver del cuerpo destrozado.

—Ah, sí, oí hablar del accidente por la radio. Por una vez, todo el mundo se compadece del ladrón.

El piso de Ragnhild Bengtsen dejaba muy claro por qué no vivía con nadie, y en concreto con un hombre. ¿Quién podría sentirse a gusto en una vivienda de dos habitaciones diminutas pintadas del mismo color rosa y con toda la superficie de la pared cubierta de carteles de cine con actores semidesnudos en todo su esplendor?

—¡La virgen! —dijo Rose mientras examinaba por el rabillo del ojo los cuerpos musculosos de Arnold Schwarzenegger, Sylvester Stallone, Jason Statham, Bruce Willis, Will Smith, Clint Eastwood y al menos una treintena más cuyos nombres Carl desconocía en su mayoría.

—A mí también me ha pillado desprevenido —farfulló Carl—. ¿Y qué nos dice todo esto?

—Que es una mujer particular —dijo Assad mientras se frotaba la barba incipiente—. Está claro que ninguno de nosotros es su tipo.

—Exacto, ninguno de vosotros encajaría con esta decoración —dijo Rose, casi con regocijo—. Pero esta selección de carteles es muy especial, ¿no lo veis?

Los tres fruncieron el ceño. Además de los efectos que las hormonas y la ingesta excesiva de proteínas podían tener en la anatomía masculina, ¿qué otra cosa había que ver?

—A ver —siguió Rose—. Es evidente que todos los carteles son de películas de acción, pero el de Arnold Schwarzenegger, por ejemplo, no es de las películas de *Terminator*, donde se podría decir que hace de malo, sino de *Predator*, donde hace de bueno, con lo que de las paredes de esta casa cuelgan los mejores héroes de acción de la historia del cine. Fijaos en la cantidad de pósteres que hay de *La jungla de cristal*, de Bruce Willis —siguió Rose con una sonrisa—. La mujer que vive en este piso idolatra a los hombres decididos y resueltos, y tampoco le hace ascos a tomarse la justicia por su mano. Te sugiero que hagas fotos, Carl, y que se las enseñes a Mona, porque estoy segura de que me dará la razón.

—Vale, pero escuchadme todos bien —le dijo Carl—. Los registros no son uno de nuestros puntos fuertes, o sea que haced el favor de ateneros a las reglas de oro de un registro: por el amor de Dios, ni se os ocurra quitaros los guantes ni los patucos, y no paséis nada por alto, porque no sabemos lo que buscamos. Sed meticulosos y sistemáticos, e id con mucho cuidado de no destruir nada que pueda ser una prueba. ¿Empezamos?

RAGNHILD BENGTSEN ERA una mujer de lo más ordenada. Los cajones estaban organizados con meticulosidad, con los documentos administrativos en un montón, los de la seguridad social en otro y los del banco en un tercero. Recuerdos de una época pasada en el servicio de escolta y en un equipo de balonmano estaban guardados junto con algunas cartas de una amistad por correo en Møgeltønder y varios bocetos a lápiz de lugares que había visitado con el colegio. No había nada que indicara ningún talento especial ni alguna peculiaridad de carácter. Una foto suya en una fiesta que encontraron en una estantería tampoco revelaba nada: no era más que una mujer danesa sonriente, mona y joven.

Rose era la más escéptica ante tanta normalidad.

—Tiene que haber algo que explique lo que le pasaba por la cabeza a esa enferma —dijo mientras sacudía la madera de las repisas de las ventanas para comprobar si estaban sueltas y podía haber algo escondido debajo.

—No leía; no hay ni un solo libro —observó Gordon de inmediato.

—¿Tiene alguna caja fuerte que pueda contener documentos? —preguntó Rose. Gordon respondió negando con la cabeza.

—¿Sabemos si en el edificio hay algún sótano o buhardilla? —preguntó Assad.

—Vamos a tener que llamar al conserje de nuevo —respondió Carl con un suspiro—. ¿Lo llamas tú, Assad?

Él asintió.

—¡Mirad, aquí! —exclamó Rose.

Carl y Gordon se acercaron a la pared del dormitorio.

—Tiene un televisor de pantalla plana bastante viejo a los pies de la cama, un lugar muy conveniente, pero no tiene ninguna conexión a plataformas de *streaming* o televisión por satélite. Según el conserje, en su televisión solo ve lo que sintoniza la comunidad de vecinos, que son las cadenas públicas y poco más —dijo Rose mientras encendía el televisor para demostrar sus palabras.

—Bueno, pero tiene varios cientos de DVD, por lo que veo —dijo Gordon, y Rose asintió.

—Sí, ¡y mirad qué títulos!

Carl no tenía ni idea de cine, así que se puso a ver las noticias del canal TV2, aunque no había grandes novedades sobre las restricciones. La situación con el covid-19 parecía crítica en muchos países, y el asesinato de Amager había sido relegado a un segundo plano, porque ¿cómo diablos iba a competir con una pandemia global?

—Son todo películas de acción —dijo Gordon.

—Ya, pero fíjate en el tema, Gordon —insistió Rose con entusiasmo—, fíjate un poquito.

—Ah, es que hay muchas que no conozco. De donde yo vengo estas películas no son muy populares.

—Bueno, pues aquí tenemos *El justiciero de la ciudad*, con Charles Bronson, y a Bruce Willis en el *remake* de la misma película, cuyo título original es *Death Wish*; V*enganza 1, 2* y *3*, con Liam Neeson; *Promesas del Este* con Viggo Mortensen; *Harry Brown,* con Michael Caine… Por mencionar solo unas pocas. Todas sin excepción son películas cuyo tema principal es la justicia y la venganza.

Carl vio adónde quería llegar.

—Esta mujer se metía en la cama para ver películas protagonizadas por hombres que se tomaban la justicia por su mano.

—Y mujeres —replicó Rose mientras señalaba la estantería, donde, entre otras películas, se encontraban *La extraña que hay en ti*, protagonizada por Jodie Foster, y *Monster*, con Charlize Theron.

—Hay algunos discos que no parecen películas —señaló Carl—, Vamos a llevárnoslos, y mucho cuidado con las huellas. Estas cajitas de plástico pueden ocultar muchos secretos.

—¿Sabemos si Ragnhild Bengtsen había puesto alguna denuncia por agresión?

—¿Si la violaron, quieres decir? No, no denunció nada. La primera vez que ha aparecido en la base de datos de la Policía ha sido por el asesinato de Tabitha Engstrøm —respondió Gordon.

UNA HORA Y media más tarde no habían avanzado nada. Todos habían trabajado con ahínco, sobre todo Rose, que había puesto el piso patas arriba para encontrar todos los escondites posibles.

Había buscado descosidos en los colchones, puesto del revés los almohadones del sofá, apartado alfombras, ahuecado cojines, hurgado a cuatro patas bajo la mesa del comedor y el escritorio, sacado cajones y examinado la parte trasera de cómodas y armarios.

Hizo todo esto en un estado de frustración, sin dejar de maldecir, ni siquiera cuando bajaron al sótano para encontrarse con el conserje e inspeccionar el trastero. Allí, al igual que en el piso, no encontraron nada. A decir verdad, Carl nunca había visto un trastero como aquel, donde todo estaba pulcramente organizado en cajas y archivadores cuyas etiquetas indicaban el contenido, un sótano tan limpio que se hubiera podido comer del suelo.

Rose se examinó las puntas de los dedos que acababa de pasar por una estantería.

—Es como si hubiera pasado por aquí esta misma mañana, esto está como los chorros del oro.

—¿Qué oro? —preguntó Assad, confuso.

—¡El que no tiene ninguno de nosotros! —añadió Carl con retranca. Assad seguía igual de perplejo.

—Sí —asintió el conserje—, sé que bajó la semana pasada, el martes, creo, porque yo el miércoles por la mañana vine a sacar los contenedores de basura a la calle.

Carl se giró hacia un pasillo mal iluminado donde, efectivamente, se encontraban los contenedores de basura muy bien colocados.

—El miércoles recogieron la basura, mmm… No creo que vayamos a encontrar nada por aquí —dijo—. Si había algo que la comprometiera, debió de echarlo al contenedor, y aquí nuestro amigo el conserje la ayudó a mandarlo de camino a la incineradora. La única conclusión de este registro es que llegamos dos días tarde.

25

Carl

Viernes, 11 de diciembre de 2020

EL CADÁVER DESNUDO parecía muy reciente. A lo sumo, llevaría uno o dos días enterrado. Era difícil identificar a la mujer por el mal estado del cuerpo, pero Marcus Jacobsen y Carl Mørck tenían sospechas fundadas de quién se trataba. La altura y la edad, al menos, coincidían.

«Prohibido el paso», rezaba un cartel colgado de la reja que rodeaba el solar. Llevaba años vacío, pero unos chavales de un pueblo que quedaba al sur de Arresø hicieron caso omiso del letrero y convirtieron el lugar en el sitio al que iban a fumar para colocarse y hacer el tonto.

—Hemos tenido mucha suerte de que esos chicos fueran tan curiosos —dijo Marcus mientras miraba hacia la autopista, que serpenteaba a cierta distancia—. De lo contrario, esto hubiera sido el escondite perfecto.

—¿Por qué se pusieron a cavar? —preguntó Carl.

—Vieron que había tierra removida en mitad de la parcela y creyeron que serían armas, droga o dinero que habían enterrado por la noche moteros del pueblo vecino. El plan era sacarlo y correr a venderlo.

—Pues menudo susto se habrán llevado —dijo Carl, mientras se apartaba un poco para fotografiar el cadáver con el móvil sin molestar a los técnicos.

Carl aún no se había acostumbrado a contemplar lo que algunas personas eran capaces de infligir a otras. A esa mujer le habían cercenado las puntas de los dedos casi hasta el primer nudillo y le habían aplastado la cara con un objeto contundente, un martillo de cabeza cuadrada, tal vez un martillo de uña, a juzgar por los profundos agujeros en el cráneo.

—¿Un susto? Eso por descontado. Dos de los chicos se encuentran ahora mismo en la consulta del psicólogo del pueblo.

Marcus Jacobsen saludó con un gesto de la cabeza a un técnico que se les acercó.

—Lo siento, pero no hemos encontrado huellas de pisadas ni de neumático en el terreno porque los chicos lo han revuelto todo —explicó con sequedad—. En el hoyo tampoco hay nada más que el cadáver.

Carl suspiró.

—¿De quién es el terreno, lo sabéis? —le preguntó a un compañero de la Policía de Selandia del Norte.

—Sí, es de la municipalidad de Hillerød. Al principio estaba reservado para uso industrial, pero los planes han cambiado un sinfín de veces durante los últimos diez años. Creo que venían de vez en cuanto unos empleados municipales a cortar el césped, aunque parece que la última vez fue hace bastante tiempo.

—¿A qué hora encontraron los chicos el cuerpo?

—Hace más de hora y media, a las cuatro y veinte —respondió el compañero.

—¿Y el hoyo? —preguntó Carl al técnico—. ¿Cuándo calculas que se excavó?

—Hace veinticuatro horas, como máximo.

—Vale. ¿A qué hora se puso el sol ayer?

—Igual que hoy, a las cuatro menos veinte, más o menos.

Carl se volvió hacia Marcus.

—Hasta que se demuestre lo contrario, apostaría a que enterraron el cuerpo justo después de la puesta de sol, y apostaría también que quien lo trajo hasta aquí conocía bien la parcela y los planes de edificación, y que sabía dónde cavar el hoyo.

—Quieres decir que quien lo hizo calculó dónde se colocarían los cimientos si se llegaba a construir algún día, y que concluyó que el riesgo de que excavaran tan cerca de la verja no era muy alto.

—Exacto —asintió Carl—. Y, en ese caso, creo que tiene mucho sentido excavar un poco más. No es inconcebible que esta no fuera la primera vez que quien enterró este cadáver venía por aquí con intenciones parecidas, ¿no crees?

DE VUELTA EN el despacho, Carl contempló un instante las fotografías que había tomado con su móvil del que suponían era el cadáver de Ragnhild Bengtsen. Las imágenes del cuerpo destrozado, desnudo y sucio de tierra no podían estar más alejadas de la mujer que sonreía en la foto que se habían llevado de su piso.

Carl sacó un cigarrillo y lo hizo rodar entre las puntas de los dedos. ¿Cuántas veces se había visto en las mismas circunstancias, deseando haber elegido otro camino en la vida? ¿Qué había sido de aquel chico inocente y optimista de un pueblecito muy al norte de Dinamarca? ¿Dónde estaba el hombre recto que se había graduado en la academia de Policía, qué hacía en ese despacho un viernes por la tarde, cuando todo el mundo ya se había ido a casa a ver la tele en familia?

Inspiró profundamente por la nariz y se recordó que pronto se iría a casa a abrazar a su hija.

Dejó el cigarrillo sobre la mesa, se levantó, algo envarado, y fue al otro despacho a informar a los demás de los hallazgos del día. Le resultaba admirable que no se hubieran largado varias horas antes.

—Escuchadme… —llegó a decir antes de que Gordon se apartara de la pantalla en la que tenía la vista clavada.

—Acabamos de recibir noticias sobre el iMac de Palle Rasmussen —dijo—. Los de informática no tenían tiempo para ocuparse del tema, así que mandaron al ordenador al NC3, el Centro Nacional de Cibercrimen, aunque dicen, como ya sabemos, que estaba todo borrado y que van a tener que recuperar los archivos. También dicen que, al tratarse de un ordenador que pasó por el Parlamento, lo más probable sea que eliminaran los archivos antes de entregarlo a los herederos porque, claro, podría contener documentos confidenciales.

Carl frunció el ceño y se maldijo porque no se le había ocurrido preguntarle sobre eso a Vera Petersen, la secretaria de Palle Rasmussen, cuando había hablado con ella. Miró a Gordon con incredulidad. ¿En serio le parecía que el anuncio de que aún tardarían más tiempo en acceder al ordenador merecía esa cara de satisfacción?

—¿Cómo que el «NC3»? Esto es el colmo. Me pierdo con todo lo que tiene que ver con la informática —farfulló Assad—. Casi hace falta un diccionario para hablar por internet. La gente no para de enviar mensajes con palabras incomprensibles como «lol», «yolo», «wtf» y yo qué sé qué más, y cada día aparecen palabras nuevas. Y con los empresarios es todo CEO, CCO, CPO, CIO y venga tonterías. ¿Para qué desmadres quieren tantos acrónimos?

—¿Desmadres? Diantres, Assad, se dice diantres —replicó Gordon—. Y «lol» significa *laughing out loud*, que quiere decir partirse de risa en inglés, para que lo sepas.

—Bueno, pues menuda bobada —insistió Assad con un mohín—. Imagínate que empiezo yo a llenarme la tarjeta de visita de acrónimos.

—¿Para qué quieres tú un acrónimo? —preguntó Gordon.

Carl miró el reloj. Veinte minutos más y se iría a casa.

—¿Para cuándo podemos esperar el ordenador? —Interrumpió la apasionante discusión.

—Se pondrán con él mañana, así que cuentan con haber accedido a su contenido a las ocho y diez de la mañana, aproximadamente.

—¿Mañana sábado? ¡Caramba! Entonces ¿piensan pasarse la noche trabajando?

—No, se pondrán a primera hora.

—Bueno, pero ¿a qué hora empieza el turno de fin de semana?

—A las ocho en punto, y dicen que con diez minutos les sobra y les basta —aclaró Gordon mientras trataba de esbozar una sonrisa sin mucho éxito. A continuación, se dirigió a Assad—: A ver, ¿qué acrónimo te pondrías?

—Lo tengo clarísimo: AMTHIBA, Árabe Morenito, Tres Hijos, Bastante Agotado, ¿qué te parece?

Carl inspiró hondo. Casi creía oír el canto de sirena del cigarrillo que había dejado en el escritorio.

—¿A qué viene esa sonrisa, Gordon? —preguntó Rose sin esperar respuesta al entrar en el despacho y dejar una cajita de cartón en su mesa—. Acabo de hablar con Bente Hansen, que está en el Rigshospital.

—Vale, ¿por qué? —preguntó Carl.

—Antes que nada, ¿no me preguntas qué tal se encuentra? ¿Dónde tienes la empatía?

Carl suspiró.

—¿Qué tal se encuentra?

—Pues bastante mal, la verdad. Me temo que no podremos volver a hablar con ella antes de que la pasen a Cuidados Intensivos. Casi no puede ni respirar.

—¡A ver, señora truculenta, para un poco el carro! Bente me cae bien, siento mucho oír que está grave.

Rose dio el mensaje por recibido y asintió.

—¿Qué te ha dicho? —siguió Carl.

—No le habían comunicado que nos han pasado el caso de Ragnhild Bengtsen y Tabitha Engstrøm, y no le ha sentado muy bien, se lo he notado en la voz. A pesar de eso, me ha dicho que nos pongamos en contacto con uno de su equipo, un tal Manfred, que ahora mismo está confinado y trabaja desde casa.

—¿Y has hablado con él?

—¿Por quién me tomas? Claro que he hablado con él. Me ha contado que la difunta Tabitha Engstrøm solía publicar comentarios bastante violentos en redes sociales.

—Bueno, por lo general, eso no es delito —dijo Carl.

—No, pero se ve que amenazaba a la gente con muerte y destrucción si no enmendaban su mal comportamiento.

—¿Me pones un ejemplo?

—Decía que las mujeres que dejaban los carritos en la calle con sus bebés dentro merecían que los raptaran.

—¿No hubo un caso en Nueva York hace algunos años en el que arrestaron a una madre por ese motivo? —preguntó Gordon—. Era una mujer danesa, además.

—Sí —respondió Rose—, lo llamaron *The Pram Case*, «el caso del cochecito», la madre acabó escribiendo un libro sobre lo sucedido.

—¿Qué más? —preguntó Carl.

—Decía que los que escupían en la calle merecían que los arrastraran por el suelo bocabajo hasta que se les desollara la cara.

—Entiendo. Muy metódica, la chica. ¿Insinúas que no solo expresaba esa violencia, sino que también la practicaba?

—Eso mismo. Y la practicaba de forma sistemática, además.

—Hasta que se pasó de la raya frente a la estación de Østerbro.

—Exacto. Tras el asesinato de Tabitha, Bente Hansen obtuvo una orden de registro para su piso, pero no llegaron a analizar las pruebas que recogieron antes de que los confinaran a todos. Me han contado que Bente Hansen perdió el conocimiento en el aparcamiento justo al volver del registro —explicó Rose mientras le ofrecía la caja de cartón—. Su compañero, Manfred, me dijo que en esta caja están los objetos que se llevaron del registro, así que fui a su despacho a buscarla, porque también me dijo que sería lo primero con lo que se pondría al volver a la central. No me quedaba otra que ir a por ella.

Sacó un cuaderno de la caja y lo abrió por la primera página:

1) *Líder del grupo: Debora, aprox. 50 años.*

2) *Miembros secretos del grupo: Sara, aprox. 35 años, Martha, aprox. igual. Mi nombre en el grupo es Eva.*

3) *El lema del grupo es:*
   «Habrá quien lo llame tomarse la justicia por su mano, pero en realidad solo cumplimos con nuestro deber, puesto que cada vez dejamos el mundo un poco mejor.»

Rose miró a los demás y añadió:

—El resto de páginas son resúmenes y documentación de sesenta y cinco agresiones cometidas por Tabitha entre 2018 y 2020, incidentes bastante violentos, la verdad, que me convencen de que lo sucedido en la estación de Østerport fue a propósito. Soltó al ladrón en la calzada con toda la intención.

—Esto es oro puro —intervino Assad—. ¿Nombra a Ragnhild? ¿Era miembro del grupo?

—No, pero a la misma Tabitha la llamaban Eva, o sea que por los nombres no nos podemos guiar. Podría ser una de las dos mujeres que menciona; imposible saberlo.

—Imagino que este cuaderno no se depositó en el juzgado de guardia, si la soltaron después de la vista —dijo Carl.

—Qué va, si el piso de Tabitha Engstrøm no se registró hasta después de su muerte, y lo hicieron porque el equipo de Bente Hansen quería averiguar si había alguna conexión con su asesina.

—Vamos a tener que leer a fondo ese cuaderno, pero ponme más ejemplos de las agresiones que anotó —pidió Carl.

—Vale. Además del homicidio en la estación de Østerbro, el ejemplo más atroz fue cuando golpeó a un joven en la laringe con unas llaves asomando entre los dedos por, según ella, gritarle algo desagradable a una mujer discapacitada. Busqué en los archivos y averigüé que el joven tuvo que someterse a varias operaciones y que hoy en día aún tiene dificultades para hablar.

—¿Y a ella no le pasó nada?

—No, se fue de rositas todas y cada una de las veces, menos la última.

—¿Hay más información sobre las otras tres mujeres a las que nombra? Debora, Martha y... ¿la otra cómo se llama?

—Sara. No, no hay nada. Aparecen solo en la primera página.

—Bueno, podemos hacernos a la idea del objetivo del grupo, pero ¿a qué se dedicaban exactamente? —preguntó Gordon—. Está claro que no se trataba de un club de lectura ni de cocina.

—¿Alguna idea? —saltó Carl.

—No parece el tipo de club al que uno quiera tener de enemigo —respondió Rose.

Assad frunció el ceño.

—En Lituania nos topamos con un grupo muy violento de vengadores que atacaban a gente que hubiera trabajado para los servicios de inteligencia rusos antes de la caída del muro. ¿Podría ser algo así?

Rose y Gordon asintieron.

—¿Habéis avanzado algo con los DVD que encontramos en el piso de Ragnhild Bengtsen?

—Sí, estoy en ello —dijo Gordon—. Los tres contienen datos, pero no se ve nada. Tengo dos de los discos abiertos ahora mismo —añadió mientras señalaba dos ventanas negras en su pantalla.

—¿No puedes avanzar un poco?

Gordon asintió.

—A eso iba —dijo mientras pulsaba el botón de *fast-forward* en ambas ventanas.

—Un momento, escuchad una cosa: Marcus y yo fuimos a Skævinge porque nos llamó la policía de allí, y resulta que...

Una de las ventanas negras parpadeó, se llenó de nieve y mostró dos escenas a toda velocidad.

—¡Rebobina, Gordon! —gritaron Rose y Carl a la vez.

La nieve volvió a la pantalla por un momento, seguida de dos cortes de un programa de televisión estadounidense que se sucedieron rápidamente.

—Ese programa lo conozco —dijo Gordon—, es rarísimo. Muestran imágenes de gente que sufre caídas o hace tonterías muy peligrosas mientras el presentador y los invitados se ríen. *Ridiculousness*, se llama.

En la segunda ventana, la imagen también empezó a parpadear mientras en la primera se veían vídeos domésticos de gente que saltaba a la piscina y se golpeaba con el bordillo, o de motos acuáticas que se salían del agua y hacían caer a su conductor, que no se partía el cuello por poco. A continuación, las imágenes empezaron a sucederse en la segunda ventana.

—¿Y eso sabes lo que es, Gordon? —preguntó Carl.

—Pues sí. Ese tío se llama Johnny Knoxville y es el protagonista de un programa muy conocido que se llama *Jackass*, en el que los participantes están a punto de matarse en cada episodio. En este capítulo, Knoxville hace todas las gilipolleces que os podáis imaginar: se deja rociar con espray de pimienta en la cara, hace que le disparen con una pistola eléctrica... En esta escena, un cocodrilo pequeño le muerde los pezones, y a continuación un coche se estrella contra el suyo a toda velocidad. Es de locos.

—¿Y para qué guardó Ragnhild Bengtsen estas grabaciones al final de un DVD en blanco? Por demenciales que sean estos programas, no es difícil acceder a ellos, ¿no?

Assad le ofreció un vaso de té.

—Casi no lleva azúcar —aclaró antes de señalar a la pantalla—. Imagino que quería esconder esto de aquí.

Carl agarró el vaso y se volvió de nuevo hacia la grabación.

—¡Joder! —exclamó Gordon, y Carl tuvo que darle la razón.

En ambas pantallas, los programas de televisión habían sido sustituidos por una grabación que no tenía nada de inofensivo. En una se sucedían imágenes de accidentes graves, mientras que en la otra había imágenes reales de agresiones y asesinatos violentos. Las imágenes eran borrosas, pero no había duda de lo que sucedía: peleas con navajas, apuñalamientos por la espalda, disparos contra multitudes, tiroteos en institutos, brutalidad policial…

—Apágalo, Gordon, joder —pidió Rose, y, a continuación, añadió—: Bueno, ahí tenemos la prueba de que Ragnhild Bengtsen estaba mal de la cabeza.

—¿Para qué coleccionaba toda esa mierda? —murmuró Gordon, que se había puesto blanco como una sábana.

—A mí me recuerda a los póster que tenía en su habitación, cuyos protagonistas se toman la justicia por su mano por sistema. Y aunque estas escenas no están tan bien rodadas como una película, diría que tratan de lo mismo —reflexionó Rose—. Y parece que ella también salía a la calle a cometer actos por el estilo, igual que Tabitha. Pero ¿cómo están conectadas las dos? Solo Ragnhild Bengtsen puede decírnoslo, cuando la encontremos, claro.

Carl asintió y tomó un sorbo de té antes de carraspear un par de veces mientras luchaba contra el deseo de toser. Tragó saliva, carraspeó de nuevo y el ataque de tos llegó con ímpetu. Tuvieron que darle golpecitos en la espalda, pero no hicieron más que empeorar la situación. Un minuto después, consiguió respirar de nuevo y miró a Assad con los ojos lagrimosos.

—Puaj, Assad, casi lo prefiero con azúcar. ¿Qué le has puesto?

—Un poquito de nada de jengibre, Carl. Se mete una rama entera en la tetera y se deja infusionar una hora antes de recalentar el té. Se ve que va muy bien.

—Vale, pero la próxima vez haz el favor de avisarme, Assad —dijo Carl antes de volverse hacia Rose—: Sí, lo ideal sería que la misma Ragnhild Bengtsen nos lo contara, pero me temo que no se encuentra en condiciones de hacerlo.

—¿Por qué? —saltó Gordon enseguida.

Carl sacó la foto del cadáver destrozado que tenía en el móvil y se lo tendió a Gordon.

—¡Por esto! —le dijo, y comprobó que el poco color que le quedaba en las mejillas desaparecía al instante.

26

Maurits

Sábado, 12 de diciembre de 2012

ANTES DE CUMPLIR los treinta y cinco, Maurits van Bierbek ya había amasado una fortuna gracias a la telerrealidad. Empezó como colaborador raso del equipo de *casting*, luego ascendió a guionista y, al fin, cuando fundó su propia empresa, llamada Unbelievable Corporation, se convirtió en creador y productor de una retahíla de programas que dejaban a la mayoría de espectadores boquiabiertos e indignados.

Maurits, sin embargo, no tenía escrúpulos de ninguna clase sobre su forma de ganarse la vida. Mientras hubiera cadenas de televisión deseosas de invertir en sus productos, ¿cuál era el problema? Su familia católica de Rotterdam lo había desheredado y condenado al purgatorio, pero a él le importaba un carajo y había resuelto la situación mediante el sencillo método de cortar toda relación con ellos y trasladarse a Dinamarca.

En su casa tampoco tenían problemas con su vida profesional. De hecho, él y su segunda esposa, Victoria, se habían conocido en el set de rodaje de uno de los primeros programas de Maurits, *Cuatro habitaciones en un hotel*, donde ella no había tenido reparo alguno en mostrar el poder de su sexo sobre los hombres. Victoria y las niñas estaban encantadas de que entrara dinero a espuertas y de tener una casa bonita en Gammel Holte. Quedaba muy cerca de la hípica y de sus amigas guapísimas envueltas en cachemira, que vivían en casas con piscina cubierta y un cine privado en el sótano. ¿Qué más se podía pedir?

En algunas épocas, a Maurits le rondaban tantas ideas en la cabeza para nuevos programas que apenas podía contenerlas, así que tal vez no fuera raro que la creación de un programa nuevo al año lo dejara tan agotado como eufórico. Todas sus creaciones se convertían en un éxito fulminante, y decían de él que convertía en oro todo lo que tocaba. Y cuando *¿Qué hacemos con un marinero borracho?* batió récords de audiencia en veinticinco países, Maurits decidió que su empresa, dedicada exclusivamente a crear nuevos programas de telerrealidad, se convertiría en la más grande del mundo. Diez años más tarde, aún no había cumplido su objetivo a pesar de la excelente acogida de programas como *Reality en la cárcel, Maduritas y jovencitos, ¿A quién le toca en el sofá?, Paraíso o infierno*, y, el más reciente, *¿Eso dijo?*, así que Maurits sabía que aún no había creado el programa definitivo.

No fue hasta que el covid-19 hundió sus garras en el mundo entero que a Maurits por fin se le ocurrió una idea que creía capaz de pulverizar los récords de beneficios de cualquier productora del mundo.

¿Quién morirá primero?, se titulaba, y abarcaba circunstancias de todo tipo: soldados que iban a la guerra; enfermos terminales en una planta de oncología; un barrio entero en el que la gente vivía hacinada y los contagios de coronavirus se habían disparado. En una serie así, se podían seguir a los distintos personajes de cerca y enfrentar a los protagonistas o a sus familiares para complicar la vida a los más vulnerables. Y, si a los cinco que aguantaran hasta el final se les ofrecía una enorme suma de dinero, la lucha por la supervivencia se volvería todavía más dolorosa, y así Unbelievable Corporation podría buscar aún más entornos y colectivos con el único objeto de mostrar quién moría primero y en qué orden lo seguían los demás.

Cuantas más vueltas le daba Maurits, más se entusiasmaba. Aquella idea superaba todo lo que había hecho antes, desde los programas de jóvenes promiscuos de ambos sexos obsesionados con sus cuerpos hasta aquellos en los que los protagonistas se dejaban hacer los tatuajes más obscenos en los lugares más inapropiados, pasando por los programas de citas en los que lo único que contaba eran los rollos de una sola noche.

Aquella idea era más grande, mucho más grande.

Y, en una entrevista con un periódico, Maurits empezó a presumir de haber creado un nuevo y fabuloso concepto de telerrealidad, el *reality show* más provocativo y demencial jamás visto.

Apenas una semana después de la entrevista recibió la llamada de un representante de la cadena de telerrealidad más importante del mundo, Global Rea Inc., que estaba interesado en comprar su empresa si su nueva idea lo merecía. Maurits le dijo el título y resumió brevemente el concepto sin desvelar demasiado, y la respuesta fue una oferta de compra por una cantidad tan astronómica que se quedó un minuto sin respiración después de colgar el teléfono.

Por ese motivo, Maurits van Bierbek accedió enseguida a que ese mismo sábado un coche lo recogiera en su residencia a las diez de la mañana para llevarlo al aeropuerto, donde se reuniría con un representante de Global Rea Inc. para presentarle la idea.

Si todo iba bien, podrían firmar allí mismo una carta de intención, y de lo demás ya se encargarían los abogados.

Tras el volante del Lexus que esperaba en la puerta de su mansión había una mujer elegante con un traje impecable.

—Señor Maurits van Bierbek, a estas horas nos va a llevar entre treinta y cinco y cuarenta minutos llegar al aeropuerto, así que póngase usted cómodo —lo saludó en inglés con un marcado acento del sur de los Estados Unidos—. Aquí detrás encontrará una selección de bebidas: Dom Pérignon, ginebra Hernö, tónica y agua, además de cubitos de hielo y, por último, aunque no por ello menos importante, un vino blanco Puligny-Montrachet y un maravilloso Château la Cabanne Pomerol en el refrigerador —explicó mientras le hacía un gesto con la cabeza a través del retrovisor—. El representante de Global Rea Inc., el señor Victor Page, vicepresidente de la empresa, prefiere un ambiente distendido en las reuniones, así que puede usted servirse con total confianza. Yo soy la asistente personal del señor Page, y me ha pedido que, de cara a la reunión, averigüe qué se propone Unbelievable Corporation en un futuro cercano. ¿Está usted conforme con compartir esa información conmigo?

Maurits hizo un gesto de asentimiento dirigido al retrovisor mientras descorchaba el Dom Pérignon y clavaba la mirada en los ojos de la conductora. ¿Estaría dispuesta a compartir algo más que información con él?

—Hace años que seguimos el desarrollo de su empresa y nos causa gran admiración el éxito que ha cosechado poniendo a prueba la moral sexual de los espectadores sin que la cosa se haya torcido. En Global Rea Inc. hemos hecho siempre equilibrios sobre una línea roja que hace mucho tiempo que usted traspasó, y sabemos que debemos cambiar nuestra mentalidad antes de atrevernos a hacer lo mismo. Y, para eso, Unbelievable Corporation nos parece la mejor herramienta —continuó ella, y le lanzó una mirada como si ya les hubiera traspasado la empresa—. Pero usted nunca ha tenido escrúpulos morales, ¿verdad, señor Van Bierbek? ¿Nunca ha llegado a un punto en el que se planteara parar mientras todo iba viento en popa? —preguntó con una sonrisa—. Bueno, no hace falta que responda, su última idea ya deja claro que no tiene intención de hacerlo.

Maurits trató de sonreír, pero, aunque solo iba por el quinto sorbo de champán, que le hacía unas cosquillas deliciosas y delicadas en la garganta, notaba que sus sentidos ya se habían enturbiado y sus párpados le parecían cada vez más pesados.

—¿Cómo se puede estar tan enfermo para proponer un programa como *¿Quién morirá primero?* ¿Nunca le entran ganas de vomitar ante sus ideas? —añadió ella de repente.

Maurits tardó un tiempo en encajar esas palabras antes de darse cuenta de que el ambiente en el interior del vehículo de repente había dado un giro muy serio.

—¿Y cómo justifica quebrantar todas las leyes morales humanas? —insistió ella en un tono cada vez más afilado mientras, en el retrovisor, sus ojos se entornaban.

Maurits trató de alargar la mano hacia la botella de agua, pero el brazo no le obedecía.

—Hacer que chicas jóvenes se comporten como prostitutas. Azuzar a hombres y mujeres para que sean infieles, adúlteros, mentirosos, traidores que apuñalan a sus amigos por la espalda. Desear la muerte de otros...

Maurits esbozó una leve sonrisa, convencido de que aquello era una especie de prueba y de que ya sabía lo que tenía que responder, aunque su lengua no colaborara. No tendría que haberle dado al champán a esa hora tan temprana.

—Ahora te contaré lo que te espera, Maurits. Hemos decidido que queremos asignarte un papel muy importante en esta idea tan innovadora que has tenido.

Maurits frunció el ceño. Aquello no tenía nada que ver con lo que habían hablado por teléfono. El acuerdo era que, después de vender la empresa, idearía cinco nuevos conceptos más y quedaría libre para hacer lo que quisiera. Nadie había dicho nada de participar en sus propios programas.

—Te veo en la cara que el señor Page no te contó esa parte del trato, pero la cuestión es que queremos concederte el honor de ser el primero en morir. ¿No crees que eso sería un gran aliciente para el programa?

Maurits echó la cabeza hacia atrás para relajar la mandíbula. ¿Por qué iba el señor Page a hacer un chiste de tan mal gusto?

—Dentro de cinco minutos te quedarás inconsciente, Maurits. Unbelievable Corporation se quedará sin su presidente porque nunca volverás a la empresa y, cuando mueras, derrumbaremos el edificio en el que se encuentra. Arrasaremos con todo: empleados, participantes, material… Todo lo que has hecho va a borrarse de la faz de la Tierra.

—Pero el señor Page… —farfulló Maurits con dificultad mientras trataba de sonreír, aunque su rostro estaba como muerto.

—Ah, claro, he nombrado al señor Page —repuso ella en danés, cosa que no hizo sino aumentar la confusión de Maurits—. Pero la verdad es que no lo conozco, ni ganas. Para serte sincera, aquí no hay nadie más que yo, y pintan bastos para ti.

Su cerebro despertó primero, aunque no con ideas y pensamientos, sino con un dolor que parecía palpitar en todas sus arterias. Quería gritar, pero las conexiones neuronales con el centro cerebral del lenguaje estaban bloqueadas. Empezaron a temblarle todos los músculos de la cara mientras sus ojos oscilaban de lado a lado tras los párpados. Maurits tardó un buen rato en poder entornarlos para echar un vistazo al reloj y, a continuación, a las cuatro paredes blancas que lo rodeaban.

La habitación parecía un pequeño gimnasio escolar, aunque estaba totalmente vacía, sin puertas que llevaran a los baños o a la salida. Lo único que daba a entender que por allí pasaba gente era un ascensor de acero inoxidable en un extremo. Maurits también reparó en que tampoco había ventanas, así que era imposible saber si era de día o de noche. La luz procedía de dos bombillas de baja intensidad que colgaban de las paredes y que tal vez pretendieran imitar la luz natural. Nada más.

Al mirarse, comprendió que su situación era crítica. Bajo el soporte metálico que lo sujetaba como una armadura, estaba desnudo a excepción de la ropa interior. Hasta le habían quitado los calcetines.

Giró la cabeza y descubrió que tenía dos anillas soldadas al hombro del armazón metálico, de las que salían dos cadenas que iban hasta el techo. Se levantó despacio y pudo comprobar que las cadenas colgaban de dos robustos raíles de metal que, clavados en mitad del techo, iban de un extremo a otro de la habitación.

«Puedo moverme», comprendió, y dio un par de pasos trastabillantes mientras las cadenas se deslizaban por los raíles. Lo separaban unos cuatro o cinco metros de la pared de un extremo, y la misma distancia de la del otro. Tiró un poco de las cadenas, que le permitían llegar hasta las paredes y recorrer toda la superficie de la estancia. Dio un fuerte tirón y comprobó que estaban hechas para soportar hasta los golpes más vigorosos.

—¡Joder! —exclamó en voz alta, y su voz se convirtió en un eco que rebotó varias veces por la estancia, totalmente vacía a excepción de la silla en la que había despertado y una sencilla mesa de acero que, igual que la silla, estaba atornillada al suelo de hormigón. En un rincón había un cubo para hacer sus necesidades, pero ningún fregadero para asearse, ninguna toalla, ni siquiera un vaso de agua. Todo era blanco y gris y, a excepción de las manchas de humedad de la pared, no había ningún color en el que posar la mirada.

Maurits van Bierbek no daba crédito. Esa misma mañana había estado sentado en su cálida cocina con un café con leche y una mujer ligera de ropa que meneaba el culo al moverse, y había mandado a sus hijas pequeñas a pasear con Roxan, la nueva *au-pair*.

Y de ahí había pasado a bullir de rabia porque una demente lo había convertido en un personaje del más despiadado de sus juegos:

La supervivencia del más fuerte.

27

Carl

Lunes, 14 de diciembre de 2020

EL LUNES POR la mañana, Carl madrugó. El fin de semana había sido un avispero de incógnitas y preguntas que solo podría resolver si se ponía detrás de su escritorio, así que en eso estaba.

—Yo creo que hay una conexión natural entre Tabitha y su asesina Ragnhild —le había dicho Mona la noche anterior—. Y, si estás seguro de que el cadáver que encontrasteis ayer es el de la asesina, veo aún más paralelismos entre ambas mujeres, unidas por una fuerza maléfica e implacable. Una justiciera que mata a otra justiciera. Basándome en eso, no sé si calificaría los actos de ambas mujeres de locura, pero me parece evidente que tienen que ver con alguna especie de compulsión, y las compulsiones suelen tener su origen en fracasos personales que acaban por minar la autoestima. Sin embargo, en este caso parece que es precisamente la conducta compulsiva lo que ha conformado el carácter, y la cuestión es qué o quién manipuló a Ragnhild y Tabitha hasta un punto que resultó letal para ambas. Eso es lo que tienes que averiguar, Carl.

Y, con esas palabras en la cabeza, el inspector se fue al trabajo y se sentó a su mesa.

DESPUÉS DE MEDIA hora leyendo el cuaderno de Tabitha Engstrøm, no le parecía saber más que antes. No había duda de que aquella mujer era una psicópata que obtenía placer atacando y castigando con una contundencia imposible de ignorar por sus

176

víctimas. Hasta media docena de los incidentes que describía en el cuaderno habían conseguido titulares en los periódicos, y dos de ellos habían requerido investigación policial.

Se levantó y un cuarto de hora más tarde ya había puesto a su jefe al corriente del contenido del cuaderno y le había transmitido sus impresiones mientras Marcus lo hojeaba.

—Sí, no es una lectura fácil. Casi se diría que Ragnhild Bengtsen nos hizo un favor a todos al quitar a Tabitha de en medio.

—Sí, y lo mismo puede decirse de quien quitó a Ragnhild Bengtsen de en medio —repuso Carl mientras agarraba de nuevo el cuaderno—. ¿Estamos ya seguros al cien por cien de que el cadáver hallado en Skævinge pertenece a Ragnhild Bengtsen?

—Aún no tengo el informe del forense, pero me llamó anoche para decirme que está seguro al noventa y nueve coma noventa y nueve por ciento.

—Ah, ¿sí? ¿Y por qué está tan seguro?

—Porque en la mandíbula del cadáver encontró una muela del juicio que aún no había salido y, como nosotros les comunicamos nuestras sospechas sobre la identidad del cadáver, pidieron las radiografías bucales de Ragnhild Bengtsen a su dentista y acertaron de pleno a la primera.

—¿Lo confirmaron las radiografías?

—Sin atisbo de duda. A pesar de que el cadáver carece de huellas dactilares y tiene el rostro irreconocible, se trata de Ragnhild Bengtsen.

Carl asintió.

—¿Y qué más te dijo el forense?

—Bueno, puede que no tenga nada que ver con su muerte o con la de Tabitha Engstrøm, pero me dijo algo que tal vez nos ayude a entender quién era Ragnhild Bengtsen —empezó Marcus, y se giró hacia la ventana para mirar hacia el aparcamiento, donde en ese instante Gordon se dedicaba a aparcar la lata de sardinas que tenía por coche—. El forense la examinó a fondo y descubrió que tenía unas lesiones bastante repulsivas en el suelo pélvico.

—¿Violación? Pero nunca denunció nada, lo comprobamos.

—Ya lo sé, pero encontraron lesiones antiguas y muy graves que debieron dejarla incapacitada para mantener relaciones sexuales por vía vaginal durante bastante tiempo. Y dice que está bastante seguro de que no se las hizo ella.

CARL Y ROSE sacaron la pajita más corta en el reparto de tareas del día, así que les tocó plantarse en la destartalada casita de veraneo de Tikøb en la que, al parecer, la madre jubilada de Ragnhild Bengtsen había conseguido permiso del Ayuntamiento para vivir todo el año.

Rose contempló con una mueca de desagrado el mal estado de la construcción de madera, que, más que una reforma, pedía a gritos que la derribaran. Agujeros en los canalones del tejado de paja, que en algunos puntos estaba tan podrido que dejaba ver la lamentable capa de aislamiento, ventanas desgoznadas, cristales rotos... Y eso era solo lo que se veía a simple vista. Aquella casa estaba marcada por la pobreza, la soledad y el desprecio del municipio.

Carl apartó las zarzas que invadían lo que alguna vez había sido el porche de entrada y llamó a la puerta.

La mujer que la abrió no parecía sorprendida. Se colocó los cabellos grises tras las orejas y se apartó para dejarlos pasar.

—Vienen a echarme de mi casa —dijo en un tono desprovisto de toda emoción cuando entraron y un hedor a putrefacción y orina les salió al encuentro. Los guio por un pasillo atestado de cajas de cartón y basura, y en el salón señaló un sofá verde de moho en el que ni siquiera un animal querría sentarse, así que permanecieron de pie.

—Es usted la madre de Ragnhild Bengtsen, ¿verdad? —preguntó Carl mientras se cubría la boca con la mascarilla, aunque no precisamente por miedo al coronavirus.

Ella lo miró sorprendida.

—¿Qué pasa con ella?

—Entiendo que no ha visto usted las noticias últimamente.

Por toda respuesta, ella señaló un montón de periódicos locales tirados por el suelo en un rincón sobre una pila de latas de conserva abiertas, restos de comida y envases de plástico. Era como entrar en aquel *reality show* tan dramático, *Diógenes extremos*. La casa de la madre de Ragnhild Bengtsen no podía estar más alejada del orden obsesivo que reinaba en el piso de su hija.

—Hemos venido a informarla de que su hija ha fallecido, señora Bengtsen. Le ofrecemos nuestro más sentido pésame.

La expresión de su rostro arrugado no cambió ni un ápice.

—Parece que la asesinaron hace varios días, ayer encontramos su cuerpo —añadió Rose con frialdad, como si tuviera ganas de terminar para salir a respirar aire fresco—. Entiendo que tampoco está usted al corriente de lo sucedido durante los días antes de su muerte.

—Hace más de diez años que no hablo con ella, ¿qué voy a saber yo? —respondió en un tono totalmente neutro.

—¡Diez años! ¿Y por qué? —preguntó Rose.

—Mató a su padre, ¿por qué iba a querer hablar con ella?

Llegados a ese punto, Carl ya ni notaba el hedor.

—Desconocíamos esta información, ¿en qué se basa para afirmarlo? ¿Es una sospecha o...?

—¿Sospecha? ¡Y un cuerno! Después de que le amputaran la pierna, ella se encargaba de inyectarle la insulina, y digamos que no se quedó corta. Lo mató.

—Quizá se podría decir que fue por compasión —dijo Rose.

—Ya, y se podría decir que usted es imbécil. ¿De verdad son policías?

Rose se echó un poco hacia atrás. Aún no estaba acostumbrada a ese tipo de lindezas.

—Gracias por el piropo —replicó—. ¿Le importa si seguimos hablando fuera? Aquí el pestazo a muerto es insoportable.

—Y, antes de que Carl pudiera detenerla, agarró a la mujer del brazo y la sacó al exterior.

No la soltó hasta llegar a una zona de maleza que en el pasado debió de ser el jardín.

—Bueno, pues esta imbécil que tiene delante quiere saber por qué iba Ragnhild a matar a su padre. Y aprovecho también para preguntar por qué se queda como si nada al enterarse de que han asesinado a su hija.

La mujer se cruzó de brazos y escupió al suelo.

—Le está bien empleado a ese demonio mentiroso y repugnante.

Carl trató de mirarla a los ojos.

—¿Por qué mató Ragnhild a su padre?

—Bueno… Es que tenía pensamientos obsesivos, la zorra loca.

—¿Pensamientos obsesivos? —repitió Carl mientras miraba a Rose, que asintió.

—Sí, pensamientos obsesivos. ¿Por qué si no iba a decir que su propio padre abusó de ella cuando era niña, o que le metía un colgador cuando se portaba mal, a ver? —Entonces se giró para mirar directamente a Carl y gritó tan fuerte que le salpicó la chaqueta de saliva—: ¿A que eso no se dice de un padre?

FUE ASSAD QUIEN les comunicó la noticia mientras iban en el coche de vuelta a la central de Teglholm.

—Han encontrado dos cuerpos más en el solar de Skævinge, Carl.

Marcus y él no se equivocaban: había más cadáveres.

—¿Recientes o…?

—No, los dos llevan ahí más de un año.

—¿Y están tan destrozados como el de Ragnhild Bengtsen?

—No. Están intactos, pero llevan tanto tiempo enterrados que el forense tardará unos cuantos días en poder mandarnos el informe. Ya se los han llevado al Instituto de Medicina Forense.

—¡Vaya! Este caso es el cuento de nunca acabar —gruñó Rose desde el asiento del copiloto. Aún no se le habían pasado las ganas de apalear a la mujer que la había insultado con tanto descaro.

—Puede que sí, puede que no. Depende de si encontramos alguna conexión entre esos cadáveres y el de Ragnhild Bengtsen —repuso Carl.

—Ya, Carl, por eso no vamos a librarnos de este caso —replicó Rose—. Pues claro que hay alguna conexión entre estos asesinatos, y ahora ya estamos metidos hasta las cejas, ¿no lo ves? ¿Y si le pides a Marcus que le pase el marrón a otro para que podamos seguir con lo nuestro, que ya es bastante complicado? ¿Acaso nuestro departamento no se encarga de resolver casos antiguos? Te recuerdo que el último cadáver de este caso apenas se ha enfriado, y esto no tiene nada que ver con las competencias del Departamento Q, ¿a que no?

—¿Te importa callarte un momentito, Rose? Intento pensar.

Carl clavó la mirada en la carretera.

En algún lugar de aquel paisaje gris invernal de campos y granjas, alguien que hubiera salido a pasear al perro debía de haber visto un coche que tomara el desvío de Skævinge sin sospechar que se dirigía a enterrar cadáveres en plena noche. En algún lugar de Copenhague debía de haber alguien que se preguntara cómo llegaban mujeres como Tabitha y las demás hasta aquel extraño club. En algún lugar…

—Hasta que no identifiquemos los otros cadáveres, no sabremos si esto es competencia o no del Departamento Q.

Carl no oyó resoplar a Rose, pero hubiera apostado cualquier cosa a que lo hizo.

—HACE UNA HORA QUE los del NC3 me han dado noticias sobre el ordenador de Palle Rasmussen, y lo primero que tengo que decir es que nos va a dar problemas —dijo Gordon en cuanto los vio aparecer por la puerta.

—¿Y eso?

—Pues porque están hasta arriba de trabajo y porque resulta que borraron el disco duro a conciencia.

—¿Y no se te ha ocurrido preguntarles si hay alguna forma de acceder a los archivos? —Gordon ofreció una cara compungida por respuesta—. Llama para insistir, y rapidito. Necesitamos los archivos eliminados. Diles que ya sabemos que tienen mucho trabajo, pero que esto es una cuestión de vida o muerte.

Gordon no parecía muy convencido.

—¿No es un poco excesivo, Carl? Tampoco podemos…

Carl lo hizo callar con un gesto y se dirigió a Assad.

—Hoy estás muy callado. ¿Pasa algo?

—Creo que la policía me detendrá en cualquier momento, Carl.

Se hubiera podido oír caer un alfiler en el suelo del despacho. El único sonido audible era el susurro de los coches sobre el asfalto mojado del aparcamiento.

Carl miró a Assad a los ojos, que estaban apagados. Las mejillas siempre llenas de vida de su compañero se veían cenicientas tras la barba incipiente.

—Pero por el amor de Dios, eso no puede ser —dijo Carl en un tono quizá demasiado agresivo y resuelto.

Las pupilas de Assad se encogieron. Aquello no presagiaba nada bueno.

—El PET ha citado a toda la familia antes de Navidad porque no respondimos a los cuestionarios. Y Ronia ha amenazado con volver a Irak, es de locos. Marwa y ella se pasan el día discutiendo y llorando, Nella se mete en la habitación de Alfi y se queda tan muda como él. Por eso tengo que dejar la Policía, Carl, no puedo arriesgarme a que se rompa mi familia, ¿me entiendes? No permitiré que el PET nos destruya.

Se dieron cuenta de que Rose se había levantado en cuanto oyeron el portazo que dio cuando salió al pasillo. Se alejó sin decir palabra, pero al cabo de pocos segundos la oyeron gritar y soltar improperios algunos despachos más allá. El nuevo edificio era muy sólido, pero en ese momento se dieron cuenta de que a las paredes no les habría ido mal un aislamiento acústico algo mejor.

Transcurridos tres minutos, Rose regresó.

—Marcus se hace cargo de la situación —dijo, con las facciones temblando de indignación—. Irá en persona a hablar con el PET para poner fin a todo esto, Assad.

Carl se giró para mirar a Assad, que se había quedado petrificado con la vista clavada en el suelo.

—¿Y si intentamos avanzar un poco mientras Marcus se encarga de lo demás? —propuso Carl mientras le ponía una mano en el hombro—. Irá todo bien, Assad, estate tranquilo —le aseguró, y se permitió darle unas palmaditas—. ¿Tienes algo nuevo que contar?

El único miembro con pelo rizado del Departamento Q tomó aire y levantó la mirada a cámara lenta. Carl no recordaba haberlo visto nunca de esa manera.

—Examiné las escenas que aparecen al final de los DVD de Ragnhild Bengtsen y no he encontrado ninguna conexión entre ellas más allá de su violencia y el hecho de que las dos suceden al aire libre —explicó, y se llevó las puntas de los dedos a los ojos, como si quisiera asegurarse de que no había llorado—. Y gracias al diario de Tabitha podemos concluir que, por lo general, sus ataques también se cometían al aire libre, igual que su asesinato a manos de Ragnhild Bengtsen. Es todo lo que he sacado en claro.

Carl asintió. Todo aquello podía ser una pérdida de tiempo, pero le parecía mejor dejar que Assad hiciera las cosas a su manera.

—Como vi que no llegaba a ningún sitio, volví a los casos antiguos y traté de encontrar un caso de 2010 en el que hubieran encontrado sal, como dijimos.

—Y me imagino que no encontraste ninguno.

—No lo encontré, pero ha aparecido uno —respondió mientras le entregaba un artículo de periódico fotocopiado—.

183

Esto estaba en nuestra bandeja de entrada, llegó esta mañana. Nos lo manda un compañero de Odense.

El inspector agarró la fotocopia con ambas manos.

—Presidenta de la empresa TaxIcon ahogada en su piscina —leyó en voz alta—. ¿El compañero de Odense estuvo a cargo de este caso?

—No, pero cuando les llegó la petición de Rose de información sobre casos en los que hubieran encontrado sal, recordó este al instante. Fue un accidente que dio mucho que hablar en Odense.

—TaxIcon, esa empresa no me suena de nada.

Rose esbozó una sonrisa torcida.

—Eso es porque no lees el periódico y porque para conocer una empresa como esa hay que tener un sueldo mucho más alto que el nuestro, Carl. TaxIcon es una empresa de asesores financieros para gente muy rica.

—Sí, y Pia Laugesen, la mujer ahogada, era la propietaria —añadió Assad—. Tenía sesenta y tres años y vivía sola, así que transcurrieron varias horas antes de que sus empleados domésticos la encontraran flotando en la piscina.

—Esa historia me suena. A Brian Jones de los Rolling Stones le pasó lo mismo, por ejemplo.

Carl se sintió un vejestorio en cuanto las miradas de perplejidad de los demás se posaron sobre él. No tenían ni idea de quién era Brian Jones. A decir verdad, él tampoco lo sabía hasta que se lo contó su primo Ronny, que falleció en Tailandia.

—Yo solo digo que un corte de digestión en una piscina puede ser letal. La verdad, me alegro de que ninguno de nosotros tenga piscina. —Tampoco así consiguió ninguna reacción, así que cambió de tema—: A ver, ¿qué pasa con esa muerte?

—Sacudió la ciudad porque Pia Laugesen no era, precisamente, una cualquiera. Era de esas personas que filetean el atún —explicó Assad.

Le llegó el turno a Carl de quedarse perplejo y Assad continuó la explicación:

—Era una persona importante, su empresa tenía una facturación anual que rondaba los cien millones de euros.

—¡Ahí es nada! Pero se dice «cortar el bacalao», Assad.

—Eso he dicho —replicó Assad mientras meneaba la cabeza, y siguió—: La hija adulta de Laugesen declaró a un periódico local que hizo un reportaje del suceso que su madre sabía nadar, pero que nunca se metía en la piscina, y por eso su muerte le parecía extraña y sospechosa. De hecho, era la primera vez que veían a su madre en las inmediaciones de la piscina, y su jardinero contó que le había mandado vaciarla, aunque no le dio tiempo a hacerlo.

—¿Y cómo calificó la muerte la policía?

Assad agitó la copia del informe policial.

—¿Tú qué crees? Por lo que parece, tropezó con un saco que había al lado de la piscina, al caer se golpeó la cabeza con el bordillo y cayó al agua inconsciente. Se declaró muerte accidental, claro.

—Pero ¿por qué crees que este caso es relevante para nosotros?

Assad señaló una frase del informe.

—Porque el saco con el que tropezó contenía sal.

—¿Sal en una piscina? ¿A las piscinas no se les echa cloro?

—Sí, y a veces también sal. Esta, por lo que se ve, era una piscina de cloro.

—¡Vaya, vaya! ¿Y la sal del saco era sal de mesa?

—Por lo que dice el informe, no llegaron a analizarla, porque, claro, ¿por qué iban a hacerlo?

Carl contempló una vez más la fotocopia del periódico. «20 de agosto de 2010», rezaba el encabezado.

Todos giraron la cabeza hacia la línea de tiempo que colgaba de la pared. Carl tomó la palabra.

—Muy bien. Vamos a recapitular: tenemos ya varias muertes en las que aparece sal en la escena de los hechos. Tomemos, por ejemplo, el 19 de mayo de 2002, el día que falleció Palle Rasmussen. Suponiendo que la muerte de Pia Laugesen fuera también un asesinato y que el asesino planeara sus acciones cronológicamente, y suponiendo también que nuestra teoría de que es posible encontrar una muerte relacionada con la sal en los años pares, creo que mató también en 2004, 2006 y 2008, en fechas entre el 19 de mayo y el 20 de agosto. Ya podemos empezar a buscar.

—Jesús —dijo Gordon.

Pasaron gran parte del resto del día sumergidos en el informe de la autopsia de Pia Laugesen.

—¿No os parece un poco misterioso? —preguntó Gordon—. El informe describe a la fallecida como una mujer mucho más fuerte y en forma que la media, sobre todo teniendo en cuenta su edad, y constata, como es de esperar, que se ahogó y que aún estaba viva al caer a la piscina, ya que se encontró cloro en sus pulmones. Es decir, que inspiró al caer al agua, y eso me lleva a preguntarme si podría tratarse de un suicidio, aunque ¿por qué iba a matarse? Era una mujer sana, con una carrera de éxito, mucho dinero, muchos contactos y una buena relación con su hija. Y me pregunto también por qué no salió de la piscina —dijo Gordon mientras se rascaba una mejilla—. Además, el informe policial dice que se golpeó la cabeza con el bordillo, pero el forense afirma que no encontró lesiones significativas en el cuerpo o en la cabeza, y los técnicos tampoco encontraron sangre, cabellos ni células cutáneas en el bordillo. No se le detectó alcohol ni sustancias estupefacientes en la sangre. Sabía nadar, pero odiaba el agua. No lo entiendo. El informe ni siquiera dice que estuviera inconsciente al caer al agua.

—Sí, es curioso lo poco que aclara —dijo Carl, que notó que el móvil le vibraba en el bolsillo, pero hizo caso omiso—. Es lo que pasa a veces con los accidentes, que no tienen explicación. ¿Qué crees tú que pasó?

—Quizá sí que fue un accidente. Se mareó y cayó, sin más —aventuró Gordon.

—Ya, pero ¿y qué pintaba ahí la sal? Si miráis el esquema que tenemos en la pared, ¿no os extraña que aparezca sal en un caso detrás de otro y que resulte imposible determinar si se trata de un asesinato porque no hay motivo ni sospechas fundadas para creerlo? En ninguno de los casos sacamos nada en claro, pero la sal está presente siempre.

El móvil volvió a vibrarle en el bolsillo.

—Ya, es muy raro —dijo Rose—. Yo creo que en este caso sí que podemos hablar de asesinato. Una mujer con ese trabajo se gana muchos enemigos. Un mal asesoramiento que lleve a perder una fortuna puede dar pie a una venganza.

—¿Y qué me dices de la forma en que la mataron, Rose?

Con un encogimiento de hombros, Assad se acercó a la pizarra y, muy despacio, empezó a rellenar los campos vacíos:

Cuándo: 20/08/2010

Cómo: Le sujetaron la cabeza bajo el agua hasta ahogarla.

Quién: Pia Laugesen.

—¡Esto es lo que pienso! —dijo al dejar el rotulador.

—Entonces, la persona que la mató debe ser muy fuerte —asintió Carl.

—No necesariamente. No sé si has intentado alguna vez subirte a un camello que no quiere que lo montes. De repente te encuentras de bruces en el suelo sin entender lo que ha pasado. Yo solo digo que la persona que la ahogó sabía bien lo que se hacía y actuó sin titubear. En realidad, no es tan difícil.

—Ah, ¿lo dices por experiencia propia, Assad? —respondió Rose en tono jocoso, pero se le borró la sonrisa de la cara al ver que no contestaba.

—¿Hay fotos de la fallecida aparte de las que aparecieron en la prensa? —preguntó Carl—. Búscalo en Google, Gordon.

Un instante después, Pia Laugesen en distintos momentos de su vida apareció en la pantalla. Sin tener en cuenta los años, el peso o los estragos de la edad, sus señas de identidad eran unos hombros anchos, una cola de caballo y un abrigo de pieles.

—Yo diría que era una mujer especial, muy currante, que ponía el trabajo por delante de todo —dedujo Rose.

—Sí, especial es lo mínimo que se puede decir de alguien que lleva un abrigo de pieles todo el año y va siempre pintada como una puerta. Y esa cola de caballo tan gruesa era el asidero ideal para sujetarla debajo del agua después de noquearla de un golpe en la carótida —apuntó Assad en tono seco.

El móvil de Carl volvió a vibrar.

—Diga —respondió irritado cuando por fin logró sacarlo del bolsillo y aceptar la llamada, que era de un número desconocido.

—¿Eres Carl Mørck? —preguntó la voz al otro lado de la línea—. ¡Por fin! Soy Laslo, de la Policía de Selandia del Norte. Te llamaba para confirmar que los técnicos no encontraron nada en el hoyo donde estaba enterrada la mujer de ayer, pero que en las dos tumbas que han exhumado hoy sí había algo, y se extrañaron mucho porque era lo mismo en ambos casos. Al fijarse con detenimiento, vieron que había sal en los extremos de las tumbas, como si se la hubieran echado por encima a los cadáveres. ¿Te dice eso algo?

28

Maurits

Lunes, 14 de diciembre de 2020

HACÍA MÁS DE cuarenta y ocho horas desde la última vez que Maurits había visto a su secuestradora, y en ese tiempo no le había dado nada de comer ni de beber. El hedor del cubo en el que hacía sus necesidades pesaba como una bruma, aunque sus intestinos estaban ya igual de vacíos que su vejiga.

«Tengo que procurar no moverme mucho para no agotarme —se decía—. Si resisto, seguro que acabarán por encontrarme, estoy seguro. Menos mal que me pasé por el forro la ley que prohíbe que las cámaras privadas de vigilancia graben el espacio público, porque así la policía verá el número de matrícula del coche que me vino a recoger a casa. Tal vez ya hayan detenido a la mujer y es por eso por lo que no ha venido.»

Sonrió para sí. El secuestro era un delito muy grave en Dinamarca, y pronto le llegaría el turno a aquella zorra de quedarse encerrada entre paredes blancas y desnudas, y convertirse en la protagonista de su propia y terrible realidad.

¡No voy a suicidarme!, podría llamarse ese programa. Se echó a reír. Era una idea buenísima, la verdad, aunque era consciente de que encontraría mucha resistencia. La gente se ponía muy melindrosa con el tema del suicidio.

Maurits asintió con una sonrisa y echó la cabeza hacia atrás para ponerse a cantar, tan fuerte que los cojinetes de los raíles del techo empezaron a vibrar:

—*Oh, no, not I, I will survive! Oh, as long as I...*

189

Lo interrumpió un ataque de tos. Su garganta reseca protestó mientras la lengua se le pegaba al paladar.

«Joder, menuda mierda», pensó mientras miraba a su alrededor. Podría estar en cualquier lugar. En un sótano con techos de hormigón, en una nave industrial dejada de la mano de Dios, en un edificio de nueva construcción abandonado antes de terminarlo...

«Podría estar en cualquier lugar de Selandia —se dijo—, ¿cómo van a encontrarme si la mujer no habla?»

Cuando se despertó después de que lo secuestraran, miró el reloj y eran las 11.45. Teniendo en cuenta que había estado inconsciente en la silla unos diez o veinte minutos, debía encontrarse a una hora y cuarto en coche del punto de partida, más o menos.

«¿Hasta dónde podríamos haber llegado desde Gammel Holte?», se preguntó, pero se frenó antes de empezar a hacer cálculos. ¿Cómo iba a saberlo, cuando había tantas variables en juego? La mujer podría haber ido en círculos, o podría haber ido directa hacia la autopista, o incluso haber cruzado el puente de Øresund hasta Suecia.

Maurits empezó a sudar. Si era verdad que estaba en Suecia y aquella desgraciada no cantaba, nunca lo encontrarían. A la mañana siguiente seguiría ahí con los labios resecos y las manos temblorosas. Y a la otra, y a la siguiente... ¿Cuánto tiempo podía aguantar así?

Maurits recordó de repente que su padre había muerto de sed. En su momento no resultó especialmente dramático porque ya estaba moribundo, viejo y decrépito, aunque la muerte siempre necesita una causa... Y la única forma en la que los médicos estaban dispuestos a ayudarlo era a dejar de darle de beber. Pero morir de deshidratación es un proceso muy largo, y Maurits también recordó que su padre había tenido miedo. Antes de cerrar los ojos por última vez y sumirse en la negrura, los ojos se le habían llenado de vida un instante. Fue su último contacto con el mundo que lo rodeaba, la imagen de quienes no podían hacer nada por ayudarlo, de su único hijo, que apartó la mirada y, con ello, lo abandonó.

«Fuera de mi mente, puto recuerdo. ¡Déjame en paz, viejo chocho! Fuiste siempre un mierda, ¿a mí qué me importa que la sed te atormentara hasta que ya no pudiste más?»

Maurits miró su reloj Rolex Submarine. Esfera azul, caja, correa y cierre de oro macizo, sin números pero con la fecha. Había pagado ciento cincuenta mil coronas por él y le importaba un bledo lo que pensaran los demás. Al exhibirlo con orgullo ante su familia durante el almuerzo, su hija mayor le había puesto su Apple Watch en las narices para reírse de él.

—¿Tu reloj te mide el pulso? ¿Puedes hablar por teléfono con él? Qué tonto eres, papá, por ese precio hubieras podido comprar cuarenta Apple Watches, o comprarme un caballo, y aún te hubiera sobrado dinero para un reloj más útil. ¡Vaya tontería!

En esa ocasión, sonrió en silencio y siguió comiendo sin replicar. ¿Qué sabía una adolescente atontada de lo que hacía sentir bien a un hombre adulto? ¿Qué sabía ella del placer de poseer algo tan caro? Si encima se cambiaba de Apple Watch en cuanto salía un modelo nuevo, la niña mimada y descreída.

Maurits se fijó en la esfera de la fecha. Llevaba casi tres días sin comer ni beber. ¿Cuánto tiempo había tardado en morir su padre? ¿Seis días, una semana? Aunque él ya estaba muy débil. Creía haber leído alguna vez que se podía sobrevivir sin beber ni ingerir sólidos durante tres semanas si se partía de una buena forma física como la suya.

Maurits miró el reloj de nuevo. Si le hubiera hecho caso a su hija y se hubiera comprado un Apple Watch, tal vez podría haber llamado a casa.

Sacudió la cabeza. Su carcelera no era tonta, se lo hubiera quitado. Además, incluso si hubiera tenido el maldito reloj y hubiera podido llamar, ¿qué hubiera dicho? ¿Que lo habían secuestrado? A esas alturas, ya debían de saberlo. Pero ¿quién lo había encerrado? El pretexto que había inventado aquella mujer sobre la compra de Unbelievable Corporation era una memez.

Ni Global Rea Inc. ni Victor Page debían de tener ni idea de quién era esa mujer. El número de matrícula del Lexus era falso, seguro, o el coche era robado. ¿Y qué señas daría de su prisión? No había nada en la habitación que permitiera identificar el lugar. ¡Nada! Era tan anónima y aséptica que podría estar en cualquier sitio.

Maurits se dio cuenta de que se le estaba inflamando la lengua. Dios, qué sed. Miró hacia arriba para contemplar los raíles a los que estaban amarradas sus cadenas.

«¿Y si trepo hasta los raíles por una de las cadenas? ¿Podría deformarlo hasta hacer caer el cojinete? ¿Y hacer lo mismo con la otra cadena? ¿Es esa la solución?»

Era evidente que corría el riesgo de quedar colgado de la segunda cadena si lograba soltar la primera del raíl. Pero ¿y si la fuerza de su peso aflojaba el raíl lo suficiente?

Maurits se levantó y valoró la situación. No pintaba nada bien. Recorrió la estancia de punta a punta con la vista clavada en los cojinetes, en busca de un sitio al que asirse para desmontar la segunda cadena.

El tintineo de las cadenas que se cimbraban con sus pasos resonaba por la habitación. Por unos momentos, el sonido le pareció tranquilizador, pero fue solo una ilusión. Aquel ruido era infernal, el signo de un cautiverio del que no podía escapar.

Entonces lo encontró. Estaba pintado de blanco igual que el techo y era casi invisible, pero lo vio. Cerca de una de las paredes había una anilla metálica, idéntica a las que él mismo había atornillado en el columpio de su hijo cuando era pequeño, hacía más de veinticinco años, a unos treinta o cuarenta centímetros de uno de los raíles. Si lograba introducir dos dedos en la anilla, ¿podría sostener su propio peso mientras forcejeaba para liberar la segunda cadena? Más le valía que los veinte minutos que se pasaba a diario en el gimnasio del sótano de su casa desde que le dio el infarto dieran resultado.

Maurits se colgó de una de las cadenas y dejó la otra floja. En la escuela, subir a la cuerda siempre había sido su actividad preferida en clase de Educación Física, pero aquello era muy distinto y él era treinta y cinco años más viejo. La cadena era de acero y parecía muy lisa. Tenía que hacer tanta fuerza para no resbalar que los nudillos se le pusieron blancos, y el techo quedaba más lejos de lo que había supuesto, más de cuatro metros.

Sus pies descalzos se aferraron a la cadena a medida que ascendía. Con zapatillas de goma hubiera sido mucho más fácil. Y si hubiera llevado pantalones, la cadena no le habría rozado la piel.

—Arriba —susurró para sí. Aún no había pensado cómo saldría de allí si conseguía liberarse, pero tal vez el ascensor funcionara, tal vez podría utilizar las cadenas como armas. Tal vez.

Si lo conseguía.

Al llegar arriba, se agarró a lo alto de la cadena que colgaba junto a él. El cojinete encajado en el raíl llevaba el logo de Mexita Steelware e, igual que el resto de las piezas, era de acero, así que no lo tenía nada fácil.

Se esforzó todo lo que pudo en deformar el raíl, pero no sucedió nada. Quizá con una palanca hubiera tenido más suerte, pero la única herramienta que tenía era su malograda esperanza.

Volvió de nuevo al suelo en busca de la silla y se sentó. El esfuerzo lo había dejado exhausto. La piel de los brazos se le había puesto gris y se le marcaban las venas.

¿Se lo parecía a él o había subido la temperatura de la habitación?

Maurits miró hacia el ascensor, que no había dado ninguna señal de vida desde la desaparición de la mujer.

¿Iba a morir allí, sin ni siquiera saber dónde estaba?

29

Carl

Martes, 15 de diciembre de 2020

EN SUS AÑOS como investigador, Carl se había topado innumerables veces con coincidencias descabelladas entre casos de todo tipo, pero aquella casualidad puso los pelos de punta a todo el Departamento Q.

Los dos cadáveres que acababan de encontrar estaban cubiertos de sal como un arenque en conserva, prácticamente en el mismo lugar en el que había aparecido Ragnhild Bengtsen.

De modo que el caso que les habían encasquetado se había cruzado de repente con la investigación que tenían desplegada en las pizarras, y la «única» pregunta era: ¿por qué?

Los dos cadáveres eran del sexo masculino. El más reciente y menos maltrecho había pertenecido a un hombre de más de cien kilos y metro noventa de estatura, mientras que el más antiguo pesaba lo mismo más o menos, con veinte centímetros menos de altura.

—Obviando el caso de Ragnhild, ¿qué nos dice este nuevo descubrimiento? —preguntó Carl a los otros tres.

—Que, de todas formas, esos dos asesinatos están relacionados —sugirió Gordon.

—Sí —asintió Carl—, pero hay algo mucho más relevante, ¿el qué?

—Que el asesino quería que la gente como nosotros entendiera que las dos muertes estaban relacionadas —dijo Assad mientras señalaba la pizarra.

—Sí, y ¿por qué? ¿Es una provocación del asesino, una forma de presumir de su proeza? ¿O es una pista para detenerlo?

—Carl se acercó al cristal de las preguntas sin respuesta y añadió—: A ver si podemos borrar un par de estas.

Señaló las dos últimas.

R7. ¿Qué pinta la sal en las escenas del crimen?

A8. Asesinatos y muertes extrañas en 2010. ¿Cuáles?

—Ahora tenemos una respuesta parcial a la pregunta R7 de Rose. No sabemos qué significa con exactitud la sal, pero su presencia nos permite aventurar que el asesino quería firmar los asesinatos, por así decirlo. ¿Seguimos con esta hipótesis?

Los demás asintieron.

—Y, en lo que respecta a la pregunta A8, Assad ha encontrado otra muerte de 2010 que bien podría ser el asesinato que buscamos —dijo Carl, y le dirigió un gesto de reconocimiento—. Assad ya lo ha puesto en la pizarra, así que partiremos de la premisa que el asesinato de 2010 es el de la asesora financiera Pia Laugesen. ¿Estamos todos de acuerdo con Assad?

Rose y Gordon asintieron.

CONTRA TODO PRONÓSTICO, Marcus Jacobsen no reaccionó con excesivo entusiasmo ante la noticia de que el Departamento Q había relacionado dos casos antiguos y también probablemente el de Ragnhild Bengtsen con el que él mismo les había asignado. ¿Por qué?

El jefe de Homicidios trató de suspirar, pero le salió más bien un gruñido.

—A Ragnhild Bengtsen la enterraron a menos de un metro de los otros dos. Es, desde luego, mucha coincidencia. Pero tras una autopsia concienzuda y un examen minucioso de la tumba, no han hallado ni rastro de sal.

—¿Y qué? —Carl no entendía el problema.

—La cercanía entre los cadáveres enterrados puede llevar a la conclusión de que el asesino o asesinos eran los mismos. Te haré una pregunta: si los dos cadáveres más antiguos tienen algo que ver con vuestro caso, ¿por qué el de ella no?

—Tal vez no fuera un asesinato ritual como el de los otros dos.

—¿A qué te refieres con «ritual»?

—Ella no encaja en las fechas. No la mataron cuando tocaba.

Marcus parecía algo menos convencido.

—Voy a necesitar que me lo expliques.

—Pues ven a nuestro despacho.

Marcus pasó un largo rato contemplando las pizarras. Se le veía en la cara que la hipótesis le parecía plausible, que veía el patrón de años y fechas que conectaba todos los casos.

Resopló profundamente.

—Me temo que esa hipótesis aún tiene un montón de lagunas, amigos míos.

Assad se plantó delante de él con las manos en los bolsillos.

—¿Cuándo vas a ir al PET a ayudarme con lo de mi familia? ¿Hoy? —Marcus asintió y Assad continuó—: Vale, entonces te contaré lo que creo. Estoy bastante seguro de que a los dos que acaban de llevarse al Instituto Anatómico Forense los asesinaron en 2018 y 2016, respectivamente. Si me haces el favor de retorcerles un poco el brazo a los del PET y luego vuelves a contarnos quiénes son los dos hombres asesinados, rellenaré algunas de esas lagunas.

—Assad, ¿por qué tienes tan claras las fechas de los asesinatos? —replicó Marcus—. Puede que lleven muchos años allí enterrados, puede incluso que pasaran décadas en un congelador antes de que los enterraran.

—Sé que es difícil de decir, sobre todo si conservaron los cuerpos en sal, pero ¿sabes qué más creo? Creo que ambos cadáveres están llenos de sal. Pondría la mona en el fuego.

Carl se imaginó la imagen.

—La mano, Assad. Por lo de quemarse y eso.

DIEZ MINUTOS MÁS tarde llamaron del Instituto de Anatomía Forense para confirmar que los estómagos de ambos cadáveres contenían agua salada y tenían la tráquea y el esófago repletos de sal. Sal de mesa, por supuesto.

—Como es natural, la sal ha tenido un cierto efecto de conservación, pero de ninguna manera ha sido tan efectiva como un embalsamamiento como Dios manda a la hora de impedir la putrefacción y la descomposición de los órganos, del mismo modo que la que les echaron por encima no pudo evitar que se despegara la piel. Ahora mismo creemos que uno de los cadáveres llevaba un par de años bajo tierra, y el otro, alrededor de cinco. Es solo una suposición, pero todo lo demás está confirmado —explicó el forense.

—¿Y qué me dices de la causa de la muerte? —dijo Carl.

—Aún es pronto, y puede que no logremos averiguarla a ciencia cierta. No se aprecian lesiones por arma blanca o de fuego, pero, como ya he dicho, los cadáveres están en bastante mal estado, así que ya veremos.

—¿Algún rasgo distintivo?

—Uf, ¿qué quieres que te diga? Ambos hombres llevaban el vello púbico afeitado, cosa que, en los tiempos que corren, es bastante común a según qué edades, y lo único que podemos decir es que indica cierta actividad sexual. También puedo aventurar que la edad de ambos oscila entre los treinta y los cincuenta años, aunque va a haber que esperar al análisis dental para confirmarlo.

—¿Quieres decir que tienen la dentadura intacta? —preguntó Carl.

—Sí, intactas y muy bonitas, los dos. Debieron de dejarse una fortuna.

—¿Qué quieres decir?

—Que llevaban implantes, claro. Y empastes para cubrir el desgaste de un aparato dental de hace tiempo, quizá de la época escolar. Y un par de caries arregladas y un puente. De todo, vamos.

El ambiente en el Departamento Q parecía galvanizado.

30

Louise/Carl

Miércoles, 16 de diciembre de 2020

LOUISE VON BRANDSTRUP, hija de un fabricante textil de Herning venido a menos, se casó con un mayorista textil igual de venido a menos del que acabó divorciándose. Para ella, la vida iba siempre cuesta abajo. No tenía ningún talento particular ni formación, bebía un poquito de más y se podía decir que no tenía amigos. Por eso creyó que la suerte por fin le sonreía cuando le echó el guante a su segundo marido, Birger Brandstrup, que hacía caja invirtiendo en juego y apuestas por internet. La sempiterna esperanza ingenua de los daneses de mejorar sus modestas condiciones de vida sin tener que trabajar le había dado a la pareja unos beneficios anuales de sesenta millones de coronas durante los últimos diez años. ¿Qué tenía de malo quedarse con el dineral que aflojaban todos aquellos ilusos?

Cuando su marido desapareció un día gris de noviembre de 2018 y resultó que toda su fortuna estaba a nombre de él, las palmaditas en la espalda, el tren de vida desenfrenado y las grandes fiestas a las que Louise se había acostumbrado también se esfumaron. De la noche a la mañana, se vio abandonada por todos mientras la primera mujer de Brandstrup exigía su parte del pastel y los hijos de esta pedían liquidar sus fideicomisos. Los acreedores de los pagos de los coches, los albañiles que les habían construido el establo y todo aquel a quien debían dinero empezaron a llamar a su puerta enfadados y con la mano por delante.

Los primeros meses, Louise se aferró a la certeza de que Birger acabaría por aparecer, que su deseo de carne fresca y placeres exóticos acabaría por agotarse y que regresaría a su lugar en el lecho conyugal. Pero Birger no apareció y ella tuvo que atrincherarse en la casa de veraneo de Hornbæk, el único inmueble que estaba a su nombre.

Estaba viendo las noticias en la cama cuando el hallazgo de los cadáveres cerca de Skævinge apareció bajo la cartela de «Última hora». A Louise le encantaba el sensacionalismo y se pirraba por los textos truculentos de los rótulos que iban pasando por debajo de los presentadores del telediario, pero sus escalofríos de placer no tardaron en convertirse en otra cosa cuando le saltaron todas las alarmas. Se levantó de la cama de un salto conteniendo la respiración al enterarse de que uno de los cadáveres pertenecía a un hombre de más de metro noventa que llevaba más de un año enterrado.

La idea tendría que haberla horrorizado, pero, a decir verdad, Louise solo sentía alivio. «Imagínate si se trata de Birger», no dejaba de pensar. Así por fin lo declararían muerto y podrían gestionar la herencia. Tendría que repartir un dineral, pero ella podría quedarse con bastante, de eso estaba segura.

AQUELLOS POLICÍAS NO iban uniformados como ella esperaba. Eran dos hombres normales y corrientes que le recordaron aquella canción tan pegadiza, «Ebony and Ivory», ébano y marfil, un inmigrante moreno de ojos castaños inyectados en sangre y el pelo revuelto y, a su lado, un tipo pálido con cara de colegial que no parecía atreverse a pasar del felpudo. Se presentaron, pero ella no se quedó con los nombres. Tenía una memoria terrible para eso.

—Venimos en respuesta a su llamada. Afirma que uno de los dos cadáveres hallados podría ser el de su marido, Birger Brandstrup —dijo el del rostro pálido.

—¡Von! —lo corrigió ella—. Birger von Brandstrup, sí.

El inmigrante comprobó los documentos y murmuró para sí.

—Aquí no dice nada de «von», ¿de dónde sale?

—Hemos venido a informarla de que el análisis dental ha confirmado que el fallecido es su marido. Le ofrecemos nuestro más sentido pésame —dijo el que tenía aspecto de colegial.

«¡Sí!», gritó, triunfal, en su fuero interno mientras se ocultaba la cara con las manos. De repente, su futuro se había llenado de luz y de posibilidades infinitas.

—¿Quiere un vaso de agua? —preguntó el joven—. ¿Necesita un momento para encajar la noticia? ¿Quiere llamar a alguien para que la acompañe?

Ella negó con la cabeza.

—Hemos buscado el nombre de su marido en la base de datos y hemos visto que denunció usted su desaparición el 22 de noviembre de 2018, ¿correcto? —preguntó el de la cara color marfil.

Sin descubrirse el rostro, Louise asintió.

—Su marido era inmensamente rico, ¿recibió usted alguna petición de rescate o tiene alguna idea de por qué desapareció? —continuó el policía más joven.

Ella los miró y emitió un suspiro. Esperaba que no tomaran demasiado en cuenta la ausencia de lágrimas en su rostro.

—No, no tengo ni idea. Desapareció sin más.

—¿Se le ocurre por qué querría alguien matarlo? ¿Tenía enemigos, debía dinero? ¿Deudas de juego, tal vez?

Ella resopló.

—Birger no le debía dinero a nadie y, si hubiera tenido deudas, las hubiera pagado sin problemas. ¿A qué viene esa pregunta tan tonta? Birger ganaba dinero porque otros jugaban, a él nunca le dio por ahí. Siempre decía que era la cosa más estúpida que uno podía hacer.

—Y, sin embargo, en los últimos doce o trece años invirtió en más de diez plataformas de juego aquí en Dinamarca y aún más en paraísos fiscales. No es impensable que se ganara algunos enemigos.

Louise le lanzó una mirada condescendiente.

—¿Ludópatas, quiere decir? ¿Sabe qué pasa? Birger se mantenía alejado de los usuarios, me cuesta imaginar que alternara con ese tipo de gente. —Entonces se dirigió al inmigrante con una expresión atormentada que esperaba que resultara creíble—. ¿Dónde está Birger?

—En el Instituto Anatómico Forense.

—¿No tengo que ir a identificarlo?

—No, a menos que usted quiera. Pero no se lo recomiendo —replicó el policía moreno.

¡Lo que faltaba! Ni muerta se le ocurriría hacerlo.

—Se llamaba Birger von Brandstrup y desapareció el 22 de noviembre de 2018, después lo asesinaron y lo embalsamaron en sal de mesa, por así decirlo. Assad y yo tenemos bastante claro que es otra víctima para apuntar en la pizarra, Carl —dijo Gordon.

—¿Qué tal la mujer?

—Carl, ¿te sabes la historia del camello que quería volar? —replicó Assad.

Su jefe negó con la cabeza y Gordon también.

—Bueno, pues resulta que a un camello se le metió en la cabeza que podía volar, así que extendió las patas como si fueran alas y se tiró de una duna muy alta en mitad del desierto.

—Imagino que descubrió que no podía hacerlo.

—No, tuvo que hacer un aterrizaje de emergencia.

—No entiendo adónde quieres llegar.

—Igual que le pasó al camello, hemos acabado estrellados en la arena en nuestra visita.

—Ya veo, muy gracioso. Quieres decir que la mujer no tenía nada interesante que decir sobre la desaparición de Birger Brandstrup.

—Nada excepto que su marido se apellidaba «von» Brandstrup, cosa que no es cierta.

Carl meneó la cabeza. Se podrían llenar estadios de fútbol con la gente con ínfulas que creía que llevar una preposición delante del apellido los hacía más importantes que los demás.

—Os veo muy a gusto —les dijo Marcus Jacobsen desde la puerta—. Y más a gusto que estaréis cuando os diga que esta mañana han identificado al segundo cadáver.

Marcus se convirtió en el centro de todas las miradas.

—Se llama Frank Arnold Svendsen, era un personaje público que recibió un aluvión de sanciones por no cumplir con la normativa medioambiental.

Carl se encogió de hombros.

—A mí no me suena de nada.

—Era más conocido por el seudónimo de Franco Svendsen. Denunciaron su desaparición y se creyó que se había ahogado.

A Carl el caso empezó a sonarle un poco más.

—Y puedo añadir que la autopsia de ambos cuerpos ha concluido que los dos hombres murieron por la misma causa: se les inyectó una cantidad excesiva de cloruro de potasio, seguramente en el corazón. El cloruro de potasio es una de las tres sustancias que se utilizan en las ejecuciones por inyección letal, pero primero se anestesia al condenado. Lo más curioso, según parece, es que el asesino no se molestó en ocultar sus métodos.

—¿Cómo? —preguntó Carl.

—Los técnicos volvieron al solar esta mañana a revisar las tumbas. Excavaron un poco más y encontraron jeringuillas idénticas en ambos hoyos. Jeringuillas de las grandes, de doscientos mililitros, como las que se usan para administrar lavativas con tubos de plástico, pero en lugar de tubos, estas iban con aguja, una larga de narices.

Carl bostezó.

—¿Y han encontrado cloruro de potasio en las agujas? —preguntó.

—Sí, unos cinco mililitros.

—¿Y cuánto creen que había en las jeringuillas? —intervino Rose.

—Es imposible determinarlo con seguridad, pero no parece que estuvieran llenas del todo. El análisis técnico nos dirá algo más.

—¿Y cuál es la dosis letal? Menos de ciento cincuenta mililitros, ¿no? —preguntó Rose.

—Desconozco el efecto que tiene si se inyecta directamente en el corazón. Si se hace por vía intravenosa, hace falta mucha más cantidad.

—¿Y qué dicen los forenses? —preguntó Carl.

—Lo mismo que yo.

—Los mataron con cloruro de potasio y los embalsamaron con cloruro de sodio. De repente, la química se ha vuelto muy importante, ¿no? —concluyó Rose, que se estremeció como si le hubiera dado un escalofrío—. Secuestraron a esos hombres y los ejecutaron igual que a los condenados a muerte, pero sin administrarles ningún anestésico o calmante —añadió en tono sombrío.

—Exacto, no se han detectado otras sustancias en los cadáveres. Fue una muerte rápida, eficaz y muy dolorosa —dijo Marcus antes de volverse hacia la pizarra—. Su muerte no es como las otras, que la policía archivó como accidentales o autoinfligidas. ¿Creéis que procede añadirlos a la pizarra? Me llaman la atención esos campos vacíos en 2018 y 2016.

Carl le hizo un gesto a Assad, que se acercó a la pizarra para escribir «Frank "Franco" Svendsen» en la columna de 2016.

En un momento de solemnidad, Assad añadió el nombre de Birger Brandstrup a la columna de 2018.

Carl empezó a contar las víctimas confirmadas relacionadas con la sal.

Tenían ya siete.

31

Assad/Carl

Miércoles, 16 de diciembre de 2020

ASSAD APARCÓ EL coche en aquel barrio residencial de Odense. Contempló el palacete blanco colocado como por casualidad en lo alto de una colina, con un camino de acceso de al menos doscientos metros flanqueado por coches de lujo carísimos, y se dijo que aquel lugar hablaba de la gloria de tiempos pasados.

—Me sorprendió que me llamara —le dijo la mujer que le abrió la puerta y lo invitó a entrar—. Hará por lo menos diez años que hablé con la policía por última vez sobre la muerte de mi madre.

Vestía con elegancia, como correspondía a la heredera de mil millones de euros.

—Vivo en la casa de mi madre desde que se repartió la herencia en 2012 —explicó—. Descubrí para mi sorpresa que mi madre había dado en adopción a una niña que tuvo cuando era muy jovencita y aquello alargó un poco el proceso, puesto que ella también tenía derecho a heredar.

La hija de Pia Laugesen condujo a Assad hasta una fantasía de salón cubierto de alfombras persas que parecía sacado de *Las mil y una noches* y le señaló un sofá de cuero más grande que todo el salón de la casa de Assad. Tenía unos cuarenta y tantos años, estaba divorciada y se había instalado en aquella casa junto con su hija de catorce años, que no volvería del internado hasta las vacaciones de verano.

Assad le dedicó su mejor sonrisa e intentó tragar el té blanco sin azúcar que le habían puesto delante en una delicada tacita.

—Delicioso —se obligó a decir, justo antes de comunicar a Tytte Laugesen que habían reabierto el caso hacía unos días y que se iba a llevar a cabo una investigación más minuciosa.

—En primer lugar, quisiera ver la piscina —anunció en cuanto el último sorbo de té le pasó por la garganta, acostumbrada al azúcar.

Era mucho más grande de lo que había imaginado. Mediría al menos veinte metros de ancho por cincuenta de largo, y la había mandado construir justo antes de la Primera Guerra Mundial un pomposo empresario alemán que tenía cinco hijos, con el propósito de ponerse en forma.

—En invierno la cubrimos con una lona. Bueno, este año no hemos llegado a destaparla, no quisiera que mis amigos se bañaran en un mar de coronavirus.

A continuación, le mostró el lugar en el que se suponía que su madre se había tropezado con el saco de sal. Assad se lo imaginaba a la perfección, la única pregunta era si realmente era así como había sucedido todo.

—A mi madre no le gustaba nadar. El único motivo por el que conservaba la piscina era porque quedaba fenomenal de fondo para las fotografías de sus fiestas y reuniones de negocios. Por mí, desde luego, no lo hizo.

—¿Quién se encargaba del mantenimiento? —preguntó Assad.

—Nuestro jardinero, August.

—Ah, jardinero, muy bien. ¿No sabrá por casualidad si aún vive?

—Pues sí. Ahora ya es un hombre mayor, pero se encuentra muy bien.

—¿Y sabe dónde vive?

Ella frunció los labios y giró la mano para señalar hacia la otra punta del jardín.

—Ahora mismo está en el invernadero, con las camelias, que florecerán justo a tiempo para Navidad.

August Nielsen tendría al menos setenta años y aparentaba quince más. La vida al aire libre le había bronceado la piel, y los surcos causados por la edad y las inclemencias del tiempo le recorrían el rostro de arriba abajo como una telaraña. Hablaba con un hilo de voz, pero tenía una memoria de elefante.

—No fui yo quien dejó allí el saco, de eso estoy seguro, porque a la señora Laugesen no le gustaba nada que las cosas estuvieran tiradas por ahí. Me preguntaron muchas veces si no me habría confundido, pero ¿acaso tengo yo pinta de confundirme? —dijo con una risotada áspera y casi inaudible—. Intenté explicar muchas veces que no entendía de dónde había salido el saco de sal y que tenía que haberlo dejado otra persona, aunque fui incapaz de decir quién y no me creyeron. Y, cuando me tratan así, me cierro en banda.

—Para desinfectar la piscina, ¿basta con echar cloro?

—Eso, precisamente, es lo que traté de explicarle a la policía, que no es algo tan sencillo —aclaró, y señaló un cobertizo de madera junto al seto de tuya—. Ahí dentro hay unos contenedores especiales para los productos, y hay que andarse con mucho cuidado con las cantidades. Hace falta mucha química y ajustes para que el agua esté equilibrada. También hay una calefacción para la piscina, pero la señora Laugesen nunca la usaba porque no le gustaba bañarse.

—¿Y la sal del saco la usaba usted para otras cosas?

—Vaya, vaya, usted sí que hace las preguntas adecuadas. ¿Cómo es que habla tan bien danés?

—Vivo en Dinamarca desde que era un niño.

—Ah —repuso el anciano mientras contemplaba los parterres de flores del invernadero—, entonces a lo mejor no le gusta mucho el calor que hace aquí, ¿no? —bromeó con una risotada—. La respuesta es sí y no: el saco era igual que los que usamos para echar sal en el camino de acceso en invierno, pero la que había era mucho más fina de lo normal, no me lo explico.

—Assad, ¿te has enterado de que el Gobierno ha cerrado el país entero? Esta vez el confinamiento empieza mañana —dijo Gordon con la voz temblorosa, como si fuera el fin del mundo—. Cerrarán los colegios, las peluquerías, los grandes almacenes y los centros comerciales. Aún no he podido comprar los regalos de Navidad, ¡quién sabe si podré hacerlo antes de que cierren aún más cosas! ¡Es una catástrofe!

Miró a Rose y a Carl, que parecían mucho menos afectados. A Assad le daba igual; en su casa tampoco tenían pensado celebrar la Navidad.

—Es una pena, la verdad. No será Navidad de verdad si no podemos bailar alrededor del árbol agarrados de las manos, y tampoco podremos cantar, ni podremos juntarnos más de diez personas, creo… —continuó Gordon antes de sentarse en un rincón con cara de echarse a llorar en cualquier momento—. Es terrible, será una tragedia para mucha gente.

Carl asintió con aire comprensivo y, tras la pausa dramática apropiada, se giró hacia Assad.

—¿Qué tal ha ido la excursión a Odense? ¿Tenemos que borrar a Pia Laugesen de la pizarra o qué?

—No. Sigo creyendo que a Pia Laugesen la asesinaron —respondió Assad—. Su hija me contó que trató de que investigaran la muerte más a fondo, pero no lo consiguió. Me enseñó un par de álbumes de recortes. Coleccionaba las entrevistas que le hacían a su madre, y luego siguió con la cobertura de su muerte. Los tengo en mi mesa, voy a echarles un vistazo más tarde.

Entonces, Carl se acercó a Gordon.

—Y tú ¿qué haces aquí aún? ¿No tendrías que salir a comprar los regalos de Navidad mientras puedas? Tus quejidos son insoportables.

Gordon tomó aire y trató de recomponerse.

—Creo que he descubierto algo —dijo— que puede ser el denominador común de los asesinatos, y no tiene nada que ver con Oriente Medio.

Todas las miradas se clavaron en él.

—Ayer fui a almorzar a casa de mis padres, y también vino una pareja de amigos suyos. Todos nos hicimos un test, tranquilos. El marido tiene un negocio de importación de vinos y trajo tres botellas de un blanco Puligny-Montrachet celestial.

—Ay, se me hace la boca agua —dijo Rose.

—Sí, un sabor delicadísimo, y yo bebí bastante, creo que una botella entera, y acabé hablando de más sobre el caso de Pia Laugesen. Dije que lo estábamos investigando y que nos estaba costando mucho porque habían pasado bastantes años desde el 20 de agosto de 2010. —Miró a Carl—. Lo siento, por lo general no hablo nunca de trabajo fuera de estas cuatro paredes.

Carl se encogió de hombros. Si sus compañeros supieran las cosas que él era capaz de decir con una botella de vino blanco en el cuerpo…

—Y entonces la mujer dijo que le parecía una casualidad muy graciosa porque el 20 de agosto es su cumpleaños.

Carl trató de esbozar una sonrisa. Si las casualidades graciosas resolvieran casos difíciles, su exsuegra podría con todos. Gordon continuó:

—Y luego añadió que nunca le había gustado la fecha de su cumpleaños porque es serbia, de Bosnia, y Slobodan Milošević, el culpable de que estallara la guerra de los Balcanes, nació el mismo día que ella.

—¿Y qué? —preguntó Rose.

Gordon miró a Assad.

—Recordarás que Marwa dijo que la fecha de la muerte de Oleg Dudek era la del cumpleaños de Saddam Hussein.

Un silencio momentáneo sobrevoló el despacho.

—Justo antes de que la primera ministra nos diera este disgusto, me he puesto a buscar el 19 de mayo, la fecha en que murió Palle Rasmussen —añadió Gordon con una mirada traviesa, como si hubiera olvidado el desastre de la Navidad cancelada.

—Anda, dilo ya —insistió Rose.

—El 19 de mayo es el cumpleaños de Pol Pot, el camboyano que, junto con los Jemeres Rojos, inició uno de los mayores y más brutales genocidios de la historia. Lo vais pillando, ¿no?

Los demás asintieron. La coincidencia con los cumpleaños de Saddam Hussein, Pol Pot y Slobodan Milošević significaba que era más que probable que los asesinatos se hubieran planeado teniendo en cuenta la fecha de nacimiento de grandes dictadores y genocidas.

32

Pauline

Miércoles, 16 de diciembre de 2020

CUANDO PAULINE SE miró al espejo, un rostro cansado le devolvió la mirada con resignación. Unas arrugas muy marcadas empezaban a surcarle la frente y a enmarcarle las comisuras de la boca. Hacía muchos días que Pauline no sonreía; no había motivos para hacerlo. No tenía nada en la nevera y en la cuenta corriente seguro que tampoco. Su búsqueda de trabajo se había visto truncada por el anuncio del cierre total del país hasta Año Nuevo, y Pauline oscilaba entre la desesperación y la ira.

A partir de las doce del mediodía del día siguiente, una parte importante de los negocios e instituciones del país cerrarían. Sería el broche de oro de un año de mierda y una Navidad de mierda. En todo el país, la gente había tomado por asalto las tiendas, cosa que le parecía una reacción demencial, aunque al menos significaba que, al contrario que ella, tenían dinero para gastar. Ella nunca había ido tan mal de dinero, con los gastos de la casa y de su manutención y sin ningún ingreso para sufragarlos. Hacía meses que se desesperaba y rezaba por una mejora fulminante de sus circunstancias sin ningún resultado. Tampoco ayudó que el único apoyo que pudo ofrecerle su mejor amiga se limitara a palmaditas en la espalda y a darle la razón en todo.

—¿De qué se ha creído el ministro de Cultura que van a vivir los artistas? —le dijo—. ¿De ponerse a recitar Hamlet encaramados a una caja de cerveza en la plaza del ayuntamiento, o de sentarse en las escaleras de alguna iglesia a pedir calderilla como hacían en el sur de Europa?

Pauline contempló con los ojos entornados la caja de zapatos que tenía escondida bajo la cama. Durante veinte años había sido su salvavidas secreto cuando la depresión y las dificultades de la vida la atenazaban. Contenía cartas encendidas de Palle que excitaban sus sentidos y sus fantasías con los vívidos recuerdos del erotismo y la crueldad que habían compartido juntos.

Y le habían robado hasta ese refugio. ¿Y si aquel policía hubiera encontrado la caja? ¿Dirigirían sus sospechas contra ella, retorcerían sus palabras y sus actos para mancillar el amor y el afecto sinceros que había sentido por su tío? Si eso pasaba, tocaría fondo.

Pero, aunque ella no tuviera nada que ver con la muerte de Palle, su mente no pensaba en otra cosa últimamente, sobre todo desde que se enteró de lo de los surcos que tenía en las muñecas. Aquella información confirmaba que Palle pretendía alejarse de ella. Pero ¿qué había pasado? Él jamás se dejaba atar. En una ocasión, en el fragor del momento, Pauline lo amenazó con esposarlo si seguía moviéndose tanto cuando lo azotaba, pero tampoco quiso.

Pauline llevaba varias noches llorando sin parar por su situación desesperada y ante la certeza de que ya nunca obtendría respuestas a las muchas preguntas que tenía sobre su última vez con Palle.

El policía había insinuado más de una vez que Palle no se había suicidado y, aunque a ella le había costado creer desde el principio que su tío hubiera podido hacer algo así, con los años se convenció de que era la verdad. Solo alguien con un lado oscuro como Palle sería capaz de matarse, le repitieron una y otra vez. Pero ¿y las marcas en las muñecas?¿Quién se las había hecho?

Sus pensamientos funestos la llevaban por derroteros de los que más le valía permanecer alejada. En circunstancias normales, se hubiera mantenido ocupada con su ajetreado día a día y su carrera efervescente, pero en esos tiempos tan demenciales estaba a merced de aquellos pensamientos. ¿Habían asesinado a su amado? Y, en ese caso, ¿quién lo había hecho? Si no lo mataron para robarle o por motivos políticos, la única posibilidad era que el culpable perteneciera a su entorno más cercano, y la candidata más probable era su rival, Sisle Park. ¿Por qué no?

Pauline veía cada vez más claro que todo había sido una estratagema de Sisle para destronarla. Sisle era más guapa, más rica, más inteligente, más experimentada, estaba en otra liga y, en un abrir y cerrar de ojos, se había convertido en una amenaza para Pauline. Pero ¿era también una amenaza para Palle? ¿Fueron demasiado lejos?

Pauline sonrió un instante.

«Se va a enterar», pensó.

Sacó la caja de zapatos y se la puso en el regazo. Entre todas aquellas reliquias había un correo electrónico lo bastante anónimo como para que se le pudiera atribuir a Sisle Park o a ella misma. Un correo que insinuaba una relación muy cercana y violenta. Daba igual si Sisle era culpable o no; Pauline se encargaría de que pagara.

Se echó a reír. Aquello era muy liberador.

Sí, Sisle Park iba a pagar. Estaba claro que se lo podía permitir.

Un par de horas después estaban las dos sentadas frente a frente en el corazón de Park Optimizing, en un despacho que era la máxima expresión de la abundancia de mobiliario clásico y cuadros en tonos apagados cuyo precio superaba el de todas las posesiones que Pauline hubiera acumulado a lo largo de su vida.

—Ya sé quién eres, Pauline Rasmussen. No tienes una vida discreta, precisamente.

Sisle Park la contemplaba con la misma expresión que hubiera puesto si el camarero le hubiera servido un plato distinto al que había pedido.

—No te alegras de verme —constató Pauline mientras contemplaba la riqueza de la que pensaba apropiarse.

—¿Y por qué iba a alegrarme? No te conozco de nada, y no tengo nada que hablar contigo. Además, estoy muy ocupada —dijo mientras pulsaba un botón y anotaba algo en una hoja de papel—. Tendrás que ir al grano. ¿Qué quieres? ¿No dijiste que tenías una propuesta de negocio?

—Tengo algo que sé que vas a querer comprar —repuso Pauline mientras echaba la silla hacia atrás e inclinaba la cabeza. Aquella actitud siempre funcionaba en escena, ¿por qué no allí también?—. Dices que no me conoces, pero eso no es del todo cierto, ¿verdad?

Sisle Park miró hacia la puerta y tendió la hoja de papel a su secretaria, que acababa de asomarse.

—Mándalo enseguida, llama al mensajero —le dijo. Cuando volvió a mirar a Pauline, tenía los ojos entornados—. Bueno, suéltalo ya. Aparte de lo que haya podido leer sobre ti, ¿de qué nos conocemos y qué es lo que quieres ofrecerme?

—Sabes perfectamente que soy la sobrina de Palle Rasmussen y que tú me lo robaste. De ahí nos conocemos.

—¡Palle Rasmussen! ¿Se puede saber qué insinúas?¿Que te lo robé? Nunca tuve nada que ver con él, a excepción del interés político que pudiera suscitarme. ¡Por el amor de Dios! ¡Un hombre tan gordo y desagradable! Mírame bien, por favor, ¿para qué quiere una mujer como yo a un hombre como él?

Pauline clavó la mirada en sus ojos altivos. Entonces se recompuso, se sacó el carmín del bolso y se pintó los labios en un tono rojo que era al menos tan intenso como el de su interlocutora.

—Pues por lo que parece, ese hombre gordo y desagradable al que yo amaba te interesaba lo suficiente como para matarlo —dijo mientras se guardaba el pintalabios y evitaba mirarla a la cara para esquivar el ataque que esperaba recibir.

—Madre mía, estás chalada —le dijo—. Mejor dedícate a las tonterías que sueltas en el escenario.

Pauline esbozó una sonrisa torcida. Un segundo después llegó el verdadero golpe.

—Si tienes algo nuevo que decir sobre la muerte de Palle, estaré encantada de llamar a la policía para que puedas contarles tus teorías absurdas.

Pauline asintió sin despegar la mirada de las botas negras de Sisle Park. Si no se equivocaba, eran unas Céline de tacón alto que costaban más de diez mil coronas.

—Mírame, mujer. ¿Quieres que llame a la policía?

Pauline alzó la vista hacia la mano de Sisle, posada sobre el auricular blanco del teléfono.

—Me parece una idea excelente si quieres pasarte quince años entre otros asesinos como tú. También puedes apartar la manita del teléfono y escuchar la propuesta que tengo que hacerte. Te va a costar medio millón, pero te permitirá dar carpetazo al pasado. ¿No te gustaría?

La mano permaneció un instante más sobre el auricular, pero entonces la retiró despacio y pulsó de nuevo el botón para llamar a la secretaria.

«Te tengo», pensó Pauline mientras se sacaba el papel de la bolsa.

Llevaba una hora esperando en una habitación de la planta baja. La secretaria que la había acompañado había sido muy agradable y le aseguró que Sisle Park iría a por ella en cuanto sus quehaceres se lo permitieran. La mujer le señaló un aparador en el que había bombones y café y té en termos, además de botellas de agua.

—Póngase cómoda. Sisle Park me ha pedido que le diga que tiene muchas ganas de aclarar los malentendidos entre ustedes dos.

En el transcurso de esa hora, el estado de ánimo de Pauline había sido como una montaña rusa. De estar convencida de haber golpeado a la mujer con la dura realidad había pasado a creer que las próximas personas que vería entrar por la puerta serían policías uniformados. ¿Y si Sisle había grabado su conversación? Si lo pensaba bien, ¿no era eso lo que haría alguien de su posición?

Medio millón para olvidar el pasado, le había prometido. A aquello también se lo podía llamar extorsión, y se castigaba con penas de cárcel.

Pauline estaba muy enfadada consigo misma. ¿Cómo había podido ser tan tonta? Apretó los puños. «Pero puedes estar segura de que me voy a defender, Sisle», pensó mientras se servía un café.

A la policía le diría que había intentado tenderle una trampa a Sisle, que el inspector Carl Mørck, a quien tal vez conocieran, le había dado a entender que el caso de Palle Rasmussen no estaba cerrado.

Transcurrido un cuarto de hora, empezó a considerar la idea de marcharse. Así Sisle aprendería que no podía tratarla como si fuera un perro de cuya correa podía tirar para que la siguiera a todas partes. Por otro lado, se sentía cada vez más cansada, con los ojos y la boca resecos y una sensación de agotamiento que se le había extendido por todo el cuerpo.

Al mirar hacia arriba, la luz del techo le pareció, de repente, demasiado brillante. Descubrió una hilera de circulitos relucientes. ¿Se trataba de alguna especie de sistema de comunicación de última generación, o eran cámaras de vigilancia?

—¡Hola! —exclamó, convencida de que pronto habría alguna reacción. No podían dejar a la gente esperando mano sobre mano por tiempo indefinido.

Entonces se levantó para abrir la puerta y salir.

Sacudió el pomo un par de veces antes de darse cuenta de que estaba cerrada con llave.

Pauline se quedó mirando el pomo cromado mientras este se volvía más y más borroso.

Cuando por fin entró alguien en la sala, estaba tumbada en el suelo y luchaba por respirar.

33

Lisbeth

1984

—Dices que te sientes preparada para que te demos el alta. ¿En qué te basas para afirmarlo?

Ella trató de dotar a su sonrisa de algo de calidez, consciente de que no tendría ningún efecto en su interlocutor, que ni siquiera la miraba a la cara mientras se rascaba la piel descamada de la ceja y las gafas le resbalaban por la nariz.

Además, ¿quién era ese hombre? ¿Su médico? ¿Uno que estaba de guardia? ¿Un residente? No tenía ni idea.

Inspiró hondo para tratar de captar la primavera, que al otro lado de la ventana prometía paz y descanso.

A lo largo de los catorce meses que llevaba ingresada en diversas instituciones, Lisbeth se había sometido a un aluvión de psiquiatras que habían hurgado en su mente. Algunos se tomaban un tiempo infinito para hacerle las mismas preguntas una y otra vez mientras otros temblaban de cansancio por exceso de trabajo y responsabilidad y no veían el momento de irse a casa. Había visto médicos altos y bajos con un calidoscopio sorprendente y nombres de pila daneses, pero más allá de eso, le parecían todos iguales. Echó un vistazo a la identificación que el médico llevaba en el pecho. «Thorleif Petersen», se llamaba. Quizá él sí tuviera algún poder de decisión. Creía haber oído ese nombre antes, pero no estaba segura.

Entre la gente que había en la sala, solo reconocía a la persona sentada junto al médico: la enfermera de planta. Los otros dos bien podrían ser desconocidos sacados de la calle; ni siquiera llevaban bata.

—Sí, quiero que me den el alta porque ahora me encuentro muy bien. El tratamiento ha funcionado y me veo capaz de seguir con mi vida y volver a la universidad.

El médico miró de nuevo su expediente y asintió.

—Viviste una experiencia terrorífica, y fue un milagro que salieras con vida. Pero esa rabia que se adueña de ti de improviso de vez en cuanto nos hace pensar que aún no has pasado página. Espero que entiendas que, si estamos todos de acuerdo en darte el alta, tendrás que continuar con la medicación, aunque no sé decirte por cuánto tiempo. Quizá para toda la vida.

Ella asintió. Si aquel hombre creía que iba a asustarla, era demasiado tonto para hacer aquel trabajo.

—Bueno, pero hace mucho tiempo ya.

—¿Mucho tiempo de qué? —repuso él mientras se recolocaba las gafas y le clavaba una mirada escrutadora.

—De la rabia. Ya no estoy enfadada, como le he dicho, me encuentro bien.

—En tu expediente pone que el rayo estuvo a punto de matarte, que tu cerebro y tu sistema nervioso central se vieron gravemente afectados, aunque también dice que los médicos de la planta de neurología del Rigshospital no creen que vayas a tener secuelas crónicas, por suerte. Lo preocupante, sin embargo, es cómo te impactó de forma somática y mental.

Lisbeth vio que los demás doctores asentían con autoridad. ¿Acaso se habían molestado en explicarle aquello antes? Lo dudaba, la verdad.

—El expediente también dice que crees que fue la voluntad de Dios que tú sobrevivieras al impacto del rayo y los demás murieran.

—La voluntad de Dios, sí. ¿Qué más?

Él frunció el ceño.

—¿Usted no cree en Dios? —insistió Lisbeth.

Él siguió pasando páginas en su expediente por toda respuesta.

—Me dicen que durante tu estancia aquí has hablado con Dios muchas veces. ¿Oyes voces, Lisbeth?

—¡No!

Él le lanzó una mirada que parecía poner en duda su respuesta.

—No quisiste entrar en detalle cuando te preguntamos por qué creías que tus compañeros de clase merecían el castigo de Dios, ¿cuál es la razón?

—Escúchenme: ingresé por propia voluntad, porque mi madre me convenció. Y ahora ella está muerta y yo me encuentro mejor, así que...

—La muerte de tu madre no parece haberte afectado mucho, ¿verdad?

Se puso las manos en el regazo y se inclinó hacia él.

—Era una mentirosa, así que no. Nuestro amor nunca estuvo basado en algo profundo y duradero.

Otro médico se decidió a intervenir:

—Lisbeth, pasaste un período de tiempo en el que no hablabas de otra cosa que de castigos divinos y de cómo actúa el demonio en la Tierra, casi como una obsesión. ¿Qué dices ahora?

La joven asintió. Por suerte, se había preocupado de dejar de decir cosas así, porque ¿quién era capaz de hablar de cosas profundas en aquel lugar dejado de la mano de Dios?

—Lo superé hace tiempo. Ahora me encuentro bien.

—Entonces, ¿ya no es la agresividad contra los demás lo que te mueve?

Lisbeth se permitió soltar una risita.

—No, para nada.

Los tres médicos asintieron con aire pensativo y escéptico, para gran irritación de Lisbeth.

—Hay otra cosa de la que me gustaría hablar contigo, Lisbeth —dijo el tercer médico—. Debo recordarte también los delirios de grandeza, que parecen haber tenido una gran influencia en tus planes de futuro. Has dicho en numerosas ocasiones que ibas a llegar a lo más alto, que harías cosas importantes y ganarías un montón de dinero. A todos nos está permitido soñar a lo grande y albergar ambiciones, pero todo tiene un límite. ¿Crees que tus sueños se han vuelto algo más realistas, Lisbeth? De lo contrario, la vida fuera de aquí será una desilusión constante que te destruirá hasta unos extremos que no puedes ni imaginar.

Ella sonrió de nuevo, aunque no fue nada fácil. Se encontraba delante de unas personas muy mediocres que no veían más allá de su mundo ordinario y normal, y que nunca llegarían a nada. Y, lo que era aún peor: estaban satisfechos y orgullosos de su insignificancia. Médicos especialistas, padres de familia que trabajaban de nueve a cinco un día tras otro sin ningún atisbo de pensamiento revolucionario, ninguna idea capaz de cambiar el mundo. Hasta que no se jubilaran no serían conscientes de su tediosa existencia y se preguntarían por qué habían acabado así.

—No, ya no tengo esas pretensiones —mintió—. Quiero volver a estudiar Química. No dudo que están al corriente de mis notas y que han hablado con mis profesores, así que ya saben que es mi vocación y se me da muy bien.

Le tocó entonces hablar a la enfermera.

—Yo solo he venido a compartir mis impresiones de tu día a día, Lisbeth. En mi opinión, aquí has estado bien y tu partida apenará a algunas de tus compañeras. Pero también tengo que decir que no has sabido llevarte bien con todo el mundo. Pienso que has sido muy dura con algunas de tus compañeras. Los primeros días de tu ingreso causaste algunas situaciones muy complicadas. Pienso en un incidente en concreto que seguro que recordarás.

Lisbeth asintió. Contaba con que alguien sacara el tema.

—Sí, pero eso fue hace mucho tiempo. Más de un año, ¿verdad? Y me arrepiento muchísimo. No creí que tuviera tanta fuerza.

—Se suicidó, Lisbeth. Fue un suicidio muy desagradable que afectó a nuestra planta durante muchos meses. Algunas de las pacientes empezaron a tenerte miedo, y ese fue uno de los motivos por los que tuvimos que hacer algunos traslados.

—Sé que fue un incidente muy grave, Karen, pero me han hecho falta muchos meses aquí dentro para entender cómo mis palabras pueden afectar a otros enfermos mentales. He aprendido la lección y me arrepiento mucho de lo que pasó —dijo, y miró al suelo con expresión compungida mientras en su fuero interno recordaba el triunfo que sintió al conseguir llevar a aquella pobre loca a clavarse varias veces una aguja de tejer en el corazón. Había conseguido quitar de en medio a una persona antipática que nunca había hecho nada bueno y nunca lo haría, impura de corazón, de palabra y de obra. No había motivos para derramar una sola lágrima por ella.

—Me alegro mucho, Lisbeth, te creo —dijo la enfermera, que intercambió una mirada con los médicos.

A continuación, el primero, el que no dejaba de rascarse la ceja, tomó de nuevo la palabra:

—No podemos retenerte contra tu voluntad, como ya sabrás, pero, en mi opinión, aún no estás preparada para salir y enfrentarte a la realidad —dijo mientras le acercaba un papel—. Puedes firmar aquí para el alta voluntaria y te daremos medicación para cuatro semanas y recetas para cuando se acabe.

Lisbeth asintió.

—Dos pastillas por la mañana y dos por la noche, sí, ya me lo sé.

El chasquido de la puerta de la planta al cerrarse tras ella sonó totalmente distinto al de las veces que salía de permiso o iba a pasar el fin de semana en casa de su madre. Fue como si, a su espalda, todos aquellos meses desaparecieran absorbidos por un agujero negro. Como si aquel chasquido la hubiera devuelto a la vida.

La maletita de ruedas que arrastraba era ligera. La mayor parte de su ropa la había dejado en el armario de la habitación. No quería que le recordara su paso por la clínica. El resto de su vida acababa de empezar.

Se sentía fuerte y preparada para lo que se avecinaba: el momento más importante de su existencia.

Al llegar al callejón arbolado, se metió la mano en el bolso y sacó la bolsita de plástico para examinarla. Ciento veinte píldoras blancas y azules que servían para atontarla, minar su iniciativa, moderar los cambios de humor y amortiguar los recuerdos y pensamientos confusos y destructivos.

Se echó a reír mientras abría la bolsa y arrojaba las pastillas a la grava una a una. Se sentía como en un cuento de los hermanos Grimm: marcando el camino de vuelta al lugar del que venía, al que no tenía intención de volver.

—¡No! —gritó, tan alto que un par de pacientes que disfrutaban de un absurdo paseo al aire libre se giraron para mirarla.

Nunca jamás volvería a permitir que nadie la manipulara, que cambiara quién era y en qué creía.

Aunque fuera lo último que hiciera.

34

Carl

Miércoles, 16 de diciembre de 2020

A DECIR VERDAD, Carl se sentía bastante satisfecho. El confinamiento en todo Dinamarca conllevaría paz y tranquilidad para trabajar. Los equipos del departamento de Homicidios debían trabajar sin mezclarse entre ellos, Mona estaba en casa con la niña, el ambiente navideño había desaparecido en un abrir y cerrar de ojos y, lo mejor de todo: mientras la situación no cambiara, la visita del PET a casa de Assad había quedado postergada indefinidamente porque en esos momentos no se permitía invadir la intimidad ajena sin una causa de fuerza mayor.

Carl abrió una ventana y sacó un cigarrillo. La única cosa en la que aún tenía fe era que la nicotina le daría fuerzas a su sistema inmunológico para plantar cara a las nuevas variantes del coronavirus.

Rose y Gordon repasaban los casos con fecha conocida de la pizarra mientras Assad examinaba los álbumes de recortes de Tytte Laugesen. Carl tenía un buen presentimiento.

Se concentró en los dos cadáveres desenterrados, que estaban rodeados de incógnitas, como, por ejemplo, ¿quién sabía usar jeringuillas de doscientos mililitros con agujas larguísimas? Según sus pesquisas por internet, todo hijo de vecino: agricultores, trabajadores de laboratorios, sanitarios de todo tipo… Encontrar a un proveedor entre tantas posibilidades sería una tarea monumental. El fabricante no podía ayudarlos, puesto que a las jeringuillas se les habían borrado los rasgos distintivos, como el número de lote o el código de barras.

Carl no tenía ninguna duda de que esas dos víctimas estaban relacionadas con los casos de la pizarra, puesto que todos tenían algo en común: la sal. Sin embargo, aquellos asesinatos eran distintos a los demás: como a ambos hombres los habían secuestrado y era posible que no los hubieran matado y enterrado hasta mucho más tarde, la fecha exacta de la muerte era imposible de determinar.

En el caso de Birger Brandstrup, la grabación de una cámara de vigilancia mostraba que alguien lo recogió en un Škoda Superb blanco, tras lo cual nadie volvió a verlo. Durante los primeros años, muchos creyeron que podría ser una desaparición voluntaria, casos así no eran ninguna novedad. Tal vez se hubiera pasado años ahorrando en secreto para irse a vivir a cuerpo de rey a Tailandia o a algún otro país exótico.

Pero habían descubierto que se equivocaban.

Con Franco Jensen, la teoría general era que se había suicidado. El 4 de noviembre de 2016 fue a la playa tras un largo día de trabajo normal y corriente, como solía hacer para darse un baño vigorizante en el agua helada. Pero cuando no regresó a la hora de la cena, su familia empezó a preocuparse y fueron a buscarlo a la playa, donde encontraron toda su ropa pulcramente doblada en la orilla, por lo que dedujeron que se había metido en el agua desnudo, cosa que les pareció extraña, ya que era un hombre bastante pudoroso. En ese momento empezaron a temer que se hubiera ahogado.

Sus chequeos médicos regulares indicaban que era un hombre que gozaba de excelente salud, siempre sano y fuerte como un roble. Sin tener más detalles, la hipótesis que había cobrado más fuerza fue que el supuesto ahogamiento podía deberse al suicidio o a que le había dado un calambre en el agua fría, y con eso se cerró la investigación. Y, como nunca se encontró un motivo plausible para el suicidio, acabó por concluirse que todo había sido un trágico accidente y que la fuerte corriente se lo había llevado mar adentro. Eso había creído todo el mundo hasta el día que lo sacaron de una zanja en Skævinge.

Dos cadáveres enterrados por separado. ¿Por qué los habían matado, y por qué el asesino había sido tan discreto en comparación con las muertes de la pizarra?

¿Se trataba de una nueva estrategia del asesino, que prefería actuar con más prudencia? La sal que dejaba cerca de sus víctimas era una especie de tarjeta de visita, algo que indicaba un cierto deseo de reconocimiento. Los elementos simbólicos como ese solían ser la única pista fiable en los casos de asesinos en serie, como habían aprendido de casos de otros países, y era lo único a lo que podían aferrarse. Se había cometido un asesinato cada dos años en fechas ordenadas cronológicamente y, además, estaba lo de la sal. Había pistas por todas partes que podían resultar muy peligrosas para el asesino y, sin embargo, ellos no podían estar más perdidos.

Gordon entró en el despacho de Carl con unas manchas oscuras de humedad en las axilas y otras rojas de excitación en las mejillas, por lo general paliduchas. Iba seguido de Rose y Assad, en idéntico estado de agitación.

Gordon ni se sentó antes de soltar:

—El taller de Ove Wilders saltó por los aires el día del cumpleaños de Nicolae Ceauşescu; Oleg Dudek, como dijo Marwa, murió el día del cumpleaños de Saddam Hussein; Bente Laugesen se ahogó el día del cumpleaños de Slobodan Milošević y Palle Rasmussen, el de Pol Pot, y podemos añadir que el traficante de armas Carl-Henrik Skov Jespersen fue asesinado el día del cumpleaños de Idi Amin.

Por una vez en la vida, Carl tuvo que rendirse a la evidencia.

—Esto no puede ser casual —dijo.

—¡Pues claro que no! Cinco de los mayores genocidas de la historia en la misma pizarra no es ninguna coincidencia, Carl, eso ya lo hemos dejado bien claro.

Assad esbozó una gran sonrisa.

—Ahora no tenemos más que buscar casos en años pares como, por ejemplo, 1990, 1992, 1994 y 1996, para rellenar los huecos entre los asesinatos que ya tenemos, y hacer una lista de las fechas de nacimiento de los mayores monstruos de la humanidad.

—Y si eso no nos lleva a nada, Carl, porque no te veo muy convencido, al menos habremos aprendido algo de historia —dijo Rose.

Carl se dijo que, si existiera una escuela de la vida para afilar la sorna y el sarcasmo, Rose se habría graduado con matrícula de honor.

35

Pauline

Miércoles, 16 de diciembre de 2020

DETECTÓ MOVIMIENTO A su alrededor. Pasos de varias personas, la puerta que se abría y se cerraba. Voces que hablaban en tono insistente y manos que la agarraban de los hombros y la sacudían con delicadeza. Tomó aire profundamente un par de veces y abrió los ojos despacio para descubrir a dos siluetas femeninas tras las cuales Sisle Park la contemplaba con una mirada difícil de interpretar.

—Me encuentro muy mal —dijo—. Creo que voy a… —Una oleada de náuseas la sacudió desde el abdomen y, sin más preámbulo, vomitó.

Las dos mujeres que tenía delante se apartaron y contemplaron con asco la ropa elegante que llevaban puesta.

—Perdón —dijo Pauline antes de volver a vomitar.

—Toma, un vaso de agua —dijo Sisle Park, que se puso delante de las otras dos. ¿De dónde había sacado ese vaso?

Pauline bebió con ansia y el agua le sentó bien. Los párpados ya no le pesaban, su estómago se estabilizó y ella pudo observar el lugar en el que se encontraba.

—¿Por qué me has encerrado? —preguntó.

Sisle Park ladeó la cabeza, y Pauline no supo si lo hacía para pensar o porque se disponía a agredirla.

—Me has echado algo en el café, Sisle. ¿Por qué? —insistió mientras miraba a las otras dos mujeres. ¿Era sorpresa lo que veía en sus ojos? ¿Iban a ayudarla?

No. Las tres sonrieron, cosa que Pauline no se esperaba. Sisle Park tenía una expresión relajada, igual que las otras dos.

—Pauline, antes de nada quiero decir que siento mucho que lo interpretes así. Esa puerta de ahí se cierra por fuera, y a nadie se le ocurrió dejarla abierta, cosa que lamentamos profundamente. En lo que respecta al café, es el mejor arábica etíope que se puede comprar con dinero —dijo mientras se acercaba al aparador para servirse una taza—. Caliente y suave, como debe ser. Tal vez tengas un virus intestinal haciendo estragos, ahora mismo hay uno que corre por ahí.

Sisle dio un par de sorbos y, a continuación, dio las gracias a sus acompañantes y les dijo que podían marcharse.

Pauline sintió que la cara se le cubría de sudor al verlas marchar. Trató de levantarse, pero Sisle le puso una mano en el hombro e insistió en que era mejor que descansara.

Pauline se zafó.

—Habéis cambiado el café mientras yo estaba inconsciente, ¿me tomas por tonta?

Sisle Park permaneció impasible, pero su tono de voz se endureció.

—Voy a decirte algo, Pauline, y no pienso repetirlo. Estoy harta de tus acusaciones e insinuaciones. —Agarró una silla para sentarse delante de ella—. Quiero que me enseñes eso que llevas en el bolso y que quieres usar para amenazarme.

Pauline ya había experimentado en otros momentos de su vida cómo un estado de ánimo podía ponerse del revés con una sola mirada, un gesto, una palabra. Cómo el amor se convertía en odio de repente, cómo el afecto se tornaba en indiferencia, o la tristeza, en alegría.

En ese momento, su agresividad se esfumó para dar paso al miedo. Sisle tenía todas las de ganar: era mucho más alta que ella, estaban en una habitación cerrada y aislada… Más le valía echarse atrás y reconocer que todo había sido un farol. Si no lo hacía, sospechaba que acabaría mal.

—Lo siento, Sisle. Es verdad que he venido a extorsionarte, pero en realidad no tengo nada de valor. Estoy en un momento muy jodido, lo he hecho por pura desesperación.

—Ya veo. Me has acusado de asesinato, y eso es una cosa muy seria.

—Lo siento muchísimo, me lo he inventado todo.

—¿Y qué es lo que llevas en el bolso?

—Esto, nada más —dijo, y le tendió la hoja de papel. Sisle leyó el correo electrónico con detenimiento y la miró de nuevo.

—Yo no tengo nada que ver con esto —dijo—. Este mensaje iba dirigido a ti, ¿no?

Pauline se encogió de hombros.

—No me acuerdo, pero es posible.

—Creo que será mejor que me lo quede yo para que no puedas volver a hacer mal uso de él.

Pauline siguió con la mirada cómo doblaba el papel y se lo guardaba en el bolsillo. Le pareció un gesto muy extraño y se puso muy nerviosa, pero no había nada que pudiera hacer al respecto.

—Es cierto que la situación ahora mismo es crítica y nos afecta a todos —continuó Sisle—. Es la tercera vez que tengo que mandar a mis trabajadores a casa, aunque sé que nos las apañaremos. Tenemos suerte porque nosotros no producimos nada, somos, por así decirlo, una empresa mayorista y nuestro producto es la información, así que nuestros clientes nos necesitan. Tu realidad es muy distinta a la mía, eso está claro y, aunque te has pasado de la raya, en cierto modo te entiendo.

«¿Y qué me vas a hacer?», pensó Pauline.

—No puedes irte sola a casa en tu estado, ¿no?

Pauline se levantó y se echó el bolso al hombro.

—Sí, sí, claro que puedo. Me encuentro bien.

Dos arrugas se dibujaron en el rostro por lo demás totalmente liso de Sisle.

—Ni hablar. ¡Te llevo en coche!

«No puedo meterme en un coche con ella», pensó Pauline, y rechazó el ofrecimiento con educación, pero la otra insistió y la agarró fuerte del brazo.

Recorrieron pasillos largos y grises, y subieron unas escaleras hasta llegar al aparcamiento poco iluminado y mojado por la lluvia.

«No pienso meterme en ese coche», se dijo Pauline mientras escrutaba las inmediaciones.

El edificio de oficinas estaba rodeado por un parque y un barrio residencial de grandes casas con ventanales iluminados.

—Entra, Pauline —oyó que le decía Sisle Park desde el otro lado del Mercedes reluciente.

Pauline agarró la manija y abrió la puerta despacio, pero en cuanto oyó el portazo del lado del conductor, tiró el bolso al suelo y echó a correr.

Desde el coche, Sisle le gritó que se detuviera, pero Pauline no obedeció. Si se metía en ese coche, quedaría a su merced por completo.

A su espalda, el vehículo se puso en marcha y aceleró con el chirrido típico de los coches híbridos sobre el asfalto mientras los neumáticos salpicaban agua de lluvia.

Pauline echó a correr hacia la calle residencial más cercana, flanqueada por una hilera de verjas de hierro forjado con portones automáticos. En ese entorno de riqueza y autosuficiencia, nadie dejaría entrar a una desconocida.

Unos cincuenta metros más adelante, entre dos mansiones encaladas de blanco, discurría un caminito, y Pauline determinó que era su única vía de escape. Detrás de ella, el Mercedes se detuvo con un chirrido de los neumáticos. Oyó que la puerta se abría y el sonido inconfundible de unas piernas largas enfundadas en botas de tacón alto que corrían por el asfalto. Sisle le gritaba que estaba loca, que no tuviera miedo, que solo quería llevarla a casa, pero Pauline no se detuvo. De repente, dejó de oír los pasos que la perseguían y miró atrás para descubrir que, a pesar de la lluvia, Sisle se había descalzado y corría en calcetines con las botas en la mano.

«No se atreverá a hacerme nada en una calle bien iluminada —se dijo Pauline mientras la otra le pisaba los talones—.

¿Y si me paro en la primera calle amplia que encuentre y me pongo a gritar tan fuerte como pueda?»

Pero la siguiente calle estaba también flanqueada por verjas inexpugnables. ¿Quién iba a oírla? ¿Quién iba a levantarse del sofá? ¿Quién iba a renunciar a la seguridad de su barrio de ricos para ayudar a una desconocida que chillaba pidiendo ayuda? ¿Traspasarían sus gritos las ventanas insonorizadas?

Su perseguidora le había ganado tanto terreno que oía el chapoteo de sus pies en los charcos. Miró atrás un segundo justo cuando Sisle doblaba la esquina de la acera izquierda de la calle. Apenas las separaban cincuenta metros, así que, a menos que cruzara la calle de nuevo y se metiera por uno de los caminitos del lado opuesto, Sisle la alcanzaría antes de la siguiente bocacalle.

Enfiló un caminito empedrado entre dos setos muy altos mientras oía que la respiración entrecortada de Sisle se le acercaba cada vez más. Llegó a una plazoleta rodeada de más casas protegidas con verjas. ¿Qué camino debía tomar? ¿Mejor seguir por el de la izquierda, o por el que rodeaba las casas?

—No voy a hacerte nada, Pauline, ¡para de una vez! —gritó Sisle, casi sin aliento. El redoble de sus pasos sobre los adoquines enmudeció.

Pauline se giró para mirarla. Sisle Park se había detenido a unos veinte o treinta metros de ella con las manos caídas a los lados, empapada de los pies a la cabeza y respirando con dificultad. Pero Pauline sabía que la mujer estaba en una forma excelente y no se dejó engañar. En un segundo se abalanzaría sobre ella.

—Vamos al coche y te llevo a casa. Lo he dejado a dos calles de aquí. No seas tonta, Pauline.

—¿Tonta? —repitió Pauline. Imposible que hubiera dejado el coche tan cerca, ¿qué pretendía? ¿Llevarla a algún rincón oscuro donde podía pasar cualquier cosa? ¿Y si había pedido ayuda? ¿Había alguien esperando para echársele encima? ¿Y si Sisle se las había arreglado para hacerla ir justo donde quería?

Pauline ya no entendía nada, pero había corrido tanto como podía y no pensaba parar.

Al echar a correr hacia el lado opuesto, descubrió que Sisle estaba en mejor forma de lo que sospechaba; en un segundo se le acercó tanto que casi podía agarrarla. Pauline oteó con desesperación el camino en busca de una casa a la que acercarse.

—¿Qué haces, Pauline? —exclamó Sisle a su espalda—. ¿Qué te pasa? El coche está por el otro lado.

Entonces descubrió que al final del camino había una casa desprovista de aquellas verjas despiadadas. Estaba en un terreno algo más elevado, y las ventanas iluminadas y la preciosa escalinata de mármol le daban el aspecto de un oasis salvador.

Sin titubear, echó a correr escaleras arriba hasta llegar a la puerta principal, que aporreó entre gritos como si pretendiera emular el clamor de las trompetas en las murallas de Jericó y echarla abajo.

Funcionó. Justo cuando Sisle llegaba a su lado, la puerta se abrió y un hombre alto de aspecto amistoso y facciones torcidas apareció al otro lado.

Las miró perplejo un instante y entonces se dirigió a Sisle, que acababa de agarrar a Pauline de la chaqueta.

—Sisle —exclamó—. ¡Si casi no puedes respirar! ¿Venís de correr?

Pauline se quedó helada. ¿Se conocían?

—¿Puedo entrar? —preguntó Pauline al ver a una mujer en segundo plano que bajaba por la escalera que conducía al primer piso.

El hombre se apartó y las invitó a pasar con un gesto.

—Perdona, Adam, que vengamos así, sin avisar —oyó que Sisle decía a su espalda—. Es que a Pauline le ha dado un ataque de pánico. Cree que voy a hacerle daño.

El hombre mantuvo por un instante una expresión de extrañeza, pero entonces sonrió.

—Qué cosas —dijo, y entonces se giró hacia la mujer que acababa de bajar por la escalera—. Sisle es la persona más encantadora que conocemos, ¿verdad, Debora?

Pauline sintió alivio cuando aquel hombre llamado Adam se ofreció a llevarla a casa después de hablarlo con su mujer.

—Ven tú también, si quieres, Sisle, y luego te dejo en tu coche.

—Buena idea —dijo ella—. Ahora mismo, lo único que quiero es que Pauline llegue a casa de una pieza. ¡Menudo día has tenido! —le dijo mientras le daba unas palmaditas en el hombro desde el asiento trasero.

«Habré perdido la batalla, pero no la guerra —se dijo Pauline al ver un atisbo de la cara de Sisle por el retrovisor—. Quizá no sea la mala de la película, al fin y al cabo. Si lo fuera, Palle no habría…» Perdió el hilo cuando su humilde casa apareció ante ellos.

—Entenderé perfectamente que no quieras ayudarme después de lo que ha pasado hoy, Sisle —le dijo—. Pero necesito preguntarte si podrías hacerme un préstamo hasta que las cosas me vayan mejor.

Por el retrovisor, vio que Sisle se lo pensaba, pero en cuanto pisó el salón de Pauline le dijo que sí.

—Firmaremos un acuerdo informal, ¿de acuerdo, Pauline? ¿Cuánto necesitas? ¿Cien mil coronas?

Ella no pudo evitar resoplar por la sorpresa. El pulso se le disparó y sintió que se mareaba, como si no le llegara suficiente oxígeno al cerebro.

—Parece que te encuentras mal otra vez, tienes que descansar. Ahora mismo escribiré el acuerdo, quizá así te quedes más tranquila. Voy a acompañarte a la cama.

—¿No tienes algo que te ayude a tranquilizarte? —preguntó Adam, solícito.

Pauline miró a Sisle, que se había sentado delante de su escritorio y garabateaba en una hoja de papel.

—Sí, en el armarito del baño tengo algunos somníferos, pero creo que mejor me tomaré un diazepam, ahora mismo no puedo ni pensar. Hay píldoras de dos y cinco miligramos, creo que con una de dos me bastará.

Él salió de la habitación con una sonrisa y regresó con un vaso de agua y dos píldoras.

—Son de dos miligramos, pero creo que con una no tendrás suficiente. ¡Toma!

Pauline se echó hacia atrás y engulló las dos pastillas. En un santiamén, la desesperación que había sentido esa misma mañana se volvió insignificante. Aún quedaba bondad en el mundo.

—Tómate otro vaso de agua, Pauline —le dijo al poco rato, cuando Sisle se le acercó con el papel en la mano.

Vació el vaso de un trago y tardó un poco en darse cuenta de lo amarga que le supo el agua.

36

Carl

Jueves, 17 de diciembre de 2020

TRABAJABAN EN MIL cosas a la vez.

El caso de Ragnhild Bengtsen había vuelto a manos de Manfred, el segundo de Bente Hansen, que ya había regresado de su cuarentena, con lo cual el Departamento Q podía concentrarse en los casos de la pizarra. Assad repasó los álbumes de recortes de Tytte Laugesen, y mientras Gordon y Rose seguían su propio orden del día con sus cábalas sobre las fechas de la pizarra, Carl dedicaba toda su atención a los dos cadáveres hallados en Skævinge. Al mismo tiempo que el resto del país se veía obligado a reinventar las tradiciones navideñas para ajustarse a las circunstancias, el pequeño equipo estaba desbordado de trabajo.

Mona seguía en casa con Lucia mientras se esforzaba en vano para convencer a su hija mayor, Mathilde, de que celebrara la Navidad con ellos. En otro orden de cosas mucho peores, Hardy, Morten y Mika seguían enclaustrados en la clínica suiza con un presupuesto que estaba a punto de agotarse. Hardy había hecho grandes progresos, pero ¿de qué servirían si no podía continuar el tratamiento? Carl recibió las noticias de Suiza con gran tristeza. Parecía que, en la que se suponía que era la época más alegre del año, nadie lo estaba pasando bien.

A pesar de que su nivel de energía estaba en la reserva, Carl revisó los informes de la autopsia de los cadáveres exhumados en Skævinge y los comparó con las fotografías y los informes de la desaparición de ambos hombres.

El tal Frank «Franco» Svendsen nunca fue un santo, y su aspecto no desmentía en absoluto esa impresión. Era corpulento, fortachón y exhibía una sonrisita perenne de suficiencia en los labios que no parecía albergar arrepentimiento alguno por las desgracias que había causado en el mundo. En el momento de su muerte, su empresa se disponía a desguazar una docena de barcos de procedencia dudosa en Bangladesh, a pesar de la alarma por el alto índice de mortalidad entre sus trabajadores, debido a las jornadas laborales extenuantes y a los restos de productos químicos que se habían transportado en las naves. Sin embargo, a Franco Svendsen le resbalaban todas las quejas y denuncias y solo le preocupaban las enormes sumas de dinero que ganaba. Cuando la gente tenía residuos de los que era ilegal deshacerse en los antiguos países del Bloque del Este o en la Unión Europea, él se encargaba de encontrar soluciones en el resto del mundo. Raras veces se documentaba cuál era el destino de esos residuos, pero unas minas abandonadas en el territorio de la República Centroafricana se habían llevado una buena parte. Hasta la desaparición de su dueño, la empresa de Franco Svendsen funcionaba a las mil maravillas, algo nada fácil después de todas las sentencias condenatorias que le habían caído en los ochenta por delitos ecológicos.

A pesar, o tal vez debido a su falta de escrúpulos, Franco Svendsen era el tipo de hombre al que le encantaba aparecer en los periódicos, donde posaba ante sus viñedos en Francia y Argentina para exhibir una fortuna amasada sobre las penurias y la tragedia ajenas.

«El mundo no echará de menos a ese gilipollas», pensó Carl, aunque enseguida se regañó para sus adentros. En un Estado de derecho, hasta los más gilipollas merecían vivir, si no por ellos, al menos por respeto a la humanidad en la que ellos se habían cagado.

Contempló las imágenes de los cadáveres sobre la mesa de autopsias. Era evidente que había sido un hombre corpulento, a juzgar también por sus fotografías en vida, pero al contemplar

235

la foto del cuerpo, le surgió una duda. Si bien el hombre llevaba varios años enterrado, el efecto conservante de la sal debería haber permitido intuir en qué estado se encontraba cuando lo enterraron, ¿no?

Carl levantó el móvil para llamar al forense.

—En el informe no anotasteis el peso del cadáver cuando lo enterraron. ¿Es porque se os olvidó?

El forense rio, cosa que casi nunca hacía.

—¿Cómo vamos a saberlo, Carl? Apenas podemos hacer un cálculo aproximado.

—Vale, pero ¿tú qué crees? En la mesa de autopsias no veo más que piel y huesos. ¿Puede ser que hubiera adelgazado mucho cuando lo mataron?

—Sí, creo que sí. No sabemos exactamente cuándo murió, es posible que perdiera peso mientras esperaba a que se lo cargaran.

—Gracias, es justo lo que pensaba —dijo Carl, que no se olvidó de darle las gracias por el resto del informe. Era muy importante tener contentos a sus contactos.

Carl puso las dos fotos una junto a la otra. El cadáver demacrado y el hombre vivo y fuerte. Por más que se partiera los cuernos, las piezas no acababan de encajar.

«Menuda pesadilla —pensó—. Su verdugo prácticamente lo mató de hambre antes de clavarle la jeringuilla.»

Carl encendió un cigarrillo y se asomó a la ventana para que el aire se llevara el humo. El infierno pandémico del mundo exterior parecía muerto y gris, como si se hubiera quedado parado. Todas las naves industriales recién reformadas de los alrededores parecían abandonadas. La enormidad del aparcamiento era grotesca sin coches que lo llenaran, y un único conductor solitario se aventuraba por la carretera que llevaba a Sydhavn.

Carl cerró la ventana y agarró el otro dosier de la mesa. A juzgar por las fotografías, el fallecido Birger Brandstrup no podía ser más distinto a Frank «Franco» Svendsen. «Un tío bueno», se podía decir de él, aunque llevaba varios años casado con la misma mujer, así que se podía deducir que, o bien no sacaba partido de su apariencia, o sabía mantener sus canas al aire en secreto. Había sido la víctima preferida de la prensa semanal durante mucho tiempo, y no se perdía ni un sarao. Su marca personal eran los coches veloces y caros, y su aura irradiaba tal sensación de velocidad que debía de haberle resultado difícil mantener los pies en la Tierra.

Su cadáver no podía ofrecer una imagen más alejada de sus fotos en vida. También él parecía esquelético, seguramente a causa de una dieta forzada que ningún dietista hubiera recomendado jamás.

Sabía que Birger Brandstrup se ganaba la vida con las apuestas y el juego por internet. Carl nunca había jugado, ni siquiera las apuestas deportivas le llamaban la atención. Cuando pasaba por delante de un despacho de quinielas que garantizaba a los jugadores unas ganancias del ochenta y cinco por ciento, se partía de risa porque solo el crédulo más ingenuo picaría. ¿Por qué no se les ocurría pensar que lo único garantizado era que perderían un quince por ciento? Dicho así, ya no sonaba tan atractivo.

Birger Brandstrup era, además, un especialista consumado a nivel nacional en el arte de atraer a un público con ganas de jugar y vaciarle los bolsillos.

Carl sabía que había un gran interés político en regular el juego, de modo que, tarde o temprano, aquellos anuncios ridículos de apuestas y casinos *online* acabarían por desaparecer. La cuestión era que la ludopatía, el insomnio y el tiempo perdido en el juego se habían convertido en una problemática social que no beneficiaba a nada ni a nadie, a excepción de a la gente como Birger Brandstrup y sus cuentas corrientes.

Carl meneó la cabeza. Ahí tenía a otro hombre del que el mundo podía prescindir.

Unos golpecitos discretos en la puerta llamaron la atención de Carl, que se topó con una sonrisa taimada.

—¿A qué viene esa cara, Rose? —le preguntó mientras ella entraba en el despacho—. ¿Han vuelto a abrir la cafetería?

—¡No seas imbécil! Resulta que Gordon y yo acabamos de elaborar una lista de personas que cometieron crímenes atroces contra la humanidad nacidos entre agosto y diciembre.

—¡Muy bien!

—Empezamos por el 20 de agosto, el día en que encontraron a Pia Laugesen ahogada y también la fecha de nacimiento de Slobodan Milošević.

Carl dejó el informe de Brandstrup sobre la mesa.

—Eso ya lo sabíamos.

Ella asintió sin perder la sonrisilla.

—Ya, pero es que averiguamos que el dictador español Francisco Franco nació el 4 de diciembre, y no dejo de pensar que a Frank Svendsen, apodado «Franco», es probable que lo asesinaran el 4 de diciembre de 2016, más de un mes después de su desaparición. ¿Qué te parece?

Carl alargó la mano en busca del tabaco, pero Rose lo frenó con una mirada.

—No he terminado, Carl. También hemos averiguado que el mayor cerdo genocida de la historia, el dictador y verdugo de la Unión Soviética Josef Stalin, nació el 18 de diciembre. ¿No te parece, pues, que cae por su propio peso que a Birger Brandstrup lo mataran ese día en 2018, tres semanas después de su desaparición?

Carl echó mano de nuevo de la carpeta de Brandstrup. Si la hipótesis era cierta, antes de matarlo lo habían retenido durante menos tiempo que a Frank Svendsen. Tal vez aquello explicara por qué el cadáver de Svendsen estaba más consumido.

—Diles a Gordon y a Assad que vengan —dijo el inspector, que aprovechó el minuto que Rose tardó en ir a buscar a los otros dos para pensar. Habían hecho un gran descubrimiento y el patrón estaba cada vez más claro, pero ¿adónde llevaba?

Sus tres compañeros sonreían de oreja a oreja al entrar en el despacho. El pelo de Assad parecía más revuelto que de costumbre por la excitación.

—Antes que nada, os quería felicitar: habéis hecho un trabajo de primera, muchísimas gracias. Parece que por fin hemos conseguido detectar un patrón y tal vez un perfil del asesino, ¿estamos todos de acuerdo?

—Y ahora deberíamos poder rellenar los campos vacíos de toda la pizarra. Si nos guiamos por las fechas de nacimiento de dictadores y tiranos, podremos acotar mucho la búsqueda de muertes en los años que faltan. Solo tenemos que encontrar a las víctimas, es el mundo al revés —dijo Gordon con una sonrisa.

Carl le devolvió la sonrisa.

—El pobre Frank «Franco» Svendsen tuvo que morir el día del nacimiento de su tocayo, pero eso no puede ser una coincidencia, ¿verdad?

—Tal vez —respondió Assad—, pero a lo mejor lo eligieron entre otras posibles víctimas precisamente por su apósito.

Gordon le dio unas palmaditas en la espalda entre carcajadas.

—Ya vuelves a mezclar palabras, Assad. Se dice «apodo».

Assad le lanzó una mirada de reproche. ¿Ahora Gordon también se permitía corregirlo igual que los demás?

—¿Apodo? No lo entiendo. Es un nombre que se te pega, como un apósito.

—Pero ¿por qué elige esas fechas el asesino? ¿Qué simboliza todo esto?

—Quizá pretende llamar la atención sobre la maldad en el mundo —sugirió Gordon.

—Está claro que las víctimas no eran angelitos —dijo Rose—. Yo, al menos, ni loca los querría de amigos.

«Ah, pero ¿Rose tiene amigos?» se preguntó Carl, aunque tuvo que admitir que tenía razón.

—Si nos basamos en vuestra lista de cumpleaños de personajes infames, tal vez podamos encontrar a las víctimas de los nueve años que aún tenemos vacíos entre 1988 y 2018, pero recordad que es posible que se produjeran varias muertes dudosas en esas efemérides, así que tenemos que centrarnos en casos que tengan alguna relación con la sal.

—Creo que empezaré con el cumpleaños de Adolf Hitler, ¿a que es buena idea? —saltó Rose.

Assad y Gordon estuvieron de acuerdo.

Carl no se encontraba muy fino. ¿Era sudor lo que sentía bajo las axilas y en la frente? Constató que sí lo era con un muy mal presentimiento.

—Hay algo que me reconcome —dijo—. ¿Y si esta pesadilla aún no ha terminado? La última víctima que tenemos murió el 18 de diciembre de 2018, pero ¿qué pasa con 2020? Si tiene que morir alguien este año, será después del 18, y no falta mucho. ¿Qué genocidas nacieron los últimos trece días del año, lo sabéis?

Lo miraron como niños pillados en falta. Visiblemente incómodos, los tres sacaron los móviles a la vez y empezaron a teclear, incapaces de esperar.

Tras un minuto de frenético tecleo, los tres se detuvieron al mismo tiempo. Rose tomó la palabra:

—Mao Zedong, el mal llamado presidente de China, culpable de todo tipo de crímenes contra su propio pueblo y con el peso de millones de muertos en la conciencia —dijo en tono seco—. Su cumpleaños es el 26 de diciembre.

Carl comprobó la fecha en su reloj. Si el patrón era cierto, en ese preciso instante una persona estaba encerrada y muriéndose de hambre mientras ellos estaban ahí de charleta.

Una persona que iba a morir dentro de nueve días.

37

Carl

Jueves, 17 de diciembre de 2020

¿QUIÉN ERA LA víctima que iba a morir el día después de Navidad?

¿Estaría encerrada y pasando hambre, tal vez sin saber lo que iba a suceder y sin poder hacer nada por evitarlo? ¿O tal vez estaba con sus seres queridos, sin sospechar que aquella sería la última Navidad que pasarían juntos? ¿O tal vez se trataba de un lobo solitario que vivía en su mundo sin ser consciente del peligro que lo acechaba? Carl estaba convencido de que una de esas tres opciones era correcta, pero ¿cuál de esas tres posibles víctimas era la que moriría? ¿Cómo iban a encontrarla a tiempo? No serviría de mucho correr la voz de que buscaban a una persona imbécil y mezquina, la verdad.

Carl estaba seguro de que el asesino ya había seleccionado a su víctima, quizá desde hacía mucho tiempo, y sabía también que evitar el asesinato estaba en manos del Departamento Q, aunque no se le escapaba que las posibilidades de conseguirlo eran más bien escasas.

«¿Se puede ignorar el derecho a la vida de alguien si existe la menor posibilidad de salvársela?», le había preguntado Mona no hacía mucho, consciente, igual que él, de que eso implicaría trabajar día y noche, incluso en festivos, y que se quedaría sola con Lucia.

A pesar de la perspectiva de trabajar a destajo y quedarse sin Navidad, Rose no dudó en hablar en nombre de todos y ofrecerle su apoyo.

—Estamos contigo, claro —le dijo, y todos se pusieron a trabajar como posesos durante horas para enfatizar su compromiso.

Gordon se encargó de averiguar más datos sobre los casos que ya tenían. Rose, por su parte, se ocupó de encontrar los casos que faltaban. Para rellenar los campos vacíos de la pizarra, necesitaría invertir el orden de los factores: partiría de la fecha de nacimiento de dictadores y genocidas que encajaran en el patrón que habían descubierto y, a continuación, buscaría casos de muertes sospechosas que coincidieran con esas fechas, tras lo cual analizaría con detenimiento los casos y las víctimas con la esperanza de dar en la diana. ¿Con quién se relacionaban las víctimas, a qué se dedicaban, de qué podían ser culpables? Si tenía suerte, tal vez el asesino se revelara entre toda esa información.

Y mientras Rose se afanaba con eso, Assad se concentró en los cabos sueltos, como el álbum de recortes de Pia Laugesen o el ordenador de Palle Rasmussen. Y, en cuanto terminara, se pondría a ayudar a Carl.

Faltaban nueve días para que asesinaran a alguien y su deber y responsabilidad era intentar evitarlo. Los cuatro estaban de acuerdo en que, si el asesinato estaba bien planificado, cosa que parecía evidente a la vista de todo lo que ya sabían, sería una tarea casi imposible a menos que dieran pronto con un sospechoso. Al mismo tiempo, concluyeron que el asesino había cambiado de método a lo largo de los años; se había vuelto más precavido, más preocupado por controlar hasta el último detalle para que nada saliera mal. Era evidente que estaba menos dispuesto a exponerse que antes, y por ese motivo la sal ya no tenía una presencia tan evidente en los asesinatos más recientes, como demostraba el hecho que, en los dos últimos, esta estaba escondida junto a los cadáveres, cuyas muertes eran imposibles de calificar como accidentales. La ejecución de Franco

Svendsen y Birger Brandstrup, y tal vez la de otros, se había producido después de un secuestro, y si partían de la idea de que aquel se había convertido en el método predilecto del asesino, tal vez tuvieran posibilidades de localizar a la nueva víctima potencial antes de su ejecución.

Y esa fue la tarea que Carl se asignó.

Al dirigirse al despacho de Marcus, Lis, la secretaria, que parecía preocupada, lo detuvo.

—Carl, que no salga de aquí, pero me han encargado fotocopiar todo lo que tenemos sobre el caso de la pistola de clavos —dijo mientras le señalaba un gran montón de papeles apilados sobre su mesa—. No sé cómo lo ves tú, pero a mí me parece un poco raro. —Entonces le acarició la mejilla y le dedicó una sonrisa triste—. Solo quería decirte que tienes que cuidarte.

Carl asintió, algo descolocado por aquel gesto tan tierno. Pero Lis era así, qué se le iba a hacer.

Al fin y al cabo, él había leído la dichosa documentación sobre el caso de la pistola de clavos del derecho y del revés, ¿por qué debería preocuparse?

POR SUPUESTO QUE Marcus Jacobsen comprendió de inmediato la seriedad de la situación. Durante los muchos años que había pesado sobre su conciencia la trágica muerte accidental del hijo de Maja en la explosión del taller de Ove Wilders, había creído siempre que aquel terrible crimen era un suceso aislado. Pero la evidencia de que no era más que un eslabón en una larga cadena de asesinatos que seguía un patrón concreto era imposible de ignorar. Marcus tenía la certeza de que la hipótesis que barajaba el Departamento Q era correcta, y que Carl y su equipo luchaban a contrarreloj para evitar que otra víctima acabara en la pizarra.

—Dices que has repasado todas las desapariciones del último mes y medio y que no has encontrado ninguna que encaje con vuestro perfil de víctima —le dijo a Carl.

—Exacto, ni una.

—¿Y si aún no se ha denunciado su desaparición?

Carl apoyó los codos en los reposabrazos de la silla y descansó la barbilla en las manos entrelazadas. Lo que Marcus planteaba se diferenciaba un poco de las muertes precedentes.

—Crees que debe tratarse de una persona a la que nadie vaya a echar de menos, pero yo no estoy tan seguro.

—Solo es una posibilidad, como también es posible que la familia crea que la víctima ya está muerta, como pasó con Franco Svendsen, o que sospechen que ha desaparecido de forma voluntaria, como la mujer de Birger Brandstrup.

Carl cerró los ojos.

—Sí, sobre todo lo segundo. También es concebible que la familia haya recibido información falsa acerca del desaparecido, que crean erróneamente haber estado en contacto con la víctima.

—¿Información falsa como, por ejemplo, mensajes del número de teléfono o la cuenta de correo del interfecto? —dijo Marcus.

Carl asintió despacio.

—Exacto. Pongamos que la víctima se fue de viaje de forma voluntaria, y, a partir de entonces, la familia ha recibido correos electrónicos escritos por el secuestrador.

Rose entró en el despacho y Carl le indicó por gestos que esperara un momento.

—Es plausible, Marcus, pero es que todo lo que propones lo es. Supongamos, sin embargo, que eso es lo que ha sucedido. ¿Cómo localizamos a los familiares para que denuncien la desaparición en nueve días? Menos, en realidad.

Marcus lo miró, apesadumbrado.

—Me temo que no tengo recursos humanos disponibles para ayudaros —le dijo—. Los demás equipos ya tienen bastante con sus propios casos, sobre todo ahora, con tanta gente enferma o confinada y la mayoría trabajando desde casa.

—¿Y si recurrimos a los periódicos o a la televisión? ¿No podríamos mandar algún mensaje que llegara a los familiares?

Carl ya conocía la respuesta: las cosas no se hacían así. Un mensaje de ese tipo recibiría una cantidad ingente de respuestas inservibles que supondrían un derroche de tiempo y trabajo que de ninguna manera se podían permitir.

—Hay mucha gente que vive sola, por si lo habíais olvidado —intervino Rose—. Como yo, por ejemplo, o Gordon, o tú mismo, Marcus. Si esa persona no tiene familiares o amistades cercanas, puede pasar mucho tiempo hasta que alguien reaccione.

Marcus se levantó con un suspiro.

—Si encontráis alguna pista concreta, veremos lo que puedo hacer. Hasta entonces, no nos queda más que rezar por esa pobre persona. Me temo que para algunos van a ser unas Navidades muy difíciles.

—Para mí la última hipótesis es la más plausible y tengo una idea —dijo Rose en cuanto Marcus salió—. ¿Y si invitamos al despacho al noticiario *TV-Avisen* de la televisión pública para que vean en qué condiciones trabaja una unidad de investigación en pandemia?

Carl se quedó mirándola un largo rato. En el fondo, no le importaba en absoluto que sus superiores se enfadaran si rompía las normas. Le daba igual que algún comisario u otro policía de alto rango venido arriba le echara la bronca por excederse en sus funciones y despidiera a todo el Departamento Q, o quizá mejor solo a él. La idea de convertirse en paseador de perros profesional o de pasarse los últimos años antes de la jubilación como asesor de seguridad en el Parlamento no le desagradaba en absoluto.

—Me parece muy bien, Rose, ¿te encargas tú? No les cuentes nada concreto a los periodistas sobre los casos que tenemos entre manos. Llegado el momento, improvisaremos. ¿Qué más tienes, traes algo interesante?

Ella sonrió.

—Sí, se podría decir que sí. El cumpleaños de Adolf Hitler era el 20 de abril, y Andrea Thorsen apareció ahorcada en circunstancias sospechosas ese mismo día en 1994, en el piso de su novio, al que juzgaron por el asesinato. Le cayeron quince años, aunque murió en la cárcel apenas cinco años después.

—Qué historia más deprimente. Pero hace falta algo más para ponerlo en la pizarra.

La sonrisa de Rose se ensanchó.

—¡Siempre con exigencias! Añado que Andrea Thorsen dirigía una empresa familiar dedicada a la venta de maquinaria agrícola que acabó en bancarrota como consecuencia de una larga serie de episodios desafortunados. Lo primero que pasó fue que varias de esas máquinas, que baratas, precisamente, no son, fueron objeto de actos vandálicos. Los inmensos tractores John Deere, cosechadoras, fumigadoras y muchas cosas más, todo quedó inservible. Más adelante entraron en casa de Andrea y se llevaron muebles muy valiosos y otros efectos personales irremplazables. Luego se incendió uno de los almacenes, les vaciaron el depósito de combustible diésel y una fuga de agua destrozó la planta baja. Vamos, que el seguro tuvo que aflojar un dineral por todos esos incidentes. Evidentemente, estaban cubiertos por diferentes aseguradoras, de modo que no supuso una gran pérdida para ninguna de ellas. Pero en un documental de televisión de 1994 se calculó que el total ascendía a más de cincuenta millones de coronas, que era una suma astronómica por aquel entonces.

—¿Crees que fue una estafa al seguro?

—Nunca pudo demostrarse, y la mujer estaba desconsolada, o, al menos, lo parecía en sus comparecencias ante los medios. Por lo demás, vivía de forma desahogada con su novio, que estoy segura de que estaba metido en el ajo, porque era corredor de seguros.

Carl asintió.

—¿Y lo del suicidio? ¿Se ahorcó? ¿Y por qué sospecharon del novio?

—Porque estaba en el piso cuando ella murió, hasta arriba de cocaína. Alguien dijo que se ponía muy agresivo cuando iba colocado, y la policía y el juez determinaron que ella no podría haberse matado porque tenía un miedo patológico a morir, y no tenía ningún motivo para suicidarse a la vista de cómo vivía, a todo tren. Además, en el piso encontraron una caja fuerte con siete millones de coronas en efectivo, y el muy imbécil tenía la combinación anotada en el monedero.

—¿Y dices que lo metieron en la cárcel?

—Sí, murió poco después, en 1999, si mal no recuerdo.

—¿De muerte natural?

—Depende de si la rotura del apéndice se considera una causa natural…

—Vale, la pregunta del millón de dólares: ¿por qué crees que ese caso está relacionado con los nuestros?

—Te lo diré, Carl, y verás con qué atención hay que leer los informes policiales —dijo con suficiencia—: El novio había esnifado cocaína, eso estaba claro porque encontraron al menos ocho rayas preparadas. Pero él juró y perjuró que las rayas no las había puesto él, y se negó a revelar la identidad de su camello. Eso fue antes del juicio, porque cuando se vio en el estrado, contó con pelos y señales todo lo que creyó que podría ayudarlo. La cuestión es que la policía analizó la cocaína para ver si así conseguían identificar al proveedor. No lo consiguieron, pero sí constataron que era la peor cocaína que habían visto en la vida, porque más de la mitad era sal de mesa.

Carl soltó un silbido de admiración.

Ya tenían el octavo caso de los diecisiete de la pizarra.

38

Maurits

Viernes, 18 de diciembre de 2020

SE DESPERTÓ AL notar una leve brisa fría que activó el reflejo de deglución. Primero notó que le palpitaba la lengua y luego se le contrajeron los músculos de la garganta.

Abrió los ojos con gran dificultad. Tenía la córnea tan reseca que le costó despegar los párpados.

Ante él se dibujaba una silueta borrosa. Unas manos firmes le estrujaron las mejillas para separarle los labios. Notó la presión de lo que parecía ser un biberón contra los dientes inferiores mientras el agua se le derramaba por las comisuras.

Maurits engulló y sintió el cosquilleo de un ataque de tos, pero estaba demasiado ido como para darse cuenta de si había llegado a toser. El dolor de cabeza regresó y recordó que antes de perder el conocimiento había tenido la sensación de que el cráneo iba a estallarle. El dolor agudo le hizo ser consciente de la situación.

La silueta le quitó el biberón de la boca, le dio la espalda y se alejó hasta un extremo, de cara a la pared.

Maurits trató de decir algo, pero las cuerdas vocales se le pegaban unas a otras y solo podía emitir sonidos guturales. Llevaba varios días encerrado sin comer ni beber. Hacía veinticuatro horas que no orinaba, o tal vez lo había hecho y no se acordaba. Al mirarse el regazo descubrió una mancha reseca en la abertura del calzoncillo. Debía de haberle pasado mientras dormía.

Trató de mirar a su alrededor, pero no lograba pensar con claridad. ¿Dónde estaba? Lo único que sabía con seguridad era que unos días antes había llegado a la conclusión de que su destino era morir de hambre y sed, una muerte lenta y sin testigos.

«Me llamo Maurits van Bierbek —le hubiera gustado decirle a la silueta, que seguía plantada frente a la pared— y, sea lo que sea que te parece tan interesante de esa pared, aún estoy vivo, pedazo de animal.»

Entonces la silueta se giró, y Maurits entornó los ojos para humedecerlos un poco, pero hasta que el hombre no se le acercó no pudo verlo con nitidez.

Era un hombre de mediana edad. Alto, corpulento y con una sonrisa que le deformaba la cara, como si tuviera un defecto de nacimiento.

—Vamos a darte algo de comer —dijo con voz profunda.

Agarró el brazo izquierdo de Maurits y le dio un par de golpecitos en el dorso de la mano antes de clavarle la aguja de una vía.

—Muy bien —dijo entonces—. Ahora vivirás un poco más.

A Maurits le costó horrores girar la cabeza para contemplar la bolsa que colgaba de un gotero que tenía a su lado.

—Dentro de una hora veremos si puedes tomar algo de sopa. Creo que te sentará bien.

El dolor de cabeza desapareció en un santiamén. Maurits cerró los ojos con alivio y se le ocurrió pensar que tal vez el suero contuviera algún analgésico. Mientras su cerebro absorbía el azúcar y las sales minerales, Maurits regresó lentamente a la realidad.

Una realidad que hubiera preferido ignorar.

Tosió un par de veces y carraspeó hasta que le pareció que su voz recuperaba algo de fuerza.

—¿Quién eres? —dijo con la voz afónica.

El hombre no le respondió. Había regresado a la pared y agitaba los brazos como si estuviera removiendo algo sobre una mesa de acero. A continuación, se acercó a una larga escalera de mano, también de acero, que Maurits no recordaba haber visto antes.

Se produjo un chirrido metálico cuando el hombre apartó la escalera de la pared. Se detuvo a un par de metros de Maurits y la apoyó en uno de los raíles del techo.

Maurits reparó en que el hombre llevaba unos pantalones de albañil con grandes bolsillos de los que asomaban varias herramientas. ¿Para qué las quería?

Cuando el hombre llegó a lo alto de la escalera, Maurits quiso levantarse a tumbarla de una patada, pero era incapaz de moverse. ¿Contenía el suero también alguna sustancia para debilitarlo, o se había quedado sin fuerzas?

—¿Qué día es hoy? —le preguntó al hombre, que estaba manipulando uno de los raíles.

—Viernes, dieciocho de diciembre.

Maurits inspiró hondo para hacer llegar más oxígeno al cerebro. Dieciocho de diciembre, ¿cuánto tiempo llevaba ahí encerrado? Poco a poco recordó cómo lo habían engañado, el momento en el que despertó en aquella misma silla. Y supo que llevaba cautivo desde el sábado, seis días atrás. Aquella fue la última vez que ingirió agua y sólidos.

—¿Me vas a soltar? —preguntó, pensando que tal vez el hombre se dispusiera a aflojar las cadenas de los raíles. ¿Era posible que fueran a liberarlo? ¿Había terminado su penitencia por un crimen que desconocía?

La carcajada que llegó desde lo alto de la escalera le hizo perder la esperanza. Fue una risa tan desquiciada, tan diabólica, que Maurits comprendió sin atisbo de duda por primera vez desde su secuestro que, pasara lo que pasara, aquellas paredes frías serían lo último que vería en este mundo. La poca esperanza que conservaba se convirtió en la dolorosa certeza de que el resto de su vida se contaría en horas, pero ¿por qué no lo habían dejado dormir hasta que su cuerpo dejara de funcionar?

—Acaba ya con esto —dijo con toda la firmeza de la que fue capaz—. Acaba con esto y mátame ya.

El hombre volvió a reír desde lo alto de la escalera. Había sacado varias herramientas para manipular los raíles, pero

Maurits no alcanzaba a ver lo que hacía. Nada bueno, de eso estaba seguro.

Un minuto más tarde, el hombre volvió a colocarse delante de él con una llave inglesa en una mano y un perno en la otra.

—Una cosita así de pequeña en el lugar adecuado hará que no puedas acercarte a menos de tres metros de esa mesa de ahí. ¿A que es ingenioso? —Apartó la escalera del raíl y señaló hacia arriba—. Ahí tienes el perno. El cojinete no podrá ir más allá, y, sin esto, no se puede quitar —dijo mientras hacía oscilar la llave inglesa delante de sus ojos antes de devolver la escalera a la pared.

«Puto cerdo», pensó Maurits.

—No creas que no sé lo que estás pensando. Crees que esto es una tortura, y no te equivocas. Pero no torturamos porque seamos verdugos; en realidad somos ángeles y te ayudaremos a llegar a un lugar mejor que este mundo, que tú has contribuido a ensuciar. Dejaré la escalera y la llave inglesa aquí para recordarte que, si hace años hubieras reflexionado seriamente sobre lo que estabas haciendo y tu futuro a largo plazo, ahora no estarías aquí pensando en lo que te va a pasar dentro de poco.

Maurits clavó una mirada desdeñosa en su sonrisa torcida.

—No me hace ninguna falta pensar en el futuro, ya sé lo que va a pasar: voy a morir de hambre.

La sonrisa del hombre se ensanchó.

—No, eso no estaría bien por nuestra parte. Vamos a cuidarte durante un tiempo más. Creo que la sopa ya está preparada.

Maurits cerró los ojos. «Vamos a cuidarte un tiempo más», había dicho.

¿Cuánto tiempo era «un tiempo más»?

39

Carl

—LO SIENTO, CARL, pero no he encontrado a ningún periodista que tenga ganas de hacer un reportaje sobre la policía —dijo Rose—. Dicen que últimamente en televisión ya se habla más que suficiente del trabajo policial, y no les falta razón. Además de todo lo que tiene que ver con el coronavirus, se comentan casos antiguos, las multas por exceso de velocidad que ponen los de Tráfico, aclaraciones técnicas sobre asesinatos, etcétera, etcétera. Así que, a menos que tengamos algo nuevo y concreto que ofrecerles, no tienen ningún interés.

—Por el amor de Dios, Rose, pues dales algo concreto. Tenemos que conseguir provocar a esa gente cueste lo que cueste.

—Ya, pero ¿qué les digo? No podemos soltarles así por las buenas que creemos que el 26 de diciembre van a matar a un hombre, ¿no? No podemos desatar el miedo entre todas las familias que puedan creer que se trata de su pariente desaparecido.

Carl la miró un instante. Tenía razón, claro. Para hacer una tortilla, había que cascar los huevos primero.

Ojeó el primer campo vacío de la pizarra. ¿Iba a permitir que los de arriba, que no habían dedicado ni un minuto de su vida al trabajo policial de verdad, impidieran que su mejor departamento evitara un asesinato? ¡Y una mierda!

—¿Sabes qué, Rose? Llama a los que están al mando de los telediarios y diles que el Departamento Q se trae entre manos algo muy gordo y que los medios van a tener que correr si no quieren perdérselo. Diles que vamos a descorrer el velo de nuestra investigación, seguro que eso llamará su atención. Ah, y me da igual cuántos muerdan el anzuelo. Con uno nos basta.

Un rato después, Carl plantó los zapatos sobre la mesa mientras trataba de resumir los hechos. Todo parecía indicar que un asesino llevaba casi treinta y cinco años actuando con impunidad de forma sistemática y siguiendo un patrón estricto. En primer lugar, había decidido matar cada dos años, cosa que tenía mucho sentido: cuanto mayor fuera el intervalo entre sus crímenes, mayor era la posibilidad de que se tomaran por sucesos aislados y cayeran en el olvido. Hasta donde sabían, había acumulado hasta dieciséis o diecisiete asesinatos. Su investigación daba a entender que todos estaban relacionados con la fecha de nacimiento de dictadores y genocidas famosos que habían cometido graves crímenes contra la humanidad. Carl estaba seguro de que sus excelsos compañeros pronto conseguirían determinar varias fechas más y, con suerte, también los asesinatos correspondientes.

La pregunta era: ¿cuál era el denominador común entre los genocidas y las víctimas? Y ¿cómo encajaba la sal en todo aquello? ¿Era una especie de firma que conectaba los asesinatos entre sí? ¿Se creía el asesino tan invulnerable que no dudaba en establecer esa conexión? Carl había conocido a muchos imbéciles pagados de sí mismos a lo largo de su vida, pero aquello requería descaro, seguridad y, por descontado, valentía. ¿Quién querría presumir de ser un asesino? ¿Un enfermo mental? ¿Un psicópata desprovisto de toda empatía? ¿Un vengador?

Carl sacó un cigarrillo del paquete y dio unos golpecitos sobre la mesa con él. Quizá un par de caladas le sentarían bien para comprender qué tenían que ver esos asesinatos con las muertes de Tabitha y Ragnhild. Era imposible que no estuvieran relacionadas, cuando el cadáver de Ragnhild había aparecido junto a las dos víctimas más recientes de la retahíla de asesinatos rituales. Pero ¿por qué no enterraron a Ragnhild con sal? ¿Y por qué esta asesinó a Tabitha? ¿Era posible que aquellas dos mujeres no formaran parte del plan, sino que fueran daños colaterales que solventaron sin titubear?

Carl suspiró y se puso el cigarrillo sin encender en la boca. Casi le salía humo de la cabeza de tanto pensar.

Tal vez lo mejor sería concentrarse en los dos cadáveres más recientes. ¿Quiénes eran en realidad? Birger Brandstrup se dedicaba a crear juegos de apuestas que a su vez creaban ludópatas, mientras que Frank Svendsen contaminaba canteras, océanos y el aire, y mandaba barcos a que los desguazaran en Bangladesh. Dos hombres que no habían hecho nada bueno por el mundo.

—Carl, ¿tienes un momento? —dijo Assad, que lo sacó de su ensimismamiento—. Voy a ponerte la televisión. ¡Tienes que ver el último boletín de noticias de *TV 2 News*!

Manipuló el mando a distancia y, un instante después, una imagen de Pauline Rasmussen apareció en la pantalla, con el rótulo: «Última hora: la actriz Pauline Rasmussen, de cincuenta y dos años, fue hallada muerta ayer en su casa. Según varias fuentes, se trataría de un suicidio. Era una de las actrices de revista más conocidas del país».

—La mujer a la que están entrevistando es la amiga que la encontró —dijo Assad.

Una mujer de gran envergadura que Carl supuso que era trans respondía a preguntas en plató con rostro pétreo.

—¡Pauline lo estaba pasando francamente mal! —dijo—. El último confinamiento la afectó mucho porque acababa de recuperar la fe en que pronto podría volver al escenario, y el Gobierno le quitó toda la ilusión.

—¿Le preocupaba el futuro al no poder trabajar? —le preguntó la presentadora.

—Sí, y por no tener ingresos. Se había quedado sin blanca y había tenido que gastarse todos sus ahorros.

—¿Y la encontraste en su cama?

—Sí, pero lo primero que vi fue el montón de pastillas en la mesilla de noche.

Apareció entonces en pantalla una foto de la mesilla con el frasco, el montón de pastillas y un vaso vacío. La calidad de la foto daba a entender que la había tomado la amiga.

—Incluso antes de encontrarla me asusté, porque al ver las pastillas intuí enseguida que algo iba mal. No me había cogido el teléfono cuando la llamé unas horas antes. Supuse que estaría durmiendo la mona, pero, por desgracia, me equivocaba.

—Te hemos pedido que vinieras porque sabemos que tienes algo que decir sobre lo que le ha pasado a Pauline. ¿Puedes expresarlo con tus propias palabras?

Carl refunfuñó. «Con tus propias palabras» era una expresión estúpida que le encantaba a los periodistas y que a él le parecía terrible.

La mujer se acercó a la presentadora como si quisiera contarle un secreto.

—Es el entorno —dijo—. En el mundo de la farándula hay muchos que guardan los somníferos en el cajón de la mesilla de noche en un momento como el actual, en el que no saben lo que va a ser de ellos. Creo que el ministro de Cultura y todos los que han decidido excluir a los artistas de los fondos de emergencia deberían tenerlo muy en cuenta. Esto pesa sobre sus conciencias.

Carl miró a Assad con el ceño fruncido.

—Vaya —le dijo—. Menuda mujer era. Para empezar, tengo que decir que la muerte de Pauline Rasmussen me pilla totalmente por sorpresa. No me pareció de las que pierden la cabeza.

—¿«Para empezar», has dicho? —dijo Assad con una sonrisa enterrada bajo una barba cada vez más tupida. ¿Acaso el muy ladino ya sabía lo que iba a decir a continuación?

—A ti también te llama la atención lo de las pastillas, ¿verdad? El frasco debía de estar lleno hasta arriba si el montón que encontraron en la mesilla de noche era tan grande y además tomó las suficientes como para morirse.

—Exacto, Carl, ¡muy sospechoso! Al equipo de Sigurd Harms también se lo pareció y trataron de encontrar pruebas de un asesinato, pero las únicas huellas que había eran las de Pauline, y eso que examinaron a fondo el frasco, el dormitorio y el pasillo. Estaba en la cama totalmente vestida, con el bolso tirado a sus pies. Harms también lo registró y no encontró nada de interés.

—Me imagino que a Harms no le haría ninguna gracia —observó Carl—. Gracias por venir a contármelo, Assad, es evidente que este no es un suicidio normal. Ahora es más urgente que nunca que los del NC3 nos devuelvan el maldito ordenador. ¿No puedes pedirle a Marcus que llame a algunas puertas para que les metan un poco de prisa y recuperen todos los archivos borrados que puedan?

Assad levantó el dedo índice antes de salir por la puerta. Ya estaba en ello.

—Ya va siendo hora de que me encienda un cigarrillo —se dijo Carl mientras contemplaba el aparcamiento. Observó a dos chicos jóvenes con una cámara y un micrófono que se dirigían a la puerta principal antes de darse cuenta de que Rose estaba frente a él.

—Ya están aquí —dijo ella, mientras lanzaba una mirada asesina a la llama del mechero que Carl había acercado al cigarrillo.

—¿Los de la tele?

En el minuto que tardó en ordenar los documentos de su mesa en un montoncito, llegaron a su despacho.

—¡Hola! ¡Me llamo Erik! —se presentó el del micrófono. Carl le ofreció el codo a modo de saludo mientras el compañero de Erik preparaba la cámara—. Hoy estamos un poco liados —dijo el periodista antes de ponerle el micrófono en las narices.

Carl fijó la vista en la luz roja de la cámara. «Lorry», ponía encima.

—¡Rose, haz el favor de venir un momento! —exclamó, y se puso de espaldas a la cámara. Cuando la tuvo delante, empezó—: Dime una cosa, ¿les has dicho a los de Lorry que vengan? ¡Si son una televisión local!

Rose miró perpleja a los reporteros.

—No, yo no los he llamado.

Carl se giró hacia los chicos y trató de poner una cara compungida. Él fue el primero en darse cuenta de que no resultaba muy convincente.

—Gracias por venir y gracias por iros. Necesitamos que esto tenga cobertura nacional.

—Pero nuestros programas a veces se emiten en otras regiones… —replicó el periodista, mientras que el cámara, más pragmático, lo recogía todo.

Cinco minutos después, los dos jóvenes cruzaban el aparcamiento en dirección opuesta con la exclusiva de que dos horas más tarde, el Departamento Q daría una rueda de prensa en la plaza frente a la antigua Jefatura de Policía.

—¿Estás seguro de que es lo que hay que hacer, Carl? —preguntó Rose.

—Tan seguro como de que el sol sale por el este.

—¿Y qué vas a decir?

—Verás, mi problema es que no se puede usar la descripción «cerdo gilipollas» para activar la búsqueda de una persona. Pero, aparte de eso, voy a contar las cosas como son. Diremos que tenemos sospechas fundadas de que una persona emprendedora y de éxito cuya familia no lo ha visto en varios días se encuentra en un grave apuro. Si tienen alguna sospecha, que te llamen a ti, Rose.

A ella no le hizo ninguna gracia.

40

Sisle

Viernes, 18 de diciembre de 2020, última hora de la tarde

RECIBIÓ LA LLAMADA al volver a casa, cuando ya había oscurecido. Los últimos días habían sido muy ajetreados, pero los años habían endurecido a Sisle hasta el punto de que siempre mantenía los pies en la Tierra. Debora la había llamado muy nerviosa, pero ella no era Sisle. Debora había sido su fiel escudero durante muchos años, pero tenía tendencia a las recaídas y, de no ser por la mano firme con la que Sisle guiaba su vida y la de su marido, no dudaba que los dos habrían muerto hacía tiempo. No hubiera sido nada sorprendente, con todas las desgracias que habían sufrido.

Sisle era cien veces más fuerte y nunca dudaba, ni de sí misma ni de su misión. El destino la había llevado por ese camino y, mientras sus instintos y su voluntad apuntaran en la misma dirección, ¿por qué iba a dudar?

Volvía a encontrarse en la entrada de la casa de Debora, donde tantos fuegos habían apagado a lo largo de los años.

Debora estaba pálida cuando le abrió la puerta.

—Tienes que ver esto —dijo—. No pinta bien, Sisle, nada bien.

En el salón, Adam las esperaba con el mando a distancia en la mano. Parecía agitado, y Sisle supo enseguida que quería decirle algo que le resultaba desagradable y no sabía por dónde empezar, así que comenzó por otra cosa.

—Tienes que ver esta rueda de prensa. No paran de reponerla en *TV2 News*, a ver qué hacemos ahora.

Pulsó el mando a distancia para encontrar el fragmento que buscaba y le dio al *play*. Durante los cinco minutos que la televisión permaneció encendida, Sisle se dio cuenta de que Debora y Adam no dejaban de mirarla para ver su reacción, pero ella mantuvo la compostura.

Frente a la antigua central de Policía, rodeado de micrófonos y cámaras, Carl Mørck, jefe del Departamento Q, se dirigía a la prensa con los hombros cubiertos de nieve mientras hablaba y su aliento se convertía en nubecitas de vapor. Tenía una mirada más sombría que la que Sisle recordaba del día que fue a verla a la empresa, y cada vez que un periodista daba señales de querer interrumpirlo, él miraba para otro lado. Por las caras de la gente de la prensa, era evidente que lo que estaba haciendo traspasaba todas las fronteras de la ortodoxia policial. Si esa era su intención, la de implicar a todo el país en su investigación, estaba claro que le había salido bien.

Mientras las imágenes de la rueda de prensa seguían en pantalla, el presentador de *TV2 News* hablaba en un tono que daba a entender que aquella noticia daría que hablar durante muchos días. Para cuando quisieran darse cuenta, ya habrían convocado a montones de expertos de todos los campos a dar su opinión sobre la movilización general para intensificar la investigación.

Y a Sisle y a los otros dos aquel tipo de publicidad no les venía nada bien.

—¿Y si matamos ya a Van Bierbek? ¿Qué más da un día más o menos? —empezó Adam.

Ya empezaban.

Sisle le clavó la mirada sin mover la cabeza.

«Eres un hombre débil y más te vale andarte con cuidado con lo que dices», pensó.

—Tal vez Adam tenga razón, Sisle —dijo Debora mientras se le aproximaba un poco—. Ya lo habíamos hablado. Si alguna vez se acercan demasiado, acabamos con todo y…

Sisle se quedó bloqueada. Los últimos días, las cosas se habían vuelto demasiado intensas, pero todo era fruto de la casualidad. Tabitha y Ragnhild se habían convertido en dos balas perdidas, algo que nadie podría haber previsto, pero Tabitha ya estaba muerta y con ella habían terminado también los problemas que podría haberles causado, aunque provocó que la decisión de detener a Ragnhild fuera inevitable. Hicieron lo correcto al matarla, pero ¿cómo iban a sospechar que encontrarían el cuerpo tan rápido? Adam afirmaba haberla enterrado bien, pero era evidente que se equivocaba. Y entonces apareció aquella embustera de Pauline para ponerla a prueba, cosa que fue muy mala idea, porque a ella nadie le tosía encima. Y aunque lo más probable era que la pobre imbécil no tuviera nada concreto que la relacionara con la muerte de Palle Rasmussen, sus insinuaciones podrían azuzar al *bulldog* ese del Departamento Q a hacerle más preguntas.

Sisle inspiró hondo.

—Adam ¿estás seguro de que vaciaste la casa de Pauline Rasmussen de cualquier cosa que pueda resultar sospechosa?

—Pues claro, tú misma me viste hacerlo. Me llevé la hoja que tenía en el bolso y la caja de zapatos llena de mensajes del dormitorio —dijo, y señaló la caja que estaba sobre la mesa del comedor—. No encontré nada más. Llevábamos guantes, Sisle, y nadie nos vio.

—No vais a empezar a cagarla ahora, ¿verdad? —Sisle les sostuvo la mirada hasta que ellos la apartaron—. Escuchadme bien: ese tal Carl Mørck no tiene nada contra nosotros. Como ha dicho en la rueda de prensa, saben que alguien va a morir el día de San Esteban, pero eso es todo. No saben quién es ni mucho menos dónde está. No tengo ninguna intención de abandonar el plan y mis principios por esto; ejecutaremos a Maurits van Bierbek tal y como planeamos.

—¿Y si lo que ha dicho el policía hace sospechar a la mujer de Bierbek? —preguntó Debora.

—¿Sospechar qué? Le dimos un motivo de peso para no mantener contacto telefónico mientras su marido negocia un gran contrato en Florida. Se da por satisfecha con los correos electrónicos, ¿verdad, Debora?

—Está claro que le ha parecido la mar de romántico que él expresara su amor por ella por escrito, en su último correo se diría que estaba eufórica, pero ¿y si de repente le entran las dudas y empieza a hacerle preguntas o a pedirle que la llame?

—De eso nos encargaremos en cuanto llegue su próximo mensaje.

—Ya, pero el policía pidió que preguntaran cosas que solo la persona desaparecida pueda responder. Adam dice que Maurits van Bierbek estaba muy débil cuando fue a verlo, quizá no pueda o no quiera colaborar con nosotros si necesitamos que nos diga las respuestas.

—Sí —Adam la miró suplicante—. Maurits está fuera de combate, no creo que podamos obligarlo a responder si lo necesitamos, ya se ha dado por vencido.

—Adam, Adam, para ya, te va a dar un ataque. En el fondo, da absolutamente igual si averiguan quién es. No hay nada que lo relacione conmigo o con vosotros.

—¿Estás segura, Sisle? ¿No quedarán indicios de tu llamada a Bierbek o de su secuestro?

Sisle era consciente del estado de nerviosismo en que se encontraba Debora a pesar de sus esfuerzos por aparentar calma, pero no era problema suyo.

—Exacto, Sisle, ¿puedes responder a la pregunta de Debora? —la secundó Adam—. Si la familia reacciona y las respuestas que reciben no los convencen, la policía se centrará en el día del secuestro y en el momento en que el coche lo recogió.

—¡Escuchadme bien los dos! —Sisle levantó la voz y ellos dieron un respingo, pero ella hizo caso omiso. Tenían que controlarse—. Aunque la policía consiga imágenes del coche, aunque se me vea al volante con la mascarilla y aunque la empresa de alquiler tenga dispositivos de seguimiento en los vehículos y almacenen la información durante varias semanas, no podrán sacar nada en claro. La llamada a Maurits van Bierbek para organizar la reunión con el representante de Global Rea Inc. la hice con un Nokia viejo de prepago que ahora mismo se encuentra en el fondo del mar del Norte. El Lexus lo usamos solo durante veinte minutos antes de trasladar a Maurits a la furgoneta y lo devolviste tú, Debora, después de alquilarlo con documentación falsa y una tarjeta de crédito de CaixaBank al mismo nombre, tal y como planeamos. Todo eso ya lo sabéis, ¿por qué creéis que he cometido algún error?

—¿Es que nunca has cometido un error? —preguntó Adam, pero se arrepintió de sus palabras en cuanto sus miradas se cruzaron.

HACÍA TIEMPO QUE Sisle tenía en el punto de mira el taller mecánico de Ove Wilders. Desde que volvió a la universidad, acudía a prepararse las clases a una cafetería que estaba justo delante, cuya clientela no tenía una economía desahogada. La cafetería ejercía una atracción magnética en las clases más bajas del barrio de Sydhavn, y Sisle sintió por los parroquianos un respeto que no experimentaba en la universidad. Allí estaban los que trabajaban por sueldos irrisorios en trabajos que nadie quería; los que se levantaban a las cinco de la mañana para trabajar sin descanso, sin que ni siquiera la nefasta relación de Dinamarca con el tiempo pudiera detenerlos; los que entraban con la nariz azul y la piel cuarteada por el frío, pero nunca se quejaban.

Entonces abrió el taller y Ove Wilders y sus empleados se hicieron los dueños de la cafetería. Sisle ya no podía estudiar en silencio en un rincón y concentrarse en sus clases por culpa de toda la mierda que soltaban los mecánicos. Durante seis meses tuvo que prestar oídos a sus fanfarronadas sobre cómo estafaban y engañaban a sus clientes, a quienes consideraban imbéciles a los que podían vaciar los bolsillos con impunidad.

Más allá del engaño, lo que le hizo hervir la sangre fue su tono jocoso y condescendiente. Y cuando por fin no pudo más y se presentó ante ellos para recriminarles su actividad delictiva, el ambiente en la mesa de los mecánicos se ensombreció en un abrir y cerrar de ojos.

—Niña, más te vale callarte la boca y hacer oídos sordos, ¿entendido? —Fue Ove Wilders en persona quien habló mientras ponía una mano manchada de aceite de coche sobre el archivador que ella sostenía en las manos y se lo quitaba—. Esto es muy importante, ¿a que sí?

Sisle asintió. El contenido del archivador era el resultado de medio año de trabajo, pero los mecánicos no vieron miedo en sus ojos, y ese fue su gran error.

—Oye, ¿tú no vives en el número diecisiete de la calle de al lado? ¿Sabes que tardaríamos dos o tres minutos en meternos en tu casa y destrozar todo lo que tienes? Puedo empezar por aquí —dijo, y arrancó un par de hojas del archivador para prenderles fuego con el encendedor.

La joven se estremeció al ver que las llamas consumían el papel en segundos, y ellos se dieron perfecta cuenta. Reaccionaron con una carcajada colectiva que cortocircuitó por un instante el cerebro de Sisle.

—Sí, es verdad que vivo cerca —siseó—, pero esa cabina de teléfono de allí está más cerca todavía, y no me costaría nada llamar a la policía, ¿sabéis?

No vio quién la golpeaba, pero tomó nota de que en toda la cafetería nadie hizo el gesto de acudir en su ayuda. La clientela apenas se atrevía a mirarla y, por segunda vez en su vida, Sisle se sintió totalmente traicionada. Aquella fue la última vez que puso los pies en ese lugar.

Tardó un mes en averiguarlo todo acerca de la disposición del taller y en elaborar la mezcla de explosivos que actuaría como detonador, además de conseguir el cloroformo para dejarlos inconscientes. También fue capaz de acceder al taller fuera del horario de trabajo y colocar el bate de béisbol y los demás objetos. Por último, preparó el detonador y lo conectó al temporizador, que puso junto a los barriles de tolueno para luego sembrar el espacio de piezas metálicas en puntos estratégicos.

Descubrió rincones sin iluminación en las dos naves del taller en los que podía ocultarse sin que nadie la viera mientras practicaba cómo moverse sin hacer ruido por el suelo de hormigón. Entrenó su fuerza y puntería para poder partirles el cráneo a aquel atajo de cerdos con el bate de béisbol que había conseguido en el barrio de Kødby.

En último lugar, elaboró un plan tan concienzudo que pudo prescindir del cloroformo. Era todo cuestión de actuar con rapidez de reflejos y sin titubear cuando todos se dirigieran al vestuario al final del día. A menos que pasara algo del todo inesperado, ninguno de los mecánicos tendría tiempo de reaccionar antes de que ella los atizara por detrás. La detonación llegaría poco después, así que, mientras los noqueara a todos a la hora de cerrar, nada podía salir mal.

Por algún motivo, se le pasó por alto que uno de los mecánicos había salido a fumar, y fue casualidad que ella saliera al mismo lugar. El mecánico la miró con desconfianza, pero ni siquiera llegó a reaccionar antes de que el bate de béisbol le diera de lleno en la nariz. A causa del impacto dio media vuelta y cayó al suelo inconsciente, entre la verja que separaba el taller del terreno vecino y el coche aparcado justo a la entrada.

Fue entonces cuando Sisle se dio cuenta de que se acababa el tiempo. Echó a correr lo más rápido que pudo, cruzó la verja, pasó junto a la sal que había dejado antes de entrar y no se detuvo hasta alejarse unos cien metros para poder disfrutar de su venganza de cerca.

Entonces sucedió.

Una mujer que empujaba un cochecito dobló la esquina mientras ella corría hacia el taller, y no la oyó cuando le gritó que se detuviera. Tampoco la oyó cuando Sisle se le acercó unos pasos para gritarle de nuevo, y tampoco la tercera vez, cuando la explosión se convirtió en una realidad catastrófica.

La onda expansiva tumbó a Sisle, que perdió el conocimiento por un instante. Se quedó sorda durante unos segundos que se hicieron eternos, pero en cuanto recuperó el oído, no oyó otra cosa que los gritos de aquella mujer.

Desde una distancia prudencial vio el parpadeo de los coches patrulla y, poco después, el de las ambulancias.

La madre no dejó de gritar mientras se llevaban el cuerpo del niño en una camilla. Sisle estaba fuera de sí.

¿Acaso no tenía un pacto con Dios? ¿Por qué la ponía a prueba de esa forma tan cruel?

Como no obtuvo respuesta a sus preguntas, hizo un juramento para el resto de su vida: haría penitencia y compensaría a la madre de aquel niño. Se haría más fuerte y poderosa, y así dispondría siempre de las herramientas y los medios para pararle los pies a gente como Ove Wilders.

Al anotar la fecha de la explosión en la agenda, se dio cuenta de que era el mismo día en el que había nacido el déspota rumano Nicolae Ceaușescu.

Y una idea diabólica se adueñó de ella. En adelante, se dedicaría con ahínco a localizar a sus víctimas y planear sus muertes hasta el último detalle para que ningún inocente sufriera las consecuencias. Y, cuando matara, por prudencia, solo una vez cada dos años, procuraría que no pareciera un asesinato, porque así, sin que nadie lo sospechara, podría trabajar a su antojo hasta el fin de sus días.

El segundo asesinato lo planeó para el 16 de febrero de 1990, la fecha del nacimiento de Kim Jong-Il, el tirano autócrata de Corea del Norte, para gran desgracia de su país. Y así se construyeron los cimientos de la ambiciosa misión de Sisle Park por hacer del mundo un lugar mejor.

—¿Es que nunca has cometido un error? —le preguntó Adam, sin tener ni idea de que le había asestado una puñalada.

¿Qué estaba pasando? Si aquella pareja que tanto la había apoyado a lo largo de los años pensaba echarse atrás, ella no se lo permitiría.

—Acordamos que nunca cuestionaríamos nuestros actos, Adam, ¿te acuerdas? —dijo Sisle en un tono que lo hizo estremecer—. Dime, ¿a dónde quieres llegar? ¡Dímelo!

—Lo siento, perdona —murmuró él.

Sisle paseó la mirada de uno a otro. Quizá había llegado el momento de dar por terminada su colaboración.

—Has dicho que Maurits está muy débil. ¿Cómo de débil? ¿Quieres decir que crees que morirá antes de su ejecución?

—No lo sé, ¡puede ser! Por eso creo que más nos valdría matarlo ya.

—Basta, Adam, no quiero oírtelo decir otra vez, ¿entendido? Ese hombre morirá el día que le corresponde, ni antes ni después. Dale más comida, tiene que aguantar ocho días más.

Posó la mirada un instante en la caja de zapatos que tenía delante, sobre la mesa.

—¿Habéis leído los correos de Pauline Rasmussen? —les preguntó.

—Sí, algunos. Estaba obsesionadísima con Palle Rasmussen.

—¿Y llevabais guantes?

—¿Por quién nos tomas? —Adam parecía ofendido.

—Muy bien —repuso Sisle, y miró el reloj—. Voy a añadir un par de cosas a la caja antes de que te la lleves, Adam.

41

Carl

Sábado, 19 de diciembre de 2020

LA TARDE ANTERIOR, tan pronto como Carl terminó su intervención, un aluvión de preguntas cortaron el aire helado y una veintena de micrófonos sujetados por manos cubiertas con guantes gruesos se pusieron ante sus narices.

Querían saber cómo tenía la certeza de que la vida de una persona corría peligro justo el día de San Esteban. ¿Por qué precisamente esa fecha? ¿Y cuál era el motivo? Las preguntas le llegaban de todas direcciones, pero la única respuesta que Carl ofreció fue que ya había dicho lo que tenía que decir y que esperaba que los familiares de la víctima pronto se pusieran en contacto con la policía para que su departamento pudiera redoblar sus esfuerzos.

Entonces se dirigió hacia la impresionante columnata de la Jefatura de Policía y se encontró con las miradas circunspectas que el director y el comisario general le lanzaron por encima de sus mascarillas quirúrgicas de color verde.

Se le acercaron y, en siseos, le preguntaron si se había vuelto totalmente loco, y si su jefe Marcus Jacobsen estaba al corriente de aquella transgresión atroz de la relación entre la policía y los medios de comunicación.

—Esperad a que hayamos salvado a la víctima antes de mandarme al paredón —les repitió un par de veces.

En cuanto se cercioraron de que Carl había comprendido que su infracción no quedaría impune, desaparecieron en el interior del edificio, dejando plantados a Carl y a los periodistas.

Este se despidió de la multitud con una inclinación de cabeza e indicó a Assad y a Gordon que lo siguieran mientras se dirigía al aparcamiento.

—Quizá pidan tu cabeza por esto, Carl —dijo Assad.

El inspector le respondió con unas palmaditas en el hombro.

—Pues entonces es una suerte para el Departamento Q que estéis vosotros —le dijo.

EL EFECTO DE la rueda de prensa se hizo notar en la primera plana de todos los periódicos y tuvo una virulencia inusitada en muchos aspectos, como pudieron comprobar al día siguiente, no solo por el torrente de mensajes que les llegaron de familiares de personas que habían desaparecido recientemente, sino por las reacciones indignadas de sus compañeros, furiosos porque, de repente, todo giraba alrededor de una investigación que les parecía de lo más atípica y extraña. Aunque Carl había facilitado el número de Rose, no había un solo departamento en las dependencias de Teglholm o en las de la antigua Jefatura que no se viera asediada por todo tipo de llamadas de parientes preocupados y pesados que no tenían nada mejor que hacer que soltar tonterías.

A pesar de la descripción que Carl había dado de la persona desaparecida como alguien emprendedor y exitoso, el mayor número de las llamadas recibidas fueron de padres de adolescentes normales y corrientes, angustiados porque llevaban algunas horas sin tener noticias de sus retoños. En la oficina frente a la de Carl, a lo largo de la última hora habían recibido varias llamadas de receptores del ingreso mínimo vital medio borrachos que no se explicaban que sus hijos aún no hubieran vuelto a casa después de la bronca que habían mantenido la noche anterior. Y los exabruptos de los compañeros que habían tenido que acudir al trabajo a pesar de las restricciones resonaban como un hilo musical por toda la planta.

Carl, al encontrarse entre el fuego cruzado, optó por atrincherarse tras la puerta cerrada de su despacho, donde pretendía permanecer hasta que la gente se fuera a casa al final del día.

En el despacho contiguo, el teléfono de Rose guardaba un silencio inexplicable. Transcurridas algunas horas, decidió conectar el contestador automático e ir a poner al día a Carl de sus progresos.

—Nos hemos pasado toda la mañana trabajando en cosas complementarias —empezó Rose con un gesto dirigido a Assad, que llevaba los álbumes de recortes bajo el brazo y tomó la palabra:

—Sí, nos hemos centrado en el caso de Pia Laugesen, yo con los álbumes de recortadas, y Rose, con sus apariciones en televisión.

—De recortes, Assad, ¡no de recortadas! —dijo Carl, aunque Assad no lo escuchaba.

—Recopilé varios programas de televisión en los que habían entrevistado a Pia Laugesen a lo largo de los años —dijo Rose—. Por ejemplo, aquí hay uno del programa *TV-Avisen* de 2009, el año anterior a su muerte —dijo mientras ponía el ordenador delante de Carl y le daba al *play*.

El entrevistador era un periodista de cierta fama especializado en economía que solía llevar corbata con nudo americano.

—Pia Laugesen: aconseja a la gente adinerada que traslade su fortuna a países famosos por su estricto secreto bancario. Es usted una parte esencial de grandes fusiones empresariales y su trabajo consiste, a grandes rasgos, en evitar que sus clientes paguen impuestos gracias una interpretación interesada de la ley fiscal. ¿No se podría decir que, en realidad, se dedica a socavar los principios sobre los que se afianza nuestra sociedad? ¿Se considera responsable de que los contribuyentes menos privilegiados tengan que arrimar el hombro porque sus clientes no ponen de su parte?

La sonrisa de labios rojos de Pia Laugesen no flaqueó ni un instante. Mientras el periodista hablaba, se dedicó a enderezarse los anillos y a recolocarse el pañuelo de seda de Hermès como si la conversación no fuera con ella. Asentía y sonreía como si no hubiera nada en el mundo capaz de quebrar su integridad.

Cuando el periodista terminó, ella sonrió de nuevo, mostrando una hilera de dientes recién blanqueados.

—Madre mía —respondió con buen humor—. Si se borraran de la faz de la Tierra todas las preguntas absurdas como las que acaba de hacerme, se quedaría sin trabajo. No puedo prestar atención a lo que gana alguien con un sueldo medio. Mi labor consiste en gestionar la riqueza, nada más. En lo que respecta a la ley fiscal, hago lo que buenamente puedo con la gran cantidad de imprecisiones y vacíos legales que descubro mientras intento cumplir mi función, así que no entiendo cuál es el problema. ¿La envidia?

La entrevista se alargó un par de minutos más, en los que la mujer se mantuvo imperturbable.

—Yo también tengo algo —dijo Assad mientras abría un álbum de recortes por las páginas centrales—. Es del 1 de julio de 2010, un mes y medio antes de que se ahogara —explicó, y les mostró una fotografía de Pia Laugesen en todo su esplendor: abrigo de visón desabrochado, otro pañuelo de Hermès, traje y un sinfín de pulseras que brillaban como el espumillón de un árbol de Navidad.

Assad puso el dedo sobre una cita de la entrevista de dos páginas con el titular: «Las cuentas anuales de TaxIcon la ponen a la cabeza de las empresas de la isla de Fionia. El imperio de Pia Laugesen está a otro nivel».

Carl leyó la frase que Assad le señalaba, que resultó ser una retahíla de palabras que hubieran supuesto un buen quebradero de cabeza para cualquier asesor de imagen.

—Dice: «Los clientes y la gente que se muestra irresponsable con el dinero me dejan fría. Si no aprenden a gestionar su economía con sensatez, merecen ahogarse en su propia incompetencia». Menuda zorra.

Assad y Rose asintieron.

—Después de decir esto, resulta bastante irónico que ella también se ahogara —observó Rose.

Carl tuvo que darle la razón.

—¡Gordon, ven un momento! —dijo Rose a voz en grito. ¿Acaso lo siguiente sería invitar a todos sus compañeros furiosos a su despacho?

—Cierra la puerta —le dijo Carl a Gordon cuando llegó—. ¿Qué nos traes?

—Esto —replicó mientras le ponía delante una fotocopia. Era un anuncio a página completa del Taller Mecánico Ove Wilders publicado en un periódico local, que mostraba un Ford Escort hecho polvo junto a otro del mismo modelo que parecía recién salido del concesionario.

«Hazle un favor a tu coche», rezaba el texto del anuncio, que iba seguido de una tabla de precios de revisiones, cambio de neumáticos y del resto de servicios que ofrecía el taller.

—¿Qué tiene de especial? Son coches distintos, ¿no?

Gordon sonrió y le señaló una estrella en una esquina del anuncio con el mensaje: «Precios explosivos».

—Ajá —dijo Carl.

—Sospecho que el asesino descubrió las estafas de Ove Wilders, o tal vez fue víctima de una. Como la documentación desapareció, no podemos estar seguros, pero esto de «Precios explosivos» podría dar a entender que la explosión en el taller fue intencionada. ¿No os parece que hemos encontrado un hilo del que tirar que nos puede ayudar a entender cómo piensa el asesino? Aquí tenemos dos casos en los que las víctimas recibieron una dosis de su propia medicina como consecuencia directa de sus palabras.

—Joder, este caso se vuelve cada vez más retorcido, ¿no os parece? —dijo Carl mientras meneaba la cabeza—. Es demencial que el asesino dejara todas estas pistas, como hacer coincidir las fechas de los asesinatos con los cumpleaños de genocidas o lo de la sal, y que al mismo tiempo estemos perdidísimos y sin poder hacer nada por la persona que va a morir el día de San Esteban.

—Pero Carl —intervino Rose—, ¿no te parece que ahora entendemos mucho mejor el contexto?

—Puede ser.

—En cualquier caso, los genocidas y las víctimas tienen una cosa en común: todos tenían una moral más que dudosa.

—Claro, no tenemos más que encontrar a alguien que se haya convertido en el guardián de la moral hasta el punto de que le parezca legítimo matar, ¡qué fácil! —El sarcasmo de Carl dejaba muy claro lo imposible de su tarea.

—Parece tener un fervor casi religioso, ¿no os parece? —dijo Assad, que de los cuatro tal vez fuera el más capacitado para entender ese tipo de mentalidad.

—Ya, pero ¿qué lo llevó a emprender esa cruzada? —preguntó Carl—. ¿Cómo encontramos a una persona así?

—En una institución psiquiátrica —dijo Rose—, o en un lugar parecido, donde alguien pueda vivir encerrado en su propio mundo. No se me ocurre nada más.

Sonó el teléfono. Era la recepcionista, una chica encantadora.

—Tengo aquí a una señora que quiere hablar con Carl Mørck. ¿Te la mando?

Carl frunció el ceño.

—¿Quién es y por qué quiere hablar conmigo? —preguntó Carl, y a continuación oyó el murmullo de una breve conversación.

—Dice que se llama Gertrud Olsen y que era amiga de Pauline Rasmussen, la que se suicidó. Y dice también que tiene algo que enseñarte.

No les costó nada reconocerla en cuanto la vieron aparecer: los hombros anchos, el rostro maquillado en exceso y el busto embutido en un corpiño que bien podría pasar por un traje típico alemán del Oktoberfest. La primera vez que Carl la vio se preguntó si sería una mujer trans, y aún no había salido de dudas.

—Me encontré esto anoche en la puerta de mi casa —dijo ella con voz profunda—. No sé quién me lo dejó, me puse muy nerviosa y casi ni me atreví a entrar con esto en casa, porque ayer no esperaba ningún paquete y hay que tener cuidado con el coronavirus. La cuestión es que lo abrí y me quedé muerta al ver el contenido. ¿Quién lo trajo y por qué? Menudo misterio. Entonces, al verlo en todos los periódicos esta mañana, recordé que Pauline me contó que usted había ido a verla varias veces para hablar de Palle Rasmussen, y por eso se lo he traído.

Carl contempló la caja de zapatos. Era blanca, con una fotografía en miniatura de unas sandalias marrones en un extremo.

—Entonces, ¿la abrió, Gertrud?

Ella asintió, algo avergonzada.

—No me quedó más remedio. No sabía lo que era, ni si era para mí.

—¿Y ha tocado lo que hay dentro?

Ella negó con la cabeza.

—Me pareció muy raro, pero vi que encima de la pila había correos impresos de Palle Rasmussen.

—¡Me cago en todo! —exclamó Carl, mientras Rose ya se ponía los guantes de silicona para abrir la caja con cuidado.

—¿Había visto esta caja antes, sabía que era de Pauline? —preguntó Carl.

—Puede… Hace mucho tiempo, Pauline me contó que había escondido algunos correos en una caja de cartón. Será esta, ¿no? Aunque no entiendo para qué echó sal dentro de la caja.

—¿Qué se supone que tenemos que pensar de todo esto? —preguntó Carl a los demás en cuanto Gertrud se marchó.

—Todo parece señalar a la vez en todas direcciones —dijo Rose—. Si la policía hubiera encontrado esto en casa de Pauline cuando hallaron su cadáver, se hubiera podido sospechar de ella en relación con la muerte de Palle Rasmussen, a juzgar por la rabia que expresa por el interés en otras mujeres que él no se molestó en disimular. Los celos están muy arriba en la lista de motivos para cometer un asesinato.

—¿Debemos sospechar que Pauline lo mató? —dijo Carl mientras negaba con la cabeza—. La cuestión es que no encontraron la caja. ¿Dónde estaba, entonces?

—Ahí quería yo llegar. Si nuestros compañeros no la encontraron es porque alguien se la llevó antes. Tal vez Gertrud Olsen sabe más de lo que dice.

—Claro, podría habernos mentido, la sal la podría haber echado ella. Pero, a ver, ¿por qué iba a hacer algo así? No hemos encontrado ningún indicio que apunte hacia ella —dijo Carl.

Rose miró al infinito.

—De hecho, no hemos encontrado ningún indicio que apunte hacia nadie, Carl. Tal vez estaba enamorada de Pauline, ¿quién sabe? ¿Y si mató a Palle Rasmussen en un ataque de celos?

—¿Estamos todos de acuerdo en que el asesino de Palle Rasmussen está detrás del resto de casos de la pizarra? —respondió un coro de murmullos que daba a entender que estaban todos de acuerdo—. Pues escuchadme bien: está muy bien que seáis creativos, pero si Gertrud Olsen tiene algo que ver con este caso, ¿por qué se ha dado a conocer justo ahora? Tenemos que admitir que no tenemos ningún hilo del que tirar ni en el caso de Palle ni en el de Pauline, así que el asesino podría ser cualquiera.

—A ver, Carl, esa mujer tiene unos brazos como jamones. No me cuesta imaginar que fuera capaz de niquelar a los mecánicos de Ove Wilders o de dejar inconsciente a Oleg Dudek y a Palle Rasmussen, o de sujetar a Pia Laugesen bajo el agua. No le hubiera costado mucho esfuerzo.

—Se dice noquear, Assad. Pero sí, tienes razón, no podemos cerrarnos a ninguna posibilidad, aunque estoy bastante seguro de que el asesino está jugando con nosotros.

—¿Jugando a qué? —dijo Assad, perplejo.

—Es una expresión, Assad. Digo que nos está manipulando.

—Yo creo que la caja es una pista que nos ha dejado el asesino —dijo Gordon mientras sopesaba aquella teoría.

—¿Una pista para qué? —preguntó Rose, que parecía agotada.

—Para darnos un contexto de lo que ha pasado los últimos días —repuso Gordon—. Sabemos que Pauline no pudo dejarle la caja en la puerta a Gertrud. Sabemos también que la sal en el interior de la caja está relacionada con nuestra pizarra de asesinatos. Y si juntamos ambas cosas, parece de lo más improbable que Pauline se suicidara. El asesino la obligó a tomarse las pastillas, se llevó la caja de zapatos y se la hizo llegar a alguien con la esperanza de que nos la trajera.

—¡Entiendo! Crees que hay una relación entre el asesino que buscamos y la muerte de Pauline Rasmussen. ¿Vosotros pensáis lo mismo? —preguntó Carl a los rostros reconcentrados de Gordon, Rose y Assad—. Yo también. Pero ¿por qué se le ha ocurrido al asesino compartir esta información con nosotros?

—Quiere confundirnos, eso es todo —dijo Assad mientras se rascaba las mejillas—. Ahora mismo tenemos que pensar con claridad antes de que se cometa el próximo asesinato, pero ¿cómo vamos a conseguirlo si cada dos por tres nos vemos obligados a fijarnos en mil cosas a la vez mientras se nos acaba el tiempo?

Rose ladeó la cabeza.

—Lo que yo creo es que el asesino está loco de atar y le encanta que le pisemos los talones. Está majara, como una regadera.

Llamaron a la puerta y, antes de que nadie pudiera reaccionar, entró Marcus Jacobsen seguido de una delegación de compañeros indignados de otros departamentos. ¿Era el momento de recibir su condena colectiva?

—Siento mucho tener que comunicarte esto, Carl, pero se ha iniciado una investigación conjunta de la Unidad de Narcóticos de Rotterdam, la de Slagelse y la de Copenhague en relación con el caso de la pistola de clavos de 2007, y traigo una orden de registro de tu casa de Allerød.

Un par de compañeros dieron un paso al frente: el inspector Terje Ploug iba delante, y el legendario Perro de presa de la Unidad de Narcóticos de Copenhague, Leif Lassen, detrás. No era una pareja para tomarse a la ligera.

—Ya veo —dijo cuando Perro de presa le tendió la orden—. Pensaba que veníais a darme la brasa por lo de la rueda de prensa.

—Todo a su tiempo, Carl. Ahora mismo, esta cuestión es algo más seria.

Carl leyó el documento.

—¿En serio ha ordenado un juez el registro de mi casa? Menuda locura, ¿qué espera encontrar? Allí viven ahora Morten Holland y su novio con Hardy Henningsen.

Terje Ploug dio un paso al frente. Era evidente que aquella situación no le hacía ninguna gracia.

—Lo sabemos, Carl, y también estamos al corriente de que llevan varios meses en Suiza. Necesitamos que vengas con nosotros para colaborar en el registro.

Con una sola mirada de Carl, sus compañeros del Departamento Q se dieron cuenta de que la cosa iba muy en serio.

En la urbanización de Rønneholtpark, las noticias volaban, y aunque el confinamiento implicaba restricciones en el derecho de reunión, había un enjambre de personas arremolinado en el aparcamiento entre los coches patrulla delante del número 73 de la calle Magnoliavangen cuando llegaron Carl y Marcus Jacobsen.

—¿Qué ha pasado? Hace mucho que no vemos a Morten y Hardy, ¿están muertos? —gritó alguien.

Carl negó con la cabeza y acompañó ese gesto con un encogimiento de hombros y una expresión que esperaba que transmitiera una calma y una seguridad que, en realidad, no sentía.

En el interior, un ejército de técnicos ataviados con trajes protectores blancos, guantes y patucos de plástico se afanaban en no dejar ni una sola miga sin analizar.

La casa olía a cerrado, pero aquello no era extraño. ¿Cuánto hacía que sus habitantes se habían marchado? Carl ni se acordaba, habían pasado meses.

«Qué vergüenza», pensó Carl al ver el estado de la casa. Desde que se había ido a vivir con Mona hacía un año y medio, habría visitado su antigua morada tres veces, a lo sumo. ¿A Hardy le gustaba la casa?

—Buscan dinero, drogas y rastros digitales, Carl —dijo Marcus.

—¡Muy bien! Si encuentran un montón de pasta, me lo quedo —dijo Carl en tono jocoso. Marcus le lanzó una mirada que fue como un letrero de neón que decía: «No es momento para bromas».

Aparecieron muchas cosas interesantes, pero ninguna pertenecía a Carl. Aparatos dentales de distintas formas, una variedad de juguetes sexuales —que no se ajustaban a las preferencias de Carl—, unas píldoras que tal vez contuvieran esteroides, los pañales y el talco de Hardy… Cosas que pertenecían a la intimidad de sus propietarios sometidas al implacable escrutinio de un registro domiciliario.

Cuando terminaron con el sótano, la planta baja y el primer piso, Perro de presa señaló la buhardilla.

—Tengo una intuición —dijo, y subió los peldaños de la escalerilla de cuatro en cuatro—. ¡Joder! —fue lo siguiente que dijo al asomar la cabeza por el agujero del suelo—. Aquí vamos a tener trabajo.

Carl frunció el ceño mientras trataba de recordar. Hacía varios años que no subía a la buhardilla, ni se acordaba de cuándo había sido la última vez, pero recordaba que había quedado casi vacía cuando su hijastro Jesper acudió a regañadientes a llevarse las últimas cosas que guardaba allí.

Se encaramó por la escalerilla hasta ponerse al lado de Lassen y se topó con un muro de cajas de cartón.

«Son un montón», se dijo. ¿Serían de Mika, que en al menos tres ocasiones se había ido de casa para luego volver con Morten?

—Esto no es mío, Lassen —le dijo—. ¿En serio tienes que revolverlo todo? Al menos, molestaos en cerrar las cajas cuando terminéis, ¿vale?

A veces, la mejor respuesta es el silencio, o eso parecía pensar Lassen. Diez minutos después, había tres policías más en la buhardilla. Carl no los reconoció, tal vez ni siquiera fueran daneses.

Una hora y media más tarde, lo hicieron subir. Habían apilado todas las cajas a un lado para abrir un pequeño pasillo hasta el fondo de la buhardilla. Uno de los policías señaló una maleta apoyada en la pared.

—Está cerrada, Carl. ¿Nos la abres, por favor?

—Me temo que no puedo —respondió él—. No tengo ni idea de quién tiene la llave de esa maleta. Debe de llevar años aquí, quizá mi hijastro se la olvidara.

Pero tan pronto lo dijo, fue consciente de que no era así.

La bajaron y la pusieron sobre la mesa del comedor. Pesaba mucho para ser una maleta tan sencilla, se notaba que no era una maleta normal y corriente.

Terje Ploug asintió cuando uno de los técnicos preguntó si quería que rompiera el cerrojo.

No pudieron. Además de las telarañas que colgaban de los bordes, los cerrojos estaban cubiertos de una sustancia sólida de color amarillo que uno de ellos identificó como un tipo de pegamento más resistente que el cemento armado.

—Pues cortad el fondo —ordenó Ploug, algo que también resultó imposible, puesto que la maleta estaba forrada de placas metálicas de dos milímetros de grosor.

Aquello no presagiaba nada bueno, y Carl trató de llamar la atención de Marcus para dejarle muy claro que él era el primer sorprendido, pero Marcus, que parecía petrificado, no apartaba la mirada de los intentos de sus compañeros por abrir la dichosa maleta.

Llevaron una sierra radial de uno de los coches patrulla y empezaron a cortar la maleta entre una lluvia de chispas.

La actividad en la casa se había paralizado, y todas las miradas estaban posadas en la maleta. Carl sabía que aquella expectación no sería en vano, porque cuanto más se devanaba los sesos para recordar, mejor visualizaba el momento en que su compañero, Anker Høyer, justo antes de que a él, Hardy y Carl les dispararan en Amager, le había pedido a Carl si podía guardarle la maleta porque se estaba separando y no tenía sitio. Carl se la guardó y Anker nunca fue a recogerla por un buen motivo: lo tenía muy difícil, enterrado como estaba en el cementerio Oeste.

—Es de Anker Høyer —murmuró—. Se me había olvidado que me la dejó ahí. Han pasado trece años, a Anker lo mataron en Amager, por las telarañas se ve perfectamente que hace mucho tiempo que nadie la toca.

Terje Ploug le lanzó una mirada severa desde detrás de sus cejas pobladas, como si no pudiera creer que a esas alturas Carl hubiera olvidado que cualquier cosa que dijera podría utilizarse en su contra.

—Y no tienes ni idea de lo que hay dentro, ¿verdad?

Al menos diez pares de ojos se posaron en él, y algunos parecían incapaces de ocultar las ganas de reír.

42

Debora

Sábado, 19 de diciembre de 2020

ADAM Y DEBORA se conocieron en un encuentro evangélico cuando eran muy jovencitos, y pasó lo que tenía que pasar: en los años siguientes vinieron dos niñas y, finalmente, el niño, que colmó todas las expectativas que se podían depositar en un hijo.

A los quince años, Isak empezó a ir muy por delante en la escuela rural a la que asistía, y todos tuvieron claro que, si querían ofrecerle la posibilidad de desarrollar su intelecto, debían buscar ciudades más grandes y horizontes más lejanos.

El objetivo de Isak era la Universidad de Copenhague, y por eso Adam se buscó un trabajo al norte de la ciudad donde pudiera desarrollar sus habilidades. Cuando las niñas acabaron Magisterio y Debora pudo dedicarse a ayudar a su marido, Adam levantó un negocio que, con el tiempo, resultó de lo más lucrativo. Durante esa época, Isak vivía en casa, sin dar a conocer la parte de su mente que acabaría por condenarlos a todos.

A los veintipocos años, Isak se suicidó y destruyó a sus padres por completo.

Los primeros indicios de que había sido una víctima de *bullying* se presentaron en su entierro. Asistió muy poca gente, y de la universidad acudieron solo dos compañeros que, por otra parte, se mostraron muy poco empáticos cuando Debora habló con ellos para intentar entender por qué su hijo se había tirado a las vías del tren.

—No se juntaba mucho con los demás —les dijo uno de los chicos.

Adam no lo entendía. ¿Acaso su hijo no había sido siempre un chico muy sociable?

Los compañeros se encogieron de hombros.

Debora se puso a investigar y, poco a poco, salió a la luz una verdad muy desagradable: Isak había tenido que soportar un acoso sistemático durante años. Se reían de él sin piedad porque su familia era muy religiosa, porque era inteligente, porque tenía una fe ingenua y ciega en la bondad de la gente. Llegó un punto en el que no podía ni abrir la boca sin represalias. Descubrieron que los impulsores de los ataques más crueles era un grupito de tres de sus compañeros, y el deseo de venganza empezó a consumir al matrimonio.

Hasta que no conocieron a Sisle, no comprendieron y aprendieron que la ira, la venganza y el castigo podían ser buenos compañeros. Los productos químicos que Adam se dedicaba a fabricar llamaron la atención de Sisle, que empezó a venderlos a través de su empresa. Tras un par de reuniones muy prometedoras, Adam y Debora se dieron cuenta de que su desprecio por el desafortunado talento humano para hacer daño era algo que tenían en común con Sisle.

Los tres acosadores de Isak fallecieron una tarde de domingo sin que nadie se explicara cómo habían podido estrellar el coche contra un árbol a toda velocidad. Los arañazos en las puertas delanteras del vehículo no despertaron interés suficiente como para suponer que alguien los había sacado de la carretera de manera deliberada, aunque eso era lo que había pasado. Uno de los chicos permaneció con vida durante veinte minutos después del impacto mientras sus ojos llenos de miedo suplicaban ayuda a Debora y Adam, sin saber que esa ayuda nunca llegaría.

Sisle les habló de su época universitaria y, al descubrir el paralelismo que existía entre ellos, le confesaron lo que habían hecho. Tal vez esperaran que ella reaccionara con asombro, pero solo encontraron comprensión.

Y, en muchos aspectos, la confesión estrechó su relación.

Un día de noviembre de 1992, Sisle por fin les contó lo que había estado haciendo y les propuso unirse a su misión.

Tenía delante a una pareja que había condenado a muerte a los acosadores de su hijo, y aquello la había convencido de que los tres debían colaborar en aquella empresa. Les habló de su relación con Dios, que le había hecho darse cuenta de que aquel mundo era indigno de Él.

Adam y Debora lo entendieron a la perfección. A decir verdad, fue Debora quien tuvo la idea que haría que su colaboración fuera una realidad, y Sisle comprendió la utilidad del plan.

Se mudaron para vivir más cerca y empezaron a reclutar a mujeres familiarizadas con una mentalidad vengativa y justiciera que estuvieran dispuestas a trabajar para ellos.

Debora se encargaba de encontrar y formar a las mujeres para que atacaran de forma instintiva a quienes no mostraran consideración y amor al prójimo. Y al terminar la formación, después de demostrar su valor y lealtad, Sisle les daba trabajo en su empresa hasta el momento en que decidía liberarlas para que pudieran combatir la injusticia en el mundo.

Dos años después, la idea se había convertido en una realidad, y cuanto más avanzaban, más se convencían Adam y Debora de que la muerte de Isak no había sido en vano. Gracias a él y a Sisle se habían dado cuenta de que la gente que se comportaba mal merecía ahogarse en su propia ponzoña en nombre de Dios.

Tardaron un tiempo en descubrir cuál era el verdadero objetivo de Sisle, en qué pretendía implicarlos.

Al principio, Adam y Debora estaban en desacuerdo respecto a si todas las víctimas de Sisle merecían su destino, pero como Adam disfrutaba con la planificación y la ejecución del proyecto de Sisle, Debora acabó por ablandarse.

—Ella tiene razón —le decía Adam—. Nuestro trabajo, nuestra misión, hacen del mundo un lugar mejor. Dios está de nuestro lado, y la Biblia nos ha enseñado que sus castigos pueden ser tan justos como despiadados, y así tenemos que ser nosotros también.

A lo largo de veintiséis años, liquidaron a catorce hombres y mujeres cuyo egoísmo los llevaba a destrozar la vida de otros. A ese respecto, Sisle había ideado e impuesto una serie de condiciones para los asesinatos y, dejando al margen los elementos más simbólicos, la condición más importante era que las muertes parecieran accidentales. Ella cometió varios errores en su primera intervención en el taller de Ove Wilders, pero había mejorado mucho desde entonces. Antes de que Debora y Adam se unieran a ella, había matado al hombre que estaba detrás de una gran operación de narcotráfico, asesinado a otro que distribuía drogas entre niños en horario lectivo y ejecutado a una mujer que cometía fraudes al seguro. Y, tal y como había planeado, la policía declaró que esas muertes eran o suicidios o consecuencia de un trágico accidente.

Al empezar a trabajar con Sisle, Adam y Debora aceptaron sin protestar el sistema que dictaba que cada dos años asesinarían a una persona que no mereciera vivir y que, además, la fecha del asesinato debía coincidir con la efeméride del nacimiento de algún culpable de crímenes contra la humanidad. Debían elegir un escenario en el que ningún rastro pudiera relacionarlos con el suceso, y la única concesión era la sal que dejaban siempre en las inmediaciones.

A excepción del asesinato de Oleg Dudek, el industrial, cuya sangre había salpicado de pleno a Adam al cortarle las manos, evitaban llevarse consigo el menor rastro de ADN de la víctima, y procuraban que estas no sufrieran de forma innecesaria.

Los métodos de asesinato también cambiaban cada vez. Mataron por desangramiento, disparo, intoxicación de monóxido de carbono y ahogamiento para que nadie pudiera reconocer un patrón. Sin embargo, en la ejecución de Franco Svendsen, Sisle cambió una de sus estrictas normas. Con la edad, empezó a disfrutar alargando el tormento de sus víctimas, y por eso las secuestraba y las retenía un mes, a la espera de que les llegara la hora. A Debora esas nuevas circunstancias se le hacían muy cuesta arriba, pero apretaba los dientes cuando Adam le recordaba que, sin el menor atisbo de compasión, habían visto morir a un joven sin moverse de su coche, y también la convenció de que era una buena oportunidad para conocer a las víctimas y asegurarse de que eran conscientes de sus pecados.

Mientras, Debora había creado una dinámica que aseguraba que siempre tuvieran a cuatro mujeres en un proceso de formación largo e intenso en el que tenían que demostrar su disposición para identificar y castigar a quienes pecaban contra la sociedad. Cuanto antes dieran fe de su valor, antes las contrataría Sisle en su gran y poderosa empresa, donde trabajaban durante años en un puesto de trabajo normal a cambio de un salario elevado, hasta que llegaba el momento de liberarlas como ángeles vengadores. Si alguna de las chicas resultaba ser una oveja negra, era ella quien salía peor parada. A algunas las hicieron callar con dinero, a otras, con amenazas, y a otras no quedó más remedio que silenciarlas para siempre.

Debora siempre había tenido claro que soltarían a los ángeles vengadores a finales de 2020, después de llevar a cabo el último asesinato el día de San Esteban.

Pero, en esos momentos, ya no veía nada claro.

—ADAM, ¿QUÉ CREES que va a hacer Sisle? —preguntó Debora—. ¿Qué pasará cuando matemos a Maurits van Bierbek? Me preocupa que esté asumiendo riesgos innecesarios. El policía de la rueda de prensa parecía saber mucho más de lo que decía. Y luego está lo de Ragnhild Bengtsen, nuestra Ruth, que empezó a matar por su cuenta y nos puso en peligro presentándose aquí para pedirnos ayuda. ¿Y qué me dices de Pauline Rasmussen, que también llamó a nuestra puerta y no nos quedó más remedio que matarla? Creo que las cosas están a punto de torcerse.

—Después de la muerte de Maurits van Bierbek, Sisle se va a dedicar a neutralizar la misión, ella misma nos lo dijo.

—Sí, Adam, exacto. ¿Y si piensa neutralizarnos a nosotros?

—¿Qué quieres decir?

—Tiene gente de sobra para sustituirnos. ¿A cuánta gente habrá matado en realidad, crees que nos lo ha contado todo? ¿Tú llevas la cuenta? Y, además, ¿crees que se va a arriesgar a que nos descubran?

Le costaba que su marido le sostuviera la mirada. ¿Acaso no la escuchaba?

—¡Adam, escúchame! Sin comerlo ni beberlo, tú y yo nos hemos expuesto demasiado y tenemos que andarnos con mucho cuidado. No quiero acabar como la mujer de Lot.

La comparación hizo reaccionar a su marido.

—Escúchame tú, Debora. La mujer de Lot era impía, quebrantó el mandato de Dios y por eso Él la convirtió en una estatua de sal. Pero tú eres todo lo contrario, tú te llamas Debora en honor a una de las mujeres más fuertes de la Biblia, y no debes olvidar que la magnífica Debora fue, a pesar de su sexo, la juez más inteligente de su época. Dios te ha marcado este camino porque eres la persona más indicada para recorrerlo, y eso Sisle lo sabe perfectamente. ¿Crees que fue casualidad que nos eligiera a nosotros? No, fue gracias a ti y a nuestro pobre Isak, y no tenemos nada que temer.

Debora se quedó un largo rato mirando a su marido. ¿Por eso había vendido la empresa? Ya no sabía hacer otra cosa que matar, planificar la siguiente operación con Sisle, ayudarla en todo lo que necesitara…

—Yo solo digo que nos andemos con cuidado. Si soy tan inteligente como dices, tendrás que hacerme caso. Cuando Sisle acabe con Maurits, no debemos bajar la guardia.

43

Assad

Sábado, 19 de diciembre de 2020

ASSAD NO SE volvió loco de milagro después de atender tres llamadas seguidas. Primero, Marwa llamó para echarle la bronca porque trabajaba demasiado y eso les estaba ocasionando muchos problemas en casa. Como no espabilara como cabeza de familia y se dejara ver más, temía que Ronia se marchara y que Nella se subiera por las paredes por culpa del confinamiento.

Assad le prometió que se centraría, y entonces entró la segunda llamada. Era Mona, que no entendía por qué Carl no le había cogido el teléfono, así que Assad le explicó que habían reabierto el caso de los asesinatos con la pistola de clavos y que Carl estaba en su casa de Allerød porque la policía quería registrarla. Assad le aseguró que Carl parecía tranquilo, así que no sería nada grave.

Por desgracia, la siguiente llamada desautorizaba la respuesta de Assad, pues era el propio Carl para contarle que habían encontrado una maleta en la buhardilla de Allerød con kilo y medio de heroína y más de doscientos euros. No lo iban a detener aún, primero tenían que analizar el contenido de la maleta, y por un momento sintió pánico porque, si por algún motivo encontraban sus huellas en el interior, ¿qué explicación les daría?

¿Cómo se respondía a una llamada así? Assad no tenía ni la más remota idea.

—Y, Assad, cuenta con que me suspenderán y tendré que entregar mi placa y mi arma.

—Entonces no puedes volver a la oficina.

—No, pero pregúntales a los demás qué podemos hacer. No hay tiempo que perder, ¿no? Lo primero que se me ocurre es que trabajaremos con una unidad en Teglholmen y con otra en mi casa. Si a los tres os parece bien, traed lo indispensable y nos vemos aquí lo antes posible.

LA REACCIÓN DE Rose fue la más intensa.

—¿Se puede saber qué coño está pasando? A nadie se le ocurriría tener eso metido en casa durante quince años si supiera lo que hay dentro, digo yo. O te deshaces de ello, y hay mil maneras, como entregárselo a la policía, o vendes la droga y repartes el dinero en varias cuentas por el mundo. ¿Por qué Carl no lo ha hecho? Pues porque no tiene nada que ver con todo esto, y punto.

—¿Cómo sabes que no era su intención en cuanto se jubilara? Es imposible deshacerse de tanto dinero sucio hasta que no hayan pasado años desde que se cometió el delito —murmuró Gordon.

—Pero ¿qué dices, melón? ¿En serio me vas a insinuar que Carl es un delincuente?

—Bueno, no, pero...

—Por el amor de Dios, Gordon, ¿no conoces a Carl? —dijo, y se giró hacia Assad—. ¿Y tú qué dices, Assad? Estás para el arrastre.

Su compañero levantó la cabeza.

—No me encuentro muy bien, si te refieres a eso, pero quiero pensar que conozco a Carl. Dice que llamará a Hardy y hablará con él. Quizá juntos puedan hacerse una idea de lo que ha ocurrido.

Assad se inclinó hacia el texto en rojo que Carl había escrito en la ventana. De momento, solo habían averiguado lo que significaban las fechas, pero ¿dónde se ocultaba la siguiente pista? ¿En qué deberían centrarse? Ojalá lo supiera.

Sacó su maletín y metió los últimos papeles.

—Voy a casa de Carl. Una vez allí tendremos que establecer una conexión por Zoom. ¿Te encargas tú, Gordon?

El joven asintió, aún colorado por la bronca de Rose.

—ALEGRA UN POCO esa cara, Assad. A mí no me preocupa en absoluto que la policía encuentre algo que me incrimine. ¿Por qué debería preocuparte a ti?

Assad se encogió de hombros y echó un vistazo a su alrededor, al salón de Mona y Carl. ¿Cómo habían llegado a esto? ¿A investigar en secreto en casa de Carl con los juguetes de Lucia por el suelo y Mona paseando como una leona en una jaula?

Mona estaba muy inquieta, como era de esperar, y Assad también. Carl sabía hasta qué punto. Si Carl desaparecía del Departamento Q, ¿cómo seguiría adelante? Si se diera el caso, lo más sencillo sería buscarse otro trabajo. Podría pasar más tiempo en casa y evitar responder a las preguntas sobre su familia que en algún momento le haría el Servicio de Contraespionaje.

Intentó no pensar en ello, pues alguien moriría pronto, abandonado a su suerte, si no sacaban el caso adelante. Todo lo demás tendría que esperar.

—Carl, hemos visto la lista que escribiste en la ventana del despacho. Rose y Gordon están investigando varios puntos. ¿Qué te parece si tú y yo nos centramos en la sal?

El inspector asintió en silencio.

—¿Por qué la deja en la escena del crimen? ¿Qué lógica tiene?

—Estaba pensando en lo que hablamos antes de que Marcus, Terje Ploug y el Perro de presa nos interrumpieran. Me llamó la atención algo que dijiste.

—¿El qué, Carl?

—Rose sospechaba que el móvil del asesino podría ser la decadencia moral, que sus víctimas fueran embusteros, farsantes sin consideración alguna por nada ni nadie.

—Sí, y tú dijiste que se comportaba como una especie de justiciero, como si hubiera emprendido una cruzada.

—Exacto, pero fuiste tú quien me inspiró a usar esa palabra. Dijiste que todo tenía un aire religioso.

—Sí, sigo opinando lo mismo. ¿No crees que la idea de matar solo a gente inmoral, sin excepción, y en los cumpleaños de gente ruin, desprende un aire religioso?

—Sodoma y Gomorra, Assad. Es la historia que me vino a la cabeza en el coche cuando volvía de Allerød. El mundo es una mierda ahora mismo, y no solo por el coronavirus. No, hoy en día cada uno mira solo por sí mismo, como Anker Høyer cuando me pidió que guardara sus mierdas en la buhardilla. El egoísmo eclipsa todo lo bueno que hay en el mundo, ¿no lo ves?

Su compañero se quedó pensativo.

—¿Lo de Sodoma y Gomorra es religioso?

Carl sonrió. Por lo visto no era una historia muy conocida para un iraquí musulmán, aunque dudaba que muchos daneses cristianos estuvieran familiarizados con ella.

—Es un relato triste pero fascinante del Viejo Testamento. Trata de dos ciudades, Sodoma y Gomorra, cuyos habitantes se comportaban como cerdos y fornicaban y violaban sin control. No sé la historia completa, pero sé que cuenta que Dios favorecía a un hombre llamado Lot. Le envió dos ángeles vengadores para avisarle de que Sodoma y Gomorra iban a ser destruidas en un gran incendio y decirle que huyera con su mujer y sus dos hijas. Lot le dijo a su mujer que les ofreciera sal a los ángeles, como era costumbre con los invitados, pero ella no quiso darles su propia sal y se la pidió al vecino. Cuando se alejaban de la ciudad, los ángeles les advirtieron que no miraran atrás, pero la mujer de Lot no pudo evitarlo y se convirtió en una estatua de sal. —Carl asintió para sí mismo—. Sí, es una historia que relaciona el castigo de Dios con la sal.

Assad se quedó mirando al vacío.

—Ya me suena, Carl. El Corán también habla de Sodoma y Gomorra, pero había olvidado lo que significaba: una historia sobre el castigo divino para los pecadores y los inmorales. ¿Crees que es la clave del móvil del asesino? ¿Que es un fanático religioso?

Carl asintió y observó a su viejo amigo con afecto. Hacía mucho tiempo que Assad no iba a su casa, y más aún desde la última vez que habían trabajado codo con codo en una investigación.

—¿Os importa que os haya escuchado un rato? —Mona había entrado en el salón sin hacer ruido y se había cruzado de brazos. Saltaba a la vista que quería decir algo.

—Assad, ya sabes que Carl me ha estado poniendo al día del caso, así que no me cuesta seguir vuestro razonamiento. A mí me da la sensación de que una persona religiosa de verdad vive con muchas limitaciones implícitas sobre lo que le está permitido y lo que no. Los fanáticos crean sus propias reglas, sí, pero permanecen sujetas a la religión en la que se basan. Eso es lo que me hace dudar de que el asesino en cuestión sea consciente de lo que los siervos de Dios pueden hacer y lo que no. Al contrario que en el fanatismo religioso, donde siempre hay una correlación entre una religión o secta específica y un acto de violencia, aquí no sabemos por qué el asesino se considera un siervo de Dios. En mi opinión, lo que ha puesto en marcha este plan descabellado no es la religión, sino un incidente en la vida del asesino.

—¿Como qué, Mona? Esas son las respuestas que buscamos. ¿Qué clase de incidente podría desencadenar esas masacres?

Mona miró a Carl con una sonrisa leve y ojos cansados. Se notaba que no había olvidado ni por un segundo la situación tan triste en la que se encontraban ella y su familia.

Extendió el puño y levantó el pulgar.

—Pongamos que el asesino tiene una espina clavada por un suceso del pasado, y que ese resentimiento está exacerbado por la cruzada, como la llamas tú, Carl.

A continuación levantó el índice.

—Pongamos también que el incidente que sobrecogió tanto al asesino ocurrió antes de 1988, el año del primer asesinato del que tenéis constancia.

Levantó el siguiente dedo, el corazón.

—Sabemos que el asesino mata con convicción, por lo que es probable que también sea así en otros aspectos de su vida, en cuyo caso debe de tener cierta estabilidad económica, porque planificar algunos de los asesinatos conlleva mucho tiempo y preparación.

Levantó el anular, y ya iban cuatro dedos.

—También hablamos de alguien con muchísima paciencia que no asesina sin orden ni concierto. Solo mata cada dos años; es una persona preocupada por que la descubran. Yo creo que debe de ser brillante y que tiene un don para la organización.

Le tocó el turno al meñique.

—La complejidad de los asesinatos nos dice que también sabe trabajar en equipo, que os enfrentáis a alguien con gran capacidad de liderazgo y con discípulos.

Assad intervino.

—Alguien inteligente, paciente, que sabe cooperar, es pudiente y que vivió una situación grave que le sacudió la moral. ¿Crees que siente que lo han tratado de forma injusta?

Mona asintió.

—Sin duda. Y toda la simbología apunta a que cree que tiene la justicia de su parte. La sal es una especie de autorización para actuar como un ángel de Dios, y ese asunto tan extraño de los cumpleaños de criminales famosos es otra forma de justificar que los asesinatos se cometieron por el bien del mundo.

—¿De verdad crees que eso es lo que piensa el asesino? —preguntó Carl—. Le cortó las manos a Oleg Dudek, ahogó a Pia Laugesen en su propia piscina y les inyectó cloruro de potasio a hombres como Franco Svendsen y Birger Brandstrup, que además estaban a punto de morir de inanición. Es psicopatía pura, Mona.

—Exacto, pero los psicópatas nunca dudan de sus propios actos.

Sonó un móvil y la hija de Carl llegó corriendo con él en la mano. Assad no recordaba cómo eran Nella y Ronia cuando tenían la edad de Lucia. Le costaba creer que hubieran sido unas criaturas tan inocentes.

Carl frunció el ceño al escuchar a su interlocutor y los siguientes dos minutos de silencio en el salón se hicieron eternos. Colgó y miró a Assad.

—No me he quedado con todo, Assad, pero Gordon y Rose ya han repasado toda la pizarra. Solo faltan dos de los ocho casos sin identificar. Los otros seis son de víctimas que tuvieron la desgracia de meterse donde no debían y que sufrieron accidentes extraños el mismo día del cumpleaños de un criminal famoso, para variar. Entre ellos, el de Lenin, el de Gaddafi, el de Mussolini y el de Ferdinand Marcos. No sé si recordáis el sonado caso de Bobo Madsen, no hace mucho tiempo. En 2014, de hecho.

Assad miró a Mona mientras esta le daba vueltas al nombre, que no era fácil de olvidar.

—Murió en un accidente de caballo el 25 de noviembre de 2014, el cumpleaños de Augusto Pinochet, un dictador y genocida chileno.

El rostro de Mona se iluminó al recordarlo.

—¿Era el que prestaba dinero con intereses desorbitados en varios servicios de préstamos rápidos?

Carl levantó el pulgar.

—Sí, y contaba con el apoyo de la comunidad. Era un usurero profesional y, sí, solo concedía préstamos rápidos, por lo general de cantidades pequeñas. Atraía a gente corriente con unos anuncios muy llamativos que no hacían saltar las alarmas, como suele pasar con ese tipo de servicios. Si no cumplías los plazos, diez mil coronas se convertían en doscientas mil. Con los intereses que cobraba Bobo Madsen, cuando querías darte cuenta te habías cavado un hoyo del que era complicado salir.

Assad intervino.

—Vale, sí, ya me acuerdo del debate sobre los préstamos rápidos que surgió cuando encontraron su cadáver, pero aquello no llevó a ninguna parte, ¿no?

Carl resopló.

—Siempre habrá gente dispuesta a aceptar préstamos que no tiene dos dedos de frente para preocuparse por las consecuencias. Y no, no se cambió la legislación.

Mona parecía un poco consternada.

—Pero murió en un accidente montando a caballo, ¿no?

—Sí, tiene toda la pinta. Perdió la cabeza, de forma literal, al galopar hacia un cable que se había quedado enganchado entre los árboles.

—Vale, ya me acuerdo —dijo—. Se hicieron bromas bastante morbosas porque en los anuncios ponía algo de que no perdieras la cabeza si te quedabas sin dinero; pídeselo a Créditos Bobo.

Carl y Assad intercambiaron miradas. Los anuncios también podían matar de una forma más directa.

44

Maurits

Domingo, 20 de diciembre de 2020

A PESAR DE que la sala tenía calefacción, Maurits se estaba muriendo de frío.

Le temblaba todo el cuerpo y no podía cerrar la mandíbula, pero, aunque estaba sufriendo una agonía insoportable, por dentro lo inundó una calma absoluta. «Parece que la muerte por inanición es clemente», pensó. Como en la muerte por congelación, el cuerpo se resigna a lo inevitable, pierdes el conocimiento y se te para el corazón. Maurits era de los que salían a correr por las mañanas y, antes del confinamiento, iba al gimnasio cuatro veces por semana; tenía un ritmo cardíaco de cincuenta o sesenta pulsaciones por minuto en reposo, pero eso se acabó.

Durante los primeros días sin agua ni comida, el pulso se le disparó, como si el corazón hubiera presionado a las células para que le llevaran nutrientes a las extremidades, pero, al descubrir que no había nada que transportar, volvió a desplomarse. Maurits era muy consciente de que a lo largo del día su cuerpo había empezado a dejar de funcionar poco a poco, y su pulso se debilitaba a cada hora que pasaba.

«Supongo que moriré si baja de veinticinco», pensó. Maurits se tomó el pulso en la muñeca y, cuando lo encontró, volvió a contar. Veintiocho pulsaciones por minuto. «Muy débil», concluyó.

Por décima vez desde que el hombre lo había encadenado a la barra, se levantó con piernas temblorosas y, con todas sus fuerzas, dio un tirón hacia la pared opuesta para intentar partir la cadena.

La presión en el torso era tal que casi perdió el conocimiento. Maurits se agarró el pecho sabiendo que ese había sido su último intento. La escalera y la llave inglesa que había sobre la mesa eran la tierra prometida que nunca alcanzaría.

—Dios, si estás ahí, déjame morir —susurró—. Déjame tumbarme aquí mismo y morir. Estoy listo.

Desde su posición en el suelo de hormigón, con las cadenas en cruz desde los hombros hasta el techo, le pareció oír el traqueteo de la puerta del ascensor, pero no sería la primera vez que sufría alucinaciones: un vendaval de imágenes, de labios húmedos y de afecto, y, sobre todo, el recuerdo del cariño que no valoró lo suficiente en su momento; la lejana esperanza de que la salvación llegara de arriba, de abajo, de donde fuera. Maurits cerró los ojos y dejó que los ruidos continuaran.

—Pon un poco de tu parte, Maurits. Levántate y te sujetaremos —oyó mientras le tiraban de los brazos.

—Es un peso muerto —dijo otra voz más aguda.

—¿Cómo tiene el pulso?

—Veintisiete.

—Voy a sujetarlo en la silla para que le pongas el gotero, Adam.

Maurits intentó abrir los ojos, pero no podía. Si no fuera por el perfume floral que desprendía la persona que le sujetaba los hombros, habría pensado que estaba en brazos de la muerte.

Estuvo trajinando con el anverso de su mano y, poco después, la vida volvía a fluirle por las venas. Fue tan intenso que le entraron náuseas.

—Basta —suspiró—. Soltadme y dejadme en paz.

Entonces abrió los ojos y vio dos manos con uñas rojas como la sangre que lo sujetaban con firmeza.

—Muy bien, Maurits. Eso es —dijo el hombre que tenía delante—. Menos mal que hemos venido a verte hoy, ¿eh?

Era el hombre de la cara asimétrica, y el muy hijo de puta estaba sonriendo.

La persona que estaba detrás de él retiró las manos de los hombros y se puso delante del hombre robusto.

A pesar del color de pelo, la ropa y el maquillaje, Maurits reconoció de inmediato a la mujer que lo había secuestrado. La mirada siempre delata. En sus programas de telerrealidad, solía insistirles a los cámaras para que hicieran *zoom* en los ojos de los participantes. En ellos se intuía el amor, la decepción y el horror como una manifestación de los pensamientos más íntimos. Pero en los ojos que lo observaban no había nada de eso: solo una mirada fría, vacía y carente de piedad.

—¿Qué queréis de mí? Si es dinero, tenéis que mantenerme con vida —suplicó—. Tengo más que suficiente. Decidme cuánto. Dadme algo de comer y un ordenador y haré la transferencia. Y soltadme donde consideréis.

La mujer entornó los ojos.

—¿Crees que te enseñaría la cara si fuera a soltarte?

Maurits no contestó.

— Tienes que entender que no hay mucha gente a la que odie tanto como a ti.

—Gracias. El sentimiento es mutuo —susurró.

—Pero te lo has ganado a pulso. Te hemos seleccionado entre muchos candidatos en los dos últimos años; nadie ha demostrado ser tan cínico como tú.

Se agachó, recogió un álbum del suelo y lo abrió.

—Compruébalo tú mismo —dijo, señalando el artículo que ocupaba las dos primeras páginas del periódico—. Mira cómo sonríes mientras cuentas lo que puedes obligar a la gente a hacerles a otros o a sí mismos en tus programas de telerrealidad.

Empezó a pasar páginas, señalando cada artículo acompañado de fotografías muy profesionales y dignas de un empresario de su calibre. O eso creía hasta ahora.

—¿Te reconoces ahí sentado, con la mirada sensual, convenciendo a los periodistas de que los participantes de tus programas son libres de negarse a hacer lo que les pides?

—Sí, siempre lo han sido. Todos los participantes tenían libre albedrío en mis programas —respondió con dificultad.

El puñetazo que el hombre le propinó en la oreja no fue muy fuerte, pero hizo que abriera los ojos.

«Ten mucho cuidado con lo que dices, Maurits. Aún estás a tiempo de hacerle entrar en razón», pensó.

La mujer cerró la carpeta y se la guardó bajo el brazo.

—Has mancillado muchas vidas con tu inmoralidad y nos has acostumbrado a ver la humillación, la infidelidad, la deslealtad y el salvajismo como cualidades deseables. Has convertido a individuos normales y corrientes en monstruos y en ejemplos a seguir para almas más débiles. Ni una de tus producciones se libra de tu perversidad. Por eso vamos a detenerte. ¿Lo entiendes?

—Pero ¿por qué a mí? No soy el único que produce esos programas.

El hombre volvió a golpearle de inmediato, pero esa vez más fuerte, y un pitido insoportable en los oídos ahogó sus quejidos.

Cuando Maurits quiso protestar a pesar del dolor, ya se habían dado la vuelta y se dirigían hacia la mesa. Hablaban en susurros y sacaban de una bolsa lo que parecía instrumental médico.

El hombre se acercó a él por segunda vez. Maurits vio su enorme mano levantada y se retorció en la silla, intentando protegerse con el brazo que tenía libre.

—Estate quieto —dijo el hombre—. Hoy no vamos a volver a tocarte. Solo necesito esto.

Le quitó la vía del anverso de la mano y se llevó el gotero con la bolsa, que estaba casi llena, hacia la mesa.

—Dadme algo de beber —susurró—. Agua, aunque sea, por favor.

El hombre asintió y volvió con un vaso de agua.

Cuando se lo acercó a los labios entumecidos, apenas notó el vaso, pero sí el recorrido del líquido desde la boca hasta el pecho y cómo le refrescó el paladar y la garganta. Estiró el cuello hacia el vaso cuando el hombre se lo llevó, y lo siguió con la mirada cuando lo volvió a dejar en la mesa.

Entonces se le acercó la mujer.

—Hemos decidido volver al menos una vez para darte de comer, Maurits, pero, a cambio, tienes que hacernos un favor.

Abrió los brazos en un gesto de súplica, pero Maurits no aceptó.

—No pienso hacer nada si no me soltáis —dijo con la voz más clara.

Levantó el mentón y lo miró con desdén.

—Nadie vendrá a rescatarte, Maurits. Espero que lo tengas claro. Puedes decidir obedecerme y vivir lo que te queda de vida sin sufrimiento.

—Mi mujer me encontrará. La policía identificará el vehículo que utilizasteis para secuestrarme y os pasaréis el resto de vuestra vida en la cárcel.

—Tu mujer no ha denunciado tu desaparición, así que no lo sabe nadie. Te hackeamos la contraseña y llevamos varias semanas intercambiando correos con ella, pero no tenías forma de saberlo, claro. Cree que estás en EE.UU. cerrando uno de los acuerdos empresariales más importantes de Dinamarca. Procura no molestarte; tú mismo se lo has pedido, de hecho, así que os comunicáis siguiendo ese patrón: tú le escribes y ella te contesta. Hemos respondido a sus mensajes con mucho decoro, pero también la hemos informado de que no volverás a casa por Navidad.

Cuando dijo esto último tenía un brillo en la mirada.

—Estáis enfermos —dijo con audacia a medida que la esperanza se apagaba.

—Hemos llegado a un punto en el que tu mujer te empezará a hacer otro tipo de preguntas que debes responder si no quieres que te atormentemos más.

—Contestadle lo que os dé la gana. Ya lo estáis haciendo.

—Podría preguntarnos algo que solo tú sepas responder.

Maurits reflexionó un momento. ¿De qué hablaba esa mujer?

—¡Sois unos putos embusteros! Mi mujer sabe que hay gato encerrado y que esos correos no son normales, os lo aseguro.

—Voy a ponértelo fácil: ¿Quieres contestar?

La mujer que tenía enfrente era fría como el hielo. Después de haber llegado tan lejos, las palabras no les harían cambiar de parecer.

—Haced lo que queráis conmigo. Vais a matarme de todas formas.

Pero Maurits no lo decía en serio. No quería sufrir. No quería sentir dolor. Solo quería que lo dejaran tranquilo.

—Decidme cuándo y cómo lo haréis y puede que coopere —dijo.

Ella asintió para sí misma y se giró hacia el hombre, que le devolvió el gesto.

—Muy bien, Maurits. Ya sabes que no volverás a casa por Navidad, pero te prometo que, al menos, no te amargaremos el espíritu navideño.

—¿Cuándo y cómo? ¡Decídmelo o matadme ahora mismo! —gritó.

La mujer señaló con la cabeza al hombre que estaba sentado a la mesa.

—Adam va a enseñarte una jeringa. Eso es lo que usaremos. Dolerá, pero solo un momento. Luego estarás en paz.

Maurits miró, horrorizado, la aguja que sujetaba el hombre, y por un instante creyó que empezaba a sudar, pero sabía que era una ilusión; estaba deshidratado.

La mujer se inclinó como si fuera a contarle un secreto.

—Me has preguntado cuándo, Maurits, y a eso te puedo responder que tendrás que esperar a Mao.

Maurits respiró hondo.

—¿Qué quieres decir? Dime cuándo —preguntó otra vez.

—Lo descubrirás cuando llegue el momento. Nunca les digo la fecha a mis víctimas

«¡Mis víctimas!» Así que no era la primera vez.

Por un instante, se quedó mirando la jeringa que aquel monstruo sostenía con orgullo, antes de cruzar la mirada con la de la mujer.

—Tú lo has querido. Matadme si queréis, pero no voy a cooperar con bestias.

—Pues, mientras esperas, creo que deberías pedirle perdón a Dios por tus pecados —contestó.

—¿Mis pecados? ¿Qué me dices de los tuyos?

—Maurits, Maurits… Dios nos juzga a todos, pero solo las almas que le rezan reciben su perdón. Esa es la diferencia entre tú y yo.

45

Carl

Lunes, 21 de diciembre de 2020

ALGO LE OPRIMIÓ el diafragma y después el pecho, y notó un soplo cálido en la cara con olor a vainilla. Un roce en la mejilla y una risilla alegre terminaron de extraerlo de la vorágine de pensamientos en la que el sueño lo había sumido. Carl abrió los ojos y se encontró con dos lucernas azules que rebosaban picardía y cariño.

—Quítate de encima de papá, Lucia, aún está medio dormido —oyó decir a Mona mientras levantaba a su hija en brazos—. Son las siete y media. Voy a llevar a Lucia a la guardería. Gordon llamó hace media hora para decirte que te acerques a la oficina, aunque te hayan suspendido. A mí no me parece muy sensato, pero como tú veas. Dice que esperes fuera y que saldrán a buscarte a la entrada en cuanto se vaya la recepcionista. Está claro que quieren enseñarte algo.

Carl se sacudió para despejarse. No conseguía quitarse el puñetero caso de la cabeza.

—No has parado quieto en toda la noche, Carl. Tuve que tomarme otra pastilla de melatonina para poder pegar ojo.

—Es el caso —dijo, medio distraído, y volvió a cerrar los ojos.

—Ya, está dando mucho que hablar. Sale en las portadas de todos los periódicos: «¿Tu vecino es un asesino?», reza uno. «Declaraciones impactantes de un inspector de policía», dice otro. Te mencionan como referente, así que hazte a la idea de que te esperan unos días movidos. Espabila y ve pensando en cómo lidiar con todo esto para que no te pille desprevenido.

A Mona le dio tiempo a despedirse y decir «Dile adiós a papá, Lucia» antes de que se armara de valor para mirar el reloj. Carl no sabía qué pensar de los últimos acontecimientos. Era un método efectivo, pero difícil de controlar.

Aunque ¿no era justo lo que quería?

FRENTE A LA fachada de cristal de Teglholmen, aún no había amanecido y hacía un frío que pelaba.

Carl se apoyó en la pared con las piernas cruzadas, se colocó bien la mascarilla y se subió el cuello del abrigo para que los compañeros que pasaban de largo sin mirarlo siquiera no advirtieran su presencia.

Assad salió por la puerta principal con una expresión desafiante, decidida e implacable, bien porque estaba disgustado por que hubieran tachado a su jefe de paria o porque el caso había dado un giro inesperado. Carl esperaba que fuera lo segundo.

—¿Qué se cuece? —preguntó una vez dentro.

—¿Cómo que qué se cuece? Aún no es hora de cenar —le replicó con una sonrisa burlona y un codazo en el costado—. En fin, vamos a la oficina y te contamos qué se cuece.

Rose y Gordon los esperaban dentro, y hacía mucho que no los veía tan concentrados.

—Mira —dijo Assad, señalando la pizarra.

Carl se sentó y estudió el texto.

La tabla estaba casi completa, salvo por un par de huecos, y los nombres de dictadores y criminales de guerra como Kim Jong-Il, Jean-Bédel Bokassa, Vladímir Ilich, Lenin, Muamar el Gadafi, Jean-Claude Duvalier, alias Bebé Doc, y Benito Mussolini se habían unido a los demás demonios junto a sus respectivas fechas de nacimiento. Rose, Gordon y Assad esperaban frente a él, hombro con hombro, como un equipo de científicos de antaño que hubieran resuelto una ecuación desconcertante e inabordable y que ahora le exigían al jefe del proyecto que les reconociera el mérito sin dilación.

—Pues esto es lo que tenemos —dijo Gordon en respuesta al silencio de Carl—. ¿Qué te parece?

El inspector se tomó su tiempo. Cuando el caso llegara a oídos de la prensa, las ruedas de prensa de la primera ministra caerían en el olvido, porque aquello iba a acaparar todas las portadas del país.

Lo que insinuaba la pizarra era una auténtica barbaridad. Solo se habían registrado tres casos de asesinos en serie desde el siglo XIX, pero algo tan sistemático, organizado y extraño era inaudito. Las víctimas no eran niños inocentes ni prostitutas drogadictas que hubieran sido elegidas al azar por un misógino sádico en busca de un blanco fácil. Las habían seleccionado con mucho afán. La gran mayoría eran personas muy activas y les había ido bien en la vida. Al contrario que los asesinatos convencionales, donde se podía demostrar sin lugar a dudas que la muerte era premeditada, todos esos casos se habían calificado como accidentes o suicidios. Si unos pocos se habían catalogado como asesinatos fue por pura suerte, pues todos ellos demostraban una astucia imparable. Llevaban dieciséis casos confirmados y aún no habían sido capaces de dar con el responsable. Lo más trágico era que, dentro de cinco días, el asesino se cobraría otra víctima si no lo detenían. ¿Cómo iban a evitarlo?

Carl se fijó en las fechas de los cumpleaños y lo recorrió un escalofrío.

—Qué horror de lista —susurró, repasando nombres como Nicolae Ceauşescu, Hitler y Mao. Los años encajaban a la perfección; el patrón de un asesinato cada dos años era constante.

A Rose se le iluminó la cara, aunque no mejoraba su aspecto en general: no parecía que hubiera dormido bien.

—Sabemos que los delitos de las víctimas pueden parecer insignificantes a primera vista —dijo—, pero Gordon y yo hemos vuelto a repasar la vida, las organizaciones y los círculos de cada uno de ellos y, como sospechábamos, todos, de un modo u otro, han cometido algún crimen atroz y violento contra el bien común.

Señaló la columna de «¿Cómo?» en la pizarra y procedió a mencionar algunas de ellas.

—La víctima de 1990 se dedicaba a la venta de bienes robados, pero siempre eran de un valor desmesurado. Movía cientos de millones de coronas al año, una cantidad que rivalizaba e incluso excedía los beneficios de una empresa de la bolsa. No se pudo demostrar quién estaba detrás de la operación, así que se fue de rositas... hasta que nuestro asesino tomó cartas en el asunto.

A Carl no le hacía mucha gracia lo de «nuestro».

—Otro ejemplo —continuó— es el del matrimonio Bernados, Helene y Georg, que a mediados de la década de 1980 formó una banda despiadada que estafaba a ancianos y a personas con alguna discapacidad. Lo pagaron con su vida en 1996, el mismo día del cumpleaños de Lenin, el 22 de abril. Luego está la víctima de 2008, en el cumpleaños de Mussolini, el 29 de julio: el líder de una red de camioneros que transportaba cerdos y vacas a mataderos del sur de Europa en condiciones nefastas.

Gordon también tenía algo que añadir, pero Rose continuó.

—Todas estas víctimas eran mezquinas y carecían de empatía y, a nada que rasques un poco, ves que su egoísmo y su cinismo alcanzaban límites nauseabundos —recalcó.

Assad se encogió de hombros.

—Para mí, este asesino es como atravesar el desierto en camello: te pasas todo el día arrugando la nariz porque sus pedos apestan, pero, a fin de cuentas, te lleva a tu destino.

Carl sacudió la cabeza. ¿A qué venía ese símil tan extraño en un momento tan serio?

—Quiero decir que, al final, hasta le das las gracias —murmuró Assad.

—¿A qué te refieres?

—Piensa en todos los miserables que ha borrado de la faz de la tierra, ¿no?

Carl y sus compañeros miraron a Assad. A todos se les había pasado por la cabeza.

—Pero ¿a quién se le ocurre embarcarse en algo así? Es una locura —dijo Carl—. ¿Y qué hacemos ahora? ¿Dónde están las páginas que faltan del informe de Palle Rasmussen, Gordon? ¿Y los archivos del ordenador? ¿Cuándo sabremos algo del NC3?

Gordon intentó esbozar una sonrisa que no encajaba en su rostro, tan pálido y delgado, pero estaba claro que tenía algo que añadir.

—Bueno, eso es lo que quería deciros. El NC3 ha recuperado gran parte de los archivos eliminados, aunque no nos dicen mucho. Los recibí anoche; llevo toda la noche leyendo.

De ahí las ojeras.

—Solo han rescatado fragmentos de los correos de Palle Rasmussen, y la mayoría ya los teníamos impresos, pero no deja de sorprenderme la franqueza con la que ese hombre hablaba de su sadomasoquismo. He encontrado cuatro o cinco en los que relata con pelos y señales lo que le excitaba. Y, en un caso, lo mucho que le repugnaba al destinatario. Hoy en día el movimiento Me Too lo habría colgado de un pino, porque era un acosador de manual. No voy a entrar en detalles sobre todo lo que se puede hacer con los genitales, pero he traído un ejemplo del día antes de su muerte que podría darnos alguna pista.

Se inclinó sobre la mesa y leyó el correo:

Olvídate de quedar en público y deja de lamerme donde amargan los pepinos. ¿Con quién te crees que hablas, cacho puta? ¿Te falta un hervor? Y deja de acosarme, cerda desfigurada, por favor y gracias. Si quieres algo, te vas a tener que mojar y…

Gordon los miró con cara de circunstancias.

—Eso es todo lo que tenemos de ese correo —dijo.

—*Haqana* —exclamó Assad—. No tenía pelusas en la lengua.

«Pelos», corrigió Carl en su cabeza. A veces creía que Assad sabía cómo se decía, pero que prefería tomarles el pelo. Pero Gordon y él tenían razón: aquello prometía. ¿Era eso lo que le había tenido en vela toda la noche?

—¿No nos habíamos planteado que fuera una posibilidad? —preguntó Rose.

—Sí, lo pensé la primera vez que hablé con Sisle Park. Es una persona muy enigmática. —Carl asintió para sí mismo—. Esto explica la relación de los correos del 16 y el 17 de mayo de 2002. Mira a ver si los localizas, Gordon.

Esperaron en silencio mientras hojeaba la carpeta. Se detuvo y los miró un instante antes de ponerse a leer.

—Este es el primero, del 16 de mayo de 2002.

Querido Palle, no quiero molestar, pero pienso que no hablamos lo bastante la última vez. Podemos vernos en el café Sommersko pasado mañana, sábado, sobre las cuatro. Yo estaré en Copenhague. ¿Qué me dices? ¿Tienes tiempo? Sisle.

—Y el del 17 de mayo de 2002 dice así:

Palle. Tu comparecencia en el ayuntamiento de Nørrebro me causó una honda impresión. No sé cómo expresarlo, pero, como ya sabes, me gustaría mucho volver a verte. Debiste de darte cuenta de que me senté en la tercera fila, justo delante de ti, y que le pedí a una persona que se cambiara de sitio para poder mirarte a los ojos. Me pondré en contacto contigo lo antes posible.

—Muy interesante —dijo Carl—. Palle Rasmussen se negó a quedar cara a cara y en público con la persona que envió el correo, lo cual era sintomático de sus aventuras. En el mismo correo, se ríe de ella y me da la impresión de que intenta provocarla. Cuando le propone quedar de forma muy directa en el correo del día siguiente, el 17 de mayo, él le insiste en que, si quiere algo, se tiene que mojar. Ya no está un poco excitado: está cachondo.

—¿Podemos dar por hecho que Sisle Park escribió ambos correos? —preguntó Rose, aunque no parecía tener ninguna duda.

—Yo creo que sí. Y sabía cómo conseguir lo que quería de Palle Rasmussen, ¿no? Lo tenía como un mono en celo pensando en lo que le haría. Era una víctima más que dispuesta. Las bridas lo habrían envalentonado aún más.

—No entiendo nada —murmuró Assad—. ¿Por qué iba una mujer tan inteligente a firmar con su nombre real? ¿No creéis que Sisle Park es un chivo expiatorio?

Carl le dio la razón: ¿por qué había firmado con su nombre?

—La llamó «cerda desfigurada». ¿Es en sentido literal o figurado? Podríamos indagar —dijo Rose.

—¿Crees que deberíamos investigarla a fondo? —preguntó Carl.

—Si tiene cicatrices y ha recibido algún tratamiento, deberíamos poder comprobarlo.

Gordon sacudió la cabeza.

—Con la legislación danesa, olvídate. Los historiales médicos, en concreto, son muy difíciles de consultar.

—Sisle Park tiene una empresa importante. Es una de las pocas mujeres que ha llegado a lo más alto por sus propios medios. Busca en MediaInfo; apuesto a que habrá muchos artículos sobre ella en publicaciones sobre mujeres —dijo Carl.

—Ya lo he mirado. No hay nada —respondió Gordon.

—Qué extraño. ¿Qué pone en su expediente?

—Nació el 30 de mayo de 1964 como Lisbeth Park en Nørresundby y es hija de madre soltera, Dagny Park Iversen. En Facebook dice que su madre la llamaba Sisle. Terminó secundaria en Aalborg con dieciocho años y empezó la carrera de Química en la Universidad de Copenhague en 1982, donde se graduó con matrícula de honor en 1989.

—¡En Química!

—Sí, e hizo un máster en la Universidad de Ciudad del Cabo, donde estuvo viviendo y trabajando de forma intermitente durante tres años.

—Joder. Pero, si tan lista era, ¿por qué tardó siete años en sacarse la carrera?

—No tengo ni la menor idea —respondió Gordon.

—¿Qué sabemos de su pareja, Gordon? —preguntó Rose.

—No tiene, que yo sepa.

Rose les enseñó una foto en Google de un congreso.

—Qué raro. Si yo fuera tan rica, delgada y guapa como ella, no tendría que arrastrarme para llevarme a un tío a la cama.

Carl miró a Gordon, que parecía dolido. ¿Cuándo iba a superar lo que sentía por Rose?

—Sigo pensando en que estudió Química —dijo Assad en voz baja—. Puede que las cicatrices fueran por algún vertido químico o una explosión.

Carl sonrió.

—No creo que alguien que se acaba de sacar un máster en Química se eche ácido encima, Assad.

Alguien llamó a la puerta. Era Marcus, ensombrecido por un nubarrón. Carl sabía lo que significaba.

—¿Qué haces aquí, Carl? No puedes estar aquí.

Tenía una expresión muy triste.

—Pero, ya que has venido, me gustaría charlar contigo a solas.

¿Charlar? Mal asunto. Se unirían los de Narcóticos, Terje Ploug y un par de agentes de Asuntos Internos.

Siguió a Marcus, que pasó de largo su despacho y lo llevó a una sala reservada para interrogatorios. Qué buena señal.

Las cinco personas de la sala no estaban sonriendo. Si Carl hubiera estado al otro lado de la mesa, habría tenido claro que el desgraciado de turno ya era un caso perdido, y no le hacía excesiva ilusión que, en esa ocasión, el desgraciado fuera él.

Fue una reunión breve y formal. No se sorprendió cuando lo informaron de que era el sospechoso principal del llamado caso Høyer.

—No puedes abandonar el país mientras la investigación siga abierta. Y Feliz Navidad —dijo el agente de Asuntos Internos que lo había interrogado.

El Perro de presa podría haberse ahorrado la sonrisa de oreja a oreja. Carl no la olvidaría.

—No puedes acercarte a la unidad ni al Departamento Q, Carl. Si te vuelvo a ver por aquí, tendré que detenerte.

—Marcus, por el amor de Dios, piensa. Estamos a punto de avanzar con el caso. No puedes pretender que lo dejemos.

—Me parece estupendo, pero a partir de ahora tendrás que dejarlo en manos de tus compañeros.

Carl se quedó sin palabras.

—Una última pregunta, Marcus. ¿Puedo contar contigo si lo necesito?

—Depende.

—Van a matar a un hombre dentro de cinco días. Tenemos una sospechosa. Necesitamos luz verde.

—Carl —dijo, y le puso la mano en el hombro—, preocúpate de demostrar tu inocencia. Están buscando huellas en cada billete de la maleta. Si encuentran la tuya, aunque solo sea en uno, podrías enfrentarte a varios años de cárcel. Vete a casa con Mona y prepárala para una etapa que podría ser muy difícil para los dos.

46

Sisle

VISITABA ESE LUGAR en silencio y con recogimiento todas las Navidades desde 1988 para observar la pequeña tumba, y ahora había otra al lado. Dos lápidas que se apoyaban una en otra; dos destinos tristes de los que Sisle era la única responsable.

—Lo siento muchísimo, Maja —susurró mientras se agachaba.

Acarició la losa de arenisca con ternura. Desde su época de estudiante solo había llorado por el pequeño Max, que yacía ahí, pero, ahora que el nombre de Maja adornaba la lápida adyacente, sentía el corazón en un puño.

Se había hecho la misma pregunta mil veces.

Si pudiera volver atrás, ¿habría dejado con vida a esos monstruos a cambio de salvar a ese niño con la ayuda de Dios? Era imposible saberlo. Pero, cuando le arrebató la vida a esa criatura inocente, decidió que no podía volver a recurrir a métodos que pudieran cobrarse vidas accidentalmente, como las explosiones. No; después de aquel fatídico día de enero de 1988, sus víctimas morían solas y sabían muy bien por qué. Posó la mirada sobre la parcela junto a la de Maja y el niño. La había comprado hacía más de treinta años para que, cuando le llegara la hora, pudiera descansar junto al niño que había pagado por su negligencia. Hoy Max sería un joven de treinta y pocos años. Le había robado más de doce mil días. Doce mil días que su madre tuvo que vivir con un dolor inconmensurable y sueños rotos.

No había palabras para describir su tormento.

Cuando Maja se suicidó, Debora le preguntó a Sisle si sentía sobre sus hombros el peso de todas las vidas de aquellos que sus víctimas dejaban atrás.

Esa pregunta fue el primer indicio de que Sisle estaba perdiendo la confianza de Debora y, con ella, la de Adam. Era la clase de pregunta que no debía hacerse jamás. Debora sabía que sus víctimas habían renunciado a la vida, pues habían elegido por iniciativa propia los derroteros de sus viles actos. Por tanto, no podía dudar que los allegados de las víctimas también cargaban con la responsabilidad de no haberse molestado en detener su obscenidad y su cinismo. «Quien convive por voluntad propia con alguien que se gana la vida con actividades deshonestas, que maltrata animales y sume a los más desamparados en la pobreza, no merece compasión alguna», había repetido en varias ocasiones.

¿Acaso no han disfrutado las familias de las víctimas de una vida más que digna, construida sobre los cimientos de la brutalidad y la desdicha? ¿Por qué deberían apiadarse de ellos llegado el momento? Había librado a los niños de criarse en un entorno tóxico. No entendía a qué venía la pregunta de Debora.

Ya habían intentado convencerla de que se desviara de sus principios y matara a sus víctimas antes de tiempo. Iba en contra de todo lo que habían conseguido. ¿Qué sería lo próximo?

Sí, perder a Adam y a Debora era una posibilidad, sobre todo ahora que un obstinado policía pretendía pararles los pies.

Sisle se arrodilló y dejó un humilde ramo de flores sobre la lápida del niño. Le hubiera gustado llevar flores durante muchos años, pero Maja habría sospechado algo. Era demasiado arriesgado.

Se levantó despacio y paseó entre las parcelas hasta que encontró lo que buscaba.

En esa lápida ponía «Lars K. Pedersen». El paso de los años y el musgo habían borrado la fecha de la muerte, pero Sisle la conocía mejor que nadie. Fue el día en que Dios la eligió y le perdonó la vida. A ella, la única persona justa de las siete que habían sido alcanzadas por un rayo. La única que defendía la diferencia entre el bien y el mal. Los primeros años escupía en la tumba de Lars K. Pedersen y de los otros cinco, pero, un buen día, Debora la llevó por lo que ella llamaba el camino correcto y superior.

«De no ser por ellos, no habrías conocido a Dios, Sisle. Deberías darles las gracias por haber encontrado tu vocación, mientras que ellos pagaron con su vida.»

—Gracias, Lars —dijo, y se inclinó frente a la tumba abandonada.

EL ECO DE sus tacones de cuero resonaba en la enorme recepción de camino al ascensor. Había mandado a casa a la mayoría de sus empleados durante unos días y, en el tercer piso, en la sala de reuniones, la esperaban las tres subordinadas más fieles y prometedoras.

Llevaba mucho tiempo esperando esa reunión.

Saludó con la cabeza a las tres mujeres del departamento de Recursos Humanos, que la miraban con expectación. Como Dios manda.

—Hola, y gracias por venir en un día tan inusual. Podéis quitaros las mascarillas mientras permanezcamos sentadas.

Le dedicó un gesto de asentimiento a cada una de ellas. Qué compañía tan exclusiva, tan digna de los dioses.

—Cuando concluya mi misión el día después de Navidad, desapareceré; no volveréis a verme, pero vuestras órdenes son claras, así como los planes de futuro de la empresa. Como ya os han informado, vuestra labor consistirá en matar a una persona siguiendo unas pautas muy precisas. Sé que ya habréis pensado en cómo llevar a cabo un asesinato de esta magnitud sin ser descubiertas, y quiero que sepáis que tengo la certeza de que lo conseguiréis. Yo os supervisaré y aprobaré vuestras propuestas. El plan más viable de los que me presentéis será el primero en llevarse a la práctica, así que no podéis saber con exactitud cuándo actuaréis.

Señaló a la mujer que había levantado la mano. Tenía una dedicación absoluta y una preparación excelente; de momento, era la mejor de las tres.

—¿Tienes alguna pregunta, Nora?

—Sí, ¿cuándo sabremos quiénes son las víctimas?

Sisle sonrió. ¿Quién si no Nora haría una pregunta segundos antes de que pensara compartir la respuesta? Era una líder nata.

—Por eso nos hemos reunido aquí hoy. Estaba a punto de revelarlo.

Tres pares de hombros se relajaron. Por fin: la culminación.

—El objetivo es que, cada cuatro meses a partir de 2021 y en años sucesivos, elijamos a un político municipal o nacional que haya transgredido la moral que cabe esperar de cualquier persona que ocupe un puesto de gran responsabilidad democrática: abuso de poder, avaricia, engaño, deslealtad, abuso sexual, mentiras. Sí, hay mucho donde elegir; veo que asentís.

Nora volvió a levantar la mano. Estaba sonriendo, como las otras dos, quienes hacía tiempo que habían acabado la formación, de la que se había encargado Debora, y ya ocupaban puestos de responsabilidad en la empresa de Sisle.

—¿Qué pasará cuando lo consigamos?

Había vuelto a adelantarse.

—Cada una de vosotras formará a una persona para que os sustituya y continúe los asesinatos el año siguiente, cuando hayáis cumplido vuestro objetivo. Después, desapareceréis del mapa. La recompensa será generosa y podréis mudaros a otro país y formar una familia, si así lo deseáis. Como podréis imaginar, es inevitable que Dinamarca esté en alerta máxima tras varios asesinatos de este tipo. Aunque encubramos las muertes a la perfección, no es posible matar a tantas personas de la esfera pública sin llamar la atención y que se ponga en marcha una investigación exhaustiva.

—¿Como la investigación de Carl Mørck, del Departamento Q?

—¡Carl Mørck! —Sisle esbozó una amplia sonrisa—. No os preocupéis por él. Como de tantos otros, podemos contar los días que le quedan con los dedos de una mano.

47

Laura van Bierbek

Lunes 21 y martes 22 de diciembre de 2020

En casa de los Bierbek, el espíritu navideño brillaba por su ausencia.

A lo largo del día, la hija mayor, de quince años, se había exasperado hasta mostrar su lado más desagradable, cuando gritó y protestó porque habían cerrado las mejores tiendas del centro y ya era tarde para comprar los regalos que quería.

Laura van Bierbek siempre reaccionaba así ante cualquier adversidad. Era una niña malcriada que solo tenía que mirar a su padre con sus ojitos azul claro para convencerlo de que sacara la cartera y apoquinara. Pero ahora que él no estaba y ella estaba confinada en casa todo el día sin poder ir al instituto ni ligar con los chicos de su clase, ahora que se quedaba sin regalos de Navidad y sin la fiesta de Nochevieja de la que Søsser y ella llevaban meses hablando, se había puesto hecha una auténtica fiera.

—Laura, ya está bien.

Su madre intentó detener el numerito, pero ella tampoco estaba para dar lecciones: solo se molestaba en ponerse ropa decente si había invitados. Si no, se tiraba todo el día en camisón ligero con un cigarrillo en los labios y medio borracha. Qué ascazo.

—Roxan nos puede preparar algo rico. ¿Qué te apetece, cariño? —le imploró su madre en balde. Laura se metió en su cuarto, cerró de un portazo y se dejó caer en la silla delante del portátil. Si no fuera por Zoom, ya habría perdido la cordura. Se partía de risa con su amiga Søsser. Le contaba anécdotas guarras y le decía qué hacer en la habitación con un chico cuando no los veía nadie.

—¿Qué tal, Søs? ¿Tú también estás al borde del coma? —le preguntó Laura.

La mirada vacía de su amiga en la pantalla era respuesta suficiente.

—¿Has oído que han alargado el confinamiento hasta enero?

Laura asintió.

—¿Qué opina tu padre de esta movida? —preguntó Søsser.

—Pues no lo sé, aún no ha vuelto.

—Pero ¿dónde está? ¿No se fue hace siglos? ¿No vuelve por Navidad?

—No. Me toca mucho los ovarios. Mamá dice que llegará, como muy pronto, el 26 o el 27. Los test de covid y la cuarentena le están retrasando el viaje.

—Al menos te traerá regalos.

—¡Más le vale!

—¿Todavía no sabes dónde está?

—Creemos que en California, pero mamá no está del todo segura.

En la pantalla, Søsser levantó un poco la cabeza. Antes no sabía cómo ponerse tan seria, pero había aprendido con el tiempo.

—¿Por qué pones esa cara, Søs?

—Ayer le dije a mi padre que no esperara al tuyo para jugar al golf, porque no había vuelto aún. ¿Sabes lo que le dijo a mi madre esa noche, cuando creían que no los oía?

Laura se lo podía imaginar. Había escuchado a su padre hablando con el de Søsser en la terraza.

—Que tu padre iba a volver con una chica nueva y que debería confesarlo y punto.

—No me lo creo. Mamá dice que está trabajando en algo que nos hará superricos.

—Pues la mía contestó que era muy raro, porque había visto en la tele a un policía que buscaba a un señor desaparecido, no dijo el nombre, y que era posible que la familia no estuviera al tanto. Me dijo que te lo comentara por si acaso.

—¿Qué? ¿Por qué?

—¿No leéis las noticias?

Laura soltó una carcajada. Qué pregunta más tonta. Sabía de sobra que no.

—¿Tampoco veis la tele?

—Sí, eso sí. Netflix, HBO y Amazon.

—No, digo la tele normal. Las noticias y eso.

—Qué dices, eso a mi madre le da igual. Se pone a ver series y a fumar.

—Díselo.

El salón, como siempre, era un caos enorme y oscuro, y la *au pair* no daba abasto para mantenerlo ordenado. Laura y su hermana pequeña nunca querían entrar ahí. Apestaba a humo y, si Roxan no se daba prisa, las mesitas se llenaban de vasos medio vacíos y platos sucios.

Laura no entendía a su madre, pero tampoco le interesaba mucho conocerla. Unos chicos de su clase habían visto *realities* de hacía tiempo en los que salía ligera de ropa, y casi le dio algo de vergüenza. Se habían rodado en lugares exóticos donde se acostaba con varios hombres. Cuando su madre hablaba de esos programas, lo hacía casi con orgullo, algo que no contribuía a que le cogiera cariño; todo lo contrario.

Pero decidió contarle lo que Søsser le había dicho sobre su padre, a ver si reaccionaba. Funcionó, más o menos. Espabiló un poco y se cerró el kimono.

—Laura, ¿dónde dice Søsser que han emitido esa rueda de prensa? —resopló, frunciendo el ceño. El gesto le agrietó la gruesa capa de maquillaje del día anterior.

Laura abrió la puerta de la terraza para dejar que entrara el frío que invadía el país. La hacía sentir un poco más viva.

—Eso ya no lo sé. Pregúntaselo a la madre de Søsser —espetó, y se marchó sin molestarse en cerrar la puerta de la terraza.

Poco después, se respiraba otro ambiente en la casa, más invernal. Oyó a su madre susurrando en el móvil y, durante la noche, enviando mensajes mientras daba golpecitos con las uñas que se oían desde el primer piso.

—¿Qué hace? —le preguntó su hermana pequeña.

—Creo que intenta traer a papá a casa.

A la mañana siguiente, su madre se levantó con ojeras y con las mejillas hinchadas, como cuando le recetaron hidrocortisona tras una operación de aumento de pecho que había salido rana.

Al menos estaba sobria y parecía bastante despejada.

Ya había instalado un par de aplicaciones en la tele para ver los informativos y estaba pegada al televisor como una polilla adicta a la luz.

—Calla un momento, Laura —dijo cuando su hija entró al salón para ver las noticias.

El policía de la pantalla tenía un aspecto horrible, como los indigentes que se sientan en la puerta del supermercado a hacer aspavientos. Demacrado y con barba de tres días. Bastante grotesco.

Laura observó a su madre mientras buscaba los cigarrillos sin quitarle ojo al tipo de la barba. Apuntó un número de teléfono en la esquina de la cajetilla y llamó en cuanto se acabó la rueda de prensa.

Al cabo de unos minutos de silencio, se sentó y alternó muchos «sí» y «no» mientras los ojos se le llenaban de lágrimas y se le corría el rímel.

48

Carl

Martes, 22 de diciembre de 2020

—PERDONA, CARL, PERO tengo que volver a preguntártelo: ¿tuviste algo que ver con esa maleta y no me lo has contado?

En circunstancias normales, esas preguntas insistentes le habrían dado igual. Eran como bofetones desganados que no iban a más. Pero con Mona era diferente y le dolían. Llevaba toda la noche dándole vueltas a preguntas como aquella, pero había pasado tanto tiempo que las lagunas de su memoria ya estaban estancadas.

—Mona, de verdad, han pasado muchos años y ya sabes cómo he estado desde que nos dispararon a Hardy, a Anker y a mí. Me falla la memoria y no sé cómo ha llegado esa maleta a mi buhardilla. Hardy y yo sabíamos que la brújula moral de Anker era un poco especial y tuvimos que sacarle las castañas del fuego más de una vez, y de dos, como cuando se le iba la mano con los interrogatorios, cuando mentía al jefe de Homicidios o cuando se sacaba los informes de la manga, pero nunca hubiera imaginado que pudiese estar implicado en actos criminales como los que indica el contenido de esa maleta.

Mona no parecía tan aliviada como esperaba.

ROSE SONABA ANIMADA cuando llamó después de que Mona hubiera salido en bici para llevar a Lucia a la guardería.

—El hombre que buscamos se llama Maurits van Bierbek. Blanco y en botella, Carl. Todo encaja, hasta el día de su «desaparición».

Carl se imaginaba a la perfección las comillas que estaría dibujando en el aire con los dedos.

—Hasta la forma en que desapareció encaja. Es maravilloso. En fin, escucha, Assad y yo vamos a tu casa y así salimos los tres desde ahí. Hemos quedado con la mujer de Van Bierbek dentro de veinticinco minutos.

Rose colgó antes de que pudiera protestar.

EN EL COCHE, de camino a casa de los Van Bierbek, no había quien la callara. Su Nochebuena se había adelantado y la llamada de la mujer de Van Bierbek era el mejor regalo que podrían haberle hecho en ese año tan funesto.

—Hacía mucho tiempo que no veían los canales normales, Carl —explicó Assad—. Se enteraron por la madre de una amiga de su hija. La mujer de Van Bierbek está muy disgustada con la noticia, y con razón.

De lejos ya se notaba el desasosiego, que se posaba como la niebla entre los edificios de la desafortunada arquitectura seudogriega del lujoso barrio residencial.

La mujer reconoció a Carl de inmediato y salió a recibirlo con los brazos abiertos, como si pudiera arrancarle el dolor con un abrazo. Carl se apartó a un lado para que comprendiera que las restricciones por el coronavirus no solo se aplicaban en la tele.

—Repítalo, por favor —dijo Carl cuando todos se habían sentado frente a un ventanal con unas vistas que dejarían sin aliento a cualquier urbanita.

No era fácil sonsacarle una respuesta coherente a la mujer, que estaba muy confusa, pero, por suerte, había una adolescente que le contestaba a todo con claridad sin tener que reformular la pregunta ochenta veces.

—Lo recogieron en limusina el doce de diciembre. Me acuerdo del día porque justo había pasado medio Adviento de esta Navidad de mierda.

La joven los miró con una gravedad que su madre no era capaz de mostrar en su estado mental actual.

—Era una limusina negra y sale en las cámaras de seguridad. Se ve cómo baja la colina. He guardado el archivo en este USB.

Se lo dio a Rose y Carl se planteó adoptarla allí mismo.

—Y he incluido las conversaciones que ha tenido con mi madre por correo.

—¿También les vas a dar eso, Laura? —preguntó su madre, ofendida.

La chica se encogió de hombros como única respuesta.

—Eso te pasa por dejar las contraseñas por ahí.

—¿Por qué se fue tu padre? —preguntó Rose.

—Había hablado con no sé qué empresa estadounidense que quería adquirir la suya. Creíamos que el viaje a EE.UU. era para cerrar el acuerdo.

—Pero tu padre no ha salido del país, Laura. Lo hemos comprobado. ¿Sabes con quién iba a reunirse aquel día?

—¿Ha estado en Dinamarca todo este tiempo? —bajó la mirada al suelo—. No lo sé, con alguien de esa empresa, creo.

Le pasó una nota a Rose.

—Global Rea Inc., Wisconsin, EE.UU. —leyó Rose en voz alta—. ¿No es esa productora tan importante que se dedica a grabar programas de telerrealidad por todo el mundo?

—Sí, pero la empresa de mi marido también es muy importante. Ha producido *realities* en casi todos los países de Europa y en Asia, Australia, Sudamérica y... —La mujer paró cuando se percató de la mirada que intercambiaron Carl, Assad y Rose.

«Mierda», pensó Carl. Era un productor de telebasura, justo la clase de persona que el asesino querría purgar de la faz de la Tierra.

—¿Cómo se llama la empresa de su marido? —le preguntó Carl a la mujer, que seguía sentada mirando al infinito.

—Unbelievable Corporation. Han producido muchos programas, como *Paraíso o infierno* y *Reality en la cárcel* —dijo con algo que podía confundirse con orgullo, pero que quizá se debía a que estaba familiarizada con los ingresos desorbitados de la empresa, algo que valoraba sobre todas las cosas.

—Sí, y *Maduritas y jovencitos*. Salía mi madre, si queréis verla en bolas —contribuyó Laura y miró a su madre, indignada.

—Ha llegado su abogado, Claes Erfurt —dijo una mujer filipina bajita—. ¿Le digo que pase?

Pero el abogado ya se había tomado esa libertad y avanzaba hacia la señora de la casa a grandes zancadas.

—Victoria, ¿qué ha pasado? ¡Qué horror!

El abrazo duró unos segundos más de lo normal y Laura miró al techo.

—Disculpen, pero tenía que avisar a Claes. Necesito saber cuál es mi situación legal ahora mismo —dijo, como si su marido ya estuviera muerto y enterrado, y no fuera lo peor que podía pasar.

«Como esta mujer siga así, voy a tener que llamar a Mona y decirle que voy a llevar una segunda hija a casa», pensó Carl.

La conversación no duró mucho más. El abogado cogía a la mujer de la mano y le daba unos golpecitos cada diez segundos. En su cabeza ya debía de estar calculando el valor de la hacienda. Victoria, con su cerebro revestido de teflón, no era capaz de recordar quién había recogido a Maurits van Bierbek ni con quién había quedado.

—¿No hay algún sitio donde podamos deliberar? —preguntó Assad—. Nos gustaría tener la base de operaciones aquí, si no les importa. En comisaría se respira mucha tensión y es crucial que permanezcamos cerca en caso de que los secuestradores contacten con usted, Victoria. No tenemos mucho tiempo.

Laura era la única que parecía entusiasmada con la idea.

—El despacho de mi padre es enorme y, cuando no está en casa, no lo usa nadie. Os lo puedo enseñar. Podéis quedaros el tiempo que queráis, ¿verdad, mamá? —dio media vuelta sin esperar respuesta.

—Bien visto, Assad —dijo Carl ante la abundancia de foto-copiadoras, ordenadores y diodos parpadeantes de los rúteres que marcaban el vaivén de los *terabytes*.

—Así Marcus no podrá vigilar dónde estás ni qué haces. Gordon puede quedarse en comisaría por si necesitamos algo. Le voy a pedir que nos envíe una imagen de la pizarra para que podamos imprimirla ahí. —Assad señaló una máquina mara-villosa que seguro que imprimía hasta en formato A2. Para permitirse un trasto así en el departamento, los dos últimos ministros de Justicia se habrían quedado sin el sueldo de un año.

Rose se despegó de la pantalla.

—Es tremendo. La productora de Maurits van Bierbek se dedicaba de forma única y exclusiva a la telebasura que ponía a prueba los límites de los participantes y de la audiencia. Casi todos sus proyectos rozan la pornografía. Es curioso, logró que varios canales y plataformas del mundo entero renunciaran por completo a su ética y le compraran las ideas. En Google pone que uno de ellos lo han adquirido en más de cincuenta países, y muchos han hecho adaptaciones del mismo concepto según las costumbres de su país, incluso Japón.

Rose sacudió la cabeza. Carl se alegraba de no haberse en-ganchado a ese tipo de entretenimiento basura, aunque, en este caso, le habría resultado útil.

—¿Tú has visto alguno de sus programas, Assad? —le pre-guntó Carl, pasándole la lista.

Assad repasó los títulos con tanta parsimonia que bien po-dría estar recreándolos en su cabeza.

—No, no creo que mi antena los pille —dijo, indiferente—. ¿Y tú, Rose?

—Sí, un par. No engancharían a nadie que tuviera más de siete años de educación obligatoria. Es la peor bazofia televi-siva que te puedes echar a la cara, pero sé que algunos de los que hay en la lista son muy populares y han desbancado a los programas de telerrealidad más tradicionales.

—¿Eso qué quiere decir? —preguntó Assad.

—Que podrían emitirse hasta el infinito mientras haya gente con el gusto en el mismísimo culo.

Assad arqueó las cejas. La aclaración no le había servido de mucho.

—He encontrado el informe de la empresa de Van Bierbek —dijo Carl—. El capital tiene tantos ceros que me pierdo. Si hubiera alguien dispuesto a comprarla, se convertiría en una de las personas más ricas de Escandinavia. ¿Quién va a llamar a la empresa estadounidense que quería adquirirla?

—Voy a pedírselo a Gordon mientras Assad y yo repasamos los correos que intercambió con su mujer, ¿te parece? Así tú puedes centrarte en las grabaciones de seguridad.

Oyeron un golpecito en el marco de la puerta entreabierta y a continuación Claes Erfurt se coló en el despacho. Llevaba un traje azul marino ajustado y sonreía mostrando una dentadura tan blanca que habría sido la envidia de cualquier concursante de *reality*.

—Perdonen —arremetió el abogado—. Tenía una duda sobre su intromisión en casa de Victoria. ¿No deberían presentar una orden judicial para invadir el espacio íntimo y confidencial de Maurits van Bierbek?

No esperó a que alguien le respondiera.

—Creo que deberían recoger sus cosas y marcharse, ¿no les parece?

Assad se levantó y lo miró con intensidad.

—Oiga, podría esperar a que maten al marido antes de meterse en la cama con su mujer, ¿no? Estamos intentando salvarlo, así que deje de ensanchar los bolsillos del pantalón para que le quepan los millones que se quiere agenciar. ¿O es que preferiría quitárselos? Díganos qué quiere sacar de todo esto, y si no, pues…

Assad vio el gesto mortificado de Carl y se calló.

—Lo que mi compañero quiere decir es que tiene la oportunidad de avanzar en su carrera si participa en el rescate de su cliente —continuó Carl—. Voy a proponerle algo que no podrá rechazar, y luego nos dejará tranquilos. Como le ha dicho antes, el tiempo apremia.

—¿Seguro que ha sido buena idea, Carl? —preguntó Rose cuando el abogado ya se había largado del despacho—. ¿Vas a dejar que anuncie que Maurits van Bierbek es la persona desaparecida de la que hablabas el otro día y que tenemos el presentimiento de que lo van a asesinar el día 26?

—Espera y verás. Si no se menciona al Departamento Q, Marcus Jacobsen podrá hacer la vista gorda y decir que la información viene de otra fuente para cubrirse las espaldas. Lo bueno es que todo Dinamarca estará en alerta en cuanto el abogado diga que la familia ofrece una recompensa de diez millones de coronas a cambio de información que les ayude a salvarle la vida. La gente de a pie estará desesperada por conseguirla en estos tiempos de pandemia, con la Navidad cancelada y poco que hacer.

—¡Diez millones! Marcus se va a caer de cara —dijo Assad.

—De culo, Assad, pero sí. —Carl sonrió. ¿Les estaba tomando el pelo otra vez?—. Sí, no es nada convencional y es muchísimo dinero, pero Marcus no dirá nada siempre y cuando no salgan nuestros nombres. Podremos seguir investigando mientras todo el país juega a ser un sabueso.

—¿Y si el asesino tira sus principios por la borda y lo mata antes de tiempo? ¿Sisle Park sigue siendo sospechosa? —preguntó Rose.

Ambos asintieron y Carl intervino.

—Tengo la certeza de que esa mujer no renunciaría a ningún aspecto de su misión, pero se dará cuenta de que le estamos siguiendo la pista. Debemos vigilarla en cuanto el abogado haga las declaraciones. No podemos quitarle el ojo de encima hasta el día después de Navidad, ¿de acuerdo? Apañároslas como podáis.

Assad, tú que tienes familia puedes vigilarla entre las 8.00 y las 16.00, seguido de Rose, de 16.00 a 00.00 y, por último, Gordon, de 00.00 a 8.00.

—Será mejor que me cambie el turno con Gordon. Que la vigile él esta tarde y noche, y así Assad y yo podemos repasar los correos de Victoria y Maurits. Gordon dejará la llave puesta por si Sisle Park sale en coche y hay que seguirla. Luego tendrá que volver a casa de Sisle en taxi como nosotros, pero, mientras no salga de su bolsillo, le da igual.

Rose no decepcionaba. Había organizado ella sola el transporte y, encima, se quedaba el turno de noche, impertérrita.

CARL TENÍA LA esperanza de que Laura van Bierbek hubiera copiado solo la parte en la que recogieron a su padre, pero ya llevaba media hora mirando la grabación de baja resolución de una calle residencial, donde lo peor que había pasado de momento era que alguien había sacado al perro a pasear y se había dejado las bolsas de recoger los excrementos en casa.

—Vamos, limusina de las narices —repetía.

Quizá deberían haber solicitado las transcripciones de las conversaciones telefónicas de Van Bierbek. Así al menos tendría una idea de cuándo recibió la llamada de quien se había hecho pasar por representante de Global Rea Inc. y sabría por dónde empezar la grabación. Pero ¿de dónde iba a sacar la transcripción en tan poco tiempo? Había aprendido a base de palos que esas cosas podían tardar bastante. Y ahí estaba, aguantando el tipo frente a la pantalla y procurando no dormirse de puro aburrimiento.

Se asomó un momento por el ventanal a otra zona del enorme jardín. Estaba anocheciendo y sobre esa hora terminaría la jornada, en circunstancias normales. ¡Circunstancias normales! Carl saboreó las palabras. ¿Volverían algún día?

Afinó el oído. En el piso de abajo, la mujer de Van Bierbek empezaba a asimilar la gravedad de la situación y oscilaba entre el llanto desesperado y los chillidos sobre lo horrible que era todo.

La voz monótona y tediosa de la mujer lo adormiló y empezó a cabecear. Se llevó un buen susto cuando le sonó el móvil.

—Escucha, Carl —susurró Mona—. Ha venido la policía con una orden de arresto. Me han preguntado si sabía dónde estabais tú o tu equipo. Me han ordenado que les avise si tengo noticias de ti. No me cabe duda de que nos están rastreando el móvil a los dos, así que apaga el tuyo y tíralo para que no te encuentren, Carl. Por último: que sepas que sé que eres inocente, ahora y siempre.

Estaba a punto de decir algo, pero no le dio tiempo.

—Sé muy bien lo que esto significa para ti. Te conozco. Eres inocente, así que escóndete hasta que encontréis al pobre diablo que espera su muerte. Y diles a Assad, Gordon y Rose que te cuiden y apaguen los móviles. Adiós, mi amor. Nos vemos al otro lado de este infierno. Besos de mi parte y de Lucia.

Se oyó un pitido. Había colgado.

Carl respiró hondo. Suponía que sus compañeros irían a por él en algún momento, pero no esperaba que llegara tan pronto. Asintió para sí. Esa era la cruda realidad, pero la advertencia y el apoyo incondicional de Mona eran inestimables. Era justo lo que necesitaba.

Miró al otro lado del enorme despacho, donde estaban sentados Rose y Assad, repasando todos los correos en busca de cualquier pista, por pequeña que fuera. Pero, por mucho empeño que le pusieran, en el fondo sabían que no encontrarían nada. ¿Cómo iba el asesino a meter la pata en algo tan trivial?

—Chicos, escuchadme un momento. Ha llamado Mona.

Dos segundos después, habían apagado los móviles.

—Siento haberos metido en este follón. Podéis bajaros aquí y no volver a contactar conmigo, pero, si decidís quedaros, no podréis volver a casa hasta que todo haya terminado. Lo digo sobre todo por ti, Assad, que tienes a Marwa y a las niñas en casa. ¿Qué opinas?

El dilema parecía haberle cortocircuitado el cerebro y no se le veía nada contento. Miró fijamente a Carl.

—Esto me da mucha vergüenza, Carl, pero... no sé lo que significa «follón».

Un instante después, se levantó con una sonrisa que le iluminó la cara.

Cuando le dio un abrazo a Carl y le susurró al oído que no iba a abandonarlo ni a él ni la investigación, Carl tuvo que contenerse para que no se le saltaran las lágrimas.

—Yo también me quedo, Carl —dijo Rose—. Te apoyamos. Pero tenemos que presionar a los Van Bierbek para que nos dejen quedarnos aquí.

Carl intentó darles las gracias, pero tenía un nudo en la garganta.

Assad rompió el silencio.

—Por cierto, Rose ha hablado con Gordon mientras te echabas una siesta.

—Sí, y dice que nadie de la dirección de Global Rea Inc. recuerda haber hablado con Maurits van Bierbek sobre la adquisición de Unbelievable Corporation. Es más: le han dicho que, después de la última idea de bombero de Van Bierbek, *¿Quién morirá primero?,* ni se les pasaría por la cabeza.

—Muy bien. El título es espantoso, pero al menos nos lo han aclarado —dijo Carl—. Era justo lo que pensábamos. La adquisición era parte de la trampa. ¿Le has dicho a Gordon que apague el móvil?

—Sí, tiene una tarjeta de prepago. Tengo aquí el número —respondió Rose.

Carl suspiró aliviado.

—¿Le has dicho que siga a Sisle Park?

—Sí, salió de la comisaría hace veinticinco minutos y sabe que la policía va a ir tras él. Dice que hará todo lo posible para que le pierdan la pista.

Dios. Carl hizo el cálculo. Se había pasado más de media hora planchando la oreja. Suspiró y se giró hacia el monitor, que aún mostraba la entrada de los Van Bierbek en blanco y negro.

Miró el reloj y se estaba planteando ponerse la grabación desde el principio cuando apareció: la pantalla mostraba un flamante Lexus negro aparcando en la puerta de los Van Bierbek. El ángulo de la cámara no mostraba el asiento del conductor ni quién estaba al volante, y no parecía haber nadie más en el coche. Carl miró la hora en la esquina superior. Las diez en punto. Se veía a Maurits van Bierbek bajar los escalones con un maletín bajo el brazo y subirse al vehículo.

Carl avanzó la imagen fotograma a fotograma.

—Por favor, enséñame la matrícula —susurró para sí mismo mientras la limusina avanzaba a trompicones.

Cuando giró hacia la carretera vio los dos pilotos traseros. Carl paró la imagen y miró la matrícula. «FB 5» y otras cuatro cifras ininteligibles.

—¡Venid! —exclamó—. Tenemos la matrícula.

Rose vio el Lexus negro y la matrícula y asintió. En cuestión de minutos sabría de quién era.

Carl se inclinó hacia atrás y levantó los brazos por encima de la cabeza. «¡Eureka!» era lo único que se le ocurría. Decidió saborear el único avance del día hasta que volviera Rose.

—Lo siento, Carl. Lo alquilaron por horas y pagaron con una tarjeta de crédito falsa con un nombre también falso. La compañía no sospechó de la mujer porque el pasaporte que les presentó parecía auténtico. De hecho, no se dieron cuenta de que los habían estafado hasta el día siguiente. Les consuela que el vehículo no acabara en Polonia o vete tú a saber dónde. Lo único que recuerdan es que era rubia y tenía unos cuarenta y pocos, pero no les llamó la atención nada más.

Carl bajó los brazos.

—Esa descripción no se parece a Sisle Park, ¿no?

Ambos sacudieron la cabeza.

—Bueno, no podemos hacer mucho aparte de esperar a la declaración del abogado en las noticias. Y a que Gordon nos cuente lo que ha averiguado, claro. Lo llamaré dentro de una hora. Hasta entonces, avisadme si veis algo en los correos entre Maurits y su mujer.

—De momento no hay nada —dijo Assad—. Parece que es muy ingenua. Se tragaba todas las excusas que le daba Maurits para no hablar por teléfono.

—Estaba encantada de la vida —añadió Rose—. Le preguntó como mínimo diez veces cuánto dinero esperaba ganar con la venta. Cuando le contestó, después de once correos, que unos trescientos millones de dólares, no volvió a preguntarle. De la alegría, estaría ocupada haciendo aspavientos y dando vueltas alrededor de la mesa del comedor.

Carl gruñó.

—Vale. ¿Ahora qué hacemos? ¿Podéis convencer a Victoria para que nos acoja unos días? Decidle que podríamos sacarla en la tele cuando el caso esté encauzado, y decidle también, con las niñas delante, que haremos todo lo posible para salvar a su marido.

Rose no parecía muy convencida.

—No sé yo si podemos prometer lo segundo, Carl. ¿No deberías pensar un poco en tu situación? ¿Has hablado con Hardy? Puedes llamar desde el fijo de los Van Bierbek.

Señaló hacia un teléfono esperpéntico que no solo era dorado, sino que estaba bañado en oro.

Carl asintió. Llamar a Hardy era el siguiente paso en esa maldita investigación.

49

Sisle

Martes, 22 de diciembre de 2020

ESTUVO EN CASA una hora de rodillas, hablando con Dios, como siempre hacía durante los días previos a que una víctima pagara con la vida por su impudicia. Era su ritual más importante. Tenía que informar a Dios de antemano de los pecados de la víctima y de cuál de los siervos de Satanás cumplía años el día de su muerte.

—Dios Todopoderoso, Mao bien podría ser la más repugnante de tus criaturas sobre la Tierra. Se alzó como un icono blasfemo, perdonaba solo a aquellos que se sometían a su poder y te ridiculizaba con mensajes que idealizaban el mal. Permitía que su pueblo muriera de hambre. Ejecutaba a cualquiera que rechazara su dogma y su supuesta divinidad. Lo peor de todo es que no solo hechizó a su débil pueblo; también corrompió a los jóvenes de Occidente. En el cumpleaños de ese demonio, otra de tus criaturas impías debe volver a ti, su divino Creador, para ser juzgado.

Permaneció arrodillada un momento, pensando en lo que se avecinaba, antes de terminar la oración dando las gracias, como de costumbre.

—Te doy las gracias, Señor, por librarme de tu castigo. Gracias por permitirme ser tu discípula y tu espada. Gracias por encomendarme esta labor y por darme siempre libre albedrío.

Inclinó la cabeza.

—Amén.

Ahora sí estaba preparada.

Maurits van Bierbek moriría dentro de tres días y medio. Ochenta horas de una vida que había durado miles. Durante el tiempo que le quedaba, el condenado, consciente de sí mismo y de su tesitura, podía arrepentirse y mostrarse ante Dios con la mente abierta o rechazar su culpa y sufrir en el infierno toda la eternidad.

A Sisle le daba igual lo que eligiera. Su misión solo consistía en recordarle que todos nuestros actos en vida tienen consecuencias. Ojo por ojo, diente por diente, como decía la Biblia.

Se santiguó y se levantó.

La reunión con los tres ángeles exterminadores que había reclutado en el departamento de Recursos Humanos había sido un gran éxito. Sería muy interesante presenciar la purga del año siguiente desde fuera. Sisle dejó que la inundara una sensación de gratitud y de orgullo a partes iguales.

Fue al salón, encendió el televisor y atisbó a un hombre corpulento con un traje azul marino tras el rótulo de los informativos.

En ese instante le sonó el móvil. Era Debora, con un tono que rozaba la histeria.

—El abogado de los Van Bierbek acaba de salir en las noticias, ¿lo has visto? —se lamentó antes de continuar—. Ofrecen una recompensa de diez millones de coronas a cambio de información para rescatarlo, con la condición de que lo encuentren vivo. ¿Sabes cuánta gente lo está buscando? En el informativo calculan que ya se han movilizado miles de personas.

Sisle apretó los labios. ¿Qué iba a cambiar eso?

—¡Sisle! ¿Estás segura de que ninguno de tus discípulos se ha enterado? Tienes que ir con mucho cuidado. Es demasiado dinero, piénsalo —continuó Debora—. Casi seis millones de daneses saben que pueden hacer el agosto si indagan lo suficiente. Esto va a ser un circo y estoy muy preocupada. Niños jugando a ser detectives, vecinos cotillas, gente de todas las edades con problemas económicos, jubilados que se aburren como ostras en sus casas…

—¡Ya está bien, Debora!

—Es demasiado tentador, Sisle. La gente reaccionará. Diez millones de coronas es mucho dinero.

—Solo lo sabemos Adam, tú y yo. ¿O acaso estáis pensando que os irían bien los diez millones?

Se hizo el silencio al otro lado del teléfono. Se alargó demasiado.

—Necesito que te tranquilices, Debora, y que Adam me apoye hasta el final, ¿me oyes? No podéis echaros atrás ahora, ¿de acuerdo?

No había mucha cobertura, pero la respiración de Debora se escuchaba con claridad.

—¿Me pasas con Adam?

Se oyó movimiento al otro lado.

—Debora parece muy alterada. ¿Puedo contar contigo, Adam?

—Sí —fue la escueta respuesta.

—¿Incluso si te digo que le pongas la inyección a Maurits van Bierbek?

—¿Quieres que lo haga yo?

—Vigila a Debora estos días. Quédate en casa y haz los preparativos navideños con toda la normalidad posible.

—Vale. ¿Quién se ocupará de Maurits mientras tanto? ¿Vas a darle...?

—Ya me ocupo yo de él. Procurad pasar desapercibidos hasta el día después de Navidad. Te avisaré cuando llegue el momento.

Sisle colgó y se sentó para procesar los acontecimientos.

Diez millones de recompensa. No hay mejor forma de llamar la atención. Se rio imaginándose a toda la gente que andaría buscando escondites sospechosos como pollo sin cabeza. Sería una auténtica estampida y se encontrarían de todo: narcopisos, graneros llenos de bienes robados, destilerías ilegales, propiedades semiabandonadas y secretos familiares que no deberían salir a la luz. La policía no daría abasto en cuanto empezaran a llegarles sospechosos e información. Los pobres inspectores ya podían despedirse de pasar la Navidad tranquilos. ¡Diez millones! Le extrañaba que el inspector Carl Mørck no hubiera elegido un método más prudente y manejable.

«¿En qué estará pensando?», pensó mientras bajaba las escaleras que llevaban al sótano.

Era una zona renovada y con mucha luz, dividida en varias habitaciones para que la asistenta pudiera hacer la colada, planchar y regar las macetas de cebollas hasta que tocara trasplantarlas en primavera. Ese cuarto en concreto era muy húmedo y oscuro, tanto que resultaba casi imposible divisar la puerta que se escondía tras una de las estanterías. La abrió y encendió las luces de su laboratorio químico totalmente equipado. Allí, entre otras cosas, Sisle podía tratar hidróxido de potasio con ácido clorhídrico y quemar potasio en presencia de gas cloro, que en ambos casos producía el cloruro de potasio con el que había matado a dos de sus víctimas, y que usaría para la tercera.

Levantó el matraz a la altura de la nariz para observar el líquido letal. Si inyectaba la cantidad suficiente directa al corazón, este se pararía. En las inyecciones letales se utilizaban varias sustancias para sedar al condenado antes de que entrara en coma y, por último, se le administraba una única dosis de cloruro potásico. Pero Sisle no lo hacía así. Sus víctimas debían morir siendo conscientes de lo que ocurría, sin tanto preámbulo.

Se retorcían cuando les inyectaba varios mililitros directos al corazón. Convulsionaban con desesperación, daban bocanadas de aire y, cuando ya no podían respirar, segundos antes del momento de la muerte, se veía reflejada en sus ojos vidriosos y los maldecía por última vez.

50

Carl

Martes, 22 de diciembre de 2020

—Rose, ¿qué te ha dicho Gordon? ¿Ya está en posición?

—Sí, ha aparcado un poco más abajo de la casa de Sisle Park y dice que hace un frío de tres pares de cojones.

—Pues que dé gracias por que no llueva. ¿Y está dentro?

—Hay luz, así que cree que sí.

Carl se giró hacia Assad.

—¿Has conseguido los planos de la casa?

Su colega meneó la cabeza.

—Tiene seiscientos metros cuadrados y un sótano perfecto para que nadie se entere de lo que trama, pero no creo que sea tan tonta como para matar a sus víctimas en su propia casa, la verdad. Además, tiene más propiedades repartidas por ahí.

—¿Por ahí?

—Sí, almacenes, locales, casas, apartamentos y chalets de veraneo. Como no coja el coche y vaya directa adonde tiene secuestrado a Maurits van Bierbek, será complicado dar con él. Hay demasiadas opciones.

Carl también había llegado a esa deprimente conclusión. Las dos últimas horas no habían sido muy productivas. Encima, en el despacho de Maurits solo podían dormir dos personas y tenían que turnarse en el sofá cama, aunque, en la práctica, Rose se había agenciado un lado, y Carl y Assad tenían que alternarse en el otro.

Había llamado a Hardy en Suiza y tampoco había ido muy allá. Estaba fatal, por decirlo de alguna manera. Toda la cirugía

335

experimental a la que se había sometido, los analgésicos y todo lo que había sufrido su cuerpo en el exoesqueleto que estaba probando por primera vez lo habían vuelto arisco, distante y abstraído. No sé dio cuenta de la magnitud de la tesitura de Carl hasta que ya llevaban un buen rato hablando.

—¿Qué? ¿Tenías esa maleta en la buhardilla desde 2007? ¡Trece años, Carl! ¿Por qué no le dijiste nada a tu querido compañero cuando vivía de gorra en tu salón? Con esa pasta podrías haberme puesto un piso.

—No tenía ni idea de lo que había dentro, Hardy. Me crees, ¿no?

—No acabo de entender por qué Anker te pidió que se la guardaras.

—Porque su mujer lo había echado de casa. Por eso no le di más vueltas a lo que contenía. No tenía motivos. ¿Qué metería en una maleta un hombre al que su mujer le acaba de dar la patada?

—Ya, bueno, pero no vas a dejar en la buhardilla los calzoncillos y los calcetines, digo yo.

Sonaba bastante hostil. Era muy extraño.

—¿Tienes mucho dolor, Hardy?

—No te preocupes por eso, Carl. Explícame por qué un policía tan brillante como tú, que sospecha de cualquiera a la mínima, no se paró a pensar en lo que había en esa maleta. ¿Por qué no la abriste ni se la diste a la mujer de Anker cuando murió?

—No sé, porque lo había echado de casa, o porque se me pasó. No recuerdo por qué, Hardy.

Suspiró. No lo creía.

—Hardy, por favor, haz memoria. Piensa qué hacía Anker con toda esa pasta y con drogas, porque me van a detener y me encantaría poder darles información que me los quite de encima.

El silencio era ensordecedor. Su resuello era el único indicio de que la llamada no se había cortado.

—Por favor, Hardy.

336

El otro carraspeó.

—Lo intentaré, Carl. Lo intentaré.

Y colgó. Se estaba acostumbrando a que las llamadas acabaran así y no era nada agradable. No se sentía tan vulnerable desde que encontraron a su perro atropellado cuando tenía nueve años.

Sabía que aún quedaría gente en el cuerpo que lo respetara, pero le hubiera sentado bien un poco de consuelo. Una mano en el hombro, alguien que se acercara y apoyara la frente en la suya, una palabra amable a la que aferrarse. La clase de confianza que no pone ciertas cosas en tela de juicio. ¿Qué le pasaba a Hardy? ¿Por qué se mostraba tan frío?

Alguien llamó a la puerta. Era Assad, que se sentó delante de él y lo miró a los ojos.

—Quería contarte que Marwa y yo estamos intercambiando correos, aunque nos hayamos aislado del mundo exterior. Tenemos un par de direcciones árabes que apenas usamos y que solo conocemos nosotros. En esta situación resultan muy útiles. Y me acaba de escribir sobre ti.

—¿Qué te ha dicho?

—La policía ha ido a mi casa y ha preguntado por mí. Le han dicho que, si hablo con ella, me transmita que podría haber consecuencias muy graves para mí y para mi familia si no les digo tu paradero.

Carl resopló.

—¿Muy graves? Y un cuerno. Assad, son tácticas propias de un Estado policial que no tienen cabida en Dinamarca. No te pueden acusar de nada relacionado con el caso, y no pueden castigar a tu familia por que formes parte del Departamento Q y trabajes para mí.

—Pero está pasando, Carl. Volverán, y si Marwa no les da información sobre ti, le han dicho sin rodeos que volverán a comprobar sus permisos de residencia.

—La madre que me parió. Pues dile que me he ido a casa de mis padres en Vendsyssel y que estoy escondido allí. Me imagino a mi madre insistiendo en que pasen a tomar el café antes de escuchar qué quieren. Tendrán que probar sus galletas y escuchar la anécdota de cuando fue a Løkken en tándem ella sola. Se van a hartar antes de que tengan la oportunidad de hablar del caso.

—Mmm. Se lo diré.

—Sé que quieres decirme algo más. Suéltalo, Assad.

Arqueó una ceja y se quedó así un buen rato.

—¿Seguimos convencidos de que Sisle Park y Pauline Rasmussen se conocían?

—Por la sal en la caja de zapatos, diría que sí.

—Y porque había sal en las tumbas junto a la de Ragnhild Bengtsen. Eso también puede estar relacionado con Sisle Park.

—Sí, es muy probable que los dos cadáveres junto a la tumba de Ragnhild tengan algo que ver con los demás asesinatos.

Assad se rascó la barba, que parecía haber crecido medio centímetro desde hacía veinte minutos.

—También estamos de acuerdo en que hay algo que une a Ragnhild Bengsten con Tabitha Engstrøm, a quien la primera mató.

Carl sonrió.

—No habría matado de esa manera a alguien a quien no conocía de nada, ¿no? ¿Qué crees que significa?

—La libreta de Tabitha Engstrøms deja claro que formaba parte de una especie de hermandad, o como quieras llamarlo, y menciona a varias personas del grupo.

—Sí.

—¿Crees que Manfred u otra persona del equipo de Bente Hansen habrá hablado con alguna de ellas?

—Sí, es probable.

—Pero no lo sabes seguro.

—Correcto —asintió Carl.

—Sabemos que alguno de los nombres que menciona son seudónimos. Ella misma lo dice. Pero ¿sabemos si todos lo son?

—Sí, ¿por qué no iban a serlo?

—Lo digo por la persona a quien Tabitha llama Debora. Es un nombre muy poco común. La búsqueda podría dar resultado. Podríamos encontrar a una Debora en el entorno de Sisle.

—Sí, Assad, pero, aunque la encontremos, no tiene por qué saber dónde está Maurits van Bierbek ni ser cómplice de los crímenes de Sisle.

—La motivación tras los actos de Tabitha y de Sisle se parecen bastante, ¿no crees?

—Pues sí. Si estás buscando a Debora, ¿has mirado en el registro?

Assad asintió.

—No hay muchas coincidencias en Copenhague. Muy poca gente se llama así.

—¿Y has contactado con ellas?

—Sí, con todas. Tres de ellas no se hacen llamar así. Otras son demasiado jóvenes. A lo mejor se está volviendo popular llamar así a tu hija.

—Entonces sí que podría ser un seudónimo, como el resto del grupo.

Asintió.

—O pasa desapercibida por el motivo que sea. Puede que sea su segundo nombre y solo utilice la inicial, D.

—He llamado a uno de mis vecinos desde el fijo de Maurits —dijo Rose—. La policía también ha estado en mi casa y en la de mis dos vecinos para preguntar por mí. También les han dicho que avisen en cuanto vuelva a casa —rio—. Que esperen sentados.

—¿Qué vas a hacer el 26 de diciembre, Carl? —preguntó Assad.

—Si encontramos a Maurits van Bierbek a tiempo, bailar un fandango en el despacho de Marcus Jacobsen.

—¿Y si no?

—Si no, me presentaré en su despacho de todas formas, pero sin baile.

—Voy a salir ya —dijo Rose, enroscándose una bufanda de un metro al cuello y poniéndose el abrigo.

¡A tomarle el relevo a Gordon! A Carl se le había olvidado por completo.

Miró a Assad y tuvo el presentimiento de que estaban pensando lo mismo: uno de los dos podía invadir su lado del sofá cama mientras ella vigilaba la casa de Sisle Park toda la noche. Perfecto.

Rose se detuvo en el umbral y se giró hacia ellos.

—Por cierto, ni se os ocurra usar mi lado de la cama —se tocó la punta de la nariz—. Lo sabré y me enfadaré mucho.

Carl se lo imaginó a la perfección.

Casi prefería dormir en el suelo.

51

Maurits

Martes, 22 de diciembre de 2020

EN UNA ÉPOCA de su juventud en la que se sentía perdido e inseguro, a Maurits le dio por contar. Le valía cualquier cosa. Cuando lo mandaban al despacho de la directora por haberle contestado mal otra vez a un profesor, contaba los libros de la estantería que la mujer tenía detrás mientras le leía la cartilla. Cuando cruzaba la mirada con una chica guapa, contaba cuántas veces parpadeaba para que no se notara que le daba vergüenza. Durante unos años, podía sobreponerse a cualquier situación siempre y cuando hubiera algo que contar. Acabó perdiendo la costumbre porque había aprendido a vivir sin ella, hasta ahora. Apartado del mundo y sumido en una debilidad física absoluta, una voz empezó a contar.

Maurits sacudió la cabeza e intentó abrir los ojos, pero sus párpados no respondían.

¿Era él mismo? ¿Qué estaba contando?

—¿Qué estás contando, Maurits? —se preguntó en voz alta.

¿Los segundos? ¿Su pulso débil? ¿O era como el reloj de pie de su abuela, marcando el paso de un tiempo que ya no volvería?

En los últimos días había intentado llevar la cuenta de las horas. Para el condenado, cada segundo lo acercaba más al agujero negro de la eternidad. El cerebro empezaba a fallarle, pero aún se escapaba algún que otro fragmento de sus pensamientos. Quizá por eso habló; para ahogar ese ruido.

No lo entendía. ¿Por qué querían matarlo?

Sí, podría haber sido mejor persona. Sí, podría haber pensado un poco más en los demás y no centrarse tanto en sí mismo. Sí, podría haberse moderado con el contenido sensacionalista.

Pero ¿acaso la participación no era voluntaria? Entonces, ¿por qué?

Maurits se retorció. Los jugos gástricos le quemaban el estómago vacío. Tenía el esófago en carne viva.

¿Por qué no lo dejaban en paz? ¿Cuánto más pretendían alargar su sufrimiento?

Tomó aire de repente, abriendo la boca al máximo. Podía ser que lo que esa hija de puta le estaba vendiendo no tuviera nada que ver con la realidad, que las acusaciones y las burlas que le lanzaba no fueran el verdadero motivo de que estuviera ahí sentado. No le cabía la menor duda de que lo odiaba, pero empezaba a sospechar que ese odio era secundario. Lo había secuestrado por varios motivos, pero, al final, el único que importaba era que quería dinero. Lo había dejado ahí, sufriendo, mientras negociaba su rescate. No podía ser de otra manera. Y la cantidad que estaba pidiendo rondaría toda la liquidez que pudiera exprimir de su patrimonio. Por eso estaban tardando tanto.

Intentó sonreír, pero sus labios amenazaban con quebrarse.

Si hubiera pedido, por ejemplo, cien millones de coronas, ¿cuál habría sido el problema? Que Victoria se habría hecho de rogar. No era capaz de renunciar a nada.

Maurits respiró hondo y sin mucha dificultad por primera vez en varios días. Por un instante, su dolor se desvaneció.

Inclinó el cuello hacia atrás e intentó abrir los ojos otra vez, pero tampoco lo consiguió.

Se quedó un rato con la boca abierta y la cabeza hacia atrás, y volvió a contar.

Se preguntaba qué mensaje fatídico le estaría enviando su subconsciente para que se viera obligado a contar para ignorarlo.

Tras un momento sin aliento, pensó: ¿por qué querían que les ayudara a redactar un correo para Victoria? ¿Para demostrar que lo tenían preso?

«Imposible», pensó. Para eso le habrían sacado una foto sujetando un periódico. ¿No era eso lo que hacían los secuestradores?

Maurits cerró la boca y dejó caer la cabeza hacia delante.

Y volvió a contar con el ruido del ascensor de fondo.

—Uno, dos, tres, cuatro…

52

Carl

Miércoles, 23 de diciembre de 2020

—DESPIERTA, CARL. TENGO que tomarle el relevo a Rose. Son las siete.

Levantó la cabeza de la almohada y la funda se le pegó a las comisuras. Intentó darse la vuelta, pero la cadera protestó después de haber pasado la noche en el suelo. «Coño», fue lo primero que pensó para empezar el día.

—Supongo que habrás dormido como un tronco. Has roncado un montón —dijo una voz joven.

Por un instante, al despertar, era libre. Libre del frío, de las acusaciones, de la pandemia. La realidad lo golpeó con tal fuerza que no recordaba haberse levantado tan cansado, dolorido e incómodo en años.

—¿Como un tronco? —preguntó incrédulo, fijándose en lo que tenía Laura en la mano.

—Lo ha preparado Assad —dijo con una sonrisa cuando por fin le llegó el aroma a café.

—No está muy fuerte, Carl. Puedes tomártelo sin miedo —dijo Assad mientras se calzaba en la entrada.

Carl asintió, se incorporó y aceptó la taza.

—¿Lleva azúcar? —preguntó con cautela.

—Una pizca —dijo el otro, convencido.

Bebió un sorbo que le asaltó la campanilla en un milisegundo. Se le contrajo la garganta y le dio un ataque de tos que puso a prueba sus abdominales.

—Está bueno, ¿eh? —le preguntó Assad mientras su jefe intentaba recobrar la compostura.

La sustancia marrón que se hacía pasar por café era lo más fuerte y empalagoso que le habían dado a probar en su vida.

—Te despeja que da gusto.

Assad se puso el abrigo y cerró la puerta al salir.

—Pues solo quedamos tú y yo —dijo Laura—. Mi madre está en el bufete y se ha llevado a mi hermana.

Le dio un bol lleno de un mejunje irreconocible.

—Es el kéfir favorito de mi madre —dijo, casi dispuesta a dárselo a cucharadas.

La búsqueda de imágenes de Sisle Park no había dado mucho resultado. Las contadas veces que se había dejado ver en público habían sido para hacer declaraciones muy breves sobre temas generales que no iban a ninguna parte. Siempre de punta en blanco, con traje negro, camisa blanca y pelo corto; ni un mechón fuera de sitio. Su aspecto era tan cuidado y medido como sus modales y sus palabras. En resumen, la imagen de una mujer que nadie imaginaría capaz de cometer unos crímenes tan horribles. ¿Cuáles eran sus puntos débiles? ¿Dónde estaba la mirilla que revelaba su verdadera naturaleza?

—Conozco a esa mujer —dijo una voz detrás de él.

Carl se giró de golpe. Esa vez no había oído entrar a Laura.

—¿La conoces? ¿De qué? —preguntó.

La joven señaló el monitor.

—Vino a casa un día cuando papá estaba en el trabajo. Dijo que se le había olvidado un documento importante y que había venido a buscarlo para llevárselo a la oficina.

Carl frunció el ceño. ¿De qué hablaba?

—¿Eso cuándo fue, Laura?

—Hace ya tiempo. Justo después de las vacaciones de verano.

—¿La dejaste entrar?

—¿A una desconocida? Claro que no. Le dije que primero iba a llamar a mi padre para preguntárselo.

—Muy astuta, Laura. ¿Y qué hizo?

—Dio un paso atrás, miró la placa de la puerta y se disculpó porque se había equivocado de número, que era la casa del vecino.

—¿Y fue a la casa de al lado?

—Miré por la ventana y no. Se subió al coche y se fue. Llamé a papá y no le sonaba de nada. O al menos no le había pedido a nadie que viniera a recoger no sé qué papel.

—¿Qué crees que quería?

—Pensé que sería una estafa, y mi padre también. En la puerta no paraba de mirar a todas partes, por si había cámaras de seguridad y cosas así.

—Ya, pero las cámaras son visibles, no son ningún secreto.

—No. Mi padre repasó las imágenes esa noche para ver qué aspecto tenía, aunque no se le veía la cara y el coche estaba aparcado en un ángulo muerto. Pero tenía el pelo más largo y oscuro que ahí.

Carl asintió. No había duda de que Sisle Park quería familiarizarse con los ángulos de las cámaras del interior y del exterior de la casa.

—¿Creíais que volvería para robar algo?

—Sí, pero papá dijo que lo intentara si se atrevía, porque no se saldría con la suya.

Señaló la imagen congelada en el monitor.

—Pero, entonces, ¿quién es esa?

—Aún no lo sabemos, Laura, pero vamos a averiguarlo. ¿Podrías enseñarme el vídeo de su visita? Supongo que conserváis el archivo.

Sonrió y dijo que dudaba que guardaran grabaciones tan antiguas, pero que lo comprobaría por si acaso.

«¿Quién es esa?», había preguntado la joven como si no fuera justo lo que necesitaban averiguar más que cualquier otra cosa. ¿A quién se lo podían preguntar? ¿A sus empleados? Se le puso la piel de gallina solo de pensar en hablar con la clase de gente que había visto en su empresa. Preferirían arrancarle la cabeza antes que permitir que se metiera en los asuntos de su jefa.

Llamó a la facultad de Química donde había estudiado Sisle. Cuando no se lo cogió nadie, llamó a varias personas que compartían su extraño apellido, pero nadie conocía a ninguna Sisle ni a ninguna Lisbeth.

Por enésima vez ese día, Carl cayó en la cuenta de lo atascados que estaban, y el tiempo apremiaba. Solo quedaban tres días para el veintiséis de diciembre y todo apuntaba a que la única forma de impedir el asesinato de Maurits van Bierbek era neutralizar a Sisle Park a tiempo, pero ¿cómo podían conseguirlo por la vía legal? No podían plantarse en su casa y detenerla sin pruebas contundentes.

Tampoco podían secuestrarla y esperar a que pasara la fecha. Además, siempre cabía la posibilidad de que ella no presenciara los asesinatos. Por ejemplo, a Pia Laugesen la ahogaron en una piscina, y le costaba imaginar que una mujer de la complexión delgada de Sisle hubiera podido con alguien tan fuerte y robusto como Pia. Y, si había una tercera persona presente, ¿cómo iban a averiguar quién era, qué relación tenía con Sisle Park y cómo había llegado a ser su cómplice? Las palabras que Palle Rasmussen utilizó para describir a Sisle Park —puta, cerda, acosadora y demás joyas— no eran muy aduladoras, y los insultos sobre su inteligencia no fueron acertados, pero ¿podrían rascar alguna pista del resto del correo?

Lo había escrito veinte años atrás y puede que ella hubiera cambiado en ese tiempo, pero ¿acaso no era buena idea buscar el origen de su locura en el pasado?

Carl se sentó y miró su escueto currículum. El nombre real de Sisle era Lisbeth Park. Lo habían buscado hasta la saciedad, con y sin «h», y no les había llevado a ninguna parte. Aunque era un apellido un tanto especial, nadie encajaba con la Sisle que buscaban.

«¿Por qué se había ido a Sudáfrica después de la carrera y durante tanto tiempo?», pensó. ¿Qué se le había perdido allí?

¿Sudáfrica estaba a la vanguardia de la especialización de Sisle o es que estaba huyendo?

Podía imaginar cualquier cosa sobre ella, pero le sorprendió que se hubiera metido en la boca del lobo y hubiera comprobado en persona las cámaras de seguridad del domicilio de los Van Bierbek. Sí, con un atuendo diferente y puede que con peluca, pero de poco servían esos disfraces frente a una chica de catorce años.

Quizá fuera una sutil señal del destino para que Carl se disfrazara y saliera a la calle a investigar un poco.

Se levantó y salió del despacho de Maurits van Bierbek para mirarse en el espejo del pasillo. No tenía muchas esperanzas, pero aun así lo perturbó bastante encontrarse a un señor escuálido con el pelo ralo y despeinado, y unas canas que a nadie le recordarían a George Clooney.

—¡Laura! —exclamó un par de veces hasta que apareció con un papel en la mano.

—¿Qué es? —preguntó, como si no lo supiera ya.

En la esquina de la fotografía en color de la visita sorpresa de Sisle Park, ponía con tinta algo borrosa: «29 de agosto de 2020, 13.32».

—Lo siento, solo se ve la parte de arriba del coche y un poquito de ella, que era lo que más destacaba de la grabación. Y, mira, no me fallaba la memoria: tenía el pelo largo y castaño. Era una peluca, seguro.

Carl titubeó. Ese coche tenía ya unos años.

Lo único que llamaba la atención, aparte de la chapa amarilla, era un portaequipajes barato que podría haber comprado en cualquier parte.

—Gracias, Laura, bien visto.

Le dedicó una mirada de lo más simpática, como si de pronto fuera su mejor amiga.

—Oye, ¿no tendrás por casualidad un móvil que me puedas prestar durante un par de días?

—No, solo tengo el mío.

—Bueno, me vale.

Laura dio un paso atrás como si se hubiera abrasado.

—Pero ¿qué dices? No puedo quedarme sin móvil, y menos ahora.

—¿No puedes hablar con tus amigas por el fijo?

—No es eso.

Lo miró con resignación, como si no supiera de la existencia de los wasaps, Twitter, Instagram, YouTube y TikTok.

—Entonces, ¿te lo puedo alquilar? Solo hasta el día después de Navidad.

Lo rumió, pensativa.

—Por quinientas coronas al día.

Carl parpadeó varias veces.

—Había pensado más bien en unas quinientas en total.

Lo miró otra vez como si fuera idiota.

—¿Tenéis algún tinte de pelo en casa? ¿Y puedo coger prestada ropa de tu padre? Tengo que salir con el coche y no quiero que me reconozca nadie.

UNA HORA DESPUÉS, Rose, soñolienta y algo ojerosa, entró en el despacho de Van Bierbek después de su turno de vigilancia. Tiró el abrigo al suelo, se dejó caer en el sofá y por fin se percató de la presencia de Carl.

—¡Coño! —exclamó. Carl esperaba algo por el estilo. Él mismo se llevó una sorpresa cuando se enjuagó el pelo después de aplicarse el tinte de Victoria y el espejo le devolvió la mirada de un señor pelirrojo con el cabello de punta.

—No es el tono que usa mamá ahora mismo —había dicho la niña demasiado tarde. Carl casi se desmaya.

La guinda era el atuendo: un traje pasado de moda, una corbata, una camisa blanca y unos zapatos que el padre de Carl habría calificado de «muy de la capital».

—Te quedan bien —lo había animado Laura.

Nada que ver con la reacción de Rose.

—Funciona —susurró—. No pareces tú... De hecho, no te pareces a nada que haya visto en mi vida. ¿Adónde vas con esas pintas?

—Gracias por la confianza —dijo—. Tengo que salir a investigar un par de cosas. ¿Cómo estaba Gordon? ¿Hecho un cubito de hielo?

—Supongo —bostezó—. Ya se había ido a casa cuando llegué.

—Bien. Pobre, hace un frío que pela. ¿Habéis investigado la época universitaria de Sisle Park?

—Eh, ¿por qué lo preguntas? No me lo habías pedido, ¿no? ¿No eres tú el líder que nos organiza y reparte las tareas y eso?

—¿Eso es que no?

Meneó la cabeza y se tapó con la colcha. Carl podría haber dormido en el sofá cama en vez de en el suelo; no se había molestado en comprobarlo.

Más tarde, Laura le señaló un Alfa Romeo bastante llamativo en un lateral del enorme garaje.

—Nadie lo echará en falta —dijo—. Papá se lo regaló a mamá hace cinco años y el mecánico lo tiene a punto, pero apenas conduce desde que tengo memoria. «¿Para qué necesitas carné de conducir si puedes llamar a un taxi?», dice. Y menos mal, porque siempre va un poco piripi.

Carl se subió al cochazo con cierta dificultad; tuvo que deslizar la cadera casi hasta el asfalto para instalarse en el asiento del conductor. Media hora después lo dejó en el aparcamiento de la facultad de Química. Sisle Park había estudiado allí hacía bastantes años, así que era poco probable que la conocieran, pero, con un poco de suerte, encontraría alguna pista en el registro y podría tirar del hilo.

La entrada principal estaba abierta, pero los pasillos vacíos no eran muy prometedores. Aparte del confinamiento, era casi Navidad y estaban en plenas vacaciones de invierno, se notaba que el edificio llevaba tiempo sin ver ni a estudiantes ni a nadie.

«¿Cómo avanzamos como sociedad si todo permanece cerrado a cal y canto?», reflexionó, entrando en un laboratorio tras otro, con mesas repletas de recipientes y fregaderos que brillaban como si estuvieran sin estrenar. Olía un poco a metal y a sustancias químicas que le recordaron a su salón cuando Hardy vivía en él.

—¿Hay alguien? —gritó varias veces, pero solo le contestó el eco.

Las puertas de algunos despachos estaban cerradas con llave. No le extrañó que nadie hubiera contestado cuando llamó por teléfono.

—Mierda —dijo en voz alta.

Sonó el móvil de Laura.

—Sí, Assad, dime.

—Sisle Park ha salido en coche. Lo siento, no he podido seguirla; se me cayó la llave del coche de Gordon y no la encontraba.

—Mierda —repitió Carl. Hoy la suerte no estaba de su parte.

—¿Quieres que intente entrar en su casa?

—¿Allanamiento, dices?

—Eh, pues sí, para qué mentir.

—Debe de tener una alarma en cada rincón. No te lo recomiendo. Cuando quieras darte cuenta tendrás a un par de empleados de Securitas con cara de mala leche, y no sería nada comparado con la que pondría Marcus. Puedes comprobar los alrededores, por si acaso, pero no sé si servirá de mucho.

—Vale, pues me quedo aquí hasta que vuelva. Me voy al coche de Gordon a ver si puedo sacudirme el hielo de la barba rio—. La hipérbole ayuda a hacerse entender.

Eso se lo había enseñado Rose.

Assad colgó y Carl se apoyó en la pared del pasillo.

Lo que más quería en ese instante era presentarse en el despacho del jefe de Homicidios y ponerle fin a todo aquello. El destino de Maurits van Bierbek quedaría en sus manos y en las de sus compañeros. ¿Qué más podía hacer él en esa tesitura? Miró su reflejo en la ventana. Una cosa era el nuevo color de pelo; la expresión de abatimiento era otra muy distinta.

«Si te rindes y vas a comisaría, firmarás la sentencia de muerte de Van Bierbek. ¿Podrás vivir con eso?», se preguntó. Laura perdería a su padre y una persona horrible se saldría con la suya. Si se entregaba y soltaba el caso ahora, el Departamento Q no se recuperaría del golpe. Y tampoco podía olvidar su propio problema. ¿Qué se traían entre manos el Perro de presa y sus compañeros, si las consecuencias ya eran tan graves?

Le sonrió a su reflejo. El tinte se iría después de unos lavados. Ocho horas de sueño en el sofá cama de Rose y las ojeras desaparecerían. Solo tenía que recomponerse y demostrarles a todos que la gente de Brønderslev tenía los pies en la tierra. Le dio la risa al reconocer la arrogancia y el orgullo provinciano de su padre.

Se giró hacia el final del pasillo y cogió aire.

—¿Hay alguien? —gritó, y lo remató con un silbido que había aprendido en la academia de Policía.

El golpe metálico de una puerta al abrirse de sopetón reverberó en uno de los pasillos laterales seguido de unos pasos. Al cabo de unos segundos, apareció una mujer alta y morena con una expresión antipática y mosqueada.

—¿Se puede saber cómo ha entrado? —preguntó. Tenía el móvil en la mano y toda la pinta de estar a punto de llamar para pedir ayuda.

—Por la puerta. Estaba abierta.

Señaló al pasillo sin saber muy bien si esa era la dirección por la que había entrado.

—Pues por ahí mismo puede salir —dijo, y observó su desafortunado color de pelo y su indumentaria—. Porque aquí no pinta nada.

«Bien», pensó. Solo una persona en un puesto de poder le habría bufado así. Esa mujer cortaba el bacalao en la facultad. Ahora era cuestión de saber qué decir.

—En cierto modo, tiene razón. No soy estudiante ni profesor, ni me envía el Ministerio de Educación ni una asesoría supuestamente imparcial para evaluar la eficacia de esta facultad. Solo puedo ofrecerle esto.

Sacó una credencial desgastada del bolsillo y se la acercó tanto que podría haber visto hasta el más mínimo detalle.

La mujer inclinó la cabeza sin dejar de mirarla.

La palabra «POLICÍA» cerraba bocas de una forma muy curiosa.

—Verá, no es nada grave, pero necesito información —continuó—. Siento interrumpir la paz navideña de la facultad, pero, como se imaginará, la policía no sabe lo que son las vacaciones ni los festivos. Es lo que nos toca.

Sonrió con tristeza, como si tuviera un par de críos en casa llorando y echando en falta a su padre. Extendió el codo a modo de saludo pandémico.

—Soy el inspector Carl Mørck. Perdone que no me haya presentado.

La mujer vaciló y le devolvió el saludo con el codo.

—Tatjana Kuzlovski Kristensen —dijo con una sonrisa que disimulaba que lo que quería era mandarlo a freír espárragos—. ¿De qué se trata?

—Busco información sobre una alumna que se graduó en 1989 con matrícula de honor.

Le dedicó una sonrisa quizá demasiado entusiasta.

—Ya, sé que ha pasado mucho tiempo. ¿Demasiado?

Tatjana asintió sin cambiar el gesto.

—¿Sabe que eso fue hace treinta y un años?

—Bueno, no era un cálculo muy complicado. ¿Qué me sugiere?

—De entrada, no colarse en una facultad cuando todo el mundo se ha ido a casa.

—¿Hay un registro?

—Por supuesto —respondió—, pero yo no tengo nada que ver con eso. ¿Por qué no habla con alguien que trabajara aquí en esa época? Seguro que algún profesor recuerda a una alumna con matrícula de honor.

—¿Dónde podría encontrarlo?

LA DIRECCIÓN QUE le había proporcionado no estaba en una zona privilegiada, pero con suerte era suficiente para un viudo que rozaba los noventa y nueve años y ya llevaba una década viviendo en una residencia de ancianos. Ahí, Torben Clausen tenía toda su vida en doce metros cuadrados: una cama, una estantería con novelas de no ficción, una butaca de velur morado y un par de esperpentos más de una época pasada. De hecho, no era muy diferente de la residencia en la que vivía la exsuegra de Carl.

Torben Clausen lo miró con unos ojos tan inundados por las cataratas que era imposible que distinguiera su entorno, y las arrugas que los rodeaban insinuaban una vida que no había sido fácil.

—Inspector, ¿eh? Vaya —dijo tres o cuatro veces, como si no se lo acabara de creer—. Qué extraño es recibir una visita de alguien tan importante. —Su dentadura postiza traqueteó con una risa silenciosa—. Aquí nunca tenemos visitas de ese calibre.

Carl fue directo al grano.

—¿Recuerda a una alumna llamada Lisbeth Park? Se graduó en Química en 1989 con matrícula de honor. Sé que usted daba clase en aquella época y no sé si…

Su mirada casi ciega danzaba de un lado a otro, como si buscara un rincón de la habitación donde descansar.

—He pensado que quizá podría…

Se giró hacia la ventana y la luz gris le iluminó el rostro.

—Sí, tenía mucho talento. Era muy competente y un misterio para todo el mundo. La recuerdo demasiado bien.

—¿Demasiado?

—Fue la única persona de mi equipo de élite, por llamarlo así, que sobrevivió a un rayo en 1982.

—¿A un rayo? ¿La única? ¿A qué se refiere?

—A eso mismo, joven. Un rayo alcanzó a siete estudiantes en Fælledpark, delante de la facultad.

Le empezó a temblar el labio.

—Oh —dijo, cogiendo aire varias veces—. Hacía mucho que no lo recordaba. No esperaba que me siguiera afectando tanto.

Se secó los ojos.

Carl asintió e intentó hacer memoria. Sería un accidente muy sonado, pero no lo recordaba; por entonces tenía diecisiete años y otras cosas en la cabeza.

Permanecieron unos minutos en silencio hasta que el anciano recuperó el aliento.

—Fue culpa mía, ¿sabe? Fui yo quien propuso que diéramos esa clase al aire libre. Que Dios se apiade de mí —dijo entre lágrimas—. Anocheció de repente y no me dio tiempo ni a levantar la mirada cuando cayó el primer rayo. No me preocupé mucho porque estaba pendiente de mis alumnos, que se habían puesto a discutir y a gritarse. No, miento: Lisbeth Park era la que voceaba. Era la más lista del grupo con diferencia y había acusado a los demás de robarle los apuntes, de hacerle *bullying* y de haberla engañado. No recuerdo los detalles de esto último, pero estaba hecha una furia y se estaban riendo de ella. Yo estaba un poco alejado, a punto de acercarme a intervenir, cuando el cielo se iluminó y un estruendo casi me revienta los tímpanos. También empezó a llover a cántaros. Lo siguiente que recuerdo es que estaba de rodillas en el suelo, rodeado de agua, y que detrás de mí había un cráter con los cuerpos carbonizados de mis alumnos. Entré en *shock*. Es una imagen de las que te atormentan de madrugada, por muchos años que pasen.

—¿Y Lisbeth Park?

—Sobrevivió, no sé cómo. Me dijeron que salió despedida por el impacto.

—¿Qué fue de ella?

—No lo sé, desapareció durante varios años y luego volvió a terminar su tesis. Matrícula de honor, como bien sabe. Estuvo en Sudáfrica y a su regreso sabía muchas cosas que no había aprendido en nuestra facultad.

—¿Cree que sus compañeros copiaban sus trabajos?

—Sí, ahora que lo pienso, recuerdo que no era la primera vez que los acusaba de robarle los análisis y las tareas. Tuvieron varios desacuerdos que resultaron en burlas y en rechazo, y se quejó a la jefa del departamento. Por eso llegó a mis oídos. Puede que se metieran con ella o que le hicieran el vacío. Y también me suena algo de un muchacho que la había decepcionado.

—¿Usted también resultó herido el día de la tormenta?

—No, pero, como le decía, entré en *shock*. A ella la subieron a una ambulancia y yo sufrí un infarto. Perdone, me hago un lío y se lo he contado todo al revés: Martin, el sanitario que se la llevó, me salvó la vida. Ya soy muy mayor y no me queda mucho, pero siempre le estaré agradecido. Él también se acuerda de mí porque todos los años le envío un regalo de Navidad a su familia.

Señaló una mesita teselada en una esquina.

—El de este año lo tengo ahí, pero está todo cerrado y no sé si podré enviarlo.

—¿No recuerda qué fue de ella después del accidente?

Sacudió la cabeza.

—Ya han pasado un par de años desde la última vez que el sanitario me recordó algunos detalles. Seguro que él podrá decirle más. También me hizo preguntas que no supe responder.

—Y él fue quien le salvó la vida.

—Sí, y fue el primero en llegar, gracias a Dios. Está jubilado, pero se estaba planteando escribir sus memorias y me dijo que hablaría del accidente. A él también… también le dejó huella.

—Supongo que tiene su dirección.

Permaneció un momento en silencio antes de responder, para distanciarse del recuerdo.

—Sí. Se llama Martin.

Señaló una libreta roja, el único objeto que tenía en el escritorio.

—Su número de teléfono está en la primera página. Mírelo usted mismo, que yo ya no puedo.

Carl asintió.

—¿Quiere que le lleve su regalo?

Vio al anciano sonreír por primera vez.

53

Sisle

¿DE VERDAD CREÍAN que podían vigilar su casa noche y día sin que se percatara? No habían tenido en cuenta que estaba rodeada de sensores de movimiento y que los sensores de calor del tejado capturaban, además de los desplazamientos del entorno, las siluetas.

Un Volkswagen Golf gris oscuro llevaba toda la tarde aparcado calle abajo. No era nada extraño, ¿no? Pero enseguida recordó al policía que había salido en las noticias y el anuncio de la recompensa. No podía pasar por alto ni el más mínimo detalle de lo que pasara a su alrededor.

Por la tarde, vio a un hombre pálido detrás de un árbol, mirando hacia su casa, y le sacó varias fotos. Por lo visto, no tenía ninguna prisa, y a pesar del frío y del tiempo tan malo que hacía no se movió excepto para subirse al coche durante unos minutos.

—¿Te has sentado a comer? —preguntó en voz alta y con paciencia. Diez minutos de reloj después, volvió a esconderse detrás del árbol, así que había acertado.

«¿Quién eres?», pensó cuando el hombre enfocó una cámara hacia la casa. Sisle se alejó de la ventana de golpe y se tomó un momento para reflexionar. ¿Quién podría saber algo que explicara aquella vigilancia? Ninguno de sus empleados guardaba relación con ese hombre con la complexión de un vampiro. Había preparado fichas de todos los trabajadores de Park Optimizing con datos personales que podrían resultar útiles: el historial médico, el grupo sanguíneo, el currículum completo, los informes de formación de Debora, sus familias, sus finanzas, fotos de todos sus allegados y familiares más cercanos, aficiones, perfil psicológico, puntos fuertes y débiles..., pero ese hombre delgado y macilento no le sonaba de nada. ¿Cómo había llegado allí?

Llamó por teléfono a Adam, que contestó a los pocos segundos.

—Voy a mandarte la foto de un hombre que está vigilando mi casa. Dime si te suena haberlo visto en alguna parte.

Contestó al cabo de un minuto:

—No, no lo conozco. ¿Quieres que haga una búsqueda de reconocimiento facial? Puedo usar un VPN para que parezca que lo busco desde EE.UU.

—No hace falta. Ven lo antes posible; podría marcharse en cualquier momento.

SE ACERCARON POR detrás y el hombre gritó cuando Adam lo agarró por las axilas y el cuello y le inclinó la cabeza hacia delante.

—¿Qué hacéis? —gritó, y Sisle se puso delante de él—. ¡Soltadme!

—Aquí las preguntas las hago yo —dijo ella—. Estás espiando mi casa. ¿Por qué? ¿Quién eres?

Le hizo un gesto a Adam y este aflojó un poco.

—¿Qué coño voy a estar yo espiando tu casa? Mi novia vive ahí al lado y creo que me está poniendo los cuernos. Soltadme.

Sisle le indicó a Adam que lo soltara.

—Ya. ¿Y cómo se llama tu novia?

El hombre dudó un instante más de la cuenta.

—Pero ¿de qué vas? ¿Quién eres tú?

Sisle se acercó a él. Lo había visto en alguna parte.

—¿Me enseñas tu documentación? —le preguntó.

Le respondió con una sonrisa burlona.

—Por encima de mi cadáver. No tienes derecho a pedírmela.

—De tu cadáver, ¿eh? Veré lo que puedo hacer. Adam, ¿te importa?

Para sorpresa de Sisle, el hombre no vio venir el puñetazo que Adam le propinó en el cuello. El azul de sus ojos se tornó en un gris pálido mientras intentaba mirarla a la cara en balde.

—¿Qué hacéis? —balbuceó mientras Adam le metía la mano en el bolsillo del interior del abrigo.

—Este está vacío —dijo Adam antes de seguir hurgando.

—Dinos quién eres y puede que dejemos de hacerte preguntas.

Se había quedado sin palabras y agachó la cabeza. Se negaba a contestar, pero no lograba ocultar el miedo a que volvieran a golpearle.

—Podrías acabar muy mal si no cooperas. No me gusta que me vigilen, y menos si no sé por qué ni quién. ¿Quieres que insistamos?

Sacudió la cabeza.

—No sé por qué crees que te estaba espiando, yo solo…

Recibió otro golpe de Adam, esta vez más fuerte.

ADAM DEJÓ AL hombre inconsciente sobre el sofá a los pies de la cama de Sisle y le ató los brazos al cinturón por la espalda con unas bridas de plástico.

Encontraron la documentación del coche en la guantera y, debajo del asiento, su cartera, que contenía la información crucial que buscaban.

—Joder, Sisle, es agente de policía —dijo Adam cuando entró con la cartera en la mano—. No puedes retenerlo aquí. Tenemos que deshacernos de él como sea.

Sisle estudió su carné: «Gordon Taylor, abogado y ayudante de la Policía».

Buscó su nombre en Google en el iPhone y encontró justo lo que sospechaba: salía en varias fotografías posando junto a su jefe, Carl Mørck, y varios resultados más abajo aparecía el

Departamento Q al completo, compuesto por cuatro personas. Le inquietaba un poco ver lo eficaz que era y todos los casos que habían resuelto.

Imprimió un par de fotos y las dejó en el escritorio.

—Esto me da mala espina —dijo Adam—. Carl Mørck sabe que has secuestrado a Maurits van Bierbek. Te das cuenta, ¿no? La probabilidad de que den con nosotros tres es demasiado alta. Es cuestión de tiempo. Quizá deberíamos deshacernos de este hombre y de Maurits van Bierbek lo antes posible y desaparecer una temporada.

Sisle entornó los ojos.

—Si mal no recuerdo, no hace mucho que os expliqué a Debora y a ti que no voy a cambiar los planes. Voy a ver si nos puede servir de algo tener aquí a Gordon Taylor. Podemos hacer lo que queramos con él, pero Maurits van Bierbek tiene que esperar hasta el cumpleaños de Mao el 26 de diciembre, ¿queda claro?

—¿Y él? ¿Qué crees que hará Carl Mørck cuando descubra que su agente no ha vuelto? Si desaparece de la faz de la Tierra, Mørck se presentará en tu casa. ¿Es eso lo que quieres?

—Pues que venga. Mañana a primera hora ya no estará.

—¿Adónde vas a llevarlo?

—Podría hacerle compañía a Van Bierbek durante un par de días, ¿no?

Adam torció tanto el gesto que su rostro asimétrico casi estaba en armonía.

SISLE LE PUSO una inyección al agente de policía para que no recobrara el conocimiento en las próximas horas. Se hizo el silencio, pues Adam se había ido a casa, resoplando y nada contento con que no le hubiera hecho caso.

No harían falta muchas reacciones más como esa para convencerla de que ponerle fin a su colaboración con Adam y Debora podría tener sus ventajas. Después de Año Nuevo, una vez el nuevo plan estuviera en marcha, sus subordinadas serían más competentes y estarían mejor preparadas que las personas que Debora había reclutado a lo largo de los años. De hecho, no necesitaba que llevara a nadie más. En su propia organización había, como mínimo, unos cuarenta candidatos que podrían continuar su misión durante varias décadas, y hasta ahí llegaban sus planes. En cuanto mataran a Maurits van Bierbek, Adam y Debora serían redundantes.

Sisle se sentó delante de su escritorio, iluminada por un cono de luz.

Todo estaba listo para liquidar a Maurits van Bierbek. En esta fase final, el último paso era redactar la sentencia y los argumentos. En 2016 lo había memorizado antes de asesinar a Franco Svendsen, pero, justo antes de clavarle la aguja, se había quedado sin palabras. Franco, aterrado, le suplicó con la mirada, y su gemido le provocó un instante de duda que echó a perder el sermón que tenía preparado. Por eso se lo llevó apuntado cuando asesinó a Birger von Brandstrup y le salió mucho mejor. Así era como quería que sucediera con la ejecución de Maurits van Bierbek: de forma controlada y solemne.

Sisle sonrió. Van Bierbek era un ser tan despreciable que el texto se escribía solo.

A medianoche, un haz de luz iluminó su estantería. Sisle se levantó a tiempo para ver que un taxi giraba por la esquina de su calle. Se asomó y se fijó en que el Golf gris seguía ahí; tendrían que deshacerse de él. «Mañana», pensó, y junto al coche vio la silueta de una persona que miraba hacia su casa.

Unos segundos después, la figura salió de entre las sombras y miró a su alrededor, iluminada por una farola. Era una mujer joven y, por su lenguaje corporal, parecía confusa. ¿Esperaba encontrarse con Gordon Taylor?

Sisle sacó los prismáticos de visión nocturna y le vio el rostro un momento antes de que volviera a las sombras.

Miró la foto impresa de los cuatro miembros del Departamento Q y la reconoció de inmediato.

Le pisaban los talones.

Cuando se levantó a las seis de la mañana del día siguiente, la mujer seguía en el mismo sitio. «Qué pena que no hayas visto nada en todo este tiempo», pensó. ¿Irían a tomarle el relevo?

A las ocho en punto, como suponía, llegó el tercer mosquetero. Un hombre fornido, no muy alto y de piel oscura al que reconoció de inmediato como Hafez el-Assad estaba hablando con la mujer detrás del Golf. ¿Estarían hablando del paradero de Gordon Taylor?

Sisle sonrió. Había comprobado varias veces a lo largo de la noche que el hombre inconsciente seguía tirado en su sofá como una marsopa encallada. Aparte de algún que otro suspiro somnoliento, no había dado señales de vida.

Lo más probable era que a las ocho de la tarde alguien viniera a tomarle el relevo al tal Assad. Y, si Gordon Taylor seguía sin aparecer, pasaría algo interesante en la calle.

PARA ACCEDER AL garaje tenía que atravesar la cocina hasta la puerta del lavadero. Desde su dormitorio eran tres estancias, el pasillo, la cocina y el lavadero, y Sisle no podía cargar con un peso muerto por raquítico que fuera, así que lo tiró de un empujón a una manta que había tendido en el suelo. El joven paró la caída con el hombro y suspiró con más fuerza que antes, pero siguió inconsciente.

Sisle apartó las alfombras a un lado para poder arrastrarlo por el suelo y empezó a notar el sudor en las axilas. Llegó al garaje hecha polvo y bajó los cuatro escalones de hormigón dándole tirones a la manta. Oyó los golpes de la cabeza del hombre contra los bordes, pero poco podía hacer al respecto.

A las diez, el hombre del Departamento Q se había acercado más a la casa. «Ahora o nunca», pensó. Se subió al coche, abrió la puerta del garaje, pisó el acelerador, y dejó atrás a Assad, que estaba agachado y buscando algo en el neumático delantero izquierdo del Golf.

No tenía por delante un trayecto muy largo.

Pero eso ellos no lo sabían.

54

Carl

Miércoles, 23 de diciembre de 2020

MARTIN, EL PARAMÉDICO jubilado, tenía tres apellidos y, por lo visto, tres tandas de hijos. En la puerta de la terraza de su casa, en Albertslund, que daba a la cocina, había seis bicicletas para niños. Se oía tanto alboroto dentro que, cuando Carl llamó al timbre de la puerta principal, ni se oyó, así que entró sin más dilación.

Se quedó de pie en el salón, con el regalo en la mano, delante de ocho personas de distintas edades. Los había interrumpido en pleno proceso de decoración navideña y lo miraban con cara de confusión.

—Disculpen —dijo—. Quería hablar con Martin; vengo de parte de Torben Clausen. ¿Está aquí?

El único candidato lógico, un hombre de unos sesenta años, se bajó de una silla y dejó colgando la estrella del árbol de Navidad.

—Soy yo —dijo, y estudió el rostro sin mascarilla de Carl—. Déjelo ahí. Habrá que mantener la distancia.

Carl se tapó la boca.

—Perdón, a veces se me olvida —dijo, y sacó una de las mascarillas azules que llevaba un mes en el bolsillo—. ¿Tiene un momento, Martin?

Levantó su credencial obsoleta, que surtió efecto: los niños más mayores se acercaron para verla bien y los adultos lo miraron afligidos, como si ya los hubiera detenido.

—Sé que somos muchos, pero todos vivimos bajo el mismo techo, así que es legal, ¿no?

Carl sonrió detrás de la mascarilla. Esperaba que se notara.

—No se preocupe. No vengo por las restricciones pandémicas. Quiero preguntarle por Lisbeth Park. Torben Clausen me ha dicho que fue el primero en llegar al lugar donde cayó el rayo. ¿Podría hacerle unas preguntas sobre el accidente?

—HE VIVIDO MUCHAS cosas como paramédico, pero aquel día de 1982 fue especial. Ver para creer. Seis cuerpos humeantes, oliendo a carne asada, que hacía un momento estaban vivos... Y allí estaba ella.

—¿Lisbeth Park?

Martin asintió y relató los detalles de su experiencia.

—¿Se alegró de que los demás hubieran muerto?

No era un dato muy sorprendente, dadas las circunstancias, pero resultaba, cuando menos, curioso.

—Sí. Sus palabras exactas fueron: «Si puedo sobrevivir a esto, entonces, con la ayuda de Dios, puedo sobrevivir a cualquier cosa».

Carl asintió. Eso es lo que había estado haciendo todo este tiempo, pero Carl iba a pararle los pies. Con suerte.

—Torben Clausen me contó que usted había empezado a escribir sus memorias y que sentía curiosidad por el paradero de Lisbeth Park. ¿Puede contarme qué ha averiguado sobre ella?

El hombre le dedicó una mueca.

—Si me promete que no me robará la historia.

—Tiene mi palabra. ¿Qué fue de ella después de lo que me ha contado?

—La llevé directa al Hospital Universitario, que estaba al lado. Pasó por Traumatología y luego por Neurología. Estuvo varios días ingresada, de ahí la trasladaron al Hospital de Glostrup para el tratamiento y, por último, la admitieron en un centro psiquiátrico. No sé mucho sobre su estancia allí, pero me han dicho que ella misma pidió que la ingresaran y que se quedó por voluntad propia durante casi dos años a raíz de unos arrebatos de violencia. Había sufrido una descarga muy fuerte.

—¿Como la terapia por electrochoque?

—Virgen santa, no, en absoluto. Un rayo puede contener radiación gamma y X, una potencia de cientos de millones de voltios y una corriente de unos diez mil amperios. Está a años luz de un electrochoque.

—Entonces, ¿en qué consiste?

—Un electrochoque es muy distinto. Es una corriente directa de cuatrocientos sesenta voltios y cero coma ocho amperios.

—Ya. ¿Y por qué no la mató el rayo?

Martin se encogió de hombros.

—Supongo que estaba lo bastante lejos del impacto. Y, que yo sepa, al contrario que en terapia electroconvulsiva, que consiste en convulsiones eléctricas de entre quince y sesenta segundos, la descarga de un rayo solo dura una fracción de segundo. Si durara tanto como la TEC, habría quedado reducida a cenizas.

—¿Ha hablado con Lisbeth Park recientemente? ¿Sabe que ahora se hace llamar Sisle Park y que es una empresaria de éxito?

—Sí, le he seguido la pista, pero no he hablado con ella. Llamé un par de veces para pedir permiso para entrevistarla, pero la persona de su empresa con la que hablé se negó en redondo. Es una pena, porque su trayectoria desde entonces ha sido de lo más interesante.

«No sabe usted hasta qué punto», pensó Carl.

CUANDO LLAMÓ AL centro psiquiátrico de Glostrup para pedir cita le dijeron que había cambiado mucho desde 1982. Cuando Sisle, alias Lisbeth Park, estuvo allí ingresada, se llamaba Hospital Nordvang de la Región de Copenhague, y tanto el lugar como los principios psiquiátricos habían cambiado tanto que ya no guardaba ningún parecido con el pasado.

—Si tiene alguna pregunta sobre antiguos pacientes, ya hay protocolos establecidos para acceder a los historiales médicos

—le informó el secretario. Su respuesta lo convenció de que sería inútil soltarle la retahíla de que era muy importante, que se trataba de un caso policial que podría acabar muy mal si no cooperaba, que el tiempo apremiaba y demás.

—Entre las vacaciones de Navidad y la falta de personal por todos los compañeros a los que han mandado a casa por la pandemia, está complicado, pero quizá puedan decirle algo en enero.

Carl estuvo a punto de estallar, pero la mecha estaba empapada.

—Me conformaría con que me dijera quiénes eran los médicos en plantilla en 1982.

—Tendrá que buscarlo en internet —fue la respuesta. Gracias por nada.

PARÓ EN UNA gasolinera junto a la circunvalación, compró unas gafas de dos dioptrías, un perrito caliente y diez Carlsberg Nordic sin alcohol, y se puso a buscar en el móvil de Laura, que se le hacía cuesta arriba.

«Tendría que haber cogido unas de dos dioptrías y media», pensó, entornando los ojos. La búsqueda de psiquiatras jubilados no era nada fácil. Casi todos habían publicado una tesis y muchos habían pasado por Nordvang en los ochenta, pero, o ya habían muerto, o no aparecía ningún número de teléfono.

«No voy a despertar a Rose para pedirle que me eche un cable, pero quizá Gordon esté despierto», pensó, y marcó el número provisional.

Esperó hasta que saltó el contestador. Volvió a llamar y siguió sin recibir respuesta.

¿Había abandonado su puesto y se había ido a dormir? Le extrañaba mucho.

Carl suspiró y volvió a mirar el móvil. La mayoría de médicos que habían ejercido en Nordvang en esa época no se habían quedado muchos años. Pero así funcionaba su profesión: obtenían experiencia, se especializaban, conseguían un contrato mejor y se marchaban. No era una situación con la que Carl estuviera familiarizado. Siguió buscando entre los enfermeros y al cabo de media hora encontró a Karen Jochumsen, que había sido enfermera en el hospital psiquiátrico durante varios años, incluidos los que estuvo ingresada Sisle. Se había jubilado después de trabajar varios años en una agencia de enfermeras a domicilio, y no parecía importarle que interrumpieran su aburrida rutina.

—¡Lisbeth Park! —espetó después de tomar aire—. Recuerdo a esa paciente mejor que a ningún otro, pero comprenderá que, como los médicos, yo también estoy sujeta al secreto profesional y no puedo divulgar nada sobre su enfermedad ni su tratamiento sin su consentimiento.

Carl se paró a pensar. Sisle le daría su consentimiento cuando las ranas criaran pelo.

—Sí, por supuesto. Quizá pueda remitirme a alguno de sus médicos. Es un asunto policial y su ayuda sería muy útil.

—Oooh, me puede la curiosidad. Si consigue su historial, haga el favor de llamarme.

—¿Se ha preguntado qué ha sido de ella?

—Lo sé muy bien. La he visto varias veces en televisión y me ha dejado de piedra. Aunque, en fin, era una mujer *muy* especial.

La voz le cambió un poco con el «muy» y el énfasis insinuaba que sabía que le iba a preguntar a qué se refería.

—Karen, ¿llegó a preocuparse de lo que pudiera hacer?

La duración de la pausa delataba que estaba a punto de caer en la trampa.

—No puedo divulgar nada sobre su estancia en Nordvang, pero, si le soy sincera, nadie de la planta la entendía. Sabíamos que había sufrido mucho. Las secuelas del impacto eran mucho más graves de lo que creíamos en un principio, pero tendrá que pedirle los detalles a otra persona.

Carl claudicó. Era demasiado profesional para dejarse engatusar.

—¿Podría darme el nombre de algún médico para que solicite acceso a su historial?

—Recuerdo a varios, pero solo mantengo el contacto con uno de ellos. Por suerte, ahora que lo pienso, también es el más relevante. Se llama Thorleif Petersen. Era el jefe de planta. Montó su propia clínica y a veces da clase de Psiquiatría Forense en la universidad.

LA DIRECCIÓN QUE le dio estaba muy cerca de la casa de Maurits van Bierbek, en Gammel Holte, así que decidió acercarse en persona.

«Tendrías que haber estudiado Medicina», pensó al comparar la casa de Rønneholtpark con el paseo arbolado, los establos y los pastos, desolados por el invierno.

—Mi marido está con los caballos islandeses. Tendrá que hablarle un poco alto, con la edad le falla el oído —le dijo una mujer de pelo blanco con aspecto de vestir una talla treinta y seis, al contrario que su madre, que no se podía permitir el lujo de hacer dieta.

Carl se miró los zapatos mientras atravesaba el fango. Los días de lluvia eran más generosos con la tierra que con el calzado; el empeine se le hundía en el barro y le recordó el frío que podía llegar a hacer en Dinamarca.

—¡Hola! —gritó cuando vio a lo lejos la cabeza de un hombre rodeado de caballos que esperaban un aperitivo.

Se asomó un señor con unas cejas tan pobladas que era imposible fijarse en otra cosa. Llevaba unas botas de goma muy altas y lo miraba como si fuera uno de los marginados que usaba de ejemplo cuando daba clase.

Carl se presentó varias veces, cada vez en voz más alta. Le enseñó la credencial y Thorleif Petersen le devolvió una sonrisa. Seguro que tenía experiencia en el trato con policías.

Carl explicó cómo había llegado hasta él, y el hombre volvió a sonreír cuando mentó a su compañera, Karen Jochumsen, pero fue breve: el gesto se desvaneció en cuanto mencionó a Lisbeth Park.

—¿Por qué me pregunta por ella? —dijo con repentina hostilidad. Se giró hacia los caballos, se agachó hacia los cascos de uno de ellos y le levantó una pata trasera—. Sufre una infosura, me temo. ¿Sabe lo que es?

Carl asintió. Quienes se habían criado en el campo sabían reconocerlo.

—Lo siento. Se le ve muy sano.

El hombre se irguió y le acarició la quijada al caballo.

—Sí, es un buen caballo. Puede que el veterinario lo sacrifique mañana. Será un día muy triste.

Le acarició el pecho y lo guió por el otro lado del camino hasta un establo apartado.

—¿Y los demás? ¿También están enfermos?

—Espero que no, pero, si lo están, habrá sido culpa mía.

—¿El heno o el pasto? —preguntó Carl.

El médico frunció el ceño y lo miró con cierto respeto.

—Me crie en el campo —aclaró Carl.

—¿Quiere tomar algo dentro? Hoy hace frío.

Miró los zapatos embarrados de Carl y sonrió.

—NO PUEDO DIVULGAR información sobre la paciente ni el tratamiento, a menos que haya vidas en peligro.

Carl aspiró el olor del whisky que Thorleif Petersen le había servido. La conversación prometía. Le explicó en detalle lo que había averiguado el Departamento Q y la situación actual del secuestro de Maurits van Bierbek.

Petersen lo escuchó con la atención de un profesional de la medicina.

—Madre mía, me ha dado un escalofrío —dijo—. Confieso que el caso de Lisbeth Park fue uno de los peores con los que me he encontrado. Lástima que no la neutralizáramos antes de soltarla.

¿Neutralizarla? Carl no se atrevía a preguntar a qué se refería, por si las moscas.

—Hábleme de ella. ¿Qué cree que la ha llevado a esto? ¿Cuáles son sus puntos débiles? Solo tenemos dos días para impedir otro asesinato.

—¿Cómo? —dijo con una mano detrás de la oreja.

—Que solo tenemos dos días para impedir que mate a otra persona.

—¿No puede un juez emitir una orden de detención?

—La sospecha se basa en conjeturas y mucha especulación. No me cabe duda de que estamos en lo cierto, pero no hay pruebas suficientes para obtener una orden de detención.

—Usted quiere saber quién es. Lo que puedo decirle es que solicitamos su traslado desde el Hospital de Glostrup, y que antes estuvo en la planta de Neurología del Hospital Universitario. En este último intentaron estudiar el daño que había provocado el impacto en su sistema nervioso y en su cerebro, pero no sacaron mucho en claro. Se pueden analizar las áreas de tejido que oponen menos resistencia, pero, en accidentes como el suyo, las secuelas neurológicas y neuropsicológicas tardan un tiempo en manifestarse. No sabemos si sufrió cambios cognitivos y emocionales, pero era muy diferente de los demás. Y, cuando la trasladaron al Hospital de Glostrup para tratarle las quemaduras, descubrieron que tenía un feto muerto.

El cerebro de Carl intentaba encajar las piezas que el doctor estaba aportando al enorme puzle.

—Creo que la chica ya no estaba bien antes del accidente —sugirió Carl, y el hombre asintió.

—La extracción del feto la dejó bastante tocada durante mucho tiempo. Hablaba del castigo divino que habían sufrido ella y el bebé por haber sucumbido a la tentación de acostarse con un demonio. Decía que la había engañado con otra chica de la clase y que les deseaba una muerte violenta. «El rayo fue la respuesta», repetía una y otra vez. Poco a poco, responsabilizó al cerdo que la engañó de la muerte de la criatura.

—¿Quería tenerlo?

—Hasta entonces ella no sabía que estaba embarazada, pero tenía el útero tan inflamado y dañado que se quedó estéril. Cuando llegó era una persona iracunda y resentida, obsesionada con el mal, con Dios y con la venganza. Mis compañeros me avisaron porque sospechaban que podría suponer un peligro para los demás. Era muy dura con los otros pacientes y, presuntamente, indujo a uno de ellos al suicidio, así que, en cierta forma, no les faltaba razón.

—¿No había cometido ningún delito por entonces?

El doctor suspiró y sirvió más whisky. Se bebió el suyo de un trago y meditó la respuesta, relamiéndose los labios.

—Lisbeth Park no ingresó a la fuerza ni a petición de nadie. Acudió por voluntad propia. Mi conclusión fue que había permanecido con nosotros un año y medio porque quería curarse y ser una persona funcional capaz de vivir en sociedad.

—¿Solicitó el alta ella misma?

Thorleif asintió.

—¿A cuántas personas dice que ha asesinado?

—¿En total?

Volvió a asentir.

—Veintitrés. Puede que más. Y varios han muerto como consecuencia de sus actos, sí.

El hombre se tapó el rostro con las manos.

—Qué horror. Es terrible. Tendríamos que haberlo visto venir y haberlo evitado. Pero ¿cómo?

—Creo que Sisle Park es una persona diferente a la Lisbeth Park que usted conoció. Ha desarrollado ciertas facetas de su personalidad en torno a rituales específicos. Si no, Maurits van Bierbek ya estaría muerto. Solo mata en los cumpleaños de criminales famosos, y la sal siempre está presente en sus asesinatos, lo cual es una referencia al castigo de Dios en Sodoma y

Gomorra. Los aspectos cuasirreligiosos y los métodos que utiliza son muy ceremoniales. ¿Podría sufrir TOC? Todos sus actos responden a ese perfil.

El doctor se incorporó y estaba muy pálido.

—Hablamos varias veces de eso y de que podría sufrir tendencias esquizofrénicas, pero siempre conseguía que nos desviáramos del tema y nos centráramos en el accidente en sí y en la pérdida del bebé. Pero, ahora que lo dice, estoy seguro de que tenía TOC y de que lo sigue teniendo. Por lo que me ha contado, podría sufrir esquizofrenia, un trastorno obsesivo-compulsivo muy grave, y a saber qué más. Debe de estar completamente loca, y no es una palabra que diga a la ligera. Los pensamientos compulsivos sin control que justifica con una cruzada en nombre de la ética y la moral son un caldo de cultivo para actos muy peligrosos.

Carl asintió.

—Sabiendo lo que sabe ahora, ¿cuál cree que es su punto débil?

Miró a la nada durante un rato. Bebió otro trago.

—¿Cree que toma medicación? —preguntó Carl.

Thorleif salió del trance. Su mirada aún rebosaba tristeza y desasosiego, pero al menos estaba presente.

—Estoy casi convencido de que no toma nada. No parece que la violencia extrema de sus actos se haya suavizado. Bueno, puede que sí se haya medicado en algún momento durante los dos años entre los asesinatos, pero no cuando uno es inminente.

Se inclinó hacia Carl.

—Dice que mató por accidente a un niño pequeño. Si además le deja flores y le enviaba dinero a su madre, y sumamos el hecho de que perdió un bebé y no pudo volver a quedarse embarazada, créame cuando le digo que ese es su talón de Aquiles. Si quiere darle donde duele, úselo en su contra.

Carl asintió.

Le sonó el móvil. Era un número desconocido, pero tenía el presentimiento de que debía contestar.

—Carl Mørck, ¿dígame? —contestó.

—Gordon no volvió anoche —dijo Rose al borde del pánico—. Desapareció durante su guardia. Y Assad dice que Sisle Park salió de su casa esta mañana con el coche a todo gas. Lo ha secuestrado, Carl. Estoy segura.

55

Gordon

24 de diciembre de 2020

GORDON VOLVIÓ EN sí poco a poco. Primero con un dolor punzante en la nuca, seguido de una presión en los tobillos y en las muñecas tan intensa que no sentía los pies ni las manos. Sintió náuseas, y el cuerpo le pedía a gritos algo líquido y una postura más cómoda.

Abrió los ojos, consciente de la gravedad de su situación, pero no estaba nervioso; estaba cabreado. Cabreado consigo mismo por haber bajado la guardia. Tendría que haber echado a correr en cuanto supo que alguien se acercaba por detrás. Estaba en forma y podía correr cien metros en catorce segundos. ¿Por qué no lo había hecho?

Alzó un poco la mirada. Siguió las paredes vacías hasta el fondo, donde había una mesa y un ascensor. El ascensor parecía bastante grande; de carga, quizá. Levantó la cabeza y vio dos raíles en el techo que llegaban casi hasta el fondo. Podía tratarse de una sala industrial. Un almacén, a juzgar por los techos altos. Podía imaginarse un camión entre los estantes metálicos de cuatro o cinco metros, descargando palés y cargándolos en el ascensor.

Tiró un poco de las bridas que le ataban los pies a las patas de la silla y las manos al respaldo, pero estaban muy apretadas y el dolor era insoportable. De pronto, oyó un ruido a su espalda. Un suspiro, o quizá palabras incoherentes. Intentó darse la vuelta, pero tenía la espalda inmovilizada.

—¿Hay alguien ahí? —preguntó, y volvió a oír el suspiro—. Mierda —murmuró, poniendo a prueba la movilidad de su columna.

Cada vez que se giraba hacia la derecha un milímetro era como si le clavaran un puñal. ¿Qué había pasado?

Empezó a mecerse hacia delante y hacia atrás para coger impulso y girarse a la derecha.

—Sé que estás ahí detrás. Te estoy oyendo. ¿Eres Sisle Park?

No hubo respuesta. Consiguió rotar lo bastante como para ver un cuerpo desplomado hacia delante en una silla que también estaba anclada al suelo, como la suya. Era una imagen extraña: estaba sujeto por unas cadenas que colgaban del techo y desaparecían detrás de su espalda.

—¿Maurits van Bierbek? —vaciló.

Tenía barba y manchas de orina en la parte delantera de la ropa interior. Ese hombre con armazón metálico no emitía ni un ápice de la prosperidad y la energía que esperaba de alguien como Maurits van Bierbek. Parecía un prisionero en un campo de concentración, esquelético, pálido, con la piel seca y mechones de pelo grasiento pegados a las sienes. Tenía los labios ajados, las extremidades descoloridas y el pecho apenas se movía.

El segundero de su Rolex de cuerda estaba inmóvil. Debía de llevar mucho tiempo allí sentado.

Pero estaba vivo.

AL CABO DE un par de horas, Gordon se hizo pis encima. Llevaba tiempo conteniéndose hasta el punto de gritar de desesperación, pero nadie podía oírlo, así que de poco servía. En el instituto se jactaba de aguantar más que nadie y, cuando por fin se aliviaba, tardaba varios minutos en cambiarle el agua al canario, ante el asombro y las risas de sus compañeros.

«Si ya he desistido es que llevo aquí mucho tiempo», pensó mientras observaba el charco de orina que avanzaba hacia la pared.

Lo habían capturado durante el cambio de guardia la noche del veintitrés de diciembre.

En circunstancias normales, podía aguantar un día, así que había estado más de veinticuatro horas inconsciente. O sea, que era Nochebuena. A menos que le hubieran inyectado algo que hubiese alterado las funciones normales de su cuerpo, claro. Qué Navidad más espantosa.

Se giró hacia Maurits van Bierbek, que llevaba varias horas inmóvil. Según los cálculos del Departamento Q, solo le quedaban dos días de vida. ¿Y a él? ¿Iba a compartir su destino?

Cuando Gordon comprendió que podría ser el fin, rompió a llorar. Fue incómodo y repentino, pero sabía el motivo. Sí, claro que le daba miedo la muerte, pero ahora que estaba tan cerca, le inundó la pena. Su vida amorosa había sido un fracaso absoluto. No había tenido la oportunidad de decirle a una mujer que estaba entregado a ella en cuerpo y alma, ni de ser correspondido. La oportunidad de elegir a alguien para toda la vida, sin miedo y sin desengaños. Gordon había estado enamorado muchas veces, desde la distancia, sin mover ficha, y ahora, con treinta y dos años, ya no era fácil echarse novia. Cuando se miraba al espejo, tampoco le extrañaba. ¿Cuántas veces había salido de un solárium sin coger ni una pizca de color? ¿Cuántas veces se había mirado al espejo, sudando y con una mancuerna en cada mano, consciente de que nunca tendría una musculatura definida? Gordon Taylor tenía un aspecto agradable, decían algunos, pero parecía que no lo suficiente para que alguien perdiera la cabeza por él.

Y ahora no lo viviría nunca.

—¡Maurits! —gritó a pleno pulmón. No quería estar solo en ese puto agujero. Quería que Maurits despertara y pusiera de su parte, pero apenas se movía. Oyó el arranque del motor del ascensor y, afinando el oído, el chasquido del relé de cada planta.

Gordon había contado cinco chasquidos cuando por fin paró en su planta. ¿Eso significaba que estaban a cinco pisos bajo el suelo, o que era un edificio de varias plantas de alto? Pero entonces también lo habría oído al subir.

Cinco plantas bajo tierra. La puerta del ascensor se abrió.

Reconoció de inmediato a la mujer delgada, Sisle Park, seguida de un hombre corpulento. Le sacaba una cabeza, y eso que ella era bastante alta. Tenía el rostro asimétrico, con los ojos a distintas alturas. «Un defecto congénito», pensó. ¿Era él quien lo había dejado inconsciente? Cuando se acercó, se disipó toda duda. Había sido él.

—Anda, ya estás consciente, Gordon Taylor. Qué grata sorpresa —dijo Sisle Park esquivando el charco de pis.

Se paró delante de él y arrugó la nariz al ver la mancha de la entrepierna.

—Ya te acostumbrarás —comentó sin darle más importancia—. ¿Has saludado a tu compañero? ¿No se alegra de verte? ¿Y tú no te alegras de ver por fin dónde estaba, después de tanto buscar? Por eso te hemos atornillado la silla al suelo, para que pudieras verlo si le ponías un poquito de empeño.

Gordon entornó los ojos y se planteó escupirle, pero se contuvo en cuanto el gigante se acercó.

—¿Vais a volver a pegarme? —preguntó—. Está feo pegar a una persona indefensa. No serías capaz, ¿no, Sisle Park? No es tu estilo, ¿verdad?

La mujer no respondió a su sarcasmo.

—Te hemos investigado desde que te trajimos aquí ayer por la mañana. Sé que llevas casi diez años en el Departamento Q, y supongo que si sigues ahí es porque le has servido de algo a Carl Mørck. Eres licenciado en Derecho y sacabas buenas notas, y aun así decidiste unirte a la Policía. Una decisión profesional un tanto extraña, en mi opinión, pero deduzco que estás muy entregado a tu trabajo, y lo respeto. Por eso mismo te concedo el honor de seguir el caso de Maurits van Bierbek hasta el final.

Esperó a que Gordon reaccionara, pero no iba a darle el gusto a esa bruja de mostrar lo que opinaba de ella ni de sus ideas retorcidas.

—Lo mataremos pasado mañana a mediodía, y cuando nos llevemos su cadáver te dejaremos aquí esperando, a ver si te encuentran tus amigos del Departamento Q. Yo no lo considero muy probable, pero ya veremos. Te mereces esa oportunidad.

Le hizo un gesto al hombre, que fue a por un gotero y le enganchó una bolsa de plástico.

—Ponle todo lo posible, Adam —espetó con arrogancia.

Así que el hombre se llamaba Adam. Sería el mismo que la había ayudado a ahogar a Pia Laugesen. Assad había acertado. Ese Goliat habría sido capaz de sujetar a la mujer bajo el agua.

Le pusieron la vía en la muñeca y esperaron. Cuando empezó a respirar más hondo, recibió un guantazo y le dijeron que espabilara.

Y se mantuvo despierto mientras Adam lo golpeaba con más y más fuerza.

56

Carl

Jueves, 24 de diciembre, Nochebuena, y viernes,
25 de diciembre, Navidad

La Nochebuena dejaba mucho que desear en el despacho improvisado del Departamento Q en casa de Maurits van Bierbek.

Llevaban mucho tiempo sin saber nada de Gordon y cada posibilidad era peor que la anterior. Rose se culpó de inmediato por no haber dado la voz de alarma en cuanto Gordon no se presentó a tomarle el relevo. Decía que así podrían haber conseguido una orden de registro de la casa de Sisle Park, o incluso haberla atrapado sobre la marcha, o que les hubiera dicho dónde tenía retenido a Maurits van Bierbek. Con un agente desaparecido, podrían haber movilizado a cualquiera.

Carl sabía que Rose también le cargaba gran parte de la responsabilidad a él, pero pedir refuerzos habría tenido consecuencias graves para todos y no habría ayudado a Gordon. Si lo hicieran, detendrían a Carl y los demás perderían su trabajo.

Era un dilema complicado.

—Voy a entrar en su casa —decidió Assad—. Ya.

—En cuanto Sisle Park se entere, Gordon saldrá perjudicado. Y a menos que averigües dónde está Van Bierbek o qué le ha hecho a Gordon, no tiene mucho sentido, ¿no?

Assad miró al suelo. Se había quedado sin fuerzas.

Él y todos.

—¿Le habéis felicitado la Nochebuena a la familia? —preguntó Carl, y recibió dos leves sonrisas. Él no había hablado con Mona desde que decidieron esconderse, más que nada porque se lo había prohibido. Pero la echaba de menos.

—Yo he llamado a los padres de Gordon —dijo Rose—. Siempre habla mucho con ellos durante el Adviento, así que se habrían preocupado si no los hubiera llamado. Son la clase de personas que llamarían a la policía y he preferido curarnos en salud. Les he dicho que está con una mujer y que no se preocuparan por que no hubiera llamado para felicitarles las fiestas —suspiró—. Su madre no se lo esperaba y se alegró y todo. Me avergüenzo de haberles mentido, pero es lo que hay.

Oyeron un grito que procedía del salón. Las dos hijas de Maurits van Bierbek también tendrían sus propios problemas. La pequeña estaba llorando y la mayor, Laura, le estaba echando la bronca a su madre. No le extrañaba: era una Nochebuena que carecía de todas las cosas que la hacían especial, sin regalos, sin familia y sin su padre.

—Vamos a seguir pensando —dijo Carl—. Tiene que haber algún hilo del que tirar. Assad, ¿cómo va la búsqueda de Debora?

—Creo que no lleva a ninguna parte, Carl.

—A mí no se me ocurre nada. Gordon tiene que estar incomunicado; si no, ya habría contactado con nosotros. No me lo quito de la cabeza —susurró Rose—. ¿Creéis que lo ha matado?

Carl no recordaba la última vez que había visto a Rose tan descorazonada.

—No. Sisle Park no actúa así, Rose. No mata gente al azar; traza un plan. Y con la cantidad de diagnósticos que se le pueden achacar, dudo mucho que se desvíe de lo habitual. No había sal junto al coche de Gordon, ¿no?

Rose intentó fingir alivio, pero no le salía.

—Tampoco había sal en la entrada de Van Bierbek cuando lo secuestraron. Y, con las dos víctimas anteriores, encontraron sal en los cuerpos y en las tumbas.

Se tapó la boca con la mano y exhaló muy fuerte. ¿Estaba entrando en pánico?

No tendría que haber mencionado la sal. Era irrelevante. Rose tenía razón.

—Pero, oye, me sorprendería que Sisle Park no revelara la situación de Gordon. Es imprudente y arrogante, y si sabemos que lo ha secuestrado…

—Ha sido ella —interrumpió Rose—. En cuyo caso, podría hacérnoslo saber.

—¿Cómo, si tenemos los móviles apagados? Tampoco sabe dónde estamos, Carl, así que tampoco nos va a mandar una carta certificada. —Assad lo miró con los ojos como platos. Por desgracia, tenía razón.

Carl echó un brazo hacia atrás y rebuscó en el bolsillo del abrigo que había dejado tirado en el sofá.

—Seré rápido —dijo, y sacó el móvil.

—¿Vas a encenderlo? ¿En serio? —dijo Rose, meneando la cabeza—. En esta zona hay muchísimas torres de comunicaciones. Como mucho, tienes un minuto o minuto y medio antes de que te encuentren, porque estarán listos. Los de Narcóticos tienen recursos de sobra para los casos más graves. Si quieres buscar algo, usa uno de los ordenadores de Van Bierbek.

—Solo quiero ver si nos ha llegado algún mensaje o algún correo suyo. Será un momento.

Lo encendió y empezó a contar los segundos mientras Rose y Assad intentaban explicarle que la policía debía de estar rastreando los correos que recibía.

—También tienes que tener en cuenta que te habrán mandado correos a ti para rastrearte, así que estate quieto, por favor —le pidió Rose en vano.

Carl necesitaba saber si había algo.

El móvil tardó treinta valiosos segundos en encenderse. A pesar de las quejas de Rose, abrió la aplicación del correo y la bandeja de entrada empezó a llenarse con correos de Marcus Jacobsen, del Perro de presa y su equipo, de sus padres felicitándole la Navidad y de al menos otros diez familiares. También había un único correo de Hardy y otro de Morten, y muchos de gente que quería la recompensa de diez millones de coronas y que aseguraba tener la pista definitiva para encontrar a Maurits van Bierbek.

Carl empezó a sudar.

—Carl, apágalo ya. ¡Apágalo! —gritó Rose, pero Carl siguió mirando.

—Voy a abrir los mensajes. Solo será un segundo.

Pero tampoco vio nada. Le había escrito demasiada gente. Había demasiadas felicitaciones navideñas. Incluso le había escrito gente preocupada por él. Casi se emocionó.

—Carl, ¡para! —Assad extendió una mano peluda y le quitó el móvil. Apretó el botón y lo apagó.

—Han sido casi tres minutos, Carl, por el amor de Dios. Tu generación no tiene ni pajolera idea de estas cosas. ¿Para qué has esperado a que se cargaran todos tus correos si podemos verlos en ese ordenador de ahí? —le gritó Rose—. ¿Dónde pretendes que durmamos esta noche? Porque te aseguro que ya nos han encontrado.

Carl se levantó sin mediar palabra y bajó los escalones que conducían al salón, donde Victoria se estaba preparando para hacer de madre por Navidad. La pobre Roxan iba de un lado para otro mientras colgaba decoraciones navideñas sin ayuda de nadie. Había un árbol artificial con luces en medio de una alfombra roja. En otras circunstancias, habrían dado ganas de bailar alrededor.

—Perdone, Victoria, tenemos un problema. Creemos que van a venir varios coches patrulla a preguntar por nosotros, pero sospechamos que la policía está implicada en el secuestro de su marido. ¿Qué podemos hacer para que no nos encuentren?

Se quedó muy consternada y se ajustó la blusa varias veces antes de contestar.

—¿La policía? —exclamó, y debía de estar recordando varias escenas de películas americanas de serie B. La corrupción policial era muy peligrosa. No podía creérselo.

¿Se había pasado?

—No se preocupe, no van a por usted —dijo para calmarla.

—Pero ¿por qué iba la policía a secuestrar a Maurits? No lo entiendo.

—No piense en eso ahora. Luego se lo explico. ¿Hay algún sitio donde podamos escondernos? Es probable que traigan perros.

Puso los ojos como platos. ¿Cómo iba a engañar a los perros?

Una vez más, Laura llegó al rescate. Era obvio que lo había oído todo y que no acababa de tragarse el cuento de Carl, pero le dedicó una media sonrisa porque era lo mejor que podía pasar en una Nochebuena tan deprimente.

—Tenemos un quad ATV Hunter en uno de los porches. Papá lo utiliza cuando va al campo. Los perros no lo encontrarán. Diremos que pasasteis por casa para hacernos un par de preguntas.

LAS ÓRDENES DE Carl fueron muy claras. En cuatro minutos lo habían recogido todo y estaban saliendo por la puerta. Una vez en el jardín empezaron a ver las luces azules en la calle paralela.

—No voy a recordar esta Nochebuena con cariño —dijo Carl, y arrancó el monstruoso vehículo con Rose y Assad detrás sujetando los trastos.

—Pero tampoco la olvidarás —intentó consolarlo Assad.

Al cabo de unos minutos encontraron un sitio donde no los molestaría nadie, en una arboleda entre dos terrenos. Carl sacó la tarjeta SIM de su Samsung y miró los mensajes mientras los demás lo observaban.

—Olvídate de eso, Carl —dijo Rose—. Es más probable que Sisle envíe un correo. Es muy fácil abrirse una cuenta casi imposible de rastrear.

Carl suspiró. Tenía varios cientos de correos sin abrir.

—¿Puedo leerlos aunque haya sacado la SIM?

Rose asintió. Sabía cómo tenía configurado el móvil.

Carl vio la montaña de correos y suspiró. La mayoría no tenían asunto y, en el peor de los casos, eran cadenas de correos con el asunto original, así que era imposible saber de qué trataban. Qué coñazo. Además, muchos de los que no tenían asunto eran para insultarlo.

—Deja de leer los correos, Carl. Te van a hacer sentir culpable —dijo Assad media hora después, señalando las luces azules que se alejaban en el cielo oscuro.

Carl asintió. Si la Nochebuena ya estaba siendo una mierda en el culo del mundo, no quería ni imaginarse lo triste que sería la Nochevieja cuando se hubiera entregado a la policía.

—¡Mira! —Rose le agarró la muñeca para que dejara de deslizar el dedo por la bandeja de entrada—. Abre ese, Carl.

Leyó el asunto: «Respuesta a su petición».

Carl lo abrió; había texto y dos fotos adjuntas.

El frío y la oscuridad del invierno los inundó a los tres. El vaho de Assad se detuvo, Rose le apretó las muñecas y Carl se acercó el móvil para intentar comprender lo que tenía delante.

El texto del correo decía:

Dejad de husmear si queréis recuperarlo con vida.

Miraron, atónitos, las fotos adjuntas.

—Dios. No, por favor —murmuró Rose.

La primera foto era de dos hombres de espaldas, sentados en sillas metálicas. La cámara era buena y no había duda de que uno de ellos era Gordon. Tenía las manos atadas a las barras del respaldo con bridas. El otro hombre se había desplomado hacia delante y llevaba una especie de armadura atada a unas cadenas que colgaban del techo.

La otra foto estaba tomada de frente. Gordon miraba a la cámara con una expresión inusual, desafiante y llena de odio. Tenía los ojos rojos y cansados, pero ocultaban algo peligroso.

—No se ha rendido. Gracias a Dios —dijo Rose, aliviada.

Pero Carl no lo veía igual. Gordon era indómito, pero no era él quien decidía cómo acabaría todo. Si le hacían caso a Sisle Park y dejaban de investigar, Maurits van Bierbek moriría en menos de cuarenta y ocho horas. Y, si Gordon lo presenciaba, ¿por qué iba a dejarlo con vida?

Carl tenía la certeza de que Sisle Park no se dejaría atrapar y de que Maurits van Bierbek no sería su última víctima.

Volvió a fijarse en las fotos. ¿Podían aprovecharlas? Lo dudaba, porque la propia Sisle Park no aparecía, así que no servían como pruebas irrefutables de que ella era la responsable de los secuestros. Aunque supieran lo que había hecho y asesinara a Gordon, solo una cosa pondría fin a su cruzada: su muerte. Carl estaba seguro de que ella lo veía así.

—No se ven muchos detalles en esa pantalla tan vieja, Carl. Vamos a casa de Van Bierbek a ampliarlas todo lo posible.

—¿Crees que las fotos podrían darnos alguna pista sobre su paradero, Rose? Sisle Park no es idiota.

Esperaron hasta que anocheció para montar en el quad y volver a la casa sin hacer mucho ruido.

Por la ventana del jardín veían que las luces del árbol de Navidad seguían encendidas, y también había un montoncito de papel de regalo. Al menos habían celebrado la Nochebuena de alguna manera.

—Os he oído llegar —susurró Laura desde una de las ventanas del primer piso—. Pasad, la poli se fue hace rato.

Bajó corriendo a recibirlos y empezó a contarles lo que había pasado antes de que les diera tiempo a preguntar.

—Mamá les dio la murga con que os habíais presentado en casa sin su consentimiento y les dijo que os habíais llevado el quad de papá. Lo hizo muy bien, la verdad. Mintió un montón y se echó a llorar. Yo me lo habría tragado —rio—. Resulta que sí es buena actriz.

—¿Qué hizo luego la policía?

—Registraron toda la casa y encontraron restos del tinte en el baño. Puede que sepan que te has teñido el pelo de rojo, pero les dije que te lo habías aclarado antes de irte.

Carl asintió. Si fuera posible, ya lo habría hecho.

—Los perros siguieron vuestro rastro, pero lo perdieron a cincuenta metros del porche donde estaba el quad. Encajaba tan bien con lo que les había contado mamá que se lo creyeron y le dijeron que avisara si volvíais.

—¿Crees que lo haría?

—Después de que le hayas dicho que la policía tiene algo que ver con el secuestro de papá, no. Antes de acostarse dijo que, si volvían a aparecer, les daría una somanta de palos.

Laura se echó a reír hasta que se le saltaron las lágrimas. Seguro que daría lo que fuera por verlo.

—¿Qué dijeron de mí? —preguntó Carl.

—Que eres un narcotraficante peligroso y cómplice de asesinatos en Dinamarca y en el extranjero, y que tenían que detenerte antes de que causaras más problemas.

Carl suspiró. ¿En qué pruebas basaban todas esas acusaciones absurdas?

LAS PANTALLAS DE ordenador mostraban muchos más detalles que el móvil de Carl.

La sala en la que estaban Van Bierbek y Gordon había sido reformada. Las paredes estaban muy blancas y los raíles metálicos del techo brillaban.

El ascensor tenía una puerta doble de acero nueva.

—¿Será un edificio recién construido? —sugirió Rose.

—Sí, o con poco uso. ¿Para qué creéis que son esos raíles del techo?

—No lo sé, pero no creo que estuvieran ahí desde el principio. —Rose señaló las cadenas—. Es un invento horrible, mira. Limita los movimientos de sus víctimas. Hay un perno que

387

hace de tope y les impide moverse. Puede que estuvieran diseñados para mover mercancía.

—Lo dudo, porque entonces habría muchos más —concluyó Assad.

Analizaron cada detalle de las fotografías durante mucho tiempo y lo veían todo con nitidez: el labio roto de Van Bierbek, las venas oscuras de las manos, el cuerpo maciento y la postura de los hombros, que revelaba impotencia y resignación. Estaba sentado en una silla industrial igual que la de Gordon.

—¿Dónde se utilizan esas sillas? —preguntó Carl—. ¿En un taller o algo por el estilo?

—Mirad, tienen un panel metálico para poder atornillarlas al suelo. Están bastante oxidadas, así que deben de llevar ahí mucho tiempo.

—¿Dónde se necesitan sillas ancladas?

—En un taller como el de Oleg Dudek, creo —dijo Assad—. Voy a llamar al capataz a ver si las reconoce.

Mientras Carl y Rose seguían analizando la foto en la que los rehenes salían de espaldas, Assad se retiró a un rincón del despacho para llamar por teléfono

—¿Qué más ves, Rose? —preguntó Carl.

—El ascensor de carga. Voy a ampliar esa parte —señaló la puerta de acero y el logotipo de la marca.

Carl entornó los ojos. Lo que daría por unas buenas gafas de lectura.

—No es nuevo, ¿no?

Rose asintió y abrió la foto donde se veía a Gordon y a Maurits van Bierbek de frente. La amplió todo lo posible sin perder los detalles.

—Rose, coge el ratón y ve arrastrándolo primero por todo el suelo, luego por la pared del fondo y, por último, por el techo. —dijo Carl.

Aparte de las marcas que rodeaban la silla de Van Bierbek, que mostraban las veces que había hecho pis y donde los círculos de orina eran más oscuros cuanto más cerca estaban de la silla, no había mucho más.

—La orina está muy concentrada —observó Carl—. Está muy deshidratado, puede que al borde de la muerte. Sisle lo está manteniendo con vida hasta el día de su ejecución, pero está muy mal.

Siguieron la pared del fondo, que estaba vacía. No había enchufes ni clavos ni tornillos que revelaran lo vieja que era la sala. Tampoco había muebles ni decoración de ningún tipo.

—Mira el techo. Los raíles no llegan hasta el fondo. Puede que tengas razón y los instalara a propósito para los prisioneros. Dudo que se hayan usado para transportar mercancía.

—Si en 2016 y 2018 Sisle Park cometió aquí los asesinatos de Franco Svendsen y Birger von Brandstrup, puede que adquiriera este sitio en 2016 o poco antes. Bobo Madsen, la víctima que fue decapitada en un accidente ecuestre en 2014, murió en otro lugar, y todas las anteriores también —dijo Carl.

—¿Crees que Sisle Park consiguió este sitio entre los asesinatos de Bobo Madsen y de Birger von Brandstrup?

—Sí, entre 2014 y 2016.

Rose lo miró con una expresión muy seria.

—Podría ser muy complicado resolver el caso sin ayuda de Marcus Jacobsen y compañía. Es Navidad, Carl. Puede que solo queden veinticuatro horas.

Carl asintió. Tenían que resolverlo a tiempo.

—Sigue los raíles del techo en la otra dirección, Rose.

Los observaron sin parpadear. Estaban sujetos al techo con tornillos tirafondo a unos soportes metálicos que sobresalían por ambos lados.

—Creo que tienen bolas de rodamiento —dijo Carl—. Para facilitar el movimiento de las cadenas.

—¿Crees que Van Bierbek podía moverse por la sala cuando aún tenía fuerzas?

—No lo sé. El perno del medio lo limitaría bastante. —Carl sacudió la cabeza. Esa mujer no solo estaba loca; también era una sádica.

Rose arrastró la imagen a unos centímetros del perno y se le tensó el cuerpo.

—Hay marcas en uno de los raíles, ¿las ves? ¿Qué son?

Carl no lo sabía.

—Como si hubieran incrustado algo, quizá para sacar el rodamiento.

Rose se fijó en el lateral y asintió.

—Claro. Van Bierbek ha intentado sacar una de las cadenas.

—Pero ¿cómo? ¿Está hecho de goma?

—¡Carl, mira! —se pegó tanto a la pantalla que casi la tocaba·con la nariz—. Ahí, junto a las marcas, pone el nombre del fabricante.

—No lo veo bien, Rose.

—Está muy borroso, pero creo que la primera palabra es «Siderúrgica».

Amplió la imagen, pero no sirvió de nada y volvió a reducirla.

—Las tres primeras letras de la otra son «Mex». ¿«Mexita»? Parece el título de una canción cutre de los ochenta.

Carl lo buscó en Google. A los cinco segundos lo recorrió un escalofrío. Señaló la página web.

Rose no se movía.

—¿Crees que podría llevarnos a alguna parte, Carl?

—Quizá —murmuró.

—¿Habéis encontrado algo? —preguntó Assad—. Porque yo sí. He despertado al capataz de Dudek y tenía una reseca de campeonato.

—Resaca —lo corrigió Rose.

Assad frunció el ceño.

—Eso. En fin, estaba hecho polvo. Pero le mandé una foto de la parte trasera de la silla de Van Bierbek y confirmó de inmediato que era como las que tenía Oleg Dudek delante de algunas de las máquinas. Tras su muerte, la fábrica se fue a pique y vendieron todas las herramientas y la maquinaria en una subasta.

Rose y Carl lo miraron atónitos.

Aunque Sisle Park no salía en las fotografías, esa información vinculaba la escena a otro crimen de la supuesta asesina en serie.

Y eso era algo que Marcus Jacobsen no podría ignorar.

57

Gordon

Jueves, 24 de diciembre, Nochebuena, y viernes, 25 de diciembre, Navidad

SISLE PARK Y su esbirro se quedaron toda la tarde esperando a que Maurits van Bierbek volviera a respirar con normalidad.

Les desearon una feliz Nochebuena y prometieron volver al día siguiente. Se iban los dos a casa de Adam, que era el nombre del gigante, y Sisle se quedaría allí hasta que todo hubiera terminado.

—Tus compañeros del Departamento Q se van a aburrir vigilando mi casa, pero los puedo entretener apagando y encendiendo las luces desde el móvil.

Levantó el móvil y tocó la pantalla.

—¿Ves? —añadió—. Ahora hay luz en el primer piso. ¿Se estarán preguntando quién está en casa y adónde has ido a parar? Podríamos darles una pista, ¿no?

Gordon no contestó, pero la fulminó con la mirada cuando retrocedió un poco y le sacó una foto por delante y luego por detrás.

«Está jugando con fuego», pensó. No tenía ni idea de lo mucho que se podía sacar de una foto hecha con un móvil tan moderno. «Darán con algo que los ayude a encontrarnos».

SU OPTIMISMO SE esfumó cuando Sisle Park y el hombre volvieron a la mañana siguiente. Tuvo que hacer de vientre durante la noche y llevaba varias horas con un escozor horrible. Van Bierbek había gruñido un par de veces por la mañana, pero no consiguieron comunicarse.

Los dos carceleros los saludaron con indiferencia, lo rodearon para ahorrarse su mal olor y le volvieron a poner la vía a su compañero de celda. Esa vez no era suero, porque al cabo de un minuto Maurits empezó a toser e intentó incorporarse.

Gordon se giró hacia Van Bierbek y vio que había recuperado un poco de color en las mejillas. Movió los ojos detrás de los párpados y empezó a respirar con dificultad. En un par de ocasiones, gimió algo que sonaba a «oh, no, no».

Abrió los ojos poco a poco y parpadeó con la intensidad de la luz.

—No… —murmuró ante su situación.

Reparó en Gordon y meneó la cabeza de un lado a otro para intentar mirarlo a los ojos. Al principio no reaccionó; quizá no comprendía lo que estaba viendo. Hasta que advirtió las manos de Gordon atadas detrás del respaldo de la silla.

Se le ensombreció la mirada y el cuello se le tensó del dolor. Las comisuras de los labios se torcieron hacia abajo y empezó a sollozar. No le salían las lágrimas, lo cual era aún más desolador. Sabía que su presencia no significaba que hubiera esperanza. Al contrario; le pesaban las preguntas.

Su expresión clamaba: «¿Qué ha pasado? ¿Qué va a pasar ahora?».

Miró de reojo el gotero, consternado. Quizá imaginaba que el veneno empezaría a correrle por las venas en cualquier momento, que había llegado el final.

¿O acaso sabía lo mismo que Gordon? ¿Que lo iban a matar al día siguiente?

Saltaba a la vista que estaba intentando controlar el llanto y la respiración. No era la clase de persona que dejaba entrever su ansiedad y su impotencia. Dejó de prestarle atención a Gordon para fijarse en las dos personas que estaban ocupadas en la mesa del fondo. Gordon le siguió la mirada e intentó deducir qué estaban haciendo. Había dos recipientes en el centro, como en una presentación. Abrieron dos bolsas de plástico y sacaron dos jeringas enormes.

¡Dos!

Gordon empezó a sudar. Sisle Park había inyectado cloruro potásico a sus dos últimas víctimas. ¿Era eso lo que estaban preparando? ¿Para inyectárselo en el corazón? Sisle Park había dicho que lo dejaría vivo después de matar a Maurits van Bierbek, pero ¿iba a creerla? ¿Sería tan sádica y despiadada como para asesinar a Gordon delante de Maurits van Bierbek para que supiera lo que se avecinaba? ¿Y qué estaban haciendo ahora? ¿Qué había en esas bolsas de plástico que estaban sacando de una caja de cartón?

El hombre cogió unas tijeras y empezó a abrirlas. Vació el contenido en una garrafa enorme y la llenó de un líquido que podía ser agua. Lo mezcló bien mientras Sisle Park sacaba un embudo enorme y lo dejaba sobre la mesa.

«Dios», pensó. ¿Estaban preparando suero? ¿Había usado ese método tan primitivo con Franco Svendsen y Birger von Brandstrup? ¿Ponerles un embudo en la boca y verter hasta que el cuerpo no aguantara más?

Gordon ya no sentía el escozor infernal en el recto, porque se había vuelto a hacer pis.

—Vaya —dijo el hombre cuando pasó por delante para comprobar el gotero de Van Bierbek.

Gordon se retorció en la silla, pero solo sirvió para que se incrustara más las bridas en las muñecas.

«¿Se me quedarán las mismas marcas que a Palle Rasmussen cuando lo ataron al volante y perdió el conocimiento poco a poco?» se preguntó.

Lo recorrió un escalofrío. Y pensar que en esa tesitura se sentía identificado con aquel desgraciado.

—Voy a ponerte otra inyección, Maurits —dijo el hombre detrás de él—. Queremos que estés en condiciones de recibir tu último sermón.

—No va a pasar, Maurits —dijo Gordon.

En el otro extremo de la sala, Sisle Park soltó una carcajada.

—Ya lo verás, Gordon Taylor. ¡Ya lo verás! —exclamó—. Maurits van Bierbek no tiene escapatoria. Merece más que nadie desaparecer de la faz de la Tierra.

—¡Deberías desaparecer tú! —vociferó.

Sisle se le acercó.

—Bueno, eso dices ahora, pero sé que lo has investigado. Este hombre es obsceno, un cerdo egoísta y avaricioso que infecta a los demás con su falta de moral. Vuelve a la gente estúpida, los despoja del poco cerebro que tienen. No hay nada que redima a Maurits van Bierbek. Es una lacra para la humanidad y hay que detenerlo, así que no sientas lástima por él. Seguro que sabes cuándo pasará; si quieres, díselo cuando nos vayamos.

Gordon se permitió suspirar. No iban a matarlo aquí y ahora para dar ejemplo. Pero el alivio duró poco, porque… ¿y mañana a mediodía?

—Bueno, Maurits —dijo una voz detrás—. Ya estás listo. Te encontrarás mejor en media hora. Te he dado estimulantes y el corazón te latirá más fuerte. También te he puesto líquidos y minerales para la circulación, ¿vale?

—¿Puedo hablar con mis hijas? —murmuró.

¿Lo había oído bien? Sabía que la persona a sus espaldas era superficial e inmoral, pero ¿y si había algo más? ¿O acaso la situación lo había vuelto sentimental?

—¿Qué quieres decir con eso, Maurits? —respondió Sisle Park—. ¿Que te las traigamos aquí? ¿O que las llamemos por Skype? ¿Qué quieres, hablar con ellas por WhatsApp? ¿Por Zoom?

—Sí —carraspeó—. Por favor.

Ella se echó a reír.

—Olvídate, Maurits. Te despedirás de esta vida sin cariño ni consuelo, y desaparecerás en un lugar donde ni los compañeros de tu amigo aquí presente podrán encontrarte, te lo aseguro.

—Espero que te pudras en el infierno —respondió él con la voz quebrada.

—Lo dudo, la verdad. Mis cuentas con Dios están saldadas. No es infalible y a veces crea monstruos, pero lo subsana y le entrega la espada de la venganza a quien sabe encontrar a gentuza como tú.

Gordon rio.

—No le hagas ni caso, Maurits. Está enferma. ¿A ti te parece una mensajera de Dios? Mírala. Mira qué ojos, cómo le brillan por la locura.

Se abalanzó sobre él en un instante. Le propinó un puñetazo y le escupió.

—¡No me conoces, Gordon Taylor! —bramó—. No me conoces en absoluto, ¿estamos?

—Te conozco más de lo que te gustaría. Eres una asesina en serie que mata cada dos años en el cumpleaños de los peores criminales de la historia. Te crees el ángel vengador de Dios, la defensora de la moral, que justifica sus asesinatos y sus actos con sal, como en el pasaje de Sodoma y Gomorra.

Volvió a golpearle y le clavó las uñas. Gordon se tambaleó hacia un lado y notó el calor de un hilo de sangre en la mejilla.

Bajó la voz y se irguió.

—También asesinaste a un niño cuando te embarcaste en esta cruzada enfermiza. ¿Te acuerdas? En el taller de Ove Wilder. Y mataste a la madre de la inconmensurable pena con la que cargó el resto de sus tristes días.

—¡Silencio! —chilló, y lo golpeó con el puño cerrado.

Gordon tardó un momento en recomponerse, vio su expresión desquiciada y el instinto le dijo que lo mejor era obedecer, pero no era capaz. Solo tenía que echarle un poco más de sal a la herida.

—Puede que el mayor error de Dios fuera que no murieras tú también en la explosión, pero así fue también con el ángel caído. Como ves, Sisle, te conozco más que suficiente. Y mi consejo es que aceptes las consecuencias de tu caída y pongas fin a esta pesadilla. Entrégate, y llévate de paso a tu esbirro simplón. ¡El mundo será un lugar mejor y Dios será testigo!

No era la primera vez que el hombre le propinaba un golpe en la nuca, pero aquella vez no cayó inconsciente. Solo lo fingió.

58

Carl

Viernes, 25 de diciembre de 2020, Navidad

—¡ME DA IGUAL que sea Navidad! ¡Soy policía! Vaya ahora mismo a la fábrica.

Carl estaba hasta las narices. Había dado con el tío más lento y pasota del país. Uno de esos cuarentones que no cedían ni un milímetro, de los que se negaban a entender la situación.

—Estoy en mi chalé —contestó impasible—. La fábrica está a cincuenta kilómetros, en Åbenrå, y ni siquiera es seguro que la instalación corriera a nuestro cargo. Es una empresa alemana que...

—Si no levanta el culo ahora mismo y va a Åbenrå cagando leches, le prometo que será acusado de obstrucción a la justicia y será cómplice de asesinato. Si quiere puedo enviar a un par de agentes para que lo acompañen, pero le garantizo que le cobraremos sus horas extra.

—Oiga, pero... —empezó a protestar, pero Carl no estaba para tonterías.

—Bájese del burro de una vez o llamaré a los propietarios de la Siderúrgica Mexita para que busquen a otro director ejecutivo si no quieren que la prensa los persiga durante días.

Por fin aceptó y exclamó al otro lado de la línea que tenía que salir por trabajo. Alguien protestó de fondo. Por lo visto su mujer tampoco era muy solidaria.

—¿Has conseguido que vaya? —preguntó Rose desde donde estaba sentada con Assad.

Asintió y se acercó a ellos.

—No sabía ni si era posible encontrar el pedido de los raíles metálicos de la sala donde estaban Gordon y Van Bierbek, pero al menos podemos hacernos una idea de las fechas. Vaya tío imbécil.

Se sacudió para despejarse y miró a Assad.

—Dime, ¿has averiguado algo sobre las propiedades y los alquileres de Sisle Park?

—Sí, tengo una lista. Mira.

Se la dio y Carl la leyó en diagonal. Había muchísimas.

—El problema son los acuerdos de compra con condiciones, porque algunos no se completaron. Como este.

Assad le dio un documento sobre el derecho de Park Optimizing a adquirir un terreno que no estaba listo.

—¿Cómo que listo? —preguntó Rose—. ¿Significa que antes de venderlo tienen que demoler lo que haya en el solar? No lo pone.

—Indaga un poco más, Assad. Busca fotos antiguas del terreno en Street View, Google Earth, donde sea. Estos papeles no parecen vinculantes. Son un acuerdo informal, ¿no? ¿Cuántos hay como este?

—¿Veinticinco o por ahí? No lo sé. Es mucha faena, como dijo el camello macho ante el grupo de hembras salvajes.

—Gracias por el símil, me ha quedado clarísimo. ¿Para qué creéis que quería todos esos solares?

Assad se encogió de hombros.

—A saber. Quizá eran una inversión, sin más. Park Optimizing genera millones de coronas anuales en beneficios. En lugar de tener el dinero en el banco o jugársela con acciones y bonos, decidió invertir en terrenos, que siempre es buena idea.

Carl suspiró.

—Madre mía. ¿Y creéis que tiene propiedades para alquilar?

Ambos asintieron.

Carl no acababa de entenderlo.

—Si todo esto es cierto, ¿por qué enterró a sus víctimas más recientes en un recinto público? ¿Por qué no en una de sus propiedades?

—La pondría en el punto de mira si alguien las descubriera, supongo —respondió Rose.

—También podría ser el caso de la propiedad donde tiene a Maurits van Bierbek y a Gordon. ¿Cómo narices vamos a averiguarlo en tan poco tiempo?

—Ya, Carl, pero al menos sabemos que es un edificio más bien grande —aportó Rose—. Tiene un ascensor de carga enorme para transportar palés, así que debe de tener varias plantas hacia arriba o hacia abajo.

—¿Tiene algún inmueble de ese tamaño?

—Solo la sede de la empresa. Tiene sótano, pero no hay zonas de descarga donde quepan camiones ni palés. Para complicar más el asunto, en el registro de empresas aparece otra, Iversen Optimizing, que era el apellido de soltera de su madre.

—¿También tiene propiedades?

—No, es un *holding* con varios propietarios —respondió Assad—. Por eso no lo investigué el otro día. Lo curioso es que dentro de ese *holding* hay otra empresa llamada ISAK, y los copropietarios se llaman Adam y Kirsten D. Holme. A bote pronto no le di más importancia, pero Rose siguió investigando y averiguó que el hombre tenía otra empresa de la que conservaba acciones junto con su mujer. En uno de los perfiles del registro empresarial, salía que la «D» del nombre de su mujer es «Debora».

Carl se quedó de piedra.

—Por fin hemos dado con el vínculo entre Sisle Park y Tabitha, Ragnhild y todo lo que encontramos en el club secreto de Debora —dijo Assad—. Tenemos una dirección, y no está lejos del domicilio de Sisle Park.

Carl apretó los puños. Bien. Ya la tenían.

—No hemos encontrado inmuebles a nombre de ISAK —continuó Rose—, pero tiene unas cuantas filiales.

Carl tragó saliva varias veces.

—¿Le hacemos una visita a Debora? —dijo.

—Sí, pero antes deberíamos aclarar un par de cosas —dijo Assad con un tono serio—. ¿Qué pasa si nos presentamos en su casa? ¿No pondríamos en peligro a Gordon y a Maurits?

Rose asintió con energía.

—Sabemos que, si no actuamos, Maurits morirá mañana, y podría ser en cuanto el reloj dé la medianoche. Pero Sisle Park no se arriesgaría a que encontráramos el edificio en el tiempo que queda. Si dejamos entrever que sabemos quiénes son sus cómplices y les sonsacamos dónde tienen a Maurits y Gordon, Sisle Park se asegurará de llevárselos a otro lado, y no necesariamente vivos. Tendremos que ir a esa dirección con pies de plomo, Assad. No tenemos alternativa.

59

Adam / Sisle

Viernes, 25 de diciembre de 2020, Navidad

SE SUPONÍA QUE los días anteriores a la muerte de Maurits debían estar llenos de alegría y expectación, igual que en los demás asesinatos. Sisle solía estar eufórica por la complejidad y la coherencia de las ejecuciones y por lo bien que había salido todo, aunque no todas las purgas habían sido igual de fáciles de organizar y de llevar a cabo.

Pero, en aquella ocasión, Sisle Park no estaba eufórica. Gordon Taylor había sembrado la ira y esta lo impregnaba todo.

El día anterior había sido una Nochebuena normal y corriente. Cenaron algo ligero, rezaron en silencio por Isak, el difunto hijo de Adam y Debora, y se dieron las manos para dar gracias a Dios por haberlos acompañado hasta ahora que se acercaba el final. Todo había salido según el plan.

Pero la conversación con Gordon Taylor y la bilis que le había soltado le habían hecho mella. Adam lo notaba. Sus movimientos eran rígidos y extraños. Estaba distraída.

Repitió una y otra vez que no había escuchado semejantes agravios desde poco antes de que cayera el rayo.

—¿Lo has oído, Adam? —protestó, yendo de un lado a otro delante del sofá donde estaba sentada la pareja—. ¿Sus palabras endemoniadas? ¿Sus burlas?

—Dios te está poniendo a prueba —dijo este—. Gordon Taylor quiere amedrentarte, pero ¿qué ha hecho aparte de provocarte? Nada. ¡Nada! No puede hacer nada. Nadie sabe dónde están. Ha intentado confundirte en vano. Era obra del diablo.

—¿Estás seguro de que no lo sabe nadie, Adam? —lo interrumpió Debora—. El equipo de Carl Mørck nos pisa los talones y sospecha que Sisle podría ser la responsable de los asesinatos. Además, Gordon Taylor te ha visto y sabe cómo te llamas. Podría ser peligroso.

Su marido asintió.

—Y recuerda que Sisle no es la única que está en peligro, Adam. Nosotros también. ¿Qué crees que nos pasará si vamos a la cárcel? Nos separarán y no podremos vernos durante años. Adam, hazla entrar en razón.

No sabía qué decirle. No le gustaba ser el intermediario entre las dos.

En respuesta a su silencio, Debora sacudió la cabeza y se giró hacia Sisle.

—En el fondo tienes que saber que esto está llegando a su fin. Es normal que estés molesta contigo misma por no haberlo visto venir. Es eso, ¿no?

Adam siguió a Sisle Park con la mirada cuando esta le hizo frente a Debora. No le quedaba ni rastro de rabia en el rostro. Ya no tenía el ceño fruncido y meneó un poco la cabeza, esbozando una sonrisa plácida e inquietante.

—Puede que tengas razón, Debora, como de costumbre. Me gusta tu persistencia; nos ha venido bien en alguna ocasión para ponernos de acuerdo. Y, a la larga, mira adónde nos ha llevado.

Extendió los brazos y echó un vistazo a su alrededor, hacia el salón y las habitaciones contiguas.

—La academia perfecta para mis subordinados. ¿Qué habría hecho yo sin ellos y sin ti?

Dio un paso hacia Debora y le acarició la mejilla. La mujer parecía incómoda, pero no dijo nada.

Sisle se giró hacia la chimenea y atizó un poco las llamas, asintiendo para sí.

Adam sonrió. Debora había conseguido quitarle hierro al asunto y habían recuperado la calma de la noche anterior.

Ahora la cuestión era qué decidiría hacer Sisle. ¿Los mataría esa noche, a uno o a ambos, como le habían sugerido varias veces? ¿Cuál era el plan?

Antes de que siguiera elucubrando, Sisle se giró ciento ochenta grados y le golpeó de lleno en la sien con el atizador.

SE LE HACÍA raro verlos así: callados y, en el caso de Debora, con una expresión congelada de sorpresa.

La cabeza de Debora sangraba un poco y la de Adam había aguantado el golpe, pero ninguno de los dos había sobrevivido.

Sisle se acercó a ellos. El rostro de Adam ya no parecía asimétrico, pues tenía media cara apoyada en el hombro. Qué triste era perder a una persona tan leal. De no ser por Debora y su empeño en adelantar los planes, Adam seguiría vivo.

—Qué gran error —dijo en voz alta, y cerró los párpados de Debora sobre sus ojos azules—. Qué tonta has sido. Mañana podríamos haber brindado por nuestra última misión juntas, pero sospechaba que acabarías así.

Sisle limpió la sangre del atizador en el vestido. Suspiró y lo dejó en su sitio frente a la chimenea.

Era libre. Ya no podían perjudicarla, y lo cierto era que tampoco los necesitaba para su nueva vida. Cualquier cosa que pudiera relacionarse con su colaboración pronto sería cosa del pasado. Las llamas lo devorarían todo. El árbol de Navidad estaba demasiado pegado a las cortinas. Para unos sería un descuido, aunque a otros podría parecerles extraño que encendieran las velas del árbol cuando ya no era Nochebuena.

Sacó productos de limpieza, etanol y acetona de un armario de la cocina y un poco de líquido para prender la chimenea, lo esparció sobre todos los muebles y las alfombras y volvió a dejar los botes en su sitio. En el cobertizo junto a la cochera había dos garrafas de combustible para las máquinas del jardín.

Lo vertió por toda la casa y dejó las garrafas en su sitio, para despistar un poco a los bomberos.

—Noche de paz, noche de amor... —tarareó. Empujó el árbol hacia las cortinas. Había encendido la mitad de las velas cuando vio en la lejanía unas luces azules reflejadas en los tejados y las chimeneas.

Podía ser la policía, los bomberos, una ambulancia... Aún no había motivos para preocuparse.

Abrió algunas ventanas para que corriera el aire y paró en seco al oír una sirena.

¿Podía ser que fueran a por ella?

Meneó la cabeza; era absurdo. Nadie podía saber que estaba en aquella casa ni qué relación tenía con Adam y Debora. Y, de todas formas, ¿de dónde habrían sacado la dirección? Volvió a sacudir la cabeza para deshacerse de esa inquietud repentina.

Siguió prendiendo cosas mientras las luces y la sirena se acercaban.

«Es una extraña coincidencia —pensó—, pero seguro que hay alguien cerca que necesita asistencia médica o un incendio que todavía no se ve.»

Dejó escapar una carcajada. Su incendio se vería de sobra. En cuanto prendiera esa casa tan vieja, con todos los muebles, las alfombras y los paneles de madera, las llamas no pasarían desapercibidas.

Pero las luces se estaban acercando demasiado rápido y Sisle decidió marcharse empujada por su instinto.

«Por si acaso», pensó, y empujó el árbol de Navidad hacia las gruesas cortinas cubiertas de celulosa que alimentarían las llamas.

Les dedicó un último vistazo a los dos muertos, se despidió en silencio y salió de la casa. Se subió al coche y desapareció.

60

Carl

LLEVABAN UN BUEN rato aprovechando el paso que abría una ambulancia de camino al mismo barrio que ellos, a una casa donde una mujer movía los brazos por encima de la cabeza y gritaba desesperada que su marido se había caído y no respiraba.

Solo entonces vieron el fulgor rojo que palpitaba en el horizonte.

Giraron por la calle y su destino estaba a plena vista. Carl había presenciado muchos incendios a lo largo de los años, pero ninguno en una casa tan grande, ostentosa y con tantos detalles de otra época. Era una lástima, pues a primera vista era obvio que los bomberos no podrían rescatar gran cosa.

La expresión de Rose reflejaba su frustración.

—Hemos llegado demasiado tarde —susurró Rose. Maldijo por lo bajo cuando estallaron unos cristales y llovieron fragmentos en los cuidados arbustos del jardín delantero.

—¿Y si Gordon y Maurits van Bierbek estaban dentro? —exclamó Assad. Fue corriendo a los laterales de la casa con una expresión de puro horror para comprobar si las llamas ya lo estaban consumiendo todo.

—Hay un coche amarillo aparcado detrás como el que usó Sisle Park para visitar la casa de los Van Bierbek —dijo al volver.

El calor que desprendía el incendio era casi insoportable, y los vecinos que se habían reunido para ver el espectáculo tuvieron que alejarse. Carl sacó su credencial y se la enseñó al grupo más cercano.

—¿Alguien sabe si la casa tiene sótano?

—¿Sótano? No, no hay sótano —coincidieron varias voces.

—Gracias a Dios —suspiró Rose.

Pero, entonces, ¿dónde estaban Gordon y Maurits van Bierbek?

—¿Conocían a los residentes? —preguntó al grupo de vecinos.

—No mucho —respondió una mujer mayor que explicó que vivía enfrente y que había sido ella quien había llamado a los bomberos—. Eran muy reservados.

—Mmm, no sé qué decirle, ¿eh? —dijo un señor canoso a su lado—. Recibían muchas visitas —añadió sin apartar la mirada del incendio.

—¿Muchas visitas? ¿De qué tipo? —preguntó Carl.

—La mayoría eran mujeres jóvenes, una vez a la semana. A veces venían juntas.

—Ya. ¿Se fijó en alguna de ellas? ¿Las reconocería en una foto?

Asintió y se agachó por instinto cuando estalló otra ventana.

Carl se giró hacia Rose y le pidió que le enseñara las fotografías de Ragnhild y de Tabitha.

Tuvo que ponerle el móvil casi en la cara para que le prestara atención. Sacó unas gafas del bolsillo de la camisa y acercó la nariz a la pantalla.

—Sí —declaró, quitándose las gafas.

—¿Sí, qué? ¿Las reconoce?

El vecino asintió y dijo que hacía tiempo que no las veía, sin apartar la vista de las llamas.

—Bien. Es muy probable que los dueños de la casa sean la pareja a la que buscamos —afirmó Carl a Rose y Assad.

—¿Se refiere a Debora y Adam? —preguntó el señor—. Me da pánico pensar que podrían seguir dentro. Qué horror. Qué forma más espantosa de morir. No se lo merecen.

Guardó silencio un momento y miró a Carl a los ojos por primera vez.

—Vino una mujer a pasar la Nochebuena con ellos. Hace un rato volví de pasear al perro y salió a toda velocidad con el coche. ¿No es extraño? —Asintió para sí mismo y continuó sin esperar respuesta—: Creo que deberían dar con ella y preguntarle qué ha pasado.

Lo sugirió sin inmutarse.

«Apuesto a que este ha trabajado en servicios de emergencia», pensó Carl.

—¿Puedes mostrarles una foto de Sisle? —le preguntó a Rose en voz baja. Les enseñó una fotografía en el móvil.

En ella, Sisle Park tenía buen aspecto. Era la personificación del éxito empresarial, la clase de persona que inspira esa mezcla tóxica de envidia y admiración en los individuos más ambiciosos.

El vecino, que había vuelto a ponerse las gafas, asintió.

—Hoy no iba así vestida, pero en otra ocasión sí me fijé en que iba muy arreglada.

—¿Fue ella la que salió con el coche hace un rato?

—A ver, no pondría la mano en el fuego, pero estoy seguro de que sí en un 99,9 %.

—Ha llegado el momento de llamar a Marcus —dijo Rose—. Sabemos que ella está detrás de todo y tenemos que detenerla a toda costa. Marcus tiene que emitir la orden de detención, ¿no creéis?

Carl asintió.

—Encárgate tú de hablar con él, Rose. Seguro que nuestro amigo puede describir su atuendo con más detalle.

Los vehículos de emergencia tomaron posiciones y los bomberos se pusieron manos a la obra.

—Deberíamos irnos, Carl —murmuró Assad cuando llegó un coche patrulla.

El otro negó con la cabeza.

—Antes tenemos que averiguar quién está ahí dentro.

Siguió a Rose con la mirada, que se había hecho a un lado para llamar por teléfono, cuando dos bomberos sacaron dos cuerpos calcinados ante las miradas horrorizadas de los vecinos.

Carl les enseñó su credencial a los bomberos y se agachó junto a los cadáveres.

El hedor era insoportable, y la imagen, espantosa.

—¿Cuál ha sido la causa del incendio? —preguntó sin dejar de observar las cabezas, que casi se tocaban.

Hasta hacía apenas una hora, podrían haber conseguido la información fundamental que esas dos cabezas contenían para el rescate de Maurits van Bierbek y de Gordon. Ironías de la vida. Carl había deseado en muchas ocasiones y con todas sus fuerzas tener acceso a todas las cabezas y las mentes que habían yacido inertes frente a él a lo largo de los años. A todas las respuestas destruidas por la muerte. Todas las soluciones irrecuperables. Todas ellas en el olvido.

¿Dónde estaba Sisle Park ahora? El único sitio donde no tenían que buscarla era en su casa. Sisle sabía lo que hacía. Buscaría otros escondites.

Los agentes habían terminado de acordonar la zona y Rose y Assad le hicieron un gesto a Carl con la cabeza. Era hora de irse.

Se alejaron de la multitud y se detuvieron a una distancia prudencial.

—Llegamos una hora tarde —dijo Rose.

Carl asintió. Y ahora el puñetero director de la Siderúrgica Mexita era su única esperanza.

Sacó el móvil y marcó su número.

—¿Está en la fábrica? —preguntó.

—No, le he pedido a mi encargado, que vive en Åbenrå, que se acerque un momento y compruebe el registro —dijo sin asomo de vergüenza.

—¿No ha ido a la fábrica usted mismo?

—No, estoy en mi casa. Él será mucho más útil que yo.

Carl estaba a punto de explotar.

—Pero ¿es usted idiota? ¿Por qué coño no lo ha mencionado antes? Han muerto dos personas y podríamos haberlo impedido si se hubiera dignado a darse un poco de prisa.

Assad lo agarró de la manga.

—No habríamos llegado a tiempo de todas formas, Carl —le susurró—. Acaríciale el morro, eso siempre funciona.

Hizo un gesto con la mano, acariciando el aire.

Para él todo eran camellos.

—En fin, lo hecho, hecho está —dijo Carl, más sosegado—. Dígame el nombre y el número del encargado y ya me ocupo yo.

—Rose, ¿qué ha dicho Marcus? No pareces muy contenta —comentó de camino a casa de los Van Bierbek.

—Me ha dicho que va a emitir la orden de detención… la suya y, de paso, la tuya.

Carl frunció el ceño. ¿«De paso la tuya»? ¿Qué?

—«Podríais llegar a salir en las noticias de dentro de media hora», ha dicho.

Carl se quedó atónito.

—¿No le has dicho que me entregaría cuando acabara todo?

—Le ha dado igual. Creo que está bajo mucha presión, Carl. Dice que los holandeses están siguiendo el caso muy de cerca.

—¿Los holandeses?

—La Policía de Róterdam. Por el homicidio en Schiedam, ¿recuerdas? Podría estar relacionado con los asesinatos de Slagelse y con lo que pasó en Amager, donde os dispararon.

—Yo no tengo nada que ver con ese caso del año de la tos. ¿Por qué Marcus no me cree? Está cogido por los pelos.

La decepción se materializó en náuseas. ¿Acaso no había apoyado a Marcus siempre que lo había necesitado? ¿Cuando su mujer enfermó y falleció? ¿Cuando Marcus decidió dejar el Cuerpo y, más tarde, cuando volvió? ¿Era como si nada de eso hubiera pasado?

—También ha dicho que han encontrado tus huellas en varios de los billetes de la maleta de la buhardilla. Ya no está de tu parte, Carl.

Vale, eso dolía.

Carl se quedó mirando el GPS del coche y se dejó llevar por él sin pensar. No tenía la cabeza para procesar nada.

¿De verdad sus compañeros de los otros departamentos creían que era cómplice de asesinato y de tráfico de drogas? ¿Habían perdido el juicio?

—Van a traer a Hardy, a Mika y a Morten desde Suiza para interrogar a Hardy.

Carl dio un bote.

—¿También sospechan de él?

—No, pero creen que él sospecha de ti. Lo siento.

Carl fijó la mirada en la carretera y en el horizonte donde empezaba a asomar la ciudad.

Se sentía vacío.

—¿Has hablado con el encargado de los raíles? —preguntó Assad con cautela.

Carl suspiró. Estaba sobrepasado.

—Sí —respondió de todas formas—. Era un viejo drogadicto del sur de Jutlandia y no entendía la mitad de lo que decía, pero, por suerte, estaba hecho de otra pasta que el director.

Se recompuso. O se rendía aquí y ahora o se centraba de una vez.

Se secó el sudor de la frente e intentó controlar la respiración. Al cabo de medio minuto, estaba listo, dentro de lo que cabía.

—A ver —continuó—. El encargado tenía mucha información, pero era casi imposible dar con los raíles. En parte porque son bastante antiguos, pero, sobre todo, porque no sabemos la dirección. También estaba convencido de que los instaló un equipo externo, porque no recordaba haber enviado a los instaladores en plantilla. En cuyo caso no se había llevado a cabo en Jutlandia, que es su territorio. Pero sigue investigando.

—Dios —murmuró Rose.

Ya, no era muy prometedor. La vida de Gordon y de Van Bierbek dependía de que un tipo les quitara el polvo a unos archivos viejos.

DESDE FUERA NO se veía ninguna luz en casa de los Van Bierbek, y Carl lo entendía. ¿Para qué iban a encender las luces de habitaciones en las que no entraban? ¿Para qué iban a poner música o la televisión si en cuestión de horas podían perder al sostén de la familia?

Rose dio unos golpecitos en el marco de la puerta del salón, donde las niñas estaban sentadas en el sofá con la espalda rígida a sendos lados de su madre. La pequeña estaba muy afectada y la mayor, Laura, apretaba los labios y miraba al infinito.

Las tres levantaron la cabeza hacia Rose, pero la chispa de la esperanza se apagó en cuanto esta sacudió la cabeza. Laura también se echó a llorar. Carl dio un paso hacia el salón y estaba a punto de decir que no todo estaba perdido, pero la mirada gélida de Victoria lo detuvo.

—Acabamos de apagar el televisor. Hemos visto la orden de búsqueda —desvió la mirada hacia la cocina—. Espero que comprenda que no queremos tenerlo en casa.

—Victoria, espere. No sé qué tengo que comprender. No he visto las noticias.

—¡Eres un asesino! —chilló Laura de repente—. ¡Te odio!

—Sí, Carl, márchese. Los demás podéis quedaros, pero él no —añadió Victoria.

—Eres de la misma calaña que Sisle Park, que tiene a papá secuestrado —sollozó Laura.

Assad dio un paso adelante y bajó los tres escalones que lo separaban del salón.

—Escuchadme bien… —soltó algo en árabe que a nadie le hubiera gustado entender y que acabó con «desagradecidas»—. Carl está en búsqueda y captura porque, en vez de entregarse, se está dejando la piel para encontrar a vuestro padre. Ha puesto este caso por encima de todo lo demás.

—Puede ser —dijo una voz desde la cocina. Era Claes Erfurt, el abogado tozudo de Victoria—. Pero nuestro acuerdo es nulo, Carl Mørck. La policía ofrece una recompensa por entregarle. No es tan sustanciosa como la de Sisle Park, pero es suficiente para recalcar la gravedad de las acusaciones. No podemos albergar a un asesino. Le damos quince minutos para recoger sus cosas y marcharse.

¿Cómo que «no podemos»? Qué poco había tardado en sentarse a la cabeza de la mesa del comedor.

Carl miró a las niñas y a su madre.

—Vuestro padre no está muerto aún y nosotros tres somos los únicos que podemos...

—Váyase de esta casa —sentenció Claes Erfurt con el móvil en la mano, listo para marcar.

Assad no aguantó más. Se abalanzó sobre él y lo silenció agarrándolo por el cuello.

—Dame el móvil —ordenó según el hombre iba perdiendo color en las mejillas. Se giró hacia Carl y asintió—. Explícales lo que está pasando.

Carl se agachó delante de las niñas.

—Vuestro padre está vivo. Estamos seguros. Y hemos visto en unas fotos que también han secuestrado a uno de nuestros amigos. Vamos a hacer todo lo posible por encontrarlos a tiempo a los dos y necesitamos vuestra ayuda. El hombre que ha emitido la orden de búsqueda es mi jefe. Quiere cerrar este caso y sabe que la vida de vuestro padre está en juego, pero desconoce que uno de sus subordinados, Gordon, también corre peligro. Nos gustaría contárselo y que enviara a más equipos en busca de vuestro padre, pero creemos que no ayudaría mucho. Estamos esperando una llamada del sur de Jutlandia que podría ser decisiva. Así que, por favor, dadnos un respiro. Y, Laura, me acusan de algo que no he hecho. Tendré que convencerlos cuando todo esto haya terminado.

Rose intervino.

—Victoria, el hombre que Assad está dejando inconsciente en estos momentos no tiene ningún interés en recuperar a tu marido. ¿No ves que está colado por ti y que quiere
ocupar su lugar en cuanto se confirme que ha muerto?

—¡No! —gritó Laura—. Odio a ese gilipollas, mamá.

—Vamos a tener que dejarlo noqueado un buen rato, Assad
—dijo Rose—. Hasta mañana por la noche, a ser posible.

61

Gordon

Viernes, 25 de diciembre de 2020, Navidad

—¿Estás despierto, Maurits?

Gordon tenía la garganta seca y los labios pegados.

No estaba seguro de haberlo dicho en voz alta.

—Maurits, ¿estás despierto? —repitió por si acaso.

La iluminación constante era una tortura y Gordon no había pegado ojo en todo el tiempo que llevaba ahí. Detrás de él, Maurits estaba tan débil que no llegaba a recobrar la conciencia por completo. Gordon lo envidiaba.

—Ojalá pudiera sumirme en la nada como tú, Maurits —susurró. Estar despierto era horrible. La saliva reseca parecía pegamento y, las pocas veces que conseguía tragar, se le cerraba la garganta. Notó el hedor de su aliento al suspirar. ¿Era lo último que olías antes de morir? ¿La podredumbre intentando abandonar tu cuerpo?

—Maurits, ¿me oyes? —repitió por enésima vez ese día. ¿O noche? ¿Cuánto faltaba para el día veintiséis? ¿Ya era más de medianoche? ¿Era cuestión de minutos?

Gordon estaba sufriendo. Toda su existencia giraba en torno a saber cosas.

De pequeño, sus padres sonreían y lo elogiaban cuando, durante la cena, les explicaba cosas que no había aprendido ni de ellos ni en el colegio. Le gustaba tanto esa sensación que acumulaba todo el conocimiento posible que había en casa para ganarse una palmadita en la espalda.

En el Departamento Q también cultivó esa faceta. Ninguna pregunta era imposible, ninguna respuesta era insalvable.

Y ahora no sabía ni el detalle más básico. Necesitaba saber qué hora y qué día era, y la respuesta estaba en su muñeca, atada en la espalda. Su reloj se había convertido en el objeto más importante del universo, porque revelaría cuánto tiempo les quedaba de vida. Estaba muy cerca y muy lejos.

—¡Maurits, despierta, tenemos que hablar! —bramó. El grito le quemaba las cuerdas vocales. ¿Había reaccionado?

Aguantó la respiración y afinó el oído.

—Mmm —oyó.

Gordon se giró hacia Maurits van Bierbek y lo miró a los ojos inyectados en sangre.

Hizo un gesto con la cabeza y este se lo devolvió. No estaba solo; casi se le saltaron las lágrimas.

—¿Ya? —susurró Maurits. Estaba muy débil.

—Estamos solos —respondió Gordon—. Aún no.

—Dijeron que iban a esperar a Mao. ¿A qué se referían?

Se dejó caer un poco mientras la pregunta resonaba en la cabeza de Gordon.

¿Qué debería responderle? ¿Qué sería menos cruel, no contestar o decírselo sin rodeos?

—¿No lo sabes, Maurits?

Tardó un rato en reaccionar con un meneo casi imperceptible de la cabeza.

—¿Y quieres saberlo?

—Sí.

Y añadió un «gracias» que lo convenció.

—Mao nació un veintiséis de diciembre, Maurits. Lo harán ese día.

Gordon se avergonzó. «Lo harán ese día», había dicho. ¿Creía que así eludiría una pregunta mucho más concreta?

—¿Me van a matar? —dijo en voz muy muy baja.

Gordon lo miró y asintió. Maurits cerró los ojos y le copió el gesto.

—¿En el cumpleaños de Mao? ¿Estamos casi a veintiséis?

Gordon cayó en la cuenta de que Maurits no parecía consternado, sino resignado. Había renunciado a su vida y puede que quisiera que acabara lo antes posible.

Pero Gordon no se sentía así. Cuando insultó a Sisle Park, esta cambió de actitud. Al principio creyó que era respeto, pero lo descartó.

«Tendría que haberme controlado y haberme callado. Ahora sé que no me dejará vivo.»

—Vamos a morir juntos, Maurits —dijo, procurando que no le fallara la voz. Estaba afónico y a la mínima le daría un ataque de tos.

—¿En el cumpleaños de Mao? —Maurits sonrió—. ¿No ha pasado ya?

Gordon sacudió la cabeza. Si así fuera, no seguirían vivos.

Gordon cerró los ojos y recitó una plegaria en silencio. «Señor, protégenos. Haz que Carl, Rose y Assad nos encuentren a tiempo. Soy demasiado joven para morir, como te decía antes. Me quedan muchas cosas por vivir. Te ruego que nos ayudes. Amén.»

El consuelo fue breve.

—El cumpleaños de Mao —dijo la voz a sus espaldas—. No lo entiendo. ¿Tú sabes algo?

Gordon asintió.

—Es mañana, Maurits, o quizá hoy. He perdido la noción del tiempo. No sé si es de noche o de día.

El relé del ascensor lo interrumpió. Uno, dos, tres chasquidos. Cada uno era una pequeña descarga que le recorría todo el sistema nervioso y lo hacía temblar.

La puerta se abrió.

Gordon dejó los ojos semiabiertos para que no se le notara lo nervioso que estaba. Reconoció la silueta. Era Sisle Park.

Agachó la cabeza lo justo para seguir sus movimientos a través de las pestañas.

No dijo nada. Se quedó de pie observándolos.

Quieta, sí. No iba a acercarse a ellos. Aún.

Extendió los brazos. Gordon no había visto la manta que había dejado caer al suelo.

Poco después, se tumbó, se tapó con el abrigo que se acababa de quitar y, con un suspiro, se echó a dormir.

62

Carl

Sábado, 26 de diciembre de 2020

LOS MINUTOS SE hacían más cortos a medida que aumentaba la desesperación. Si alguien en esa casa había dormido aquella noche, Carl no se había enterado.

Rose se pasó toda la noche dando vueltas alrededor de su cómodo sofá cama y miró durante horas la foto que Sisle Park les había mandado.

—Las únicas pistas que tenemos son los raíles y el ascensor, Carl. No hay nada más. ¿Por qué estamos atascados? ¿Habría sido diferente de no ser por la pandemia?

—Por la pandemia, porque es Navidad y por todo el revuelo de mi caso.

Carl se dejó embelesar por la oscuridad del cielo que asomaba por la ventana. Pronto saldría el sol, con su tenue luz invernal, para anunciar el comienzo de un día que podía ser fatídico. Dos rehenes, uno de ellos su amigo, podían morir antes de que el sol volviera a ponerse por la tarde.

Carl miró el reloj por enésima vez, que avanzaba imperturbable. Eran las ocho y cuarto y el encargado de Åbenrå no había llamado aún.

Marcó el número personal de Marcus Jacobsen en el móvil.

El jefe de Homicidios sonaba medio dormido, pero se despejó en cuanto vio quién lo había llamado.

—No me lo esperaba de ti, Marcus —dijo Carl.

—Lo mismo digo, Carl.

Este agachó la cabeza.

—Marcus, ¿te suena la presunción de inocencia? ¿No nos lo repetían hasta la saciedad en la Academia de Policía y en el Cuerpo?

—Carl, no me jodas. Hemos encontrado tus huellas en varios billetes de la maleta.

—Ya, eso me han dicho. En los viejos tiempos, eras el mejor inspector del país. ¿No te has parado a pensar que quizá Anker quería incriminarme?

—¿Por qué coño iba a querer incriminarte?

—Eso es lo que deberías averiguar. ¿Cuántos billetes tenían las huellas de Anker?

—Más que suficientes.

—¿Más que suficientes? Qué precisión. Has obstruido la investigación del Departamento Q con acusaciones falsas. Si esto acaba mal, te arrepentirás. Maurits van Bierbek morirá en pocas horas y, supongo que estás al tanto, pero, por si acaso, que sepas que Sisle Park también tiene a Gordon de rehén.

—Sí, lo sabemos. Cuando contactamos con ella nos envió una foto en la que aparecen los dos. La estamos analizando en profundidad.

—Gordon también podría morir, ¿eres consciente?

—Lo dudamos. No encaja con el perfil de la asesina. Hemos reunido a un equipo de psicólogos.

—Ya. Podríamos darte la última pieza del puzle, ¿no te parece buena idea? Por el bien de Maurits van Bierbek y de su familia.

—Quieres negociar, Carl. Te conozco. Y la respuesta es no. No te libras. Te detendremos en cuanto demos contigo, propongas lo que propongas.

Carl lo comprendió entonces. Su parsimonia. Sus intentos de prever lo que iba a decir y cortarlo antes de que pudiera protestar. Y sabía que Carl protestaría y discutiría. ¡Lo sabía!

—No estás en casa, ¿no, Marcus? ¿Estás en comisaría? ¿Tienes a alguien al lado rastreando mi ubicación?

—Claro que estoy en casa.

Carl colgó y miró la duración de la llamada. Apenas dos minutos. No les habría dado tiempo a encontrarlo.

—Tienes que comer algo, Carl. Te suenan las tripas y nos desconcentras —dijo Assad con el plato en la mano. Eran sobras de la cena de Navidad que Laura les había preparado el día anterior. Assad las había recalentado, pero, con el estómago vacío, no le apetecía meterse entre pecho y espalda un pato medio seco y unos medallones de cerdo tiesos.

—No tengo hambre, Assad. Gracias. Quizá más tarde.

El móvil de Laura le sonó en el bolsillo. Era el encargado de Åbenrå.

—¡Diga! —exclamó al teléfono.

—Perdone que llame tan temprano —dijo consternado.

¿Temprano? ¿A qué hora amanecía la gente en Åbenrå?

—¿Ha encontrado algo? Dígame que sí, por Dios.

—Sí. Todavía no sé la dirección, pero sí sé que lo encargó un hombre llamado Adam Holme y que lo instaló una empresa con la que ya no trabajamos entre el 15 y el 16 de octubre de 2016. Si quiere llamar a Adam Holme, tengo aquí su número.

«No, no, no», le resonaba en la cabeza. No hay tiempo.

—¿Pone cómo se llama el instalador?

—No, pero tengo el teléfono de la empresa. ¿Por qué no llama a Adam Holme?

—Porque está calcinado en una mesa de autopsia junto a su mujer. Indispuesto. Pero gracias, nos sirve de mucho.

Apuntó el número de la empresa y dio un golpe a la mesa con el móvil en la mano, acompañado de una palabrota.

—¡Rose! —gritó—. Dime todo lo que puedas sobre una empresa de instalación llamada Lang e Hijos. Son de Vanløse —se giró hacia Assad—. Ahora sí tengo hambre.

La salsa cuajada le recordó al hospital psiquiátrico de Brønderslev, en la calle donde vivían sus padres. Su madre había trabajado allí una temporada y a veces llevaba las sobras.

—Lang e Hijos se declaró en quiebra en 2019 —dijo Rose—. El año pasado reabrieron bajo el nombre Hijos de

Lang. Te paso el número de Sigurd Lang. La empresa actual está a su nombre.

Le faltó tiempo para marcarlo.

—Rose, tú llama a otra persona de la empresa. Hay que darse prisa.

Sonaron unos cuantos tonos y saltó el contestador.

—¿Ha habido suerte, Rose? —preguntó.

—Salta el contestador. Están cerrados por Navidad hasta el 4 de enero.

—Mierda —soltó, olvidándose de la comida—. Dime el domicilio del director y vamos para allá.

—¡No lo pone!

—¿Cuántos Sigurd Lang hay en esa zona? No será muy difícil.

—Voy a llamar a una tal Gerda Lang que vive en Hvidovre. Quizá lo conozca —respondió.

«Por favor, que lo conozca» pensó Carl.

Un minuto después, oyó el entusiasmo de Rose:

—¡Sí, sí, sí! —dijo de corrido—. ¡Sí, sí!

Colgó y se giró hacia Carl y Assad.

—Gerda es la madre de los tres hijos que han heredado la empresa y estaba segura de que no fueron ellos quienes instalaron los raíles, porque no se ocupaban de esa parte. No tenía ninguna duda porque ella misma dirigía las operaciones cuando su marido enfermó y, más tarde, falleció. Contrataban a dos polacos que trabajaban por todo el país.

A Carl se le aceleró el pulso. ¿Dos temporeros polacos? Si eran católicos, ya estarían en sus casas celebrando la Navidad en Breslavia o Katowice o Dios sabe dónde.

Se llevó una mano a la cabeza.

—¿Te ha dado sus datos de contacto?

—Sí, uno de ellos vive aquí, en Dinamarca. Se llama Jurek Jasinski y su casa está en…

Hubo un ruido de algo estrellándose contra el suelo y miraron a Assad, que tenía las manos vacías, un plato roto a los pies y los zapatos bañados en salsa.

—Repítelo, Rose.

Tenía los ojos como platos. Un par de milímetros más y se le saldrían de las cuencas.

—Jurek Jasinski. Vive en...

—Venid conmigo —insistió, dejando un rastro de salsa hasta la puerta de la terraza.

ASSAD HOJEÓ SU libreta mientras Carl conducía el Alfa Romeo de Victoria.

—Jurek Jasinski es el mismo hombre al que llamé ayer sobre las sillas metálicas. Increíble. Fui a verlo el 7 de diciembre para preguntarle por Oleg Dudek, a quien le cortaron las manos con una perforadora. Me dijo que se había ido a vivir a Copenhague, pero no pensé en averiguar nada más.

A Carl le daba vueltas la cabeza.

—Era imposible saber que secuestrarían a Maurits van Bierbek cinco días después de que lo visitaras, Assad. No pongas es cara —dijo Rose.

—Podría haberle preguntado qué plan tenía después de haber trabajado con Oleg Dudek.

—¿Y de qué habría servido? Gerda Lang nos ha dicho que tenía un contrato temporal. Desde entonces habrá estado por todo el país.

—¿Por qué no coge el maldito teléfono? —gruñó Carl—. Si se ha vuelto a Polonia por Navidad, me pego un tiro.

—Es una posibilidad, Carl. No se tomaba muy en serio las medidas de la pandemia. No nos pusimos mascarilla cuando fui a verlo. Estaba borracho como una cuba cuando llamé para preguntarle por las sillas.

LOS TRES SUSPIRARON, abatidos, cuando aparcaron junto a la casucha de hormigón. No se veía ni una sola luz encendida y el felpudo de la entrada estaba fuera de su sitio.

La cochera estaba vacía y el buzón rebosaba de periódicos y catálogos congelados que llevarían ahí medio invierno.

Llamaron al timbre. Golpearon la puerta. Miraron por las ventanas. Nada.

Volvieron al coche y Carl arrancó. Tenía un nudo en la garganta que le impedía tragar.

—¡Para! —gritó Rose. Señaló la entrada, donde un hombre desgarbado y pelirrojo, con un batín mal puesto y calzoncillos con dibujos los miraba con cara de recién levantado.

63

Sisle

Sábado, 26 de diciembre de 2020

DESPERTÓ DE UN sueño profundo y se estiró poco a poco, recordando dónde estaba y qué hacía tumbada en el suelo de hormigón.

Los dos cuerpos atados a una silla estaban desplomados hacia delante. El más cercano tenía los ojos entreabiertos y el de detrás parecía inconsciente.

Miró el reloj. ¿De verdad habían dado ya las once y media? Llevaba años sin dormir tanto de una sentada.

—Bien, bien —dijo para sí misma. El día anterior también había sido satisfactorio.

Había cerrado un capítulo insostenible de su vida, y dentro de poco vería en internet las noticias sobre el incendio y los nombres de las víctimas.

—Es una lástima, pero se lo advertí —dijo.

Se levantó y recogió la manta del suelo.

Se giró hacia la mesa y observó las mezclas. Las jeringas y el gotero estaban preparados. El suero también. El resto eran formalidades.

—Dios todopoderoso —dijo—. Gracias por darme claridad, por permitirme ser tu instrumento del bien en estos tiempos en los que Satanás reina en la Tierra. Gracias por darme fuerzas y por mostrarme la falsedad del ser humano. Gracias por ayudarme a reconocer las mentiras. Dicen que hay que perdonar el egoísmo, pues no tiene cura, pero tú y yo sabemos que sí la hay. La cura es la muerte.

Se dio la vuelta y estiró los brazos por encima de la cabeza.

—Estos dos hombres están bajo el control de Satanás y se encuentran a merced de tu castigo, que yo misma ejecutaré. Los guiaré hasta que hayan comprendido su sacrilegio, para que se enfrenten a la muerte y al infierno sin vacilación y sin remordimientos, pues no mereces menos, Señor.

Se acercó a Gordon Taylor y se inclinó hacia él.

—¿Estás despierto, Gordon? Muy bien. Serás testigo de que todo transcurrirá con dignidad.

Levantó el rostro hacia ella. Estaba tan lleno de rabia que el labio le temblaba.

—Dentro de poco os administraré algo que os espabilará. Solo unas gotas, lo justo para que vuestro cuerpo aguante. Voy a empezar por Maurits, la estrella del día, que veo que lo necesita.

Se acercó a la mesa a por el gotero. El suero despertaría a Van Bierbek en cuestión de segundos. Hasta Franco Svendsen, que estaba al borde de la muerte, había espabilado hasta el punto de suplicarle que no lo matara. Había sido muy gratificante y quería repetir la experiencia con Van Bierbek.

Gordon la fulminaba con la mirada a cada paso que daba y, cuando pasó por delante, murmuró algo.

La vía entró en la vena más abultada de la mano de Maurits como si de mantequilla se tratara. Había perdido mucho peso y las venas le sobresalían. Sisle agradecía ese efecto secundario. Todo tenía que salir perfecto, incluido este paso previo.

Se agachó delante de él y esperó. Debía notar movimiento detrás de los párpados, pero, al cabo de un minuto, seguía sin reaccionar, así que Sisle abrió más el gotero.

Le pareció oír un suspiro, pero no le daba buena espina. No debería tardar tanto.

—Vamos, Maurits —insistió.

Le dio una bofetada.

—Hija de puta —susurró alguien a sus espaldas.

Dio media vuelta y miró a Gordon a los ojos.

—¿Me lo dices a mí? —preguntó.

—Sí. Hija de puta —repitió en voz más baja.

Sisle se incorporó.

—No sé si te estás engañando a ti mismo y crees que vas a escapar, pero, Gordon Taylor, me has provocado con tus palabras insultantes y diabólicas, y por eso sufrirás el mismo destino que Maurits. ¿Me explico?

Gordon asintió con gesto firme. Ni remordimientos ni angustia.

Van Bierbek empezó a hiperventilar.

Puede que se hubiera pasado con la dosis. Apretó el gotero con los dedos para que dejara de circular.

—¡Maurits, despierta! —exclamó, zarandeándolo. Podía ser una reacción alérgica, pero no estaba segura.

Volvió a agacharse delante de él y le cogió la mano para acariciársela, como a un niño que no para de llorar.

—Ea, ea, Maurits. Sé que puedes oírme. No tengas miedo. Ya pasó.

Continuó un buen rato mientras el hombre de detrás murmuraba «hija de puta» una y otra vez. Se acordó de Adam. Él era quien calmaba las aguas.

—Pero ya no lo necesito —dijo en voz alta. Empezó a acariciarle el pelo a Maurits.

—Escúchame bien. Es muy importante que me escuches. Lo he preparado todo a conciencia y tú también tienes que estar listo.

Sacó el papel y empezó a leer en voz alta mientras se llevaba la mano de Maurits a la mejilla. Dejó de leer cuando ya no daba señales de vida.

—Satanás se está entrometiendo entre nosotros —dijo mirando al techo—. Por favor, Señor, detenlo. Trae a Maurits de vuelta. Haz que vuelva con nosotros para escuchar la Palabra.

MEDIA HORA DESPUÉS, ya eran más de las doce, y Sisle tuvo la sensación por primera vez en todos esos años de que el diablo iba a embaucarla. Notaba su fétido aliento muy cerca. Se giró hacia Gordon, que tenía los ojos entreabiertos, y supo de inmediato que él era el portador de Satanás.

Le sacó la vía a Maurits y se la puso a Gordon en el reverso de la mano, detrás de la espalda. Estiró los dedos para intentar protegerse, pero le flaqueaban las fuerzas y no le sirvió de nada.

Esa vez sí, un minuto después Gordon abrió los ojos como platos. Tosió y carraspeó. Su respiración era profunda e irregular, pero cada bocanada le devolvía las fuerzas.

Empezó a mover las piernas a pesar de las bridas en los tobillos. Le temblaban las rodillas y jadeaba como si hubiera aguantado la respiración bajo el agua y acabara de subir a la superficie.

—Bien, Gordon Taylor. Así sé que funciona —le dio unos golpecitos en la mejilla, le quitó la vía y se la volvió a poner a Maurits.

—Te toca, Maurits —dijo, palpando la carótida. Miró el reloj y empezó a contar.

Tenía el pulso muy débil, pero regular, y estaba recuperando el color en las mejillas. Puede que tardara media hora, pero funcionaba.

—Tienes que soltarnos —dijo una voz a sus espaldas, clara y fuerte.

—Y tú tienes que callarte. Si te pones pesado, vuelvo a dejarte inconsciente.

—Déjanos en paz y desaparece. Piérdete en una selva en la otra punta del mundo o acabarás muy mal.

Sisle sonrió. Nunca había matado a nadie en una tesitura así. Era bastante entretenido.

—Te están buscando, Sisle Park, y cuando te encuentren, no tendrán piedad. No podrás recuperar tu vida.

Ella meneó la cabeza con despreocupación.

—Crees que el Departamento Q me ha perjudicado, pero nada más lejos de la realidad. Me habéis ayudado a tomar decisiones muy necesarias. Cuando tu cadáver y el de tu amigo se hayan enfriado, seguiré tu consejo. Gracias.

—Púdrete en la selva, monstruo. Te encontrarán, si no te has descompuesto por entonces.

La mujer soltó una carcajada.

—Amigo mío, todo está preparado. Un chárter a Polonia, un coche a Bruselas y, de ahí, un vuelo a Nigeria. Un país corrupto que acoge a multimillonarios siempre y cuando tengan un pasaporte válido. ¡Cuántas posibilidades! Ya lo verás. Me espera una vida muy interesante.

Lo veía en su mirada: aún no era del todo consciente de lo que le estaba diciendo. ¿Estaba asimilando que continuaría su cruzada en otro lugar del mundo? ¿Que iba a matar en el extranjero?

—Sé que le estás dando vueltas, y la respuesta es sencilla: sí, voy a continuar.

Gordon suspiró. Su expresión era de pura impotencia.

Era justo lo que quería.

—Todos tus actos son blasfemos —dijo con la voz ronca—. Insultas al Dios al que le rezas. ¿No conoces los diez mandamientos, Sisle Park? Los estás incumpliendo.

—Sssh. Silencio. ¿Lo oyes? Es la respiración de Maurits.

—«Amarás a Dios sobre todas las cosas», pero tú solo te amas a ti misma. «No tomarás su nombre en vano», pero tú lo haces constantemente. «Santificarás las fiestas», pero Palle Rasmussen y Franco Svendsen murieron en domingo. «No matarás». ¿Tengo que repetirlo, Sisle? ¡No matarás!

—Vaya, veo que has ido a catequesis. Pero piensa en todas las veces que Dios ha elegido a uno de sus siervos para matar. Soy uno de los ángeles que…

Maurits van Bierbek tosió.

—¿Estás despierto, Maurits? —dijo, dándole otro golpecito en la mejilla

—Mmm —fue la respuesta.

Se acercó con determinación a la mesa y llenó dos jeringas con el líquido letal. Tenía un aspecto inofensivo, claro como el agua.

Conectó la manguera a la garrafa de suero. Una vez muertos, se la metería por la garganta con tres o cuatro litros de agua salada para cada uno. No sería un embalsamamiento como Dios manda, pero el simbolismo era inconfundible. Para terminar, dejaría un montoncito de sal en el suelo junto a cada silla.

La mirada de Maurits se despejaría en unos instantes. Entonces le daría otra pequeña dosis del gotero y le leería la sentencia de muerte.

Pronto podría continuar.

Y, en una hora, se habría esfumado.

64

Carl

Sábado, 26 de diciembre de 2020

JUREK JASINSKI NO había dejado de beber desde el 23 de diciembre por culpa de su mujer. Llevaba botella y media de vodka Balkan-176 y le encantaba lo fuerte que le pegaba el 88 % de alcohol.

Después de una semana y pico de discusiones, le habían llegado las diez elegantes botellas que debían durarle todo el año siguiente, y ahí empezó a empinar el codo.

Al día siguiente, ella cogió un tren a Horsens, donde vivían su hermana y su cuñado, y abandonó a Jurek a su suerte.

Eso fue lo que contó Jurek para explicar por qué no había abierto antes la puerta.

Los llevó al salón tambaleándose de un lado a otro. Apestaba a sudor, tabaco y alcohol.

—¿Queréis? —sonrió. Antes de que alguien pudiera responderle, dio otro trago. Vaya saque.

—¿Te acuerdas de mí, Jurek? —preguntó Assad.

El hombre asintió y se echó a reír con escupitajos incluidos.

—Hablamos de sillas metálicas y de Oleg Dudek, sí. ¿Qué más quieres saber de ese cabrón?

—Mira esta foto —dijo Assad, enseñándole la fotografía que Sisle les había mandado de los dos rehenes—. No te fijes en ellos, fíjate en los raíles del techo —sacó otra fotografía ampliada donde se veía la zona de los raíles.

—¿Qué es eso? —balbuceó. Se frotó los ojos y rescató unas gafas de entre las colillas y el papel de cocina usado.

—No mires a los hombres, Jurek, mira los raíles. Los instalaste con un compañero hace unos años, ¿no?

—¿Hace unos años? —dijo con cara de necesitar algo más fuerte que el Balkan-176.

—Antes de 2017, desde luego. No sabemos si en 2016 o incluso antes.

—¿Esos raíles de ahí? —los señaló con un dedo amarillento—. Claro que me acuerdo, y te voy a decir por qué. Estaban demasiado pegados. Si vas a usarlos como poleas, ¿para qué puñetas los quieres tan pegados?

Carl se quedó sin aliento.

—¿Los reconoces? —dijo con el corazón en un puño.

—¿A quién se le ocurre ponerlos tan pegados? —se mofó.

Ahora solo tenían que conseguir que espabilara.

—Necesitamos la dirección del sitio donde los instalaste, Jurek. No sabemos dónde es y, si no lo averiguamos, los dos hombres de la foto morirán. —Assad vaciló y suspiró antes de añadir—: Si no es ya demasiado tarde.

—¿Porque son unos cabrones? —murmuró para sí mismo.

—Uno es de los nuestros, así que no, por lo menos uno no es un cabrón. Vamos, dinos dónde es —insistió Carl. Resistió la tentación de agarrarlo por la solapa del batín y sacudirlo hasta que se le pasara la borrachera, pero entonces intervino Rose:

—Eres un hombre estupendo, Jurek, y tu mujer es una ingenua si te ha dejado aquí solo en Navidad, pero, ya que no está, podrías aprovechar estas mil coronas para seguir bebiendo hasta que vuelva. ¿Qué me dices? —dijo agitando el billete en sus narices.

—¿Qué dices que quieres? —balbuceó.

—Dinos dónde instalaste esos raíles. ¡Piensa!

Jurek se inclinó hacia delante con las manos en el pecho y el tufo a alcohol echó a Assad para atrás.

—Joder, ¿dónde era? ¡*Kurwa!*

Se frotó la sien y sacudió la cabeza para que las fechas dejaran de bailar.

—¿Fue en Copenhague? —preguntó Rose con el billete aún en la mano.

Jurek asintió.

—Tardamos tres días en instalarlos porque la gilipollas que nos lo encargó nos mandaba a casa a las pocas horas, y el hormigón de ese techo era pura *gówno*.

—¿*Gówno*?

—Mierda. ¿No sabéis polaco? El techo era una *gówno*, estaba durísimo y...

—¿Dónde, Jurek? ¿Dónde? Es todo lo que necesitamos saber —insistió Rose, guardando el billete en la cartera.

—¡Espera! Era en las afueras de Copenhague, subiendo por la autovía. El edificio estaba sin terminar y no tenía mucho sentido. Había un ascensor y varios sótanos, pero solo una planta sobre el nivel del suelo. Parecía un bloque de Varsovia de cuando la invadieron los rusos, llena de edificios a medio construir.

Rose le arreó en la frente con el billete.

—¿A qué altura de la autovía? ¿Hacía Helsingør o hacia Hillerød? ¡Piensa, hombre!

—No aceleres tanto —advirtió Assad—. No es un coche patrulla.

—No, pero como si lo fuera —refutó Carl.

—Ya, sí, pero eso la policía no lo sabe, y si nos paran porque vas a ciento ochenta por hora en un Alfa Romeo sin sirenas, te detendrán, Carl. Frena un poco.

Rose le golpeó el hombro desde el asiento trasero.

—Tú acelera, Carl. Assad tiene razón, pero...

Carl estaba sudando. Tenían una dirección aproximada del edificio y una descripción de hace cinco años, pero ¿y si habían seguido construyendo? Jurek Jasinski dijo que enfrente había un único edificio blanco de hormigón donde fueron a usar el baño varias veces, pero no tenía nada especial ni característico.

«Se ve desde la autovía. No tiene pérdida», afirmó, guardándose sus mil coronas.

—Me sigue pareciendo alucinante que Assad ya conociera a ese hombre. Qué casualidad, ¿no? —dijo Rose.

—Es un obrero polaco, así que no me extraña tanto —respondió Assad—. ¿Os sabéis la de la manada de camellos que querían adoptar un burro para hacerse los interesantes? Pero, claro, luego descubrieron...

—¡Ahí, Carl! —gritó Rose—. Ahí delante. Mira el edificio. Parece los restos del World Trade Center. ¿Lo ves? Un lado tiene dos plantas y el otro solo tiene una.

—¿Se parece a lo que nos dijo? —dijo Carl. No lo asociaba a la descripción.

—Tiene que ser ahí. Los edificios que hemos pasado no eran así. Toma la salida, Carl. Ya. Estás a tiempo.

—Os contaré la parábola del camello otro día, Carl. Coincido con Rose. Se parece al edificio que describió Jurek.

Carl tomó la siguiente salida e inspeccionó el polígono industrial.

—¿Lo veis? ¡Lo he perdido! —exclamó desesperado. Delante había unos veinte edificios muy parecidos entre sí, conectados por carreteras sin mucho orden ni concierto, como todos los polígonos industriales de los años sesenta que habían quedado atrapados en su propia fealdad.

—¿Por qué no hay ni un edificio terminado en este polígono? —preguntó Carl mientras buscaban en todas las calles.

—Los materiales de mala calidad pueden detener cualquier construcción —respondió Assad.

—Como el rascacielos ese que están construyendo en Amager. Dicen que el hormigón de los cimientos no puede soportar tantas plantas —añadió Rose.

—O se quedaron sin pasta —barruntó Assad.

—¿Qué pone en tu lista de propiedades, Assad? ¿Sisle tiene alguna aquí? —preguntó Carl.

Assad sacudió la cabeza.

—Lo comprobé hace tiempo. No sale ninguna, pero puede que la alquilara.

A Carl le entró un escalofrío.

—¿A quién si no a una psicópata como Sisle Park se le ocurriría alquilar un sitio así para matar en él?

Rose señaló un edificio.

—Ese de la derecha.

Entonces lo vio. Era un bloque de hormigón con una planta baja intacta, puertas y ventanas, pero, por lo demás, parecía abandonado. Estaba rodeado de un aparcamiento bastante generoso y había un cartel que anunciaba que las plazas se podían alquilar por años por cinco mil coronas. No había ningún coche, por las vacaciones, pero estaba muy cerca del polígono y seguro que durante el resto del año se llenaba. Carl calculaba que podían sacarle unas 750 000 coronas al año.

Era un buen negocio.

—Ah, nooo… —exclamó Assad, angustiado—. Ya lo entiendo. Sí que es de Sisle. Se lo vendieron como aparcamiento. No imaginaba que pudiera haber un edificio en medio. Tendría que haberme cerciorado.

Entendía su decepción.

Carl se detuvo en la entrada. Había que subir diez escalones; si no, habría estampado el coche contra la puerta.

Rose ya estaba sacudiéndola y, cómo no, estaba cerrada con llave.

—¡Puede que haya una alarma! —gritó Carl—. Si entramos por la fuerza se enterará.

—Si es que está dentro, que tampoco es seguro.

—Ya. Ojalá pudiéramos ver en qué planta está el ascensor. Si está en el sótano es que está aquí —concluyó Carl.

Assad señaló hacia arriba.

—¡Mirad!

Los tres alzaron la vista al único muro que había en el lado sur de la azotea de hormigón, el único indicio de que la construcción iba a tener más niveles. Desde la autovía parecía de

434

dos plantas, pero era una ilusión, como las fachadas de los sets de Hollywood.

—¿Qué ves, Assad?

—Desde aquí no se aprecia lo que hay en ese muro, pero ¿no creéis que el ascensor estará instalado ahí?

Los tres pensaron lo mismo y echaron a correr hacia el otro lado del edificio.

—¿Cómo vamos a subir? —gritó Rose.

Por el muro era imposible, así que rodearon el bloque hasta llegar a un auténtico vertedero.

Toda la zona entre el edificio y la valla que delimitaba el perímetro a diez metros estaba lleno de bloques de hormigón, aislante y palés podridos, vigas oxidadas y alambre de espino en una amalgama de varios metros de alto. Ponía en evidencia la irresponsabilidad de la constructora.

—Por aquí no se puede entrar, Assad —exclamó Carl, pero era como un sabueso, y al segundo había desaparecido.

Carl se quedó quieto y miró a su alrededor.

—¿Dónde se ha metido? ¿Lo ves, Rose? —preguntó.

Sacudió la cabeza y miró el reloj horrorizada.

—¿No podemos pedir refuerzos? Tenemos que entrar ya.

Carl asintió y sacó el móvil. Había llegado la hora.

«Se acabó mi libertad», pensó, y estaba a punto de marcar cuando oyeron a Assad gritar desde la azotea.

—¡Apartad esos dos palés que están apoyados! ¡Los tenéis a cuatro o cinco metros!

Miró hacia arriba y vio el pelo rizado de Assad asomar por el borde.

—Esos de ahí —dijo—. El ascensor de la planta baja está tapiado, pero podéis subir las escaleras. La puerta de la azotea está abierta y el ascensor funciona, solo está bloqueado.

UNA VEZ EN LA azotea, los tres observaron la cerradura del ascensor. Parecía estándar, de esas en las que solo hace falta introducir la llave para que las puertas se abran automáticamente, pero ¿quién tenía la llave? Ellos no, desde luego.

Miraron a su alrededor, concentrados. Había unos veinte palés con bolsas de cemento seco y barras de acero. El edificio debió de quedar abandonado de un día para otro. Es lo que solía pasar cuando una constructora se metía en camisa de once varas y luego se declaraba en quiebra.

—Tiene que haber algo por aquí para forzar la cerradura —dijo Assad, pero Rose no parecía convencida.

—Si por un casual funcionara, Assad, el ascensor se movería y Sisle lo oiría.

Carl estaba de acuerdo con ella, pero ¿cuál era la alternativa?

—Si Maurits y Gordon siguen vivos, tenemos que arriesgarnos. Puede que no haga nada drástico si sabe que la hemos encontrado.

—Puede —resopló Rose—. Ojalá uno de nosotros fuera armado. ¿Cómo podemos detenerla si bajamos y nos está esperando?

—Con esto —dijo Assad a sus espaldas. Estaba a pocos metros con unas barras de acero en la mano.

—¿Tienes algo para forzar la cerradura, Assad? Si no, eso no nos servirá de nada.

—Sí, mira —dijo, levantando triunfante un cinturón de herramientas.

Se lo lanzó a Carl, que hurgó en los bolsillos y solo encontró unos caramelos de regaliz y una cajetilla con un único cigarrillo.

—No hay nada, Assad.

Este le dio las barras y cogió el cinturón.

—Las copas de los árboles no te dejan ver el bosque, Carl. ¡Mira!

Levantó el cinturón a la altura de los ojos de su colega y señaló la aguja de la hebilla.

—Acero inoxidable de calidad —dijo, señalando la marca.

Cogió un bloque de cemento del suelo y golpeó la parte lisa contra la cerradura.

—Esto a veces funciona y a veces no —dijo nervioso.

Esperó un momento, mirando el motor inmóvil del ascensor. Cogió aire, agarró la hebilla con firmeza y la giró. Al cabo de unos segundos quedó claro que no había funcionado y Carl sacó el móvil para pedir refuerzos.

—¡Espera! No he terminado —interrumpió Assad.

Carl tenía la esperanza de que la cerradura cediera con un gratificante clic metálico y el movimiento del motor, pero no.

—Creo que ahora sí está listo —dijo Assad, y se metió la mano en el bolsillo. Sacó un manojo de llaves que no parecían tener nada de especial, pero Assad eligió una y se la enseñó a Rose y a Carl.

—No es una llave *bumping,* pero casi. Os sabéis la teoría, ¿no? Metes una llave con muescas muy cortas, presionas un poco y luego, de golpe, la giras hacia la derecha para hacer saltar el mecanismo y desbloquearlo.

Ambos asintieron, escépticos.

—Pero uso esta porque no tengo una de verdad. ¿Lo veis? Las muescas son bastante cortas. Es del buzón de uno de los pisos donde vivía antes de que viniera mi familia.

La metió con cuidado en la cerradura.

—Antes solo quería asegurarme de que los pernos estaban sueltos.

Carl contuvo el aliento. Assad presionó la llave varias veces y la giró con brusquedad.

Después de varios intentos sin resultado, Assad empezó a sudar. Carl sacó el móvil y llamó a Marcus Jacobsen.

—¿Qué, Carl? —respondió enseguida—. ¿Vas a entregarte?

—Sí, porque no tengo otra —contestó.

—¡Sííí! —gritó Rose en cuanto Assad giró la llave y el motor despertó.

—Pero aún no. A cuidarse, Marcus.

Con el traqueteo de los relés mientras subía el ascensor, apagó el móvil y lo tiró desde la azotea.

65

Sisle / Carl

Sábado, 26 de diciembre de 2020

SISLE SE LLEVÓ un susto cuando oyó el relé del ascensor y este empezó a subir. Se detuvo un momento con una mezcla de confusión y preocupación.

¿Era un problema de la instalación? ¿Tenía arreglo?

Se levantó de la mesa y pulsó el botón del ascensor. Tenía que ser un fallo técnico, pero, si seguía subiendo hasta arriba, ¿podría volver a llamarlo?

Siguió pulsando el botón y nada.

Dio un paso atrás. Si no era una avería, entonces había alguien esperándolo arriba, pero ¿quién?

«Prendí fuego a la casa y le cerré los ojos a Debora, pero ¿comprobé si Adam tenía pulso?». No lo recordaba bien.

¿Cómo podría haber sobrevivido al golpe?

¿Y cómo podría haberse recuperado a tiempo para huir del incendio?

Sisle pegó la oreja a la puerta del ascensor. Adam era el único que sabía de la existencia de ese sitio y que ella estaba allí. Lo encontraron juntos y nadie, ni siquiera Debora, conocía la dirección. Sisle nunca dejaba el coche en su propio aparcamiento. Lo aparcaba a quinientos metros y comprobaba el perímetro antes de ir a la parte trasera y entrar por el lado de la chatarra.

¿Podría ser alguien de un edificio cercano?

No, imposible. Además, el ascensor solo se activaba con llave, y ¿quién tenía una copia aparte de ella? Adam. Nadie más.

«Si tiene la oportunidad de matarme, lo hará» pensó. Querría vengarse y se le daba muy bien matar.

Sisle se giró hacia los dos hombres. Gordon estaba sonriendo de oreja a oreja sin ningún disimulo. Sabía lo que estaba pasando.

—Ya vienen —dijo, girándose hacia el otro rehén—. ¡Maurits! ¡Escúchame! Vienen a rescatarnos. Lo sabía —se echó a reír, histérico, y a Sisle le repugnó. No soportaba a la gente que se desquiciaba en situaciones extremas. ¿Por qué no aceptaban su destino con dignidad?

—Cállate, Gordon Taylor, o te obligaré a hacerlo.

A lo mejor entendía que no se podía cantar victoria hasta que el enemigo se rindiera, porque la sonrisa se desvaneció en cuanto empujó la mesa hacia el ascensor y bloqueó la puerta.

—Primero me ocuparé de vosotros dos y, después, usaré una de las jeringas con Adam. Si Dios quiere, habrá suficiente para los tres. Se la clavaré en cuanto aparte la mesa, os lo garantizo. Los tres os iréis al infierno de la mano.

Las jeringas estaban preparadas; Adam y ella las habían llenado el día anterior. Les echó un vistazo antes de acercarse a las sillas y colocar una en el suelo delante de cada rehén. Solo faltaba leer la sentencia para completar el ritual, aunque, dadas las circunstancias, tendría que darse prisa. El clic del relé le recordaba que había motivos de fuerza mayor: en menos de un minuto llegaría Adam.

Dio un paso hacia Maurits van Bierbek y lo miró a los ojos.

Sabía lo que iba a pasar, pero estaba resignado.

—Maurits van Bierbek, has vivido en pecado. Has infringido todas las reglas y la ley que Dios decretó para la humanidad en su reino celestial. Has repetido una y otra vez el pecado que mancilla a la humanidad desde el Jardín del Edén y, por ello, debes morir.

—¡Estamos aquí! ¡Ayuda! —gritó Gordon a pleno pulmón. Ella también había oído el retumbo metálico del ascensor al llegar a la última planta. Cuando la puerta automática se abrió, golpeó la mesa.

«Inténtalo, Adam. No te dará tiempo a abrirla a la fuerza.»

—¡Gordon! —gritó una mujer. Gordon dio un grito de alegría y les dijo que se dieran prisa.

Sisle estaba atónita. No por la sorpresa ni porque la hubieran encontrado, sino porque, de repente, no sabía qué hacer. ¿Cuál era su plan de emergencia?

Se giró hacia Maurits van Bierbek, que había inclinado la cabeza y tenía una expresión triste.

—Maurits van Bierbek, ¿te arrepientes de tu vida y de tus actos? —preguntó, acercándole la aguja al pecho.

—¡Alto, Sisle! —gritó Gordon—. Alto, en el nombre de Dios.

—En el nombre de Dios… —sonrió con los alaridos de Gordon de fondo—. En el nombre de Dios, responderé a su llamada.

Se inclinó hacia delante con todas sus fuerzas y le clavó la aguja en el corazón a Van Bierbek.

—¡Nooo! —clamó Gordon.

Van Bierbek balbuceó y abrió los ojos. El dolor de la enorme aguja en el corazón los dejaba sin palabras por un instante. Sisle lo había aprendido en las dos ocasiones anteriores.

—Maurits van Bierbek, dale gracias a tu creador por los años que te ha permitido vivir en la Tierra —dijo, y apretó el émbolo.

Los siguientes segundos fueron un caos. Van Bierbek convulsionó y se inclinó hacia un lado acompañado por el repiqueteo de las cadenas. Gordon seguía gritando desesperado y varias personas golpearon la mesa que bloqueaba el ascensor hasta moverla hacia delante.

La vida de Maurits van Bierbek se desvanecía. Echaba espuma por la boca y las piernas le temblaban sin control. Sisle se dio la vuelta y cogió la jeringa a los pies de Gordon Taylor.

—¿Por qué? —gritó.

Se giró hacia el ascensor y la mesa, que se había caído al suelo con un estruendo, lanzando el suero por los aires.

Los tres demonios del Departamento Q salieron de golpe sosteniendo barras de hierro en la mano con las que sin duda pretendían pararle los pies. El extranjero estaba más cerca y había levantado la barra por encima de la cabeza con la clara intención de lanzársela.

Sisle respiró hondo y acercó la aguja al corazón de Gordon Taylor.

La inundó la calma. Al fin y al cabo, tenía la sartén por el mango, ¿no?

—Atacadme y se la inyectaré a vuestro amigo en el corazón, a ver qué pasa —dijo, pensando en el último aliento de Maurits van Bierbek—. Soltad esas barras y quedaos quietos contra la pared del fondo. Soltaré a Gordon y me lo llevaré en el ascensor. Al menor movimiento, se la clavo. Si se resiste, también. Sabéis que lo haré.

Los miró con frialdad, pero no hicieron amago de moverse. Clavó la aguja justo debajo del esternón y Gordon pegó un grito que hizo que dos de ellos soltaran las barras. Todos menos el extranjero.

La mujer del grupo intentó convencerlo, pero no se movió.

—No, Assad —gimió Gordon.

—Gordon, no, te matará en el ascensor —respondió.

Sisle soltó una carcajada.

—No te fías de mí, ¿eh, hombrecillo? —dijo.

Carl Mørck dio un paso hacia delante.

—No vas a matarlo. No vas a matarlo porque es inocente, ¿no, Sisle?

No respondió.

—Pero eres un ángel de la justicia, ¿no?

—Soy un ángel de la justicia y de la venganza. Me ha elegido Dios.

—Demuéstralo, porque no te creo —dijo—. Mataste a un niño. Max. Hoy tendría la edad de Gordon y, al igual que él, era inocente. Mataste indirectamente a su madre. Se llamaba Maja y también era inocente. Y mataste a Pauline Rasmussen, otra persona inocente. Demuéstrame que Dios está de tu lado y haré lo que me pides.

—No te rindo cuentas a ti, solo a Dios, y me ha marcado por toda la eternidad —dijo, hundiendo la aguja otro centímetro. La mujer del Departamento Q se estremeció con el quejido de Gordon.

—Enséñanos esa marca, Sisle, y te dejaremos en paz.

Sisle sonrió. Desde que terminó el tratamiento de las quemaduras, Palle Rasmussen era el único que las había visto. Quedaron, le bailó el agua para ganarse su confianza y, sin previo aviso, él le abrió la camisa de un manotazo.

Las cicatrices lo dejaron sin aliento y Sisle le dio una bofetada.

Para su sorpresa, le habían gustado tanto las quemaduras como la bofetada.

—Esta es la marca de Dios —dijo, abriéndose la camisa. Se regodeó al ver cómo los tres la miraban de arriba abajo. Así se sentía cuando se miraba al espejo.

La red de cicatrices rojas y blancas que se le extendía por la piel de casi todo el torso era el castigo del Señor, y la cruz intacta que había en el centro era su misericordia. ¿No lo veían? Marcada por un rayo, sí, pero enviado por el mismísimo índice divino. Un símbolo sagrado de su invulnerabilidad y su misión.

No vio la barra que le lanzó el hombre de pelo rizado, pero sintió el impacto en el abdomen que la empujó hacia atrás. Intentó en vano incorporarse de inmediato.

Sisle miró hacia abajo y vio que un extremo de la barra le sobresalía y que el otro se había incrustado en el cuerpo de Maurits van Bierbek al caer. Estaba clavada a su propia víctima.

El hombre que la había lanzado se acercó mientras la mujer del Departamento Q soltaba a su compañero de la silla.

—Durante el resto de tu vida sufrirás el castigo que Dios impone a los falsos profetas —dijo Carl Mørck—. Permanecerás en un lugar donde no podrás corromper a los demás con tus ideas enfermizas. Estarás aislada del mundo exterior hasta que no lo recuerdes. Y todos los días tendrás que suplicarle a Dios que te perdone, pero no lo hará, Sisle Park. Te lo garantizo.

Sisle sonrió. Se equivocaban. La ignorancia era muy osada. Qué patéticos e insignificantes. Sin propósitos ni metas. Sin temor a Dios y sin la salvación que solo le correspondía a ella. Había llegado la hora de recoger los frutos de su labor, de librarse de ese mundo cruel e insufrible con la conciencia tranquila. Levantó el brazo y sujetó la jeringa con firmeza. La aguja se había partido. La punta seguiría clavada bajo el esternón de Gordon Taylor, pero aún era lo bastante larga para lo que se proponía.

—Suéltala —dijo el hombre que seguía delante de ella. Dio un paso atrás para que no se la clavara en la pierna.

—Tus profecías no se cumplirán, Carl Mørck. Dios me espera y me protegerá por toda la eternidad.

Cerró los ojos, levantó el brazo todo lo posible y se clavó la aguja justo encima del corazón, junto a la cruz blanca.

Apretó el émbolo y todo se abrió en su interior.

EPÍLOGO

Carl

Sábado, 26 de diciembre de 2020

—VE TÚ PRIMERO, Carl —dijo Rose—. Assad y yo vamos a pedir un taxi y a llevar a Gordon al hospital para que le echen un vistazo.

Carl miró a su pálido compañero, que tenía la cabeza entre las piernas e intentaba recuperarse de la conmoción y del dolor. No volvería a ser él mismo en mucho tiempo… o quizá nunca.

Le puso la mano en la espalda.

—Lo has hecho muy bien, Gordon, y ya ha terminado. Después de esto podrás cogerte un par de semanas de baja.

Cuando levantó la mirada hacia Carl, no había ni un ápice de debilidad.

—Ni de coña —dijo—. Con monstruos como Sisle Park por ahí sueltos, no os vais a librar de mí.

—Sí, no hay paz para los camellos —añadió Assad.

Rose intentó sonreír, pero se quedó a medio camino. ¿Qué le deparaba el futuro al Departamento Q?

—Carl, ahora podrás disfrutar de unas horas de paz y tranquilidad con Mona —dijo—. No le diremos a Marcus dónde estás hasta que hayamos analizado la escena del crimen, y no puedes volver directo a casa, porque estará bajo vigilancia.

SE INCORPORÓ A la autovía, dejando atrás la ciudad, con un torbellino de emociones bajo la piel.

Había sido una época difícil y ni siquiera había terminado. Echaba de menos a su familia. Seguían en pandemia. Había sufrido mucha gente, Gordon incluido, y el hombre al que habían intentado salvar estaba muerto sobre un suelo de hormigón.

Hacía unos años había sufrido un ataque de ansiedad provocado por el viejo caso de los asesinatos con la pistola de clavos, y ahora ese caso volvía a formar parte de su realidad. ¿Iba a perseguirlo para siempre?

Carl resopló. «Parte de su realidad» se quedaba corto.

¿Cuál era su realidad? ¿Que lo iban a mandar a prisión? ¿Que iba camino del hogar de los Van Bierbek para comunicar la peor noticia posible?

No era la primera vez que informaba de la muerte de un ser querido. Accidentes de tráfico, suicidios... y, esta vez, un asesinato.

Los escalones hacia la entrada se le antojaron pesados, tristes, sobre todo porque quienes abrieron la puerta fueron Laura y su hermana pequeña.

No logró pronunciar ninguna palabra.

Lo supieron de inmediato.

ESA MISMA TARDE, llegó Mona y ayudó a tranquilizar a Victoria y a las niñas.

—Tienes que poner toda la carne en el asador, Carl —dijo cuando por fin se quedaron solos—. Llamaré a Hardy para averiguar qué sabe y te informaré.

—¿Y Lucia? ¿Cuándo podré verla?

Sonrió y le miró el pelo, aún teñido de rojo.

—Estás casado conmigo y estoy acostumbrada a visitar centros penitenciarios. Ya me las apañaré. Pero tendrás que ponerte un gorro o se llevará un buen susto.

—Vale. Si es que voy a la cárcel.

—Si es que vas a la cárcel.

—Assad y Rose estaban en la escena del crimen. Llegarán en cualquier momento —dijo Carl.

Mona asintió y lo abrazó.

Pocos minutos después, una luz azul parpadeaba en la pared, y un mar de compañeros de paisano salieron de varios coches blancos hacia la entrada principal.

Abrieron la puerta y Marcus Jacobsen se acercó, seguido del Perro de presa y varios rostros desconocidos.

Marcus saludó a Mona con la cabeza y después a Carl, más breve y sobrio.

—Habéis resuelto el caso.

Carl asintió.

—Sí. No pudimos salvar a Van Bierbek, pero lo intentamos.

—Rose y Assad me lo han contado todo. Luego lo hablamos. De momento, tenemos que llevar a cabo las formalidades.

Dos de los hombres dieron un paso al frente y le pusieron unas esposas por detrás de la espalda.

—Es inocente, Marcus. No deberías dudarlo —dijo Mona.

Marcus Jacobsen hizo una mueca y en ese momento Carl podría haberle escupido a la cara, pero se contuvo.

—Nada es imposible, pero eso es improbable —dijo con frialdad, y miró a Carl a los ojos.

—Carl Mørck, son las cinco y veinticinco de la tarde. Quedas detenido.

Aquí puedes comenzar a leer
el siguiente libro de

JUSSI ADLER-OLSEN
Siete metros cuadrados

PRÓLOGO I

2005

—YA ESTAMOS OTRA VEZ con las coñitas. —Anker abrió la puerta del coche de golpe y quitó algo del parabrisas—. Encima lo ponen donde más molesta.

—Ya —masculló Hardy desde el asiento trasero. Miró la pegatina que sujetaba Anker.

—Vale, esta es nueva —continuó—. «Los tres mosqueteros de la Policía.» Los compañeros de la comisaría están que se salen.

—Se mueren de envidia porque hacemos muy buen equipo, Hardy —intervino Carl, aún sentado al volante—. Mirad. —Señaló al otro lado de la calle—. Los dos tipos del callejón. ¿El de la izquierda no es el que estamos buscando? ¿El que apuñaló a la víctima?

Hardy se asomó entre los asientos delanteros.

—No, es su hermano. Pero debe de estar al caer.

—Si somos los tres mosqueteros, yo no soy Aramis ni de coña, aunque sea el más bajito de los tres —espetó Anker.

Carl se giró hacia él.

—¿Por qué no, compañero? Si Aramis era un donjuán.

—No, ese era el otro, el grandote que empinaba el codo —le corrigió Hardy—. Y a ese me lo pido yo.

Sus compañeros se rieron por lo bajo. Lo de Hardy y las mujeres era un caso perdido.

—No os riáis. Me conozco a la perfección —protestó él—. Las mujeres me van a volver loco.

—No sé de qué te quejas —espetó Anker—. Si Minna está de toma pan y moja.

Carl se giró hacia la calle y se hizo el sueco. No era la primera vez que Anker le leía la mente.

—Ya, el problema es que lo sabe.

Llegaron hasta ellos unos gritos provenientes de la acera de enfrente y Hardy bajó un poco la ventanilla.

—Estoy harto de que Minna le tire la caña a todo lo que se mueve, a vosotros incluidos.

Anker se giró hacia él.

—Venga ya, Hardy. Si vuestra relación va viento en popa. No como lo mío con Elisabeth. Dentro de nada voy a necesitar que alguien me deje dormir en su sofá.

—Sabes que siempre eres bienvenido en mi casa, ¿no, Anker? —le aseguró Carl.

—Y en la nuestra —añadió Hardy.

Anker le estrujó el hombro a Carl.

—Gracias por vuestro apoyo, compañeros.

—Creo que es ese de ahí —indicó entonces Hardy.

—No, es su novia. Pero, claro, no sé si sabrías reconocer a una mujer con pantalones —bromeó Anker—. Oye, Carl —continuó—, ¿cuánto hace que os separasteis Vigga y tú? ¿No vais a divorciaros?

Carl contuvo una sonrisa. Vigga era la criatura más extraña sobre la faz de la tierra. Ningún hombre con dos dedos de frente diría que es una pareja para toda la vida, pero desvincularse totalmente de ella le resultaba imposible.

—¿Qué quieres, vivir de gorra conmigo? —inquirió él—. ¿O tienes otros planes?

Anker le dedicó una sonrisa torcida.

—Yo siempre tengo planes. He conocido a una mujer, y es la bomba. Una caja de sorpresas. Sabes a qué tipo de tía me refiero, ¿no?

Carl asintió. Las sorpresas también eran la especialidad de Vigga.

Anker le guiñó un ojo.

—Esta sabe ofrecerle cosas a un hombre que es imposible rechazar. Como no tenga cuidado, voy a acabar mal.

Hardy sacudió la cabeza y abrió la puerta del coche. Algo le había llamado la atención.

«Madre mía», pensó Carl. Era la primera noticia que tenía, pero siempre acababan hablando de lo mismo cuando se juntaban. La única diferencia entre ellos tres y unos adolescentes cachondos era la edad. Quizá por eso se llevaban mejor que cualquier otro equipo de la comisaría.

—Suena fascinante y peligrosa. ¿Quién es, Anker? —preguntó Carl.

La respuesta de Anker fue quedarse un rato ahí sentado, pensativo, como si su mente ya se hubiera transportado al Edén y estuviera contemplando el árbol del fruto prohibido.

Y entonces esbozó esa sonrisa que bajaba la guardia de casi cualquier mujer.

—Ya la conoces, Carl —dijo Hardy.

Y le vino toda la energía de golpe.

—¡Venga, chavales, que lo tenemos! —gritó mientras corría hacia la otra acera.

PRÓLOGO II

Sábado, 26 de diciembre de 2020

—No HAY COJONES de repetirlo, Eddie. Venga, repítelo, imbécil. —Eddie Jansen bajó la mirada para no provocarlo, pero no pudo esquivar el golpe—. Teníamos un trato, ¿sí o no? ¿No piensas cumplir con tu parte? —preguntó mientras el pitido en los oídos de Eddie se agudizaba.

Eddie asintió muy despacio. Tenía la esperanza de que no se notara su desesperación, porque lo último que quería era caer en desgracia con el hombre de diferente color que tenía delante y, por lo tanto, con los que llevaban las riendas.

Tenía que cumplir con su parte del trato, le estaba diciendo, como si Eddie no lo tuviera más que claro. Las otras opciones eran sufrir una muerte horrible o que todo se fuera a pique.

Maldita la hora en que aceptó. Durante años, se había dejado cegar por el soborno. El sueldo de inspector de la Policía de Róterdam era insignificante comparado con lo que le habían ofrecido estos hombres poderosos a cambio de sus servicios y de información.

Así que Eddie dijo que sí. Y empezó a entrar dinero fácil que pronto se tradujo en calidad de vida, regalos para su mujer y, más adelante, para su hija, en la hipoteca de una casita de verano, en las cuotas del barco y los coches… El trato puso fin a las preocupaciones por llegar a fin de mes y a las noches sin dormir.

Pero había llegado el día de enfrentarse a las consecuencias. Cómo no.

Las peticiones de la organización se le habían hecho cuesta arriba en varias ocasiones. No era la primera vez que vacilaba ante lo que le exigía el hombre que tenía delante por ser de una crueldad innegable. Sabe Dios que había tenido momentos de despiste a lo largo de los años, pero le había ido bien. Los encargos de sus superiores habían disminuido y Eddie se había relajado.

Se concentró en que dejaran de temblarle las manos. ¿De verdad había ido perdiendo poco a poco el valor de hacer lo que le ordenaban? Pero no tenía alternativa. Podría perderlo todo.

Respiró hondo y, casi en susurros, con la mirada baja, dijo finalmente:

—No… No volveré a fallar. Le prometo que acabaré con él. Cumpliré con mi parte. Cuente con ello.

En cuanto levantó la mirada, se encontró con el cañón de una pistola. Un segundo más tarde, la tenía en la frente.

El hombre la sujetó con firmeza y no se movió un milímetro, pero su voz era fría como el hielo.

—Lo sabes desde hace trece años, y cuando la mercancía apareció en una maleta en la buhardilla del tipo ese, reaccionaste tarde y mal. Y ahora me vienes con que la Policía danesa lo ha detenido. ¿Sabes las consecuencias que tendría para nosotros que empezara a hablar?

—Sí, pero… —El clic del gatillo lo sobresaltó.

El hombre soltó una carcajada.

—Qué susto, ¿eh, Eddie? Como si estuvieras en el paredón, de espaldas, y pegaras un salto cada vez que dispararan a uno de tus compañeros en la nuca, esperando tu turno. No es una imagen agradable, pero tú podrías acabar así, Eddie. Este asunto es muy grave. Porque te garantizo que, si esto se repite, habrá una bala en el tambor. ¿Estamos? Así que ponte las pilas y haz tu puto trabajo. No podemos jugárnosla con lo que Carl Mørck pueda saber ni con lo que pueda averiguar.

Eddie miró por la ventana a la oscura calle Louis Raemaekers, en el barrio de Schiedam, donde el semáforo bajo el rascacielos acababa de ponerse verde. En pocos minutos, su mujer, Femke, aparecería en el apartamento con la pequeña después de haber pasado el día con Siri, su antigua compañera de trabajo. Le sonreiría al invitado y, esa noche, le preguntaría a Eddie quién era ese hombre y a qué había venido a estas horas. De ninguna de las maneras podía verse implicada en todo esto.

—¡Sí, sí! Entendido. —Asintió, y se apartó la pistola de la cara con cuidado—. Contactaré con los daneses esta misma noche.

1

CARL

Sábado 26 y domingo 27 de diciembre de 2020

EN ESTOS MOMENTOS, Carl volvía a sentir el cruel instante en el que la inocencia de la infancia se disipó por completo. Cuando empezó a verlo todo con claridad y a percatarse de las mentiras. Como la sensación de injusticia que se extiende por la mejilla tras un bofetón inmerecido, o la de un amor no correspondido en la juventud o la del engaño sentimental que acecha en la vida adulta.

Carl revivió esas sensaciones en cuanto su compañero, Marcus Jacobsen, jefe del Departamento de Homicidios, ordenó que le pusieran las esposas y que apretaran estas más de lo necesario; se intensificaron cuando lo apartaron de Mona y lo metieron de un empujón en el coche patrulla mientras ella, desde lo alto de las escaleras, le daba a entender que no estaba solo.

No era mucho consuelo.

Sobre todo, cuando el agente del asiento del copiloto le ordenó al conductor que, en lugar de pasar por comisaría, fueran directamente a la cárcel de Vestre.

—Eh, no, ¿qué hacéis? Esto no es legal. ¿Por qué no me lleváis al calabozo de la comisaría? —preguntó en balde. Solo escuchó murmullos y, de vez en cuando, el nombre de Marcus Jacobsen.

Carl se inclinó hacia delante para que las esposas no le cortaran la circulación en las muñecas. Le había quedado claro que, pese a haberse dejado los cuernos en el cuerpo de Policía durante décadas y haber resuelto casos entre difíciles e imposibles, a partir de este momento no podía contar con el apoyo de sus compañeros.

Pero, al fin y al cabo, ¿qué esperaba? ¿Cuántas veces había acompañado él mismo a un detenido a esa prisión enorme y deprimente? ¿Y cuántas veces habían intentado defenderse entre sollozos, por todos los medios posibles, desde el asiento trasero? Declarándose inocentes, mostrando remordimientos, alegando que dejaban atrás una familia… Y siempre había sido en vano.

Todos los detenidos tenían que enfrentarse a esa humillación hasta la primera vista. Él nunca los había acompañado a partir de ahí ni les había ofrecido consuelo. A estas alturas del proceso, eras culpable hasta que se demostrara lo contrario.

El coche patrulla recorría las gélidas y oscuras calles el día después de Navidad, aún adornadas con guirnaldas y corazones que ya no tenían sentido, mientras Carl intentaba imaginar cómo podría defenderse en la situación en la que se encontraba.

«¿De qué se me acusa?», pensó. Lo habían detenido justo después de resolver el caso de Sisle Park y de salvar a Gordon. ¿Qué había hecho para llegar hasta aquí? ¿Negarse a investigar los asesinatos con la pistola de clavos? ¿Ser un ingenuo en lo que respecta a su compañero Anker Høyer? ¿Sus sospechas de que Anker consumía drogas? ¿La insensatez de haber guardado la maleta sin preguntarle qué había dentro? ¿El despiste de haberla tenido en la buhardilla durante años y haberse olvidado de ella? Una maleta que resultó estar llena de estupefacientes y una cantidad nada desdeñable de dinero en distintas divisas. Dios, ojalá se le hubiera ocurrido abrirla para entregársela a la Policía él mismo. Había pecado de ingenuo al pensar que, a la hora de la verdad, nadie iba a sospechar que él, el fiel inspector, pudiera cometer un delito. No tenía ni la más remota idea de cómo defenderse. Lo único que sabía era que sus compañeros del coche patrulla no le iban a prestar ninguna atención si se ponía a declararse inocente o a dar pena con la familia que estaba dejando atrás. Solo les interesaría escuchar confesiones y remordimientos, y no se los iba a dar. Así que Carl guardó silencio cuando cruzaron la verja de la prisión y lo llevaron ante el guardia pálido y cansado de la entrada.

El tipo estudió al detalle la documentación que le entregó el agente a través de sus gafas antes de levantar la mirada e informarles de que el juez no había ordenado que aplicaran el régimen de aislamiento. El agente puso cara de sorpresa, dado que se trataba de un investigador de renombre.

Carl tampoco daba crédito. ¿Cómo que no lo iban a aislar? ¿Estamos locos?

—Un momento —replicó—. Muchos de los reclusos están aquí por mi culpa y…

—Yo no puedo hacer nada. Es lo que hay —sentenció el funcionario.

La situación no auguraba nada bueno, y menos cuando los compañeros de Carl se marcharon sin un mísero gesto de despedida cuando el guardia le pidió que se desnudara.

El guardia marchito que lo cacheó puso la misma cara de asco que Marcus Jacobsen cuando le leyó sus derechos al detenerlo.

—Vaya, vaya, el mismísimo Carl Mørck. Casi nada. *Casi nada* —repitió el hombre. Dejó su ropa amontonada en el suelo—. Seguro que más de uno se alegrará de verte. Te garantizo que a ninguno de los presos les gustaría estar en tu lugar —continuó, y le dejó unas prendas en los brazos.

Sus palabras no le cogieron desprevenido, pero le afectaron igual. Aún conservaba la esperanza de que se le presentara una solución por arte de magia. Pero ¿cómo?

Lo que quedaba de la coraza de Carl se desmoronó cuando atravesaron los pasillos grises y estrechos por el imponente entramado de escaleras, barandas, redes y celdas que constituían el ala este, hasta llegar a la celda 437. Carl empezó a sudar.

Sabía que todo rastro de la fe que tenía en la justicia se esfumaría en cuanto cerraran la puerta tras él con un irrevocable chasquido.

Carl echó un vistazo rápido al enorme y vacío espacio de la prisión, con sus luces fluorescentes, antes de que lo metieran en la celda y giraran la llave. Había visto muchas celdas por dentro a lo largo de su vida, pero ninguna tenía un colchón tan pequeño y sucio como el que tenía delante; su cama, donde intentaría conciliar el sueño sin Mona a su lado. Donde no despertaría a la mañana siguiente con los alaridos de su hija ni con la esperanza de que el día solo le deparara cosas buenas.

Carl se fijó en el tablón gris y deslucido que había encima del camastro y leyó las palabras desvanecidas que había escrito uno de los anteriores reos con bolígrafo.

Todo frases deprimentes. Ni una vela en la oscuridad.

JUSTO CUANDO HABÍA conseguido dormitar, tras pasarse casi toda la noche dándole vueltas a lo que iba a pasar y qué podía hacer al respecto, alguien aporreó su puerta. Una voz grave y agresiva comenzó a exclamar que sabía muy bien quién era y que se iba a enterar. Cuando paró, Carl supuso que los guardias se lo habían llevado.

Pero lo había escuchado con claridad: «Vamos a por ti, puto madero». Carl se incorporó con los codos y respiró hondo. El acoso acababa de empezar y ponía de relieve su realidad: estaba claro que pretendían matarlo.

«Puto madero.» Iba a correr un peligro mortal en este lugar. Tragó saliva y recordó todas las ocasiones en las que un policía encerrado había acabado mal. Con un poco de suerte, le asignarían un abogado que lo apartaría del punto de mira con la concesión de la libertad provisional tras la vista o, al menos, el traslado a una celda aislada, como agente preso.

También tenía que encontrar la manera de contactar con Rose, Assad y quizá Gordon, si no había quedado demasiado

457

traumatizado por lo que había ocurrido esas Navidades. Casi había perdido la vida a manos de la asesina en serie Sisle Park, quien lo tuvo varios días secuestrado. Los tres iban a tener que dejarse la piel para resolver el caso de la pistola de clavos, el cual, ahora que todo se había ido al traste, era también el suyo. Y era fundamental que Mona tuviera derecho a visitarlo también en calidad de psicóloga policial y no solo como cónyuge, lo que suponía horarios mucho más limitados.

La clave del crimen del que querían acusarlo tuvo lugar hace quince años. El principal sospechoso y su antiguo compañero de trabajo, Anker Høyer, murió en 2007 en el mismo incidente que dejó a su otro compañero, Hardy Henningsen, discapacitado tras recibir un tiro en la espalda. ¿Quién podía testificar aparte del propio Carl, la tercera persona presente aquel día? ¿Hardy estaría dispuesto a testificar a su favor? ¿Estaba de su parte?

Carl se dejó caer sobre el fino colchón con todo el peso de la impotencia. Ese caso era un marrón, y todo apuntaba a su viejo amigo y compañero Anker Høyer. De no ser por él, Carl no estaría aquí metido, desde luego. Anker era la clase de agente que no se imaginaba dedicándose a esto toda la vida, no como Carl y Hardy, que lo habían tenido claro desde el principio. Era ambicioso y, para él, sus necesidades estaban por encima de todo. Por eso su mujer acabó echándolo de casa, y por eso siempre estaba buscando nuevas oportunidades para trepar escalafones. Lo más importante era conseguir dinero, y mucho. ¿Cómo no se dio cuenta Carl de lo problemático que era y de lo mal que podía acabar? Anker nunca le había parecido una persona capaz de traficar con drogas ni de ser un policía corrupto. Ni esperaba que aquel barracón en Amager fuera a ser su tumba. Y, ahora, Carl había sido acusado de ser su cómplice. Para ser sincero, no recordaba una mierda de aquel incidente.

Deseaba, más que nunca, que su viejo amigo Hardy estuviera a su lado, para que juntos pudieran descifrar y comprender lo que pasó en el caso de la pistola de clavos de 2007. Carl suspiró; sabía que era inútil. Hardy estaba tetrapléjico y a muchos kilómetros, en Suiza, siguiendo un plan de rehabilitación alternativo que duraría varios meses y que seguramente no serviría de nada. Era impensable que volviera al trabajo.

Durante las siguientes horas, colocó las primeras piezas del puzle del pasado e intentó encajar el resto. Qué ingenuo había sido al analizarlas por separado. Lo que Anker había robado había estado en su altillo durante años. Hardy y él se habían dejado arrastrar a Amager e ignoraron las malas señales en el comportamiento de su compañero, quien después se había negado a indagar en los hechos. En los mecánicos que habían matado en Sorø con una pistola de clavos, como a Georg Madsen, el tipo de Amager. Distraido por su horrible desenlace, entonces Carl no se había interesado lo suficiente por lo que habían hecho las víctimas que habían aparecido con clavos en el cráneo.

Carl se quedó mirando a un punto fijo en el techo mientras enumeraba sus excusas. Para empezar, la muerte de Anker y la grave lesión de Hardy Først le provocaron dos crisis de ansiedad y un trastorno de estrés postraumático galopante que jamás admitió.

Continúa en tu librería

Descubre todos los casos del Departamento Q de la mano del gran maestro de novela negra

Los casos del
DEPARTAMENTO
Q

La mujer que arañaba las paredes

La primera entrega del Departamento Q, protagonizada por un policía experimentado y un ayudante sirio espontáneo y muy asustadizo. Merete Lynggard, una joven promesa de la política danesa, permanece sometida a un terrible cautiverio.

Los chicos que cayeron en la trampa

Un asesinato brutal, un grupo de estudiantes elitistas. El Departamento Q reabre el caso del homicidio de dos adolescentes en el que se cometieron muchas irregularidades.

El mensaje que llegó en una botella

Dos jóvenes se esfuman sin dejar rastro, pero nadie denuncia su desaparición. Carl Mørck intuye que no se trata de un caso aislado y que el responsable podría seguir actuando con total impunidad.

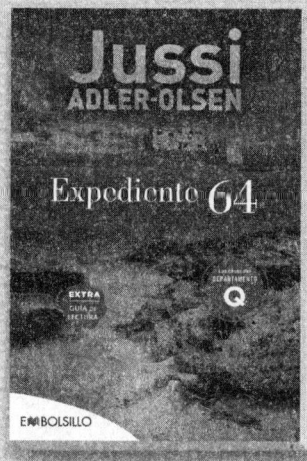

Expediente 64

Carl Mørck y sus ayudantes se enfrentan a un misterio relacionado con un oscuro episodio de la historia danesa; el acontecimiento en el que el líder de un partido político de extrema derecha defiende una siniestra ideología racista.

El efecto Marcus

En una ciénaga de corrupción y crímenes en el mundo de la política y la economía, un adolescente oculta la clave de una peligrosa trama internacional, cuyos tentáculos llegan hasta el continente africano.

Sin límites

Una trepidante investigación lleva al Departamento Q hasta la isla sueca de Öland y el controvertido líder de un grupo esotérico. Un caso que pondrá en peligro la vida de Carl, Rose y Assad.

Selfies

El séptimo caso del Departamento Q, un auténtico rompecabezas para Carl Mørck y su asistente Assad, que persiguen a un asesino en serie que se dedica a atropellar a mujeres jóvenes.

La víctima 2117

El nuevo caso del Departamento Q pone el foco en el contador de la vergüenza, el de los inmigrantes fallecidos en el Mediterráneo. ¿Y si ser solo un número fuera más que eso?

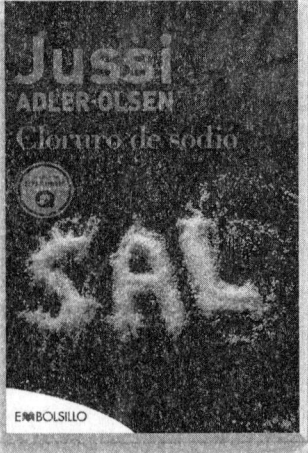

Cloruro de sodio

Un psicópata astuto y despiadado mata desde hace tres décadas sin que nadie haya podido detenerlo. El caso más complejo y terrible del Departamento Q en plena pandemia de la COVID-19.

Un desenlace apoteósico.
El mejor Jussi Adler-Olsen, el gran maestro de la novela negra

Después de quince años, un caso nunca resuelto del pasado alcanza de lleno a Carl Mørck, que está encarcelado acusado de asesinato. Además, un desconocido ofrece una recompensa de un millón de dólares por su cabeza. Mientras lucha contra los secuaces de ese desconocido en las sombras, los otros integrantes del Departamento Q intentan desesperadamente desenredar los hilos de este complicado caso, el más personal y enigmático hasta el momento.

La serie Departamento Q
Publicada en 42 países
Más de 27 millones de ejemplares vendidos